L'OR ET LA CENDRE

Eliette Abécassis est née en 1969. Normalienne, agrégée de philosophie, elle enseigne actuellement cette discipline. Pour écrire son premier roman, *Qumran*, elle a voyagé aux Etats-Unis, en Israël et en Angleterre où elle a pu se documenter dans les bibliothèques, visiter les sites archéologiques et observer les différents groupes religieux. Son deuxième roman, *L'Or et la Cendre*, a paru en 1997 aux Editions Ramsay. Elle est également scénariste du film d'Amos Gitai, *Kadosh*, présenté au Festival de Cannes 1999.

Paru dans Le Livre de Poche :

QUMRAN

ELIETTE ABÉCASSIS

L'Or et la Cendre

LE LIVRE DE POCHE

« Et je cherchais aussi l'origine du Mal, et je cherchais mal, et je ne voyais pas que le Mal était dans ma méthode même de recherche. »

SAINT AUGUSTIN

L'œil ébloui, je portai la main à ma bouche : c'était du sang. Au loin, on entendait comme un grondement, une grande foule, une armée peut-être. Ou alors, c'était moi qui hurlais. Cette nuit ne me quittera jamais.

C'était une masse trempée de reflets bleus et violets, une forme qui ne ressemblait à rien de ce que je connaissais. C'était un lambeau de corps, un amas aux os rompus, aux entrailles coulées comme de la cire, à l'œil broyé. De cet écorché, on voyait tout, l'extérieur et l'intérieur. Comme d'une bête dans une boucherie. L'homme avait été soigneusement sectionné, selon une ligne droite imaginaire. La coupure horizontale passait au milieu du corps, au-dessous des côtes : on l'avait coupé en deux.

Ce n'était pas la mort qui apparaissait, la mort était elle-même peu de chose à côté de ce message. *Qui ? Pourquoi ?*

M'approchant de l'immense déchirure, je me penchai tant que je tombai sur la moitié du corps de Schiller. Alors je me mis à saigner du nez.

Je rinçai mes mains dans le lavabo des toilettes. En regardant mon reflet dans le miroir, j'eus du mal à reconnaître un visage. J'étais couvert de sang, des caillots noirs collaient à mes yeux, sur mes lèvres, sur mon nez.

Avec l'eau, cela partait bien ; mais je ne parvenais pas à en désincruster mes vêtements, ni ma chevalière.

Cela faisait déjà plusieurs mois qu'il était mort, et le mystère de son meurtre n'avait toujours pas été élucidé. Ce n'était pas faute de moyens : les meilleures équipes avaient été mises à disposition. Le FBI, la CIA, en liaison avec les polices française, italienne et allemande, avaient mené leur enquête, sans succès. Aucune piste n'avait été négligée. Les partis politiques, les communautés religieuses, les milieux universitaires, de France, d'Allemagne, d'Italie et d'Amérique avaient été passés au peigne fin, sans le moindre résultat.

Il disait qu'un crime dont l'auteur est inconnu sécrète un maléfice que seuls les prêtres d'autrefois savaient conjurer. Il disait que le sang appelle le sang, qu'un meurtre non puni crie vengeance. Ainsi le mal se répand-il sur la terre, comme une plaie purulente, comme la peste, il se propage et sème la terreur, il est le maître, il transmet, il éduque, il fait des disciples parmi ceux qui pèchent et ceux qui ne pèchent pas, tel le grand pédagogue, il avance, tel le serpent, il se glisse, comme le vent d'est, il souffle, comme une rivière il s'écoule, charriant les décombres, il se multiplie comme les mensonges, et conclut sans cesse des alliances nouvelles, qui sont des démons enfantant des démons.

Il disait qu'il fallait croire en Dieu, en dépit de tout. Être comme Job : aimer pour aimer, sans retour, aimer envers et contre tout, aimer sans se plaindre, ni se lamenter, du fond de l'injustice, au sein des ténèbres, remercier Dieu et l'adorer sans raison, sans condition, sans espoir ni regret.

Non, ce n'était pas ce qu'il disait : il disait qu'il bafouait Dieu, et, tant qu'il vivrait, il ne cesserait jamais de témoigner son indignation et, si Dieu existait, il ne pouvait qu'être absent de l'histoire. Mais, s'il était impuissant, alors qui était-il ?

Il disait : *La mort est un maître venu d'Allemagne.*

PREMIÈRE PARTIE

1

Est-ce que l'on commet le mal par soi-même, ou est-ce sous l'influence de quelqu'un qui nous habite ?

Telle est la question sur laquelle s'ouvrent les premières pages du cahier, de ce cahier maléfique qui me possède comme je le possède : fait-on le mal sciemment, par un acte libre de la volonté, ou alors est-on habité par une force étrangère — ce Malin dont on parle ?

Toute la journée, jusque tard dans la nuit, je ne cesse d'en tourner les pages. Ce cahier est de la famille des livres maudits, de ceux dans lesquels les hommes consignèrent les préceptes du Maître, de ces ouvrages qui se transmettent de génération en génération, pour conserver et répandre son secret. Leurs feuilles sont d'un pourpre si violent qu'il brûle l'œil. Le profane n'y voit que du feu : les arcanes du démon ne se divulguent pas. Pour y faire apparaître les mots, tracés en lettres blanches, il faut d'abord se livrer à une lutte très rude avec Satan. Dans une pièce sombre, torse nu, on doit se battre jusqu'à épuisement. Même pour le sorcier, cette lecture n'est pas recommandée : plus il lit, plus il désire savoir. Il le veut tant qu'il peut s'épuiser à jeter des sorts. Mais ceux-ci se retournent contre lui, dont le sang est devenu plus faible que celui qu'il veut ensorceler, et il devient sa propre victime. Qui veut poursuivre et arracher ses secrets au livre doit se montrer plus fort que lui. Pour qu'apparaissent les caractères en noir, chaque page doit être domptée, rossée comme un cheval fou. La lutte peut parfois durer des heures, des mois ou des années. Certains n'en viennent jamais à bout. D'autres, pantelants après la bataille, mettent des jours à récupérer. Quoi qu'il en soit, l'homme qui possède l'un de ces cahiers ne peut plus s'en défaire sans le secours du prêtre.

On dit aussi que ce genre de livre est vivant. C'est pourquoi il résiste à l'emprise, et répugne à se laisser consulter. Au bas de chaque feuille, il est écrit : *Tourne la page, si tu l'oses.*

Mais il faut vraiment commencer par le commencement, alors c'est de lui que je dois parler, car il est la source de tout, il est l'origine et la fin, il est l'inventeur, le maître, l'horloger de cette mécanique dont nous sommes tous des rouages.

Quand je pense à lui à présent, c'est à travers le voile d'une fumée étrange, d'une fumée noire, que je regarde s'évaporer, sans arriver à en détacher les yeux. Tout en haut, loin dans les cieux. Sans moi. *Moi,* un soupir qui fait voler les paillettes.

Je l'ai rencontré par hasard. Un jour, il s'est trouvé là, devant moi. Il me contemplait, comme à travers un miroir. Je l'acceptai, sans savoir pourquoi. Peut-être par une étrange évidence, une connivence — une reconnaissance.

Qui est Félix Werner ? Souvent, par la suite, il me fallut répondre à cette question.

Félix Werner était plus que mon ami. Nous nous voyions ou nous parlions presque chaque jour, nous discutions et prenions nos repas ensemble. Nous nous faisions une totale confiance. J'avais la clef de sa garçonnière, il avait celle de mon appartement. Avant lui, je n'avais jamais eu personne sur qui m'appuyer, personne qui m'écoutait et me comprenait à ce point. Il était tout ce que je n'étais pas, tout ce que j'aurais voulu être : un homme de caractère, alliant prestance et distinction, une force de la nature, un volcan toujours en activité. J'étais réservé, parfois ombrageux, un peu misanthrope. Il était ouvert et généreux. Il n'avait pas peur de parler aux autres, d'aller vers eux, de les aimer et de s'en faire apprécier. J'étais solitaire : l'intransigeance de mon caractère ne me portait pas à aimer le genre humain. Félix, lui, avait du charisme.

J'admirais son intelligence, sa clairvoyance. Il était lumineux dans ses idées, génial dans ses intuitions. Il m'étonnait. La pensée de le voir me remplissait de joie, ses paroles me poursuivaient longtemps après que je l'avais quitté. Lorsque j'étais en sa compagnie, je me sentais pleinement moi. Il était de ceux qui vous rendent spirituel. Il inspirait. Parfois, il était en proie à une exubérance particulière qui le rendait presque inquiétant. Il fumait, il marchait, il écrivait, il parlait, il menait tout à la fois, car il était la vie même, avec cet appétit bestial, un peu démesuré, qu'ont les gens talentueux.

Il était mon contraire, mon complément. Il était expansif et volubile. J'étais timide, effacé, pensif. Il était réaliste et organisé. J'étais rêveur et distrait. J'avais tendance à m'évader dans des équipées solitaires, dans des voyages imaginaires. Rien ne l'intéressait plus que le réel. Il lisait tous les journaux, il était au courant de ce qui se passait dans le monde, il connaissait les problèmes politiques et sociaux de chaque pays.

Il avait de longs cheveux bruns, solides, ardents, il avait l'œil sombre et la peau blanche, les pommettes hautes, les lèvres pleines, le sourire entouré de fossettes. J'avais les cheveux châtains légèrement bouclés qui encadraient mon visage triangulaire, le nez droit, le front altier, et un rire célèbre pour ses saccades interminables. Il dissimulait sa myopie sous des lentilles dures, je soulignais la mienne par des lunettes, qui encerclaient mes yeux d'un halo métallique. Il avait l'épaule large et une morphologie d'athlète. Soucieux de son apparence, il s'habillait chez les couturiers, de costumes, noirs ou gris, sur des chemises aux couleurs vives, sans cravate. J'étais souvent vêtu de pantalons en velours côtelé assortis de vestes de tweed et de cols roulés noirs. Il était un cavaleur, un dandy, un noceur qui aimait briller dans les conversations et les dîners en ville. Il était un Parisien, un pilier des cocktails mondains, aimant les femmes et les vins raffinés, raffolant des soirées interminables, à discuter, à boire et à danser. Je préférais la compagnie des livres à celle des êtres humains, et les relations de voyage aux relations sentimentales. A trente-six ans, j'étais déjà installé dans une vie de célibataire — et ce n'était pas pour me déplaire.

Nous avions fière allure. Nous portions très haut l'étendard de la jeunesse, de l'idéalisme et de la liberté. Le monde était à nous, nous marchions dans les rues comme si elles nous appartenaient, nous nous adressions aux femmes comme si elles nous étaient dues, nous nous servions des hommes comme nous l'entendions. Nous étions unis par une camaraderie de combattant, même s'il n'y avait pas encore de combat à mener — jusqu'à ce que survînt l'assassinat qui devait marquer le tournant de nos vies.

Félix travaillait dans un grand quotidien. Après les pages littéraires, il s'était spécialisé dans le journalisme d'investigation : crimes et affaires compliquées. J'étais historien, spécialiste de la Seconde Guerre mondiale, du génocide des juifs sous l'Allemagne nazie.

Certains parlent de « l'holocauste », mais j'ai souvent expliqué à Félix qu'il ne s'agissait pas d'un sacrifice offert à Dieu et qu'il n'y avait pas de sens religieux au meurtre des juifs par les nazis.
C'est une destruction, une désolation, une abomination, *Shoah*.

2

Ce fut donc le 27 janvier 1995, six mois après ma rencontre avec Félix Werner. Un meurtre avait été commis sur la personne de Carl Rudolf Schiller, homme politique allemand, théologien réputé, personnage public, connu dans le monde entier. On découvrit la moitié inférieure de son corps dans son appartement, à Berlin. Il avait été coupé en deux, horizontalement. On ignorait où se trouvait la moitié supérieure du cadavre.
Le milieu universitaire en émoi fit aussitôt passer la nouvelle, avant même qu'elle ne parût dans la presse. On aurait cru un bruit, une sorte de rumeur comme il en circulait au Moyen Âge, tant c'était horrible et incongru. Moi-même, je manifestai mon incrédulité, avant que Félix ne confirmât le fait.
— Le connais-tu personnellement ? As-tu eu l'occasion de le rencontrer ? me demanda-t-il, un soir, au téléphone.
Il avait été mandaté par son journal pour enquêter sur ce meurtre, et il se préparait à prendre le premier avion pour Berlin.
— Il m'est arrivé de lui parler lors de conférences ou de colloques sur la Shoah. Et puis, je l'ai vu quelquefois chez des gens que je connais, les Perlman. C'était quelqu'un d'impressionnant. Un homme petit et maigre, au visage émacié, aux traits assez fins, et

aux rides profondes sur le front et autour des yeux. Mais dès qu'il se mettait à parler, il fascinait son auditoire. Il semblait soudain habité, et il y avait une sorte de force, de violence, qui se dégageait de lui, qui le rendait presque beau. C'était une valeur montante en Allemagne, un vrai tribun, auquel on prédisait l'avenir le plus brillant...

Je l'entendis allumer une cigarette.

— C'est bizarre, dit-il en soufflant une bouffée. Cette monstruosité a quelque chose de strictement ordonné qui m'inquiète.

— Sans doute l'acte d'un dément...

— Ou alors l'exécution d'un verdict... Je trouve cela assez troublant.

— Mais tout te trouble, Félix...

Il est vrai que Félix avait ce que j'appelais une *certaine tendance à partir.* Un article de journal le faisait bondir de rage, un mendiant dans la rue le bouleversait, une injustice commise à l'autre bout de la planète l'atteignait comme une offense personnelle, tout l'intéressait, tout l'émouvait, tout lui paraissait important. Les choses avaient en lui une résonance infinie. De loin en loin, on en sentait l'écho au plus profond de son âme. Il les vivait dans sa chair, dans son corps, de tout son être. Au début, cela me surprenait : je le traitais d'exalté, d'excité. Je me faisais une gloire d'être plus pondéré, plus réfléchi, moins impulsif. Je ne comprenais pas que l'on pût se sentir si concerné par ce qui se passait autour de soi.

J'étais différent. J'avais parfois l'impression que tout glissait sur moi. Quels que fussent les événements, je ne parvenais pas à y participer tout à fait : j'étais un bateau placide sur une mer démontée, un arbre épargné par la tempête, une mouette sur un charnier puant.

Deux jours plus tard, il revint d'Allemagne, bredouille, sans avoir pu accéder au lieu du crime, sans avoir obtenu d'information importante. L'appartement de Schiller, sous scellés, était constamment surveillé. Une instruction avait été ouverte, les collègues de la victime étaient interrogés. Il n'avait ni femme ni enfant. Apparemment, il passait sa vie entre l'université où il enseignait la théologie, et son parti politique qui, depuis l'annonce du meurtre, était plongé dans le plus grand désarroi. La nouvelle, à la une de tous les journaux, avait bouleversé le pays : Carl Rudolf Schiller attirait les foules. Auteur de nombreux livres, cet homme était perçu comme une sorte de prophète, de voix autorisée qui prenait souvent la parole pour intervenir dans les médias.

La nouvelle, parvenue en France, avait fait sensation. Un journal à grand tirage avait même réussi, on ne sait comment, à se procurer des photos du corps mutilé. Tout ce qui se rapportait à Schiller prenait de la valeur. Les criminologues étaient invités dans les journaux télévisés, et tous y allaient de leur petit commentaire. Chacun de dresser le portrait, le profil psychologique du tueur : pour certains, il s'agissait d'un homme intelligent, cultivé, qui vivait seul, retiré à la campagne, pour d'autres, c'était un dément, un malade mental antisocial, un sadique-anal qui accumulait les ordures dans son appartement sordide. Ou alors c'était un hystérique qui avait mis en scène son meurtre de façon compulsive.

A son retour, Félix me retrouva dans un lieu qui était devenu notre repaire, notre endroit fétiche : le bar de l'hôtel Lutétia. C'était là que je lui avais donné rendez-vous, dès nos premières rencontres, pour « commémorer » les années noires, celles où ce cœur de Paris était transformé en haut lieu du commandement militaire par l'envahisseur. Depuis, c'était devenu un rituel, tout comme le gin-fizz et le cigare que nous y fumions, enfoncés dans les énormes fauteuils de cuir de la petite salle feutrée, aux lumières tamisées, que nous préférions à la grande, trop animée pour nos complots tardifs.

Vers onze heures du soir, sous l'œil indifférent des chasseurs en livrée rouge, je poussais l'énorme porte tournante du boulevard Raspail, et je pénétrais d'un pas auguste l'univers intemporel du Lutétia, aux tapis épais et au mobilier précieux dans le plus pur style de la Belle Epoque ; je traversais la salle aux lustres de cristal, toute de glaces et de vitres, pour arriver, au fond, à la porte donnant sur la petite pièce. Là, dans la chambre rectangulaire si noire que l'on distinguait à peine le bar, les tables basses et les fauteuils Arts déco, était le lieu de toutes les intrigues. Ce n'était plus les bals des grands siècles, c'était les années trente, bourgeoises et un peu décadentes et, toujours, cette idée que l'on se fait de la vie parisienne lorsque l'on est étranger, que l'on s'y occupe pour quelques années, et que l'on s'y autorise ces privautés avec une femme aux talons hauts et au sourire pimpant, une femme française, même pas éméchée, que l'on forcera à peine vers l'étage supérieur. C'est l'image du romantisme parisien qui n'a jamais existé que pour ceux qui l'ont voulu ainsi, et ceux qui ont collaboré à ce rêve, pour le rendre plus réel et plus mirifique encore ; mais nous étions là, cette fois, répondant à l'appel, pour reconquérir l'endroit foulé aux pieds par les bottes sanglées, et adoucir, sous le cuir de nos Church, l'usure du tapis rouge traîtreusement déroulé.

A travers la fumée de son cigare, Félix me fixait de son regard intense. Ses pupilles, très mobiles, se mouvaient de droite à gauche, de gauche à droite pour finir par se fixer sur un point qu'elles absorbaient comme un puits noir.

— La police allemande ne dispose d'aucune piste, me dit-il. Ils n'ont toujours pas retrouvé la seconde moitié du corps. Ils ne se sont pas montrés très coopératifs... J'ai l'impression qu'on essaie d'étouffer l'affaire.

— Vraiment ? répondis-je.

— Schiller n'était pas bien vu par le gouvernement, qu'il critiquait violemment. A cause de sa popularité croissante, il représentait, avec son parti écologico-religieux, une menace sérieuse pour les futures élections. Je crois que sa mort en soulage plus d'un...

— Es-tu parvenu à rencontrer des gens de son entourage, des proches ?

— Pas grand monde — sauf l'un de ses collègues, le frère Franz, un moine d'une cinquantaine d'années.

— T'a-t-il appris des choses intéressantes ?

— Oui, certainement. Il m'a dit de considérer la création : la terre, la mer, l'air et les astres, les arbres et tout ce qui existe...

— Oui, je sais... le firmament et le ciel d'en haut, avec tous les anges et les êtres spirituels...

— ... cette masse immense, remplie d'infini. Et il m'a dit d'envisager le Mal, face à toutes ces choses. Comment Dieu, qui est bon, a-t-il pu créer le Mal ? C'est une question insoluble. Bref, pour lui, ce n'est pas la peine de chercher. Nous ne résoudrons jamais le mystère de la mort de Schiller... On découvrira peut-être l'assassin, on le punira et ça s'arrêtera là.

— Et toi, qu'en penses-tu ?

— Je crois que je vais passer à l'action.

— Passer à l'action ? repris-je, surpris.

Il ralluma son cigare, et répondit, avec calme :

— On ne peut pas laisser faire cela, tu comprends ? Pas après tout ce qui s'est passé.

— Que veux-tu dire par là ? Je me rends bien compte que c'est affreux, ce qui est arrivé à Schiller, et il est malheureux que l'on n'ait pas trouvé le coupable. Mais tout de même, ce n'est pas notre affaire.

— Tu ne crois pas que c'est exactement ce que les gens disaient, ici même, en 1942 ? Rien, on ne se sent jamais concerné par rien. Ce n'est pas notre affaire si on jette les immigrés dans la Seine, si on brûle les baraques des Turcs, si on nettoie les races. Ce n'est pas notre affaire si on coupe un homme en deux... Et on laisse faire, jusqu'à ce que cela arrive à *soi*.

Il ne me quittait pas du regard. Des ombres inquiétantes dansaient sur son visage. Ses yeux renvoyaient comme un miroir l'image dansante de la flamme qui brûlait sur la table. Ce n'étaient pas des yeux, c'étaient des mers, des mers de feu et de flamme, des flots en colère sous un déluge, des océans ravagés dans la tempête, aux horizons embrasés.

— Tu vois, reprit-il, je sais trop comment les choses commencent, et où elles finissent. Si nous, historiens et journalistes, nous ne sommes pas capables de tirer les leçons de l'Histoire, qui donc le fera ?

— Qu'est-ce que tu proposes ? demandai-je.

— Plusieurs fois dans l'enquête, le nom de Samy Perlman a été mentionné. Apparemment, c'était un intime de Schiller. Tu dis que tu le connais ?

— Oui, en effet.

— Peux-tu me le présenter ?

Je réfléchis un instant.

— D'accord. Je t'arrange un rendez-vous avec Samy Perlman. Mais tu verras, ce n'est pas un cadeau.

— Que veux-tu dire ?

— Mina et Samy Perlman sont deux survivants des camps. Ils sont arrivés en France après la guerre... Je les ai rencontrés lors de recherches que j'ai menées pour l'un de mes articles, au sujet de la persécution des juifs de Lodz. Après plusieurs entrevues, nous avons sympathisé et, depuis, je vais parfois leur rendre visite. Ce sont des gens charmants bien sûr, mais...

— Mais ?

— Il m'a fallu plusieurs mois d'entretiens pour en savoir un peu plus sur eux. Au début, Samy ne desserrait pas les lèvres et Mina parlait de tout, sauf du sujet en question. La plupart des entretiens étaient entrecoupés de silences. Peu à peu, j'ai réussi à gagner la confiance de Mina, qui m'a raconté son histoire — mais de Samy...

Je m'arrêtai un instant. Il souffla une bouffée de son cigare, derrière laquelle ses yeux se perdirent un instant.

— De Samy, je n'ai jamais rien obtenu.

3

Le 30 janvier 1995, à 17 h 30, par un froid très rude, nous nous rendîmes à pied dans le Marais, l'ancien *Pletzel,* où vivaient Samy et Mina Perlman, et nous nous arrêtâmes au numéro 7 de la rue des Rosiers.

Lorsque j'étais venu, pour la première fois, des années auparavant, dans cet appartement aux hauts plafonds traversés de poutres, je n'avais pu m'empêcher de remarquer que j'étais dans un intérieur juif. Ce n'était pas le chandelier sur la bibliothèque, ce n'étaient pas les gravures représentant des sages en train de prier, ni les vieux livres hébraïques ; c'était une atmosphère indéfinissable, qui m'avait curieusement ému.

Avant de me spécialiser sur la Seconde Guerre mondiale, je n'avais jamais entretenu de contact étroit avec les juifs. Pour moi, ils étaient des sujets d'histoire, des reliques, des pièces de musée. Ma famille parlait « des juifs » comme s'ils étaient à part. Et j'avais nettement conscience de cette différence chaque fois que je rencontrais un « juif » puisque cette catégorie me venait à l'esprit pour le caractériser, alors que j'aurais pu dire un Parisien, un blond ou un professeur.

Je crois que c'est pour comprendre, justement, que je m'étais attelé à l'histoire de la barbarie et que, dans le cadre de mes recherches, j'avais rencontré des centaines de rescapés, dont certains étaient devenus des amis.

Félix admirait ma dévotion et ma fidélité à ces vieilles gens. Un jour, il me parla de son grand-père, véritable héros de son enfance, qui avait fait son éducation, plus que ses parents. Pendant de longues heures, le vieil homme lui parlait avec passion de la Révolution : la française, et aussi la future, l'internationale. Il avait passé trois mois à Drancy, lorsqu'il avait trente-cinq ans, en tant qu'« ami des juifs ». Il faisait partie de ceux qui, révoltés par le port obligatoire de l'étoile jaune, arborèrent des insignes fantaisistes : « goy », « swing », « Danny » ou « 130 ». A Drancy, dans le camp insalubre où étaient emprisonnés les juifs avant la déportation, il avait rencontré toutes sortes d'« amis des juifs » comme lui : électriciens, étudiants, architectes ou boulangers. Il racontait avec émotion comment ils étaient reçus par les prisonniers, en larmes, dans des étreintes fraternelles. Les « amis des juifs » étaient exemptés des corvées qu'on réservait à leurs « amis » et, lorsqu'ils tentaient de prendre les seaux pour les aider, cinq ou six prisonniers se précipitaient pour leur enlever les objets des mains en suppliant : « Pas vous, pas vous. »

Et puis son grand-père lui racontait aussi la Résistance, les faux papiers, les journaux clandestins ; il lui parlait du haut plateau boisé de pins où pleuraient les fougères, des sentiers étroits qui plongeaient au fond du mystère, du sol meuble où des sapes avaient été aménagées, et de cette vie active mais invisible dans les noires chambrées sous la terre. A l'ombre du monde réel, du grand jour trop aveuglant pour les yeux doux, ils avaient percé l'ouverture étroite, par laquelle, recroquevillés mais ardents, brûlant presque sous le feu de la chaleur humaine et de l'idéal, flambant dans le froid glacial de Corrèze, ils combattaient. Il lui avait dit les extractions de balle sans anesthésie à la lumière d'une lampe à pétrole, il avait évoqué les camarades pris, torturés, assassinés, et la peur de chaque instant, les regards fuyants et les mains moites, et, aussi, l'absurde nécessité, parfois, de tuer comme les bourreaux : il se souviendrait jusqu'à la mort du jeune Auvergnat qu'il avait abattu d'une balle dans la nuque. Il avait encore la lettre qu'il avait trouvée dans la poche de sa veste, décrivant minutieusement les lieux, les noms et les projets d'embuscade, et, d'une main tremblante, il lui avait montré l'enveloppe qu'il avait toujours gardée : la « tante » de Clermont-Ferrand avait la même adresse que la Gestapo.

Lorsque son grand-père mourut, Félix se sentit seul au monde. Il avait tout juste treize ans. Il s'était juré de rester fidèle à la vie et aux pensées de cet homme, cette lumière de son enfance.

Mina Perlman était issue d'un milieu bourgeois de Varsovie. A seize ans, elle avait combattu dans la résistance, jusqu'au jour où elle avait été arrêtée et envoyée à Auschwitz. Samy, né en Allemagne, avait passé deux ans à Auschwitz II-Birkenau — une durée considérable, l'espérance de vie dans les camps n'excédant pas quelques mois. Après la guerre, Mina, sans famille, décida d'émigrer à Paris. C'est là qu'elle rencontra Samy. Ils avaient trois enfants, que je n'avais jamais rencontrés : deux garçons, Béla et Paul, et une fille, Lisa, qui portait le nom de sa grand-mère maternelle.

Samy était comptable à la retraite, et sa femme, qui enseignait la théologie, avait écrit plusieurs ouvrages sur la Shoah.

Mina nous accueillit chaleureusement, et proposa de nous servir un thé. Ronde et joviale, elle avait des cheveux blonds coupés au carré, et des yeux bleus très lumineux mis en valeur par un tailleur pervenche qu'elle portait avec des bijoux de la même teinte. On sentait en cette femme soignée, ardente et volontaire, comme une révolte, une sorte de rage intérieure, qui contrastait avec la réserve et la distance froide de son mari. Mina, je l'avais senti dès le premier regard, était une mystique, une mystique juive qui se projetait dans l'unité suprême ; elle faisait partie de ces élus pour qui Dieu se révélait dans les dimensions intimes de son être. Plus tard, j'appris — à mon corps défendant — combien elle vivait intimement l'histoire et le destin d'Israël qui était pour elle l'expression la plus pure et la plus achevée du drame cosmique.

Elle sortit de la pièce, nous laissant seuls avec Samy. Félix fit plusieurs tentatives pour le questionner au sujet de Carl Rudolf Schiller. La seule réponse qu'il obtint fut un regard clos aux paupières baissées, et une moue pincée. En désespoir de cause, pour meubler le silence, je parlai de la thèse que j'étais en train d'écrire sur Hitler et la solution finale, mais je n'obtins pas beaucoup plus de succès.

Il devait avoir soixante-dix ans. Son visage sévère, émacié, était creusé de rides qui formaient des gouffres d'ombre sur son front, aux coins de ses yeux et autour de sa bouche. A le regarder, on était aspiré vers ces précipices, véritables traits de cette figure dont les autres contours, ceux de l'œil, du nez ou de la bouche, étaient comme les pâles esquisses. Ce n'étaient pas des plis sur une eau lisse, augmentés par le sourire ou la mélancolie, ce n'étaient pas des sillons de labeur, c'étaient des abîmes où sombraient les rivages, des fosses creusées de la main de l'homme, tombeaux sur une peau, urnes des ténèbres, amas de souffrances. Ses cheveux gris coupés court, son corps maigre, droit et raide rappelaient les figures de Giacometti, hommes décharnés qui arpentent le siècle, squelettes noirs dégoulinant de suie, écartant d'un pas nonchalant leurs membres désespérément fins, bâtis sur la mémoire douloureuse.

Mina revint enfin, les bras chargés d'un plateau.

— Que font vos enfants, madame Perlman ? s'enquit Félix, alors qu'elle nous servait le thé.

— Lisa, la cadette, devrait arriver d'une minute à l'autre, répondit Mina. Elle a récemment trouvé un atelier de sculpture tout près d'ici et, depuis, elle vient nous voir presque tous les jours après le travail. Paul a une consultation en pédiatrie qui marche bien, et Béla, l'aîné...

Mina hésita.

— Béla n'est pas ici, en ce moment, termina-t-elle rapidement.

Soudain, elle se leva et alla regarder par la fenêtre. Je savais qu'elle avait l'habitude de guetter sa fille depuis qu'elle était toute petite.

— La voilà, elle arrive, dit-elle, soulagée.

Ce fut ainsi que, le 30 janvier 1995, à 17 h 55, je rencontrai Lisa. J'avais souvent entendu parler d'elle, mais je ne l'avais jamais vue. *Lisa Perlman, juive ashkénaze, fille de rescapés de la Shoah.*

Elle posa son manteau, une sorte de cape de soie pourpre, sur le bras du canapé, elle s'assit en souplesse juste à côté de moi, enveloppée d'une aura de fraîcheur.

Les Perlman prirent les fauteuils en face de nous. Je me décalai légèrement vers Félix pour faire place à Lisa, mais elle était à quelques centimètres de moi, et son épaule me touchait presque. Elle portait un chemisier de voilage blanc et une jupe de satin noir. Ses cheveux longs, raides, très sombres, tombaient de part et d'autre de ses épaules.

A l'aide d'un couteau, elle poussa délicatement un morceau de strudel dans une petite assiette et se tourna vers moi :

— Vous en voulez un peu ?

Incapable de répondre, pendant plusieurs

secondes, je restai bouche bée. Mon cœur bondit dans ma poitrine comme s'il voulait en sortir. Mes yeux venaient de plonger dans un océan de pureté.

Aujourd'hui, je pourrais tout recomposer, avec ordre : la curiosité qui se lisait dans ses yeux bleu-gris, l'air bienveillant de son sourire aux lèvres fines, la blancheur de sa peau qui tranchait sur ses cheveux de jais. Mais, sur le moment, je ne perçus pas l'organisation de cette beauté. Ce que je voyais ressemblait plutôt à un tableau de Picasso : les yeux dévoraient le visage, le nez au milieu du front était à l'envers, la bouche de côté, les couleurs tourbillonnaient et le monde entier tournoyait autour d'elles.

Elle répéta sa question, en détachant un peu les syllabes :

— Vous désirez un peu de strudel avec votre thé ?

Félix vint à ma rescousse.

— J'en prendrais bien un peu, Lisa, merci.

— Merci, balbutiai-je bêtement, en écho.

— Comment se passe votre travail, Lisa ? demanda Félix.

— Mais très bien, dit-elle. Je viens d'avoir une commande pour un monument sur la Shoah, pour la ville de Fribourg, en Allemagne. C'est un projet un peu fou... une immense colonne de plomb, où tout le monde pourra signer et écrire ce qu'il voudra. Cette colonne s'enfoncera dans le sol peu à peu, jusqu'à devenir totalement invisible.

Elle avait dit cela en s'accompagnant de lents mouvements avec les mains et en terminant par un sourire.

— Sinon, continua-t-elle, la question du jour est celle du mémorial de la Shoah à Berlin, qui sera situé en plein centre de la ville, à la Potsdamer Platz, pas loin du bunker d'Hitler. J'ai fait une proposition, il y a environ un an, en collaboration avec un sculpteur allemand : un gigantesque tombeau gravé des noms des juifs morts, et surmonté de petits rochers venant de Massada, en Israël.

Devant notre air interrogateur, elle ajouta :

— Dans la tradition juive, on a l'habitude de mettre des petites pierres sur les tombes, ce sont les marques de notre passage et de notre présence fidèle.

— Ce projet a-t-il été accepté ? demanda Félix.

— Au début, il a beaucoup plu. Maintenant, les responsables politiques nous disent que c'est l'expression de la génération juive opprimée qui veut se venger sur les Allemands en leur infligeant des souvenirs pesants. Je commence à me demander si ce mémorial va perpétuer la mémoire de six millions de juifs morts sous le régime nazi, ou s'il ne va pas plutôt servir à enterrer cette période. Je crois que l'Allemagne réunifiée préfère se tourner plus librement vers le futur, sans être encombrée par son passé...

Elle s'interrompit soudain et murmura, d'un ton plus grave :

— Maman, à propos de passé encombrant, as-tu des nouvelles de Béla ? Il y a longtemps que je ne l'ai pas vu, et il ne répond pas au téléphone...

— Non, je ne sais pas où il est... dit Mina, d'un air contrit. J'ai été très occupée, ces derniers temps, à cause du changement de gouvernement...

— Maman, expliqua Lisa en se tournant vers moi, vient d'être nommée conseillère à la Commission consultative des Droits de l'homme.

— Oui, enchaîna Mina, et il y a fort à faire, avec ce qui se prépare...

— Et peux-tu nous dire ce qui se prépare, ou est-ce un secret d'Etat ? demanda Lisa.

— Une commission a été réunie par le gouvernement pour statuer sur de nouvelles lois sur les étrangers, répondit Mina. On parle de fermer davantage les frontières et de restreindre encore les droits des immigrés.

Elle jeta un coup d'œil à Samy qui, pendant toute cette conversation, ne soufflait mot. Retranché dans son fauteuil, il nous regardait, l'air froid, presque absent.

— Oui, poursuivit Mina, l'air pensif. Il y a en France un drôle de climat en ce moment. La profanation des cimetières, le racisme... Jusqu'au fameux frère Daniel, l'emblème national du bien, qui vient de soutenir publiquement les thèses antisémites de l'un de ses amis. Et certains trouvent le moyen d'admirer le « saint homme », qui les a aidés à y voir plus clair et qui aurait eu le courage de remettre en cause un tabou. N'est-ce pas vous, dit-elle en se tournant vers Félix, qui avez contribué à faire éclater cette affaire ?

— En effet, répondit-il, je pistais le bonhomme depuis un moment. Tout cela n'est pas nouveau.

— Croyez-vous que ce soit une crise de sénilité ? dit Mina.

— Non, pas du tout. Je reste persuadé que ce sont là ses convictions profondes, depuis toujours.

— Oui, poursuivit Mina, d'un air attristé. Il règne un mauvais climat en France en ce moment... Cela rappelle étrangement les années trente...

— Et le meurtre de cet homme célèbre. Carl Rudolf Schiller, ajouta Félix, fort à propos, croyez-vous que ce soit un meurtre idéologique ?

— Possible, dit Mina.

— Vous le connaissiez bien, Schiller ?

— Bien, non... fit-elle, hésitante. Ce n'était pas quelqu'un de très simple — je veux dire, théologiquement. Si vous voulez en savoir plus, vous devriez venir au colloque qui se tient le mois prochain sur la Shoah. Moi-même j'y ferai une allocution. Vous y rencontrerez sûrement des gens qui le connaissaient.

Je ne me souviens plus très bien de ce qui se dit ensuite. Le reste de la conversation est plongé dans un brouillard épais, qui n'est que le reflet de ma confusion. Ce dont je me souviens, c'est de la transparence qui se dégageait de Lisa, de sa voix argentine, de ses gestes gracieux, de sa douceur. C'était un mélange de candeur et de distance sereine. Il y avait en elle une clarté d'âme, dont j'imaginais qu'elle lui venait de sa mère, ainsi qu'une détermination, une persévérance, qu'elle semblait tenir de son père. Elle était entière, elle n'avait aucune blessure, elle était absolue, immaculée.

Vers sept heures du soir, Félix et moi partîmes de chez les Perlman. Ensemble, nous nous dirigeâmes vers la station de métro Saint-Paul.

— A quel événement faisait allusion Mina, à ton avis, lorsqu'elle a parlé des années trente ? me demanda Félix.

— En rapport avec aujourd'hui ?

— Oui.

— La question de la nationalité était au cœur des débats politiques en France. On disait que la République avait accepté trop d'immigrés, et qu'elle avait naturalisé trop de gens. D'ailleurs, en juin 1940, lorsque le gouvernement de Pétain a pris le pouvoir, sa première mesure a été de revoir les naturalisations et d'interdire à ceux qui n'avaient pas un père français de pratiquer le droit ou la médecine, par exemple sous le prétexte que le « cosmopolitisme » était la cause majeure de la défaite française.

Je m'interrompis soudain. Félix me considérait avec étonnement. En effet, j'avais donné ces explications machinalement, d'un air béat, car je pensais à tout autre chose.

— Qu'est-ce qui t'arrive ? fit-il, en fronçant les sourcils.

— Félix, je crois que je suis amoureux.

Il s'arrêta net, au milieu de la rue des Ecouffes.

— Tu disais que l'amour était une création de la civilisation occidentale qui se fonde sur la valeur individuelle de chacun...

— Félix...

— « Croyance d'origine chrétienne, l'amour suppose la prédestination », poursuivit-il.

— Tu ne m'arrêteras pas.

— « L'amour est un mystère chrétien. »

— Oui, un vrai mystère.

— Toi, dit-il en fronçant les sourcils, tu succombes à la fascination du Peuple élu...

— Que veux-tu dire ?

Il avança soudain d'un pas rapide. Je le rejoignis. Une lueur d'amusement brillait dans ses yeux.

— C'est le syndrome bien connu de la belle juive : la femme à la peau blanche, aux cheveux noirs, aux longs cils et aux yeux ombreux comme des abîmes, où viennent se perdre les pauvres goyim. La femme pieuse, mystérieuse, intelligente mais soumise, dont le destin néfaste n'est que le châtiment d'un dessein séculaire, la Rébecca d'Ivanohé, la belle courtisane de Balzac... Il n'y a que les vrais antisémites qui tombent fous amoureux d'une femme juive, ce n'est que l'envers de la haine qu'ils leur portent.

— Je te dis que je suis amoureux d'elle et tu trouves encore le moyen de me traiter d'antisémite. Pour moi, elle pourrait être catholique que cela ne changerait rien, rien du tout... Tu ne la trouves pas merveilleuse ?

— Mais je vois que ton cas est sérieux.

Il s'arrêta et pointa un doigt sur moi.

— Alors écoute bien ce conseil. Moi qui le suis toutes les cinq minutes, je peux te dire que lorsqu'on est amoureux, lorsque cette émotion est si forte qu'elle paraît être une évidence, on a tendance à croire qu'il en va de même chez l'autre. Mais c'est une erreur. Parfois, il n'en est rien, et le sentiment, aussi intense soit-il, n'est pas forcément partagé. C'est pourquoi il ne faut rien précipiter.

Je reconnaissais là Félix : c'était bien à lui de me donner des conseils sur la séduction. C'était son hobby, son loisir favori. L'idée du mariage lui semblait incongrue. Pour lui, c'était l'enfermement dans la routine et la répétition du même. Après avoir séduit, il s'enfuyait comme il était arrivé ; sans attendre la cavalerie. Il pouvait être aussi abrupt qu'il avait été délicieux.

— Pas de déclaration, pas de sentimentalisme, ajouta-t-il. Ce n'est pas le genre de fille qu'on enlève à la hussarde, un couteau entre les dents.

Si l'on savait tout, depuis le début, si l'on pouvait embrasser d'un regard l'enchevêtrement des faits, on saurait faire des choix, et le bien, le mal ne seraient plus aussi confus. Mais peu importe, finalement, les raisons, les pourquoi et les comment, les motifs et les mobiles. Ce jour-là, sans que je ne me l'explique, le sol s'est effondré sous mes pieds. Le sol de mes certitudes, de mes intérêts, de mes habitudes. J'étais allé chez ces gens pour aider Félix à enquêter sur un meurtre atroce et voilà que, en arrivant chez eux, j'avais rencontré Lisa Perlman, et tout me semblait soudain dérisoire.

Je ne me doutais pas alors que mon amour pour Lisa et mon intérêt pour l'affaire Schiller allaient être si étroitement liés.

4

Monsieur, je me permets d'attirer votre attention sur un individu juif étranger qui, par son activité néfaste, compromet la sécurité du pays et nuit à l'œuvre de redressement national.

Les semaines qui suivirent ma rencontre avec Lisa Perlman, je me rendis tous les jours aux Archives nationales, pour y travailler — j'écrivais un article sur les dénonciations des juifs à Paris et en région parisienne — autant que pour y flâner. Je cherchais à me rapprocher de la rue des Rosiers où j'avais rencontré Lisa. Elle-même, comme je le sus rapidement, habitait juste à côté de ses parents, 1, rue des Mauvais-Garçons.

Le plus souvent, je me retrouvais dehors, à déambuler, espérant la revoir, ou simplement pour humer l'air qu'elle respirait. A midi, j'achetais un falafel, non loin de l'immeuble des Perlman, à l'angle de la rue des Rosiers et de la rue des Ecouffes, et je le mangeais en regardant les devantures des librairies juives, des vieilles épiceries et des magasins de haute couture. D'autres fois, j'allais dans une échoppe à pizza, sombre et vétuste, où se déroulaient, sur fond de musique hassidique, des rencontres savantes entre les étudiants du quartier. Parfois, avant de retourner aux Archives, je remontais la rue Vieille-du-Temple aux magasins et aux bars nombreux, et je poussais mon errance jusqu'à la rue de Rivoli, vers le majestueux Hôtel de Ville, image rassurante de la République après la communauté.

J'aimais ce quartier à l'abri des vieilles maisons, des restaurants casher, des traiteurs et des pâtisseries, où il y avait ce strudel au pavot que j'avais goûté chez les parents de Lisa, et que je dévorais, presque rituellement, tous les jours : mille grains de poudre qui m'avaient fait tourner la tête jusqu'à l'extase, mille poussières de sable collées dans le sucre, mille jours et mille nuits à patienter, à attendre que ce peuple né d'une promesse lointaine veuille bien s'ouvrir et se donner à moi. Les vitrines de Goldenberg, curieusement, n'étaient pas refaites depuis l'attentat, et l'on voyait les trous qu'avaient percés les balles des terroristes. Méfiante, rancunière, la rue des Rosiers ? Encore un peu pâle, pas tout à fait remise, et pourtant animée par le vent estival, après le printanier qui avait décimé ses bourgeons à peine éclos, déraciné ses troncs solides, implantés en des temps anciens, poussant fiers, ardents, pour agrémenter la rue de Rivoli, quadriller la place des Vosges, prêts à la défendre au péril de leur vie, croix de bois croix de guerre, pour se retrouver, vieil arbre malade, pauvre planche dont personne ne veut, sauf pour les brûler, mais pas ici, un peu plus loin, au-delà de la ligne bleue qu'autrefois fortifiaient ses ramures.

Aujourd'hui, c'étaient d'autres branches qui, depuis le désert, étaient venues réchauffer le quartier transi, de ses joues hâves réveiller la couleur et, agrémentées de sels piquants, en faire revenir les esprits.

Le reste du temps, je passais des heures à dépouiller les documents — ou à me documenter sur les dépouilles. Les Archives, qui étaient ma deuxième maison, l'endroit où d'ordinaire je me sentais le mieux, commençaient à m'étouffer. Penché sur les papiers jaunis — ces lettres sordides que j'épluchais une à une — je ne faisais plus tout à fait partie de ce groupe d'érudits au Caran, assis devant leur petite boîte grise, devant leur codex ou leur incunable, ces collectionneurs qui ne vivent que pour conserver, recopier, découvrir et établir leurs sources. Pour eux, les Archives étaient le temple de la Vérité où ils allaient officier. La lumière y jaillissait des nombreuses fenêtres, des cartons d'où la main sortait les choses cachées, et des petits sachets transparents que l'on donne aux chercheurs pour qu'ils y déposent leurs affaires. C'est l'endroit de toutes les révélations. Mais n'y entre pas qui veut : il faut avoir une autorisation et, même si l'on est historien, certains dossiers ne sont pas accessibles.

Mais si j'entrais toujours par la grande porte le cœur battant, c'était moins à l'idée de découvrir un nouvel élément pour mes recherches que de me retrouver à proximité de Lisa. Un après-midi, en me rendant à mon travail, je l'aperçus dans la rue. Elle était avec son père. Ils marchaient tous les deux d'un pas pressé. Soudain, ils entrèrent dans une petite échoppe. Je me postai non loin de la boutique et j'attendis qu'ils repassent devant moi, pour pouvoir les saluer, comme par hasard. Mais ils sortirent sans me voir. Je les suivis pour les rattraper. Soudain, Lisa tourna la tête vers son père ; ses paroles me parvinrent à travers un vent glacial :

— Tu devrais dire à la police ce que tu sais au sujet de Schiller. Tu sais très bien que tu n'as pas le droit de te taire.

Samy baissait le regard, sans répondre.

Pétrifié, je ne pus faire un mouvement, les regardant disparaître au coin de la rue.

Le soir, je retrouvai Félix au Lutétia et je m'empressai de lui révéler ce que j'avais surpris.

— C'est bien ce que je te disais, ajoutai-je. Je suis sûr qu'il en sait long sur Carl Rudolf Schiller, le vieux Samy. Mais on ne le fera pas parler.

— Sais-tu au moins où et quand les deux hommes se sont rencontrés ?

— Non ! Je n'en ai pas la moindre idée. Peut-être à un colloque sur la Shoah. De temps en temps, Samy vient assister à l'une ou l'autre conférence.

— Mais crois-tu que l'on pourrait faire parler Lisa ? Elle semble être au courant de quelque chose et, de plus, elle veut inciter son père à révéler ce qu'il sait.

— Oui, c'est possible, dis-je. Mais cela ne m'a pas l'air très simple... Il faudrait du temps.

Mais le temps, nous ne l'avions pas. La circonspection n'était pas la première qualité de Félix, et son métier ne consistait-il pas à transformer le temps en histoire, dans l'urgence ? Pour l'historien, c'est tout le contraire. Sa manipulation délicate du temps obéit à des règles précises : acquérir des informations, s'habituer à son sujet, s'en nourrir, s'en pétrir jusqu'à ce qu'il vous habite, vous transforme et, enfin, comme le musicien traduit le bruit en symphonie, échafauder l'intrigue et construire l'histoire.

Tout commence avec le geste de rassembler : une main qui prend un document, soupèse et trie, puis recopie, transcrit fidèlement. C'est le préliminaire nécessaire pour que cet objet devienne sien, qu'il change de place et de statut, qu'il se fasse signe, sous l'effet d'un regard. C'est tout un art de tenir l'incunable : il faut l'avoir bien devant soi ; il faut prendre garde de ne pas le déchirer, car il est si friable que, parfois, il part en poussière, entre le pouce et l'index, il s'effondre. Il faut beaucoup de délicatesse pour parvenir à le déchiffrer. J'ai vu des manuscrits coptes à moitié effacés, j'ai tenu entre les mains les papyrus de Nag Hammadi, enfouis sous la terre pendant des millénaires. J'ai contemplé des codex illisibles, des factures de vin et de céréales du IVe siècle, certains écrits en sahidique ou en subakhmîmique. C'est un travail délicat de faire d'un fragment, fragile en tant qu'objet, ténu comme idée, une narration, une vision du monde, pour l'emporter avec soi vers le grand empire du sens.

Plusieurs fois, Félix retourna voir Samy, pour essayer de lui soutirer des informations sur Carl Rudolf Schiller. C'était peine perdue : le vieil homme ne répondait pas. Il le considérait d'un air grave et pénétrant, et il ne répondait pas. Rien, il n'était rien arrivé à soutirer à cet homme qui refusait obstinément de parler.

Mais Félix, qui n'allait pas se laisser abattre pour autant, avait trouvé en moi un fidèle allié. Lui, que je harcelais de questions et de réflexions au sujet de Lisa, ne se plaignait pas de la tournure qu'avaient pris les événements. Il était heureux de trouver en moi un coéquipier, un limier et un informateur pour son enquête. Pendant des heures, je parlais avec lui, et je continuais de faire son éducation au sujet de la Seconde Guerre mondiale, et voilà que cette histoire, qui n'avait jamais été son problème, tout d'un coup, le passionnait.

Le 27 février 1995, je l'entraînai à l'Université catholique de Paris, où se déroulait la rencontre théologique sur la Shoah dont nous avait parlé Mina Perlman. La discussion portait sur l'existence de Dieu après Auschwitz, problème auquel Carl Rudolf Schiller avait consacré sa vie et son œuvre. Il y avait là des historiens, des théologiens, ainsi que des anciens déportés, qui prenaient la parole, dans les débats, pour raconter leur expérience. On semblait les écouter ici davantage que dans les colloques d'historiens où, bien souvent, lorsqu'ils contredisaient violemment tel ou tel point, ils ne manquaient pas de se faire rabrouer, comme si l'on trouvait leur présence incongrue.

Nous rencontrâmes le frère Franz, que Félix avait déjà croisé à Berlin. C'était un homme grand, à la carrure imposante, aux cheveux longs, poivre et sel, au front altier et à la poignée de main franche. Il portait une robe de bure grise, sans croix, et des sandales sur ses pieds nus.

Il appartenait à cette famille particulière, que l'on reconnaît par sa façon de se tenir, un peu plus droit que la normale, un peu plus raide, par le front souvent haut et par l'expression qui se lit dans les yeux, de force et d'intensité, comme si ces êtres débordaient d'un élan suprême, comme s'ils étaient ceints d'une couronne, qui signifiait leur élection. Je ne savais pas encore pourquoi il avait choisi cette voie, ni pourquoi il s'était destiné à la vie monastique, je ne savais pas non plus quel était son idéal, l'objet de sa quête, mais je sentais d'ores et déjà qu'il en était avide, et qu'il était loyal dans son avidité.

— C'est l'affaire Schiller qui vous amène ici ? dit le frère Franz.

— Oui, malgré vos recommandations, je continue, dit Félix.

— C'est pour cela que vous traînez dans ce petit milieu ?

Félix ne répondit pas. Le frère Franz le fixa pendant un moment. Il était extrêmement myope, et ses yeux, ni bruns ni verts, ni noirs ni bleus, se nuançaient de lueurs étranges, entre le jaune et l'orange. Ses pupilles dilatées accentuaient l'étrangeté de son regard.

— Je vous ai dit que ce n'est pas la peine de poursuivre, dit-il. Vous ne trouverez rien... Et surtout pas ici...

— Pourquoi pas ici ?

— Je déteste ces endroits où l'on débat de la Shoah, où l'on traite Auschwitz comme d'un sujet de controverse ou de débat.

— Avez-vous appris quelque chose de nouveau sur Carl Rudolf Schiller ?

— Ma foi oui. Je crois que Schiller se savait menacé.

— Vraiment ? Qu'est-ce qui vous fait penser cela ?

— Il a fait un testament, dans lequel il m'a légué quelque chose... quelque chose que j'ai reçu par la poste, quelques jours plus tard.

— De quoi s'agit-il ? dit Félix, sans ambages.

— Je regrette, mais il a également exigé que je n'en parle à personne.

— Même si cela peut permettre de faire avancer l'enquête ?

— De toute façon, il m'a donné des instructions précises sur ce que je devais en faire.

— Que devez-vous en faire ?

— Je dois le remettre à sa place.

Sans s'expliquer davantage, il ajouta :

— Dans le fond, vous trouverez peut-être le meurtrier, mais vous n'en serez pas plus avancé sur les causes de ce mal.

— Qu'est-ce qui vous fait penser cela ? demanda Félix.

Le frère Franz plissa un instant des yeux, puis dit avec un sourire triste :

— Le mal existe, c'est un fait, et la chute réside

dans sa connaissance, la connaissance du bien et du mal... Vous connaissez l'histoire...

Sur ces mots, il s'éloigna.

Le colloque commença. Félix et moi prîmes place au fond de la salle, de façon à sortir quand nous le souhaitions, sans trop déranger : je n'étais pas tout à fait sûr de vouloir rester.

Pourtant, au bout d'une heure, ce fut moi qui le priai d'écouter la prochaine conférencière, Mina Perlman, qui parlait de la Shoah.

— Un juif aujourd'hui peut-il encore continuer à croire au Dieu de l'histoire ? disait-elle. Peut-il prendre le risque d'exposer ses enfants et les enfants de ses enfants ? Est-il possible et est-il nécessaire pour le juif de croire qu'il a été choisi pour témoigner ? Et de quoi témoigner après la Shoah ?

« La foi religieuse est gravement remise en cause par les événements de notre époque, la foi juive en particulier, a subi le plus grand traumatisme de son histoire. Notre peuple a été le premier à affirmer l'existence du Dieu de l'histoire. Il a eu avec ce Dieu une relation unique. Pendant des années, il a cru dépendre de lui pour sa survie. Ce Dieu, qui l'a sauvé d'Egypte, qui lui a donné la Terre promise et qui a accompli pour lui des miracles, où était-il pendant la Shoah ?

« Au moment même où certains croyants trouvent des motifs pour rejeter le Dieu de l'histoire, je dis que le juif, lui, au contraire, a l'obligation de croire toujours en ce Dieu. La question que je pose est la suivante : est-il sûr que les catastrophes de notre temps soient des raisons suffisantes pour décider de la non-existence de ce Dieu de la Bible, alors que la foi juive a déjà survécu à tant de tragédies, depuis l'oppression égyptienne, il y a plus de trois mille ans ? A Auschwitz, les juifs furent massacrés, non pour avoir désobéi au Dieu de l'histoire, mais plutôt parce que leurs grands-parents lui avaient obéi. En les tuant, c'est ce Dieu de l'histoire qu'Hitler cherchait à faire mourir. Et c'est pour cela qu'il est interdit de faire comme lui. Il est interdit de donner à Hitler une victoire posthume.

— Comme tu vois, Auschwitz pose un grave problème aux religieux, murmurai-je à Félix. Comment est-il possible de croire en un Dieu qui a laissé faire une telle catastrophe ?

— N'y a-t-il pas des théologiens qui disent qu'il ne peut s'agir que d'une vengeance de Dieu, une punition ?

— Oui, certains le disent ; mais ils sont peu nombreux. Cependant, tous tentent désespérément de donner un sens à la Shoah. Par exemple, Mina Perlman dénonce l'argument selon lequel après Auschwitz on ne peut plus pratiquer le judaïsme ni aucune religion, pour elle, cela équivaut à parfaire, sciemment ou inconsciemment, l'œuvre d'Hitler. Elle dit que c'est précisément parce que Hitler a fait du monde le lieu du désespoir qu'il ne faut pas désespérer.

— Mais comment explique-t-elle que Dieu ne soit pas intervenu pour sauver son peuple ?

— Et pourquoi Hitler n'a pas été puni ? C'est une question d'enfant... Mais c'est ce que tous se demandent. Carl Rudolf Schiller soutenait que ce n'est pas la religion et la foi qui ont été remises en cause à Auschwitz, c'est plutôt le sécularisme de notre culture. Autrement dit, la Shoah...

— ... est en quelque sorte un signe de la présence divine dans l'histoire ? s'exclama-t-il.

Il avait parlé un peu fort. Quelques regards se tournèrent vers nous. Certains me fixèrent longuement, d'un air surpris, je ne sais pourquoi.

— Exactement, répondis-je, plus bas. Auschwitz, pour lui, c'est la victoire de l'athéisme. Schiller disait que la Shoah découlait de l'idéologie des Lumières, de la foi absolue dans la raison technique et la science, et il en voulait pour exemple que certains juifs jeûnaient le jour de Kippour, dans les camps de concentration, pour montrer la préséance de Dieu sur les forces barbares... La Shoah, pour lui, c'est ce qui arrive quand on défie tout. L'Occident, qui a d'abord proclamé que Dieu était mort, devait terminer par faire mourir l'Homme.

— Mais comment peut-on dire que les nazis étaient athées ? demanda Félix. Hitler dans *Mein Kampf* parle tout le temps de Dieu. Quel programme devrons-nous suivre, dit-il, si ce n'est exactement celui de l'Eglise catholique, lorsqu'elle a imposé sa religion aux païens ? Et les nazis ne croyaient-ils pas en Dieu ? N'étaient-ils pas chrétiens ?

Nous nous étions mis à parler plus bas, mais assez fort pour que notre voisin, un homme frêle et chenu, dont la longue barbe couvrait une mâchoire prognathe, entendît notre conversation, qu'il écoutait de plus en plus ostensiblement. Aux derniers mots, je le vis qui sursautait.

Il portait sur sa soutane une épaisse croix de bois, pendue au bout d'une simple ficelle.

— Si je peux me permettre, fit-il soudain, Schiller avait raison : Auschwitz, c'est le Golgotha. C'est le Christ sur la croix. Les juifs ont été offerts en holocauste à Auschwitz, tout comme Jésus a été sacrifié sur la croix pour sauver l'humanité.

— Vous le connaissiez, Carl Rudolf Schiller ? demanda Félix.

— Oui, je le connaissais. Nous nous sommes souvent rencontrés dans des réunions religieuses. Nous nous aimions bien. Nous partagions les mêmes idées.

Après la dernière intervention, Félix et moi sortîmes, en compagnie de notre voisin, de la grande enceinte de la rue d'Assas. Sous les lueurs du crépuscule, les luminaires commençaient à embraser les cieux et la lune à veiller sur la terre. L'horizon était en flammes : rouge et violet, pourpre et indigo, il déclinait les couleurs de la fin. Le soleil n'avait pas encore disparu : on eût dit une grosse boule carmin qui roulait sur l'azur. Au-dessus du monde informe, la lumière et l'obscurité s'étreignaient une dernière fois, avant la séparation.

C'était un drôle de petit bonhomme, qui boitillait bizarrement, un coup à droite, un coup à gauche, comme si ses deux jambes étaient à la fois trop courtes et trop longues. Il parlait beaucoup, avec un débit saccadé. Il était prêtre dans une abbaye proche de Paris, où les moines consacraient leur vie aux pauvres. Il se nommait le père Francis.

Lorsque je lui confiai que j'étais historien, spécialiste de la Shoah, l'homme s'arrêta net, sous le pont métallique du métro aérien, son regard s'illumina, et il fît :

— Vous les historiens, vous n'avez pas peur du Diable !

Félix fronça le sourcil, d'un air interrogateur. Nous entendîmes un ronflement, le sol trembla et, pendant que le métro arrivait sur nos têtes, il cria, pour couvrir le bruit :

— Vous savez, Satan, le père du mensonge et l'auteur du mal, celui qui fait se tourner l'homme contre lui-même.

Il se rapprocha de nous, et continua, sur le ton de la confidence :

— Un conseil : faites attention ! Vous prenez le risque de vous perdre dans les fonds de la sinistre humanité. Vous connaissez le vieux mythe de la possession : l'homme qui a été pris par le Diable voit son unité brisée à jamais !

Sa bouche avait une expression volontaire et un peu arrogante. Ses yeux, petits et vifs, passaient de Félix à moi, puis de moi à Félix. Il semblait presque vaciller malgré ses jambes trop courtes. Ses cheveux gonflés par le vent formaient une masse impressionnante autour de son visage émacié. Des gouttes de sueur perlaient sur son front. Soudain, il se pencha, il prit mon poignet d'une main, de l'autre, il attrapa l'épaule de Félix, comme pour former une ronde de conspirateurs :

— Faites attention à vous et à ceux que vous rencontrez, chuchota-t-il. Les personnes remplies d'une extase démoniaque ont un pouvoir qui leur vient de l'abîme et qui contrôle leur conscience ! Vous aussi, vous risquez de céder à l'Ambition !

— Quelle ambition ? demandai-je.

Le père Francis fronça les sourcils.

— Voyons, quelle ambition ? Y a-t-il plusieurs ambitions ? Mais l'ambition d'être Dieu, bien sûr !

Félix lui jeta un coup d'œil ironique.

Le vieil homme haussa les épaules ; puis il reprit, en nous donnant une accolade :

— Quoi qu'il en soit, le véritable responsable, en définitive, le vrai meurtrier, que tous montreraient du doigt, s'ils en avaient le courage, vous savez qui il est. C'est le plus puissant, le plus omnipotent, le plus efficace et le plus subtil, le plus inébranlable, le plus violent, le plus terrible et le plus féroce, le plus furieux et le plus réfléchi, le plus intelligent, le plus incompréhensible et le plus légitime des meurtriers.

Il marqua un temps.

— De qui voulez-vous parler ? demandai-je.

— Mais de Lui, Monseigneur, dit le père Francis. De Dieu ! De lui, l'origine des choses, le principe premier, pur, parfait, au pouvoir suprême, éternel, infini et absolu. L'ineffable, le caché. Ne voyez-vous pas qu'il y a deux mondes irréconciliables ? Le monde de la plénitude et de la perfection, monde éternel de Dieu le père et son cortège d'anges, et le monde phénoménal, constitué par les éons du Mal ? Le créateur de ce monde, celui qui règle le cosmos n'est pas le même que la divinité suprême. Ecoutez-moi bien : le véritable créateur, c'est Satan, le chef des éons, qui occupe une position privilégiée dans le monde céleste. Dans certaines traditions, on dit qu'il est le frère aîné de Jésus.

Nous le regardions, sans trop savoir que répondre, en cherchant un moyen de nous échapper. Mais il continuait, avec une véhémence grandissante :

— Satan, vous savez ? Le Démiurge, celui qui possède le monde, le vieux serpent, le Diable, le roi des démons, le prince des ténèbres... Oui, je vous le dis, c'est lui, le véritable créateur de ce monde. Au commencement, le Démiurge créa le temps ; il fit l'espace et la matière, il essaya de copier l'infinité de l'éternité, mais tout ce qu'il réussit à faire fut cet univers de corruption et de désintégration. Et c'est ainsi qu'il inventa l'homme de chair, à partir de la terre, de l'argile et de la poussière. C'est ainsi qu'il fit ce tombeau marchant, conçu dans la saleté de la sexualité, naissant dans les convulsions grotesques et dégoûtantes de la parturition...

— Où voulez-vous en venir ? dit Félix en se dégageant violemment de l'étreinte du vieillard.

Celui-ci répondit, un peu plus bas :

— Ne voyez-vous pas que le meurtre de Carl Rudolf Schiller a une signification théologique ? La scission, cela ne vous rappelle rien ? C'est très grave... Cela n'a rien d'une querelle de chapelle.

Un métro passa au-dessus de nos têtes, comme une tornade infernale.

— Ce que je veux dire, c'est que les enjeux sont assez importants pour pouvoir mener au meurtre, poursuivit le père Francis. J'ai vu des gens tellement révoltés par les propos de Schiller qu'ils juraient qu'ils auraient pu tuer.

— Qui, par exemple ?

— Demandez à Ron Bronstein, le philosophe israélien, ce qu'il en pense. Lui et Schiller en sont même venus aux mains... Allez le voir : il va y avoir une grande réunion des théologiens autour de la Shoah à Washington la semaine prochaine, où il est invité. Et moi aussi, je peux vous dire que j'y serai.

Sur ces entrefaites, le drôle de bonhomme nous quitta et nous laissa poursuivre notre chemin, à travers un dédale de rues sombres, imbriquées comme une intrication vertigineuse de causalités. L'obscurité tombait sur la ville, et le petit astre, plein ce soir-là, prenait doucement la place du grand, son frère, le dieu qui n'était plus, dont il réfractait encore la puissance, en une pâle clarté, sur les cercles inférieurs. Mais ce n'était qu'une brume, une illusion de plus, qui cachait ce qu'elle semblait révéler, masquant les embuscades, rendant les trottoirs lisses alors qu'ils étaient sales, et murant dans la noire opacité les vrais contours des maisons. Devant nous, un rat détala, en poussant un cri strident.

Je levai les yeux vers les cieux rougis. Ce Dieu, songeai-je, auteur du monde, qui forma Adam et Eve, qui les installa dans le Paradis pour leur en interdire le meilleur, ce Dieu qui les chassa et qui maudit leurs descendants jusqu'au Déluge, ce Dieu qui s'acharna contre l'homme, qui répandit les calamités sur les enfants de Noé et sur les enfants de leurs enfants, ce Dieu pouvait-il être ce qu'il prétendait ? N'était-ce pas un démiurge qui s'était joué de l'homme, cet être faillible, dont l'âme cependant était traversée par les fleuves de l'Eden, la source vive, l'étincelle intarissable, celle du vrai Dieu ? Dieu est-il un, est-il le même ou est-il habité par un autre Dieu aussi puissant que lui, mais mauvais ? *L'autre Dieu, l'apôtre du Mal...*

— Qu'a-t-il voulu dire, à ton avis ? me demanda Félix, un peu plus tard, alors que nous terminions la soirée au Lutétia.

— Le petit vieillard ? Peut-être que ce Ron Bronstein est une piste intéressante pour le meurtre de Schiller.

— Non, lorsqu'il a parlé de Dieu ?

— Ah cela... je pense qu'il faisait allusion à des doctrines gnostiques.

— C'est-à-dire ?

— Le gnosticisme était une religion à mystère et à sociétés secrètes. Je ne la connais pas très bien, mais je sais que ce n'était pas tant une religion qu'une théosophie : une connaissance du suprasensible.

— En quoi consiste cette connaissance ?

— C'est le savoir non seulement de Dieu... mais aussi du Diable. Les gnostiques sont dualistes. Ils croient en deux dieux, en deux principes qui organisent le monde, l'un bon, l'autre mauvais.

— A mon avis, cet homme se trompe, concernant la Shoah, répondit Félix. La Shoah n'est pas la victoire de Satan. D'ailleurs, ce n'est pas un phénomène religieux, c'est une manifestation de haine de l'autre, de détestation d'une minorité en tant que groupe constitué. Cela n'a rien de mystique, rien de métaphysique. C'est toi-même qui me l'as appris : c'était un crime organisé, bureaucratisé, industriel, qui résulte d'une trame précise, d'une succession de mobiles et d'événements qui aboutirent, finalement, à l'horreur.

— Mais c'est cela, la défaite de Dieu : ce résultat imprévu mais inéluctable d'une longue politique de persécution, ajoutée aux difficultés économiques et sociales d'un peuple en détresse.

— Ce n'est pas la défaite de Dieu, c'est la défaite des hommes...

5

Oh Dieu. Pendant un long moment, il y eut un silence que ni Félix ni moi n'osâmes briser. Odieux ; c'était le mot qui me venait à l'esprit. Le Dieu unique et tout-puissant, le Dieu biblique, le créateur qui a fait de l'homme un être raisonnable, qui n'abandonne pas celui qui pèche, qui porte sur lui la grâce de sa miséricorde, le Dieu par qui la vie se reproduit, les plantes poussent et les fleurs s'ouvrent, celui de qui procède toute règle, toute forme, tout ordre, ce Dieu-là était-il le même que celui qui avait « laissé faire » ? Celui qui fit le miracle de créer ciel et terre, et l'homme et tous les êtres vivants, des plus grands aux plus petits, minuscules et dérisoires, celui qui donne des plumes aux oiseaux, des feuilles aux arbres et de l'eau aux rivières, celui qui délivre et qui sauve, qui opère signes et prodiges, qui apporte la paix parmi les hommes, qui les tire de la fournaise et de la flamme ardente, qui les sauve de l'Enfer, celui qui triomphe des méchants, qui les combat jusqu'au bout du monde, le refuge, le fort, le secours toujours offert dans la détresse, le Tout-Puissant, enfin, était-il le même Dieu que celui de la Shoah ? *Evite le mal, agis bien, tu auras toujours une demeure.*

— C'est pour cela que tu t'es intéressé à la Shoah ? demanda Félix.

— J'ai voulu comprendre... Mettre au jour la vérité, acquérir la connaissance de ce qui s'est passé. Je ne pouvais me satisfaire des représentations fausses ou simplistes. Je voulais faire émerger la logique de ce passé... et c'est maintenant seulement que cela est possible.

— Pourquoi seulement maintenant ?

— Parce que nous commençons à peine à avoir le recul nécessaire et la distance adéquate. Parce qu'il y a une relève des générations. Avant, tout était confus, multiforme, inintelligible. Il est difficile, pour le contemporain d'un fait, d'en démêler la cause et l'effet, et il est encore plus dur de le faire lorsqu'on est juge et partie. On ne peut en avoir qu'une vision fragmentaire. Grâce à l'histoire, il est possible d'en savoir plus que ceux qui ont vécu l'événement...

— Plus que les témoins, tu veux dire ?

— Oui, d'une certaine façon, parce que nous sommes au-delà de tout préjugé moral. Les témoins, eux, sont partie prenante. Souvent, ils cherchent à faire cautionner leur propre vision des choses par les historiens. Mais notre contrat, notre seule loi, notre obligation, c'est la vérité, toute la vérité, rien que la vérité... Je ne dis pas que ce soit toujours facile. Lorsque je me suis lancé dans cette tâche, je travaillais dans la solitude, je vivais dans un monde clos où j'étais seul face à moi-même et à mes documents. Au centre des archives en Allemagne où je travaillais, nous étions deux à faire l'ouverture des portes, tous les matins à huit heures : un ancien colonel chargé de faire des recherches pour l'armée, et moi. Au début, j'avais la nausée ; c'est dur d'être immergé toute la journée dans les bas-fonds de l'humanité. On ne voit plus le monde de la même façon. On perd forcément de son innocence. Lorsque j'ai commencé à étudier les camps de concentration, je me suis donné pour mission de tout savoir, tout, jusqu'au fonctionnement des fours crématoires. Pour moi, c'était capital de le faire : les Allemands voulaient qu'il n'y ait ni trace ni cadavre. Les gens ne mouraient pas : ils tombaient dans le néant. Ils *disparaissaient*. Il fallait comprendre. Comprendre pourquoi et comment on a gazé et tué des millions de personnes, entrer dans la logique de ce processus. C'est pourquoi les documents sont si importants : ce sont des objets, des traces tangibles de ce qui s'est passé. J'ai su combien le travail d'établissement des sources et des preuves était nécessaire, et plus essentiel que tout : les témoins se trompent, ou alors ils nous trompent, car ils sont dépendants de la fragmentation de la mémoire humaine. Lorsque, à partir d'un document, j'arrive à mettre au jour un fait nouveau, et à le prouver, je ressens un sentiment de victoire et d'orgueil, comme si j'étais père...

— Mais père de quoi ?

Félix alluma son cigare et en tira une bouffée. Ses yeux perçaient la fumée comme des billes phosphorescentes. La fumée s'échappait de sa bouche, et montait vers le plafond, en faisant des volutes bleues. Il avait l'air sombre, si sombre.

— Dans quatre jours, il y a cette réunion pour la première d'un documentaire important sur la Shoah. J'ai cru comprendre que Schiller y avait été filmé.

— La réunion à laquelle faisait allusion le père Francis, à Washington ? dis-je. J'ai reçu une plaquette il y a quelques semaines.

Je sortis un prospectus de mon portefeuille.

— Ron Bronstein donne une conférence après la projection du film, dit Félix en regardant le programme. C'est bien l'homme dont a parlé le père Francis ?

— Oui...

— Je crois vraiment qu'il faudrait y être, surtout toi, qui adores ce genre de rencontres.

— Oui, fis-je sans entrain. Tu peux y aller, si tu veux.

— Tu ne m'accompagnes pas ?

— J'ai des choses à faire, ici. Je ne peux pas prendre l'avion, comme ça, du jour au lendemain.

Soudain, tournant la page du prospectus, Félix se mit à sourire.

— Ce n'est pas grave, de toute façon, je ne serai pas seul.

Il me désignait un passage de la plaquette : *Exposition de sculptures de Lisa Perlman, en présence de l'artiste.*

Lisa Perlman… Aujourd'hui encore, lorsque je prononce ce nom, je me souviens du lieu de l'origine, des chatoiements infinis, du pourpre et de l'indigo, de l'olive et de l'or, de l'écume blanche de la rivière, et toutes les fraîcheurs des petits matins, et celles du crépuscule lorsque, sous un ciel rose, les arbres formaient des ombres sereines. Yeux agrandis, sourires charmeurs, cheveux de Lisa, mer sans rides, petites autour des yeux, plissées lorsqu'elle riait, rires affables, empreints de mansuétude, rires simples, sans vengeance. Vengeance : de toutes mes errances à travers le temps, de ma vie et de son sens.

Le lendemain soir, Félix eut l'idée de nous inviter tous les deux, pour que je puisse la revoir.

Lisa avait proposé de nous aider pour le repas. Elle avait apporté une carpe pour faire un plat typiquement ashkénaze : le *geffilte-fish,* une sorte de pâté de poisson sucré.

Nous nous mîmes à table et nous régalâmes du plat de Lisa, agrémenté de raifort dont je me servis abondamment. Je devins rouge, je me mis à suffoquer, mes yeux pleurèrent et Lisa riait aux larmes.

— Mais tu ne savais pas que le raifort est très piquant ? dit-elle en me tendant de la mie de pain.

— Si, bien sûr, dis-je. Mais je n'ai pas fait attention, je suis un peu distrait…

— Tu me rappelles Béla. Quand il était plus jeune, il avait voulu nous impressionner, et il avait avalé le bol de raifort en entier.

— Et alors ?

— On lui a fait un lavage d'estomac.

— Tu le vois souvent, ton frère Béla ? avançai-je prudemment. Que fait-il ?

— Ce qu'il fait… dit Lisa. Parfois des petits travaux de plomberie, à droite et à gauche, pour gagner un peu d'argent…

Soudain, comme si elle avait craint d'en avoir trop dit, elle rougit, puis elle changea de sujet.

— Et toi ? Tu as des frères ou des sœurs ?
— Non, je suis enfant unique...
— Et tes parents ? Tu les vois souvent ?
— Non, assez rarement. Ils n'habitent pas à Paris.
— Tu n'es pas né à Paris ? demanda Lisa.
— Si... fis-je, après une hésitation. Je suis né à Paris, mais mes parents ont déménagé.

J'étais né à Strasbourg, mais j'avais honte de mes origines provinciales. J'étais venu à Paris après mon baccalauréat, j'y avais fait toutes mes études et je considérais qu'une quinzaine d'années suffisaient à m'adouber. Depuis, je n'avais plus jamais quitté la capitale. Félix, qui était parisien, avait vécu une enfance normale, dans une famille aimante et sociable, qui l'avait inscrit dans les meilleures écoles, qui l'emmenait visiter les musées et les expositions, qui le laissait aller avec ses amis dans les grandes allées du jardin du Luxembourg — l'enfance dont j'aurais rêvé.

De Strasbourg, je retiens une ville morne, morte, où les rues se vident dès les premières heures du crépuscule, où les avenues mal éclairées ne reflètent que les ombres impassibles des lourds édifices germaniques. Je me souviens des hivers rudes, terriblement sombres, où les ténèbres tombent sur la ville dès trois heures de l'après-midi ; je me souviens des cieux comme de chapes de plomb sur nos têtes, mauvais augures émanant des dieux en colère qui grinçaient des dents jusqu'à ce qu'explose leur furie. Je me souviens des étés étouffants, où la chaleur humide rendait le corps pesant et flasque. Presque toutes les heures, nous prenions des douches glacées. Parfois, nous traversions la frontière du Rhin et nous allions à la piscine en Allemagne, où l'eau était plus fraîche et plus propre et où il y avait moins de monde. C'étaient nos vacances. Nous ne nous sommes jamais éloignés de l'Alsace natale : mes parents devaient s'occuper de leurs parents, trop âgés pour rester seuls ou pour voyager. Pour faire avancer ces jours d'été interminables, je partais en canoë-kayak : je menais ma petite embarcation vers les coins les plus perdus des bras de l'Ill, je foulais de ma rame ses eaux poisseuses, encore plus sales en été, comme si elles aussi se mettaient à suer, à exsuder miasmes et humeurs glauques, et les rats d'eau virevoltaient avec bonheur, comme des danseuses aquatiques.

— Moi, dit Lisa, je suis une enfant du Marais. Je n'ai jamais quitté ce quartier, depuis ma naissance. C'est mon père qui l'a choisi. Il y était allé avant la guerre, pour rendre visite à des cousins. C'était différent, alors : c'était un village d'immigrants venus de partout, des quatre coins de Pologne, d'Allemagne, de Russie... Un peu comme maintenant, il y avait des épiciers, des boulangers, des bouchers, mais tous parlaient yiddish : c'était un *shtetel,* reconstruit à Paris. Les gens s'entraidaient, un peu comme une grande famille. Puis en 1942, on a emballé tout ça, les policiers français sont venus arrêter des gens qu'ils connaissaient depuis toujours. Mon père n'a plus jamais revu ses cousins ; mais quelque chose l'a fait revenir et s'attacher à ce quartier, comme pour faire revivre des cendres.

Il y eut un silence.

— Dis-moi, Lisa, dit brutalement Félix en la regardant au fond des yeux, que sais-tu sur l'affaire Schiller ?

Elle le regarda, troublée.

— Encore une coupe ? dit-elle en prenant la bouteille de champagne. Je ne sais rien au sujet de ce pauvre homme, finit-elle par ajouter, devant le regard insistant de Félix.

— Rien ? Et ton père, il le connaissait bien ?

Elle le considéra soudain avec intensité.

— Il me semble que tu es allé plusieurs fois l'interroger à ce sujet, non ?

— Oui...

— Eh bien ?

— Il n'a rien dit.

— Je crois que Schiller était le seul homme à qui mon père daignait dire quelques mots ; mais ne me demande pas pourquoi.

Nous bûmes beaucoup ce soir-là, trois bouteilles de Deutz, puis de l'armagnac. Nous parlâmes très tard dans la nuit, puis nous écoutâmes de la musique. C'était un concerto d'Elgar, dont les notes bleues séduisaient mon cœur et l'emportaient violemment vers celle qui les émettait. Cette mélodie romantique, sombre, parfois cruelle, était comme un pressentiment terrible et foudroyant.

Aujourd'hui encore, chaque fois que je l'écoute, c'est comme une menace qui pèse et qui épouvante, comme une embuscade dans les ténèbres, quelque chose qui se rapproche et qui s'amplifie inexorablement, comme un complot qui se décide, un sévère décret, un monstre implacable. Cette musique qui annonce, se donne, complètement, se donne et emporte : elle n'a pas besoin d'être comprise, comme les compositions contemporaines, c'est elle qui comprend. Soufflant dans l'oreille, elle s'engouffre, comme un vent sur la ville, elle prend chaque rue, balaye chaque avenue, pour s'achever en tempête magistrale.

Un déluge, une tempête sur mon cœur. Les eaux grossissent et forment une masse énorme sur la terre, et nous dérivons, dérivons à la surface des eaux ; et la crue devient de plus en plus forte et, sous toute l'étendue du firmament, les montagnes les plus élevées sont recouvertes, toute chair expire, et tout être qui respire est asphyxié et tous ceux qui inspirent l'air par une haleine de vie, tous ceux qui vivent sur la terre ferme, meurent, et tous les noms sont effacés.

— Peux-tu croire, dis-je à Lisa, alors que nous

écoutions s'élever les volutes, que les nazis étaient férus de musique classique ?

— Oui, répondit-elle, mais encore faut-il voir quel genre...

— Hitler, quand il était un adolescent exalté, s'abreuvait aux œuvres de Wagner. L'un de ses amis, Kubizek, raconte que lors d'une promenade nocturne, le jeune Hitler, sur la colline de Freinberg, après avoir assisté à l'opéra de Wagner, *Rienzi,* s'est soudain mis à parler avec une extraordinaire exaltation : il confondait son avenir avec celui du peuple allemand, il se voyait une mission, tel Rienzi, qui consistait à libérer son peuple.

— Cet opéra de Wagner aurait décidé du destin de l'Allemagne... et des juifs ?

— Enfin, Elgar ne m'inspire pas les mêmes idées.

— Non ? A quoi te fait-il penser ?

Je me calai dans mon fauteuil, et je dis, en tirant une bouffée de ma cigarette :

— ... Aux Archives, par exemple, quinze milliards de documents qui, mis bout à bout, se dérouleraient sur plus de deux mille cinq cents kilomètres...

Et puis à toi. A tous ces juifs qui, dans les camps, faisaient résonner leur instrument aux oreilles du bourreau. A ta mère, arrêtée par la Gestapo ; à ta grand-mère, dont tu portes le nom : tu lui ressembles. Elle avait des cheveux blancs, ramenés en chignon, avec des yeux bleus très doux ; c'était une petite dame fluette aux habits sombres.

Ou bien une femme aux joues creuses et aux yeux gris, une vieille femme qui n'avait pas vieilli. *Toi, pour toujours.*

Aujourd'hui, quand j'écoute le concerto pour violoncelle d'Elgar, tout me revient à l'esprit : il n'y a rien comme la musique pour évoquer le passé, avec une telle précision et une telle profondeur de l'âme. Le goût, l'odorat ou le toucher donnent des effluves intenses mais fugaces ; et l'effort, immense, pour reconquérir le souvenir, est presque une peine de l'âme. La vision d'un lieu autrefois habité, anciennement fréquenté, peut provoquer une formidable nostalgie, mais la mémoire des temps anciens reste vague, car, fixée par la vue, elle ne peut vagabonder dans les zones les plus secrètes et les plus éloignées. Avec la musique, tout s'ordonne et s'agence comme sous l'effet d'une machine à remonter le temps. Elle produit un élan du cœur qui dure et s'approfondit, telle une conversation entre deux amis qui se souviennent. C'est pourquoi rien ne peut rendre plus triste qu'un morceau de musique : le passé est si fortement évoqué que l'on s'y croirait presque revenu, et la chute dans le présent n'en est que plus vertigineuse.

Oui, la musique est une gnose, qui révèle les connaissances enfouies au plus profond de nous-même. Qui sommes-nous ? Que sommes-nous devenus ? Où sommes-nous ? Où avons-nous été jetés ? Où allons-nous ? Parfois, ces questions se posent et parfois elles ne se posent pas, simplement parce que l'on est heureux.

Dans l'Orient désert... Faut-il que je sache autant ce que je fus ? Lisa si belle riait aux larmes pendant notre dîner trop arrosé, Lisa se taisait, écoutait de son air serein, et dansait la valse, en fin de soirée. Faut-il que je sache aujourd'hui combien j'ai perdu mon bonheur ? Mon corps et mon âme souffrent, car ils se rappellent ce que nous étions, et ils savent aussi ce que nous sommes devenus.

Nous dansions alors, dansions, tourbillonnions de plus en plus vite, ivres de vitesse, ivres de chagrin et ivres de colère, de la rage venue du fond des âges, et en elle montait un rire suave qui faisait exploser le monde dérisoire. Des pans entiers de la vie quotidienne s'écroulaient à chaque éclat de rire, qui signifiait : tout n'est qu'un jeu auquel on se laisse prendre, un jeu de faux-semblants avec autour de soi tous ces êtres qui font croire à leur apparence, et qui, lorsqu'ils tournent, laissent apparaître d'autres aspects, ceux que l'on ne voit jamais, et autour d'eux tout bascule, le ciel, la terre et les étoiles, et toutes les valeurs, le bien et le mal, valsent, valsent ensemble, et flottent, flottent, et virevoltent dans l'ombre, ici et nulle part, ailleurs, ensemble, soudain pareils, tellement semblables, si semblables qu'on ne sait plus qui est l'un et qui est l'autre.

A présent, je suis seul, et il n'y a que moi comme référence de mon esprit, de ma pensée, de mon âme et de mon corps, et il me faut revivre par le souvenir, processus douloureux, tout ce qu'elle m'avait révélé, dans un éclair, une fulgurance : le bonheur et la tristesse, l'attente et l'impatience, l'amour et la haine, la ferveur, tout ce que j'ai su comme par enchantement, le vaste domaine de l'homme. Oui, j'ai appris sans vouloir, comme on regarde, sans voir, ou comme on aime, sans savoir.

Pour toujours, la musique d'Elgar sera pour moi celle de l'origine, des balbutiements, lorsque tout est pur et parfait, lorsque tout se dit par le non-dit, par l'éloquence inégalée du regard, lorsqu'il n'y a que le silence pour exprimer ce que l'on ressent, car les mots, trop abrupts, trop vulgaires, déteraient ce qu'ils énoncent : ce discours infiniment fragile et délicat des premiers amis.

Pour toujours, la musique d'Elgar sera pour moi celle de la fin car, au moment le plus parfait, elle annonçait la venue du désastre.

Le lendemain, nous disparaissions dans les airs, vers Washington, où se déroulait la réunion du Mémorial, qui devait nous permettre de rencontrer le philosophe Ron Bronstein — et de nous avancer sur le chemin de l'enfer.

DEUXIÈME PARTIE

1

Vous saviez, vous, vous saviez tout. Comme les prophètes, Amos, Osée et Isaïe, vous annonciez la catastrophe, la destruction, vous saviez ce que nous allions être, car vous saviez ce que nous étions. Vous êtes le regard absolu, vous sondez les reins et les cœurs, par votre sagesse, vous avez connaissance de la vanité de l'homme qui veut toujours devenir Dieu.

Dieu : c'était Félix. Rien ne l'effrayait, même pas la mort. Dans sa vie de journaliste, il avait tout fait : les reportages dans les ghettos noirs de New York, les rencontres secrètes avec les terroristes ou les dictateurs. Ce n'était pas par courage ni par témérité : il ignorait la peur. Ce qui l'effrayait l'attirait, le fascinait. Etait-ce par fatalisme ? Ou par insouciance ? Même si, en s'intéressant au meurtre de Carl Rudolf Schiller, il avait jamais pensé être englouti dans une telle spirale, il n'aurait pas hésité à s'y engouffrer.

En dépit de nos différences, il y avait une chose qui nous unissait profondément, Félix et moi. C'était peut-être la véritable raison, la clef de notre connivence : nos centres d'intérêt n'étaient pas si éloignés. Le but de mes recherches — je pense à ce qui m'animait, au sens de ma quête —, c'était de saisir, à travers la Shoah, l'origine du mal absolu. Félix était journaliste, grand reporter, et le même idéal le guidait lorsqu'il se trouvait confronté aux affaires, aux crimes sordides, aux conflits et aux guerres. Ses investigations, comme les miennes, consistaient à interpréter et à analyser les documents, à rechercher les traces et les empreintes, à recueillir les témoignages et à confronter les versions, pour mettre au jour la vérité : pour comprendre le Mal.

Mais, dans cette entreprise similaire, nous procédions différemment. Il était l'amoureux du présent, j'étais l'homme du passé. Il aimait voir la réalité se développer devant lui, ou juste avant ; pas trop loin. Je préférais les fouilles, les recherches sur les documents douteux, je me plaisais à trouver mon chemin à travers les remaniements sournois, les rajouts inauthentiques, les vestiges ou les fragments. J'étais l'homme des ossements et des cendres, le détective qui mène son enquête après le crime, qui traque la vérité enfouie sous le mensonge des années, des passions et des intérêts. Historien, je n'étais pas le contemporain des faits, mais j'étais le premier à découvrir et à annoncer, avec minutie et précision, à chercher, tel l'explorateur, le prospecteur, le filon des vies trépassées dont je faisais jaillir l'or noir.

Mais du vrai nous n'avons que la trace. Ainsi sont les choses humaines. Des actions, des faits et des grands discours, tout ce qui reste, c'est l'empreinte d'un pas sur un sol poussiéreux, l'ombre d'une momie dans un caveau obscur — cités enfouies, ruines et décombres. Des paroles perdues de la Sybille jusqu'aux informations des journaux télévisés, nous n'avons jamais rapport qu'à ces marques fugitives d'un phénomène impossible à saisir : l'improbable fait. Car le passé n'est pas une donnée, c'est une mémoire en perpétuelle évolution.

Pour l'historien du temps présent, les traces sont moins ténues : ce sont les témoignages, lois et décrets, décisions judiciaires, annonces et proclamations, discours, journaux, papiers, cartes de rationnement, permis, passes, passeports. Il y a aussi les ordres, les propositions, les rapports, les lettres, les journaux de guerre, les documents personnels, ou encore les listes, matériaux dispersés dans les centres d'archives et les bibliothèques, à moitié détruits, à moitié brûlés.

Et puis, il y a les personnes. Souvenirs, blessures, numéros gravés sur les bras. Paroles de rescapés, de survivants, de témoins. Mémoires vives, phrases hachées, pleurs, peurs, hésitations : traces. Comme le dit l'historien mort à la bataille, l'histoire n'est pas la science du passé, mais la science des hommes dans leur temps. C'est de l'humain qu'il s'agit, et la durée est le plus apte à l'appréhender : c'est par elle qu'il se dévoile le mieux. Parce que c'est le temps qui nous donne l'homme : tel un prisme, il reflète les fragmentations du réel.

J'avais souvent visité la côte Ouest, j'étais allé plusieurs fois à New York, dont j'aimais la force et la décadence futuristes, mais Washington était différente. En la découvrant, je compris ce que signifiait le Nouveau Monde. C'était un empire, qui dominait l'univers, comme l'Empire grec ou l'Empire romain l'avaient soumis, par sa puissance politique et économique. C'était une civilisation, c'était la nouvelle Athènes : une splendeur toute de marbre blanc, de colonnes et de frises.

Ici, tout était lent, majestueux. Ici, on avait pris le temps de bâtir une République aussi importante que dans l'Antiquité. Partout, on pouvait voir le ciel : ce n'était pas seulement la capitale des Etats-Unis, c'était le centre du monde. Le dôme du Capitole, ses pilastres néo-hellénistiques, les aigles dans les corniches, les statues massives des généraux et des chefs d'Etat à chaque coin de rue témoignaient de la domination de cette démocratie fondée sur l'idéal de la liberté. C'était Athènes dans les temps glorieux : on ne pouvait qu'être fasciné, ou écrasé. Perché sur une colline comme le Parthénon, le Capitole, symétrique, imposant, est le quartier général des empereurs ou des dieux. La bibliothèque du Congrès, dans le Jefferson Building, est, comme celle d'Alexandrie, le sanctuaire de la connaissance universelle, avec son hall immense, ses escaliers, ses fresques sur les toits, ses peintures et ses mosaïques. L'une d'entre elles figure la déesse Minerve tenant à la main une liste des disciplines académiques, une autre dépeint les étapes du savoir humain : ainsi ce pays possède-t-il aussi la connaissance, comme s'il avait recueilli ce que chaque civilisation a apporté à l'humanité, dont il serait le point d'aboutissement. Trois médaillons représentent la médecine, la loi et la théologie, considérées comme les arts majeurs. La loi, au centre, est reine de ce pays, lieu suprême de la démocratie : une passion pour cette nation férue de morale.

Le « musée de l'Holocauste » venait d'ouvrir ses portes, après dix ans de travaux. Son emplacement, symbolique — dans l'immense Mall, près du monument Washington —, montrait que la Shoah faisait partie intégrante de la mémoire américaine, c'est-à-dire de la mémoire mondiale.

En entrant dans le musée, nous reconnûmes de loin le père Francis, à son étrange claudication. Tantôt à droite, tantôt à gauche, il progressait, clopin-clopant. Nous échangeâmes quelques politesses ; il nous apprit qu'il était arrivé la veille, puis, tout naturellement, il se joignit à notre groupe pour la visite.

Experience the Holocaust ! Les fenêtres aveugles séparaient l'espace américain et celui voué au mémorial. Ici, on n'était nulle part. Hors du temps, hors de l'espace, le regard ne pouvait pas se porter au-dehors, vers la grande esplanade du Mall. Inversement, l'intérieur du musée n'était pas visible de l'extérieur. L'édifice de Freed formait un contraste étonnant avec les autres bâtiments. Cette bâtisse sordide, calquée sur la sinistre architecture, toute de brique rouge, comme les tours des camps de concentration et les fours crématoires, tranchait sur tous les autres lieux cérémoniaux.

Nous pénétrâmes dans l'immense hall du Témoin, au fond duquel un escalier représentant le chemin de fer monte vers une porte en forme d'arche : l'entrée de Birkenau. Dans cet endroit bien clos, on faisait vivre aux visiteurs l'expérience de la déportation : on leur donnait un petit livret avec une photographie et une description de la victime qu'ils allaient incarner, ainsi que le récit de sa vie pendant la guerre. Chacun se voyait attribuer une identité correspondant à sa situation, son âge et son sexe. Les parents étaient des adultes pris dans la tourmente. Les plus jeunes s'identifiaient à des enfants juifs assassinés.

Et tous de s'entasser dans l'un des wagons à bestiaux restauré, tous de passer par la porte du camp, où il est écrit que le travail rend libre, et tous de s'asseoir dans une baraque de prisonniers reconstituée et, le temps d'un instant, de vivre un peu le cauchemar. *Remember the children* : l'histoire du petit Daniel était narrée, à travers son journal intime et ses peintures de la guerre, du ghetto et du camp de concentration. Les enfants pouvaient fouiller ses tiroirs, étendre sa couverture et ouvrir les fenêtres pour suivre sa vie, avant et pendant les lois antisémites.

La visite se poursuivait à travers de grandes salles sombres, où étaient projetées des photographies grandeur nature et des films en noir et blanc, montrant des villages, des camps et des visages d'individus terrifiés. Certains, décrivant les expériences médicales ou les chambres à gaz, n'étaient pas accessibles aux enfants. L'histoire de la Shoah, commençant aux débuts de l'antisémitisme chrétien, n'épargnait pas les instances américaines et mentionnait le refus de Roosevelt de bombarder les camps d'extermination, en dépit des demandes répétées des juifs américains.

Ce n'était pas la première fois que je remarquais

ce *mea culpa* national. Il me semble que si la civilisation américaine est si forte, c'est par ce rapport qu'elle entretient à son passé, qui consiste à tenir ses fautes bien en face de soi, à observer ses misères et ses crimes pour affirmer avec force la fierté d'être américain. Pour un puritain, il y a une rémission possible du péché : confesser ou avouer équivaut à être pardonné. La pire des fautes est le mensonge. Nous, les jansénistes, nous nous savons condamnés : c'est pourquoi nous préférons dissimuler l'acte coupable et faire comme s'il n'avait pas existé.

Mais étaient-ce des mains vivantes sur les murs de cette fausse prison, étaient-ce les enfants meurtris dans ces ghettos de papier, et le cap de la mort, l'agonie humaine se pouvait-elle ressentir en une catharsis bienfaisante ? Voir ces visages l'espace d'un instant, les entendre parler à l'ombre du néant, est-ce offrir une tombe à ceux qui n'en eurent point ? Ce monde de mots et d'images, qui prétendait emmener les visiteurs dans un voyage au sein du mal, racontait-il la vie des hommes réels, et cette vie se pouvait-elle éprouver ? Comme tous, j'étais fasciné, captivé. Ce périple bien construit, intéressant, documenté, reconstitué avec de véritables objets de déportés, à regarder, à toucher, à palper, ces authentiques cheveux de femmes, ces vrais uniformes de prisonniers, ces pots à lait, et même, au troisième étage, ce morceau de chemin de fer, toutes ces images me donnaient le vertige. J'avais marché à Auschwitz, j'avais vu les baraquements, progressant d'un pas dans cette histoire, la leur, la mienne à présent, avec son intensité croissante, son *suspense.* J'avais vu ces hommes comme s'ils étaient vrais, ces figures d'enfants hongrois avant le drame, ces regards de maîtres d'école à l'expression indescriptible, entre la surprise et l'effroi, ces yeux effarés des femmes sur la rampe, cet inventaire photographique de l'horreur, cette révélation, cette épiphanie, une Rédemption peut-être, car le musée du Mal ne pouvait s'empêcher, pour satisfaire son public, de terminer sur une note d'espoir, *happy end,* lorsque l'ultime survivante, déjà âgée dans le film racontait comment, abandonnée dans une marche de la mort, elle fut recueillie par un jeune soldat américain, qui, peu après, devint son mari.

Pendant toute la visite, Lisa ne dit pas un mot. Elle avançait, la tête haute, l'air songeur. Félix avait son air sombre des très mauvais jours. Quant au père Francis, il était en verve ; il commentait ce qu'il voyait, expliquait qu'il voulait prendre avec lui la souffrance du peuple juif, que c'était le Golgotha, et qu'il priait aussi pour les bourreaux, instruments de Dieu, messagers divins venus pour purifier le monde.

— Ce sont les douleurs d'accouchement du Messie, mes enfants, disait-il, c'est la lutte entre le Christ et l'Antéchrist.

Je sentais Félix sur le point de sortir de ses gonds. A chaque parole du prêtre, il serrait un peu plus les dents, prêt à éclater.

— Nous sommes en prière pour les crimes d'Auschwitz, continuait le père Francis, de sa voix chevrotante. La porte de l'Enfer, c'est la porte du Ciel.

Félix le fusilla du regard.

— Taisez-vous. Tout le monde se tait, ici, dit-il brusquement.

Le père Francis le toisa un moment, puis lui jeta un sourire conciliant :

— Vous avez raison, mon fils.

Dans l'immense hall du Témoin, au centre duquel brillait perpétuellement la flamme du souvenir, le vieil homme se pencha vers moi, et me confia :

— Vous savez, soit dit tout à fait entre nous, je ne peux supporter cette nuit où plonge Israël qu'en pensant à la nuit dans laquelle nous sommes en attendant que le Messie revienne, pour ouvrir à tous le chemin de la vie, pour faire jaillir la lumière du monde.

J'abandonnai l'étrange petit homme dans le mémorial, et j'emboîtai le pas à Lisa, qui était en train de se diriger vers la salle où étaient exposées ses œuvres.

Il y avait là quatre sculptures aux formes abstraites, dont l'une attira plus particulièrement mon attention : c'était simplement une pierre de granit de plusieurs mètres de large, posée devant un mur, à l'horizontale. Lorsque j'interrogeai Lisa sur la signification de cette œuvre, elle me désigna l'autre côté de la pierre : sur la face arrière étaient gravés des noms en lettres minuscules.

— Ce sont les noms des enfants morts à Auschwitz, expliqua-t-elle.

— Mais pourquoi l'exposer ainsi ? Les noms ne sont pas visibles par-devant.

— Pour ne pas faire un monument, répondit-elle. L'idée de faire de l'art sur la Shoah a quelque chose d'incongru, d'obscène, d'autant que la sculpture et l'architecture étaient au cœur de la théâtralisation nazie.

— Et pourquoi une simple pierre ? Pourquoi pas une sculpture avec des formes humaines ?

— Parce qu'il est impossible de représenter ce qui s'est passé, que ce soit dans une œuvre de fiction, un roman ou dans une peinture, et a fortiori une sculpture, qui est la forme d'art la plus proche de l'humain et la plus sujette à l'idolâtrie. C'est pourquoi il faut trouver un moyen de parler de la Shoah, de faire sentir l'horreur de ce qu'elle fut, de la commémorer, sans jamais décrire ce qu'elle était. C'est l'idée des « anti-monuments ».

— Mais, sans jamais dire les choses, comment savoir ce qui s'est passé ?

— En lisant et en écoutant des témoignages, en regardant des documentaires, en séparant bien la vérité de la fiction ; mais pas en épanchant son âme autour d'une œuvre d'art, qui parle avant tout à la sensibilité. A un événement unique, il faut une représentation unique : la seule œuvre que l'on puisse faire sur ce désastre est un documentaire qui fait éclater tous les cadres de la représentation, justement parce qu'il ne montre pas les piles de corps amoncelés, mais qu'il laisse parler des témoins, sans jamais chercher à comprendre.

— Mais les témoins n'apportent qu'une vérité subjective, répondis-je.

— Une vérité humaine, corrigea-t-elle. N'est-ce pas la seule vérité ?

Elle me désigna une sculpture d'un autre artiste, figurant des visages d'hommes, de femmes et d'enfants à l'expression terrifiée, dont le titre était : *Dans la chambre.*

— Tu vois, par exemple, cette sculpture ? A mon avis, c'est exactement cela qu'il ne faut pas faire.

Pendant qu'elle poursuivait ses explications, je regardais les noms inscrits sur la pierre, en me penchant un peu, pour les voir à l'arrière.

Ils étaient innombrables. Je ne sais pourquoi mon regard fut attiré par une partie de la pierre, en bas, vers la rangée des S.

Mon cœur fit un bond dans ma poitrine. *Je venais de lire le nom de Carl Rudolf Schiller.*

2

— Lisa, fis-je, est-ce toi qui as inscrit tous ces noms sur la pierre ?

— Non, je les ai fait graver, dit-elle.

— Regarde.

Elle jeta un coup d'œil à l'endroit que je lui désignais.

— C'est étrange, dit-elle d'un ton posé. Il doit s'agir d'une erreur. Le nom de Carl Rudolf Schiller ne peut être inscrit sur cette pierre. C'est totalement absurde.

— D'où viennent ces noms ?

— C'est une liste recensée à Yad Vashem, le musée de la Shoah en Israël... Peut-être cet homme avait-il un homonyme, ajouta-t-elle.

— Ce serait une drôle de coïncidence, fis-je. Ce n'est tout de même pas un nom très commun.

— Il s'agit forcément d'une erreur, fit-elle, l'air assuré.

Retrouvant Félix, nous fîmes quelques pas dans la rue, un peu hébétés.

Félix dit que le musée nous avait tourné la tête. Il dit que le spectre du kitsch se profilait à travers ces images de l'horreur.

Félix dit que cela lui rappelait Disneyland.

Le soir, nous nous retrouvâmes au grand cocktail donné pour la première du documentaire. Félix avait mis un costume noir sur une chemise bleu indigo et, comme d'habitude, il avait pris soin d'avoir le cheveu et l'œil brillants. Lisa, vêtue d'un chemisier blanc et d'une jupe de velours pourpre, se mouvait avec grâce.

Elle me bouleversait, je n'aurais su dire pourquoi. Peut-être simplement parce qu'elle était belle, avec ses longs cils ombrant ses yeux gris comme un ciel couvert, sa peau tachetée de quelques grains de beauté comme un ciel étoilé, ses mains douces et fines comme des croissants de lune, son corps mince qui ployait sous le vent mauvais. Il y avait un silence autour d'elle, une aura de peine et de douleur, qui était une protection. Parfois, elle semblait parfaitement seule, parfaitement triste, et j'aurais tout donné pour la consoler et l'apaiser.

La regarder me mettait dans un drôle d'état : mon jugement, mes humeurs étaient inhabituels. D'instant en instant, j'étais ballotté entre des sensations d'une intensité et d'une force que je n'aurais pas crues possibles. Etais-je passé d'une indifférence apathique à un autre type d'ataraxie ? Mon cœur n'avait jamais battu, il n'avait jamais résonné avant de l'avoir rencontrée.

Ce que je vais dire à présent est parfaitement indécent et n'a aucune valeur morale. Mais c'est ainsi. Je me souviens de l'ensemble de cette visite à Washington comme d'un périple purement féerique. Nous venions de voir et d'écouter les pires atrocités : je nageais dans le bonheur. J'étais amoureux, c'est-à-dire que j'étais au-delà de la morale, dans une bulle d'égoïsme qui ne connaissait qu'elle et moi. Rien n'aurait pu se mettre en travers de mon élan — ni Dieu, ni la société des hommes, ni la nature elle-même. Même l'horreur de la Shoah ne parvenait pas à ternir mon bonheur. Je n'avais d'yeux que pour elle. Je voyais l'effroi à travers elle : c'était beau. Cela me donnait des frissons d'aise. J'étais content d'être là, à côté de celle qui souffrait en silence, je me sentais utile, cela me donnait l'occasion de me rapprocher d'elle. C'était comme si je participais à son histoire, c'était comme si cette expérience nous réunissait.

Le père Francis se joignit bientôt à notre petit groupe. Il n'était pas vraiment convié, mais nous ne pouvions pas le lui signifier.

Il avisa soudain deux hommes qui discutaient ensemble. Il se dirigea vers eux, nous enjoignant de le suivre. L'un d'eux était un homme grand et mince, aux cheveux bruns et drus, coupés en brosse, au regard intelligent et au sourire carnassier.

— Je vous présente Ron Bronstein, dit le père Francis, en clignant des yeux.

— Alvarez Ferrara, une vieille connaissance, fit à

son tour Ron Bronstein en désignant son interlocuteur, ex-ambassadeur de l'Argentine à l'Onu. Nous nous sommes connus il y a une dizaine d'années aux rencontres de l'Unesco.

L'homme qui s'inclina pour nous saluer, de taille moyenne, pouvait avoir soixante-dix ans. Ses yeux étaient cachés par des verres fumés, et son visage à la peau sèche et ridée, était dévasté par la varicelle. Sur son nez épaté apparaissaient de fines veinules rouges. Mais le plus étonnant était sa bouche sans lèvres, telle un abîme sans rebords, un trou qui s'ouvrait au milieu du visage.

— Votre pays s'intéresse-t-il aux rencontres du Mémorial ? demanda Félix.

— Disons que... je me trouve ici un peu par hasard, fit-il. Je suis à Washington pour des raisons professionnelles. Mais j'ai entendu que M. Bronstein serait là et j'ai décidé de venir lui dire un petit bonjour...

Il lança un regard de connivence à Bronstein. Nous discutâmes pendant un moment avec les deux hommes sans tenter la moindre allusion à notre enquête. Puis nous les quittâmes. Nous rentrâmes à l'hôtel où nous étions descendus, et où le père Francis avait également pris une chambre. En arrivant, nous décidâmes de prendre un verre au bar. Le père Francis nous suivait comme une ombre.

Lisa et moi voulions éviter de parler du Mémorial, mais le vieil homme s'arrangea pour faire dévier la conversation sur les juifs et les chrétiens. Félix alluma nerveusement un cigare et souffla un nuage de fumée.

Je le sentis prêt à éclater lorsque le vieil homme déclara qu'il voulait prendre sur lui la souffrance des juifs à Auschwitz. Lisa l'observait, sans mot dire, d'un regard sincèrement apitoyé.

— Je me souviens des paroles du pape aux juifs de Varsovie, le 14 juin 1987, disait le père Francis : « Plus atroce est la souffrance, plus grande est la purification. Plus pénibles les expériences, plus grand est l'espoir. Vous pouvez continuer votre vocation particulière... C'est votre mission dans le monde contemporain. » Lorsqu'il a visité le camp de Mauthausen en 1988, il a dit que les juifs ont enrichi le monde par leur peine.

— Vous ne voyez pas que vous êtes en train de proférer des obscénités ? interrompit Félix d'un ton cinglant.

D'un mouvement rageur, il écrabouilla le mégot de son cigare dans le fond du cendrier :

— Si l'on admet qu'il y a un sens à la souffrance, comment pouvez-vous comparer Auschwitz aux autres désolations ?

— Mais c'est le calvaire de Jésus sur la croix, mon fils. C'est le mystère divin qui assure le salut !

Il y eut un silence. Lisa et moi nous regardâmes, avec la même pensée. J'étais sûr que Félix allait provoquer un scandale.

— A Auschwitz, c'est le christianisme qui est mort, dit-il, comme toutes les religions. Auschwitz, ce n'est pas la Passion. Ni de Jésus, ni de personne. La Shoah ne regarde que les hommes, et leur lâcheté effroyable devant le mal.

Félix prit son verre, en fit tinter les glaçons et déclara soudain :

— Mais peut-être faut-il que l'on vous inflige le même sort qu'à Schiller pour que vous finissiez par comprendre.

Pendant un moment, nous restâmes bouche bée. Le père Francis l'observait, les yeux dépourvus d'expression, alors qu'il finissait son verre en toute quiétude.

— Tu ne crois pas que tu es un peu dur avec notre ami ? finit par articuler Lisa.

Quant à moi, j'étais surpris par l'attitude de Félix : il est vrai qu'Auschwitz posait des questions existentielles, et que chacun aurait dû ressentir les choses aussi intimement que lui. Mais, tout de même, à le voir soudain si concerné par la Shoah, on pouvait se demander s'il n'avait pas une ascendance juive.

Le père Francis dut se faire la même réflexion, puisqu'il eut la mauvaise idée de lui en faire la remarque.

Félix lui répondit, glaçant :

— Vous parlez comme Hitler. Je suis goy, tout ce qu'il y a de plus goy. C'est *pour cette raison* que je m'intéresse à cela. Il me semble que la Shoah est tout, sauf une affaire de juifs.

Pour nous remettre de notre émotion, et pour détendre un peu l'atmosphère, je commandai du vin. Sous le regard morne du père Francis, nous bûmes en silence, un verre, puis deux, puis trois — un peu plus que de coutume.

Le vin avait sur moi de nombreux effets, pouvant aller d'un trouble léger de la perception jusqu'à l'euphorie ou la plénitude extatique. Félix, quand il était ivre, se mettait à parler de façon totalement débridée, procédant par association d'idées et, souvent, il sortait de ces élucubrations des pensées plus justes, des vérités plus profondes. Quant à Lisa, je constatai avec étonnement qu'elle avait une fabuleuse descente.

— Moi, je vais vous dire, quand même, vaticina Félix, au bout d'une heure et de son sixième verre. Dans le fond, tout bien considéré... je ne suis pas fâché pour Schiller... ce vieux crétin n'a eu que ce qu'il méritait. Il débloquait complètement. Et puis, tant mieux s'il a été tué par les néo-nazis. Encore une fois, cela prouve qu'ils n'ont rien compris...

— Qu'est-ce qui te fait dire qu'il a été tué par les néo-nazis ? interrompit Lisa.

Félix semblait interloqué. Il resta immobile pendant un moment, comme s'il attendait quelque chose. J'étais nerveux, ayant vaguement conscience du danger qu'il y avait à revenir sur ce sujet, et je guettais la suite. Quelques vers me vinrent à l'esprit, je ne sais d'où :

Avant que je m'en aille sans retour
Au pays des ténèbres et de l'ombre épaisse
Où règnent l'obscurité et le désert
Où la clarté même ressemble à la nuit sombre

Remarquant son trouble, Lisa lui vint en aide :

— C'est vrai que Schiller n'avait rien compris... Il disait qu'il est impossible qu'un Dieu omniscient ignore ce qui se passe sur terre. Il disait qu'il savait tout, et de tout temps. Qu'il savait les péchés de l'humanité avant le déluge. Il nous avait avertis : le jour viendrait où nous allions le trahir et ignorer sa loi. Nous serions punis, et nous ne saurions pas le sens de notre souffrance. Pour Schiller, Dieu ne s'est pas caché à Auschwitz, c'est nous qui avons perdu la capacité de l'entendre. Il disait que si les enfants écoutaient leurs parents, si les maris et les femmes se respectaient, alors il n'y aurait pas eu la Shoah. Il disait que Dieu, jamais, ne cache sa face... *Il disait que Dieu avait fait la Shoah pour punir le peuple hébreu de ses fautes...*

— Mais oui, parfaitement, et il avait raison, renchérit le père Francis. Il disait qu'Auschwitz, c'est le purgatoire. Mais le purgatoire, c'est maintenant. C'est maintenant que l'épreuve des morts peut être abrégée par les voix des vivants. C'est maintenant que se juge la responsabilité individuelle, c'est à présent qu'est évaluée l'impardonnable culpabilité des pécheurs criminels, et les péchés véniels. Nous sommes entre le Paradis et l'Enfer, dans les cercles de feu, entre les lacs et les mers de feu, les anneaux, les murs et les fossés. Je vous le dis : c'est pour cela qu'on a tué Schiller. C'est parce qu'on a eu peur de lui, peur de ce qu'il pouvait dire et faire.

— Et que pouvait-il faire ? dit Félix.

— Il était très populaire, ça oui. Il aurait pu prendre le pouvoir, et pas seulement en Allemagne...

Lisa me jeta un regard inquiet. Malgré la boisson,

ses yeux très vifs n'avaient rien perdu de leur acuité. Dans le fond, je me demandais bien pourtant ce qui pouvait atteindre cette âme haute, si digne qu'elle en semblait presque intouchable.

Le lendemain, jour où le documentaire était projeté, Félix, Lisa et moi nous rendîmes à dix heures du matin dans le grand amphithéâtre du Mémorial. En rentrant dans la salle en gradins à l'écran immense, je sentis les pulsations de mon cœur s'accélérer. Etait-ce à l'idée de voir Carl Rudolf Schiller, bien vivant, dans le film ? Ou était-ce à cause de cette nuit passée à froisser les draps de mon lit en pensant à Lisa qui dormait, à quelques mètres à peine, quelques cloisons ? C'était comme si j'entendais sa respiration. Peut-être était-ce tout simplement le café noir dans lequel j'avais trempé mes lèvres, le matin, pour me réveiller et pour saisir pleinement ce qui était en train de m'arriver : elle était là en face de moi, à prendre son petit déjeuner, elle était là, tranquille, qui buvait son thé, en me jetant des regards à la dérobée, elle aussi.

Je n'avais pas la formation philosophique pour tout comprendre des débats, mais il me semblait qu'il se jouait là quelque chose d'important : comment le mal est-il possible, si l'on conçoit Dieu comme le maître de l'histoire ? Comment le mal a-t-il pu être créé par un Dieu bon ? L'idée d'un Dieu providentiel exige une théorie qui puisse expliquer le mal. Or le mal, sous sa forme absolue, vient remettre en question l'existence de Dieu, ou du moins celle de la Providence divine. La théodicée classique résout ce problème en disant que nous ignorons le point de vue de Dieu, et qu'un mal à notre niveau humain peut être un bien à un niveau supérieur auquel nous n'avons pas accès. Mais la Shoah remet en cause toutes les théodicées : il ne peut y avoir de rationalisation du mal qui serait un moyen pour un bien futur dans la Shoah, parce que *rien* ne peut justifier cela, parce que l'on ne peut pas dire que la Shoah est un bien que l'on ignore.

Certains, développant une nouvelle théorie, refusaient le Dieu du judaïsme traditionnel, et voyaient le retour à Sion comme un moment de *kairos*, de transformation décisive de notre temps. Ils prônaient une redécouverte des religions archaïques, pour renouer avec les pouvoirs de vie et de mort de Baal et d'Astarté. Pour eux, la terre est une mère, mais une mère cannibale qui, tôt ou tard, consume ce qu'elle a mis au monde. Si Auschwitz a un sens, c'est celui du cycle naturel de la vie et de la renaissance : il y a eu mort pour le peuple qui se proclama l'Elu parmi les nations, puis il y a eu résurrection sur la terre d'Israël. Car l'élection va de pair avec la vulnérabilité de ceux qui sont offerts comme sacrifice dans les temps de crise.

Selon cette conception, les nazis étaient non pas des païens, mais des anti-chrétiens sataniques. Comme les prêtres du diable, leur problème était qu'ils croyaient, justement, mais qu'ils croyaient trop. Ils célébraient une messe noire, non par manque de foi, mais parce qu'ils haïssaient Dieu. Tels des religieux rebelles, ils voulaient inverser les canons de la religion établie.

Le troisième entretien filmé montrait Mina Perlman, dans son bureau de l'Ecole pratique des hautes études. Sa chevelure blonde coupée au carré, sa carnation transparente, ses yeux bleus, petits, intenses, pétillant d'intelligence, révélaient une âme ardente. De sa voix grave, Mina expliquait que, selon elle, il existait une conjonction théologique entre la Shoah et l'Etat d'Israël.

— Si le sionisme et le retour des juifs sur leur terre sont antérieurs à la Shoah, pour moi, la création de l'Etat d'Israël, au lendemain de la guerre est inséparable de la catastrophe, exposa Mina. Auschwitz est le purgatoire, et l'Etat d'Israël est la rédemption du peuple juif, un avant-goût des temps messianiques.

L'héroïsme des premiers immigrants montre bien que le sionisme était une théophanie de la volonté collective juive en rapport avec l'Absolu. Ce que je veux dire, c'est que d'une façon ou d'une autre, il y a une rédemption possible, même après la pire des atrocités.

Le clou du documentaire était, bien évidemment, l'entretien avec Carl Rudolf Schiller, qui avait été filmé plusieurs mois avant sa mort, à Berlin. C'était un peu comme une apparition ; un fantôme ressuscité. Je me rappelai, soudain, toutes les fois où je l'avais vu parler dans des colloques, et où j'avais été frappé par le charisme de ce théologien, ce tribun qui soulevait l'enthousiasme des foules, qui avait foi en l'Allemagne après le destin sinistre qu'elle avait infligé à ce siècle. Je me souvins aussi de notre première rencontre chez les Perlman, six ans auparavant. Cet inlassable voyageur, cet homme de conviction, ce croyant, m'avait fait forte impression. Mais tout était fini : il n'était plus, et même si ses lèvres remuaient dans le film, c'était un faux, un autre Schiller — un Schiller qui survivrait éternellement à l'homme de chair, mais un Schiller de papier.

Que disait-il ? Il disait qu'il fallait croire en Dieu, en dépit de tout. Être comme Job : aimer pour aimer, sans retour, aimer envers et contre tout, aimer sans se plaindre, ni se lamenter, du fond de l'injustice, au sein des ténèbres, remercier Dieu et l'adorer sans raison, sans condition, sans espoir ni regret.

Ou alors, il disait peut-être le contraire : il disait qu'il bafouait Dieu, et, tant qu'il vivrait il ne cesserait jamais de témoigner son indignation et, si Dieu existait, il ne pouvait qu'être absent de l'histoire. Mais, s'il était impuissant, alors qui était-il ?

A vrai dire, je ne sais plus. Je me souviens surtout d'avoir vu ses lèvres fines remuer, rapidement ou alors presque au ralenti, je me souviens de ses yeux hâves, inexpressifs qui regardaient dans le vide ou alors vers moi comme s'ils me sondaient, je me souviens de sa peau transparente, comme un voile évanescent, ou alors tachetée sur les tempes comme si elle avait été tatouée, je me souviens de son visage, cadré de très près, et qui pourtant était flou, de plus en plus lointain, incertain.

Il parlait d'une voix étrange qui semblait hésiter entre les graves et les aigus, une voix exaltée et frémissante, au débit saccadé, comme si les mots avaient du mal à sortir, ou alors comme s'ils se précipitaient dans sa bouche avant même qu'il ne décidât de les dire, comme s'il était nécessaire qu'il parlât, qu'il parlât sans cesse, sans jamais s'arrêter.

Pour la séquence suivante, Ron Bronstein, vêtu d'une chemise sport beige et d'un short brun, était nonchalamment assis à la terrasse d'un café à Jérusalem.

— Aujourd'hui, on ne peut plus dire que le Messie est venu, disait-il. De même, on ne peut pas dire qu'Israël soit la Rédemption après la souffrance, parce qu'il n'y a pas de sens à la souffrance, contrairement à ce que prétendent certains théologiens juifs, et contrairement à ceux que l'on appelle les sionistes chrétiens, qui assimilent le retour des juifs sur leur terre à une eschatologie christique, destinée à accomplir la prophétie de l'ultime conversion des juifs au christianisme. Moi, je dis que cette théologie est antisémite, car elle célèbre la formation d'un Etat juif comme la pierre d'angle pour la conversion, laquelle revient à l'annihilation des juifs et au triomphe du Christ. Pourquoi les chrétiens n'arrivent-ils pas à prendre vraiment à leur compte l'*Ahavat Israël,* l'amour inconditionnel du peuple juif ?

A ces mots, il y eut une coupure d'électricité. Quelques secondes plus tard, le visage de Carl Rudolf Schiller apparaissait sur l'écran ; mais la qualité du film était différente. On aurait dit un mauvais film vidéo. L'image était trouble, la caméra bougeait et l'on entendait seulement de nombreux grésillements.

L'homme en gros plan, cramoisi, soufflait, comme s'il était furieux, presque hors de ses gonds. Ses yeux exorbités étaient injectés de sang. Il semblait souffrir d'un effort violent.

Alors la caméra s'éloigna et laissa voir l'ensemble de la scène.

Dans la salle, il y eut un hurlement.

A côté de moi, j'entendis une voix qui murmurait : « Un châtiment, oui, un châtiment divin. » Je n'aurais pu le dire avec certitude, mais il me sembla que c'était la voix chevrotante du père Francis.

Aussitôt, la lumière s'alluma. Le service d'ordre se précipita dans la salle de projection : le film avait été trafiqué. Quelqu'un avait monté une séquence tournée dans un autre lieu, à un autre moment, par un autre œil que celui des documentaristes.

L'assemblée était en proie à un véritable délire, une hystérie collective. Les visages exprimaient stupeur et dégoût. Félix était dans un état indescriptible. Ses yeux regardaient partout fiévreusement, comme s'ils cherchaient quelque chose à quoi se raccrocher. Ses cheveux semblaient dressés sur sa tête. On aurait dit qu'il était devenu fou.

Les yeux de Lisa étaient agrandis par l'effroi et ses lèvres pincées étaient réduites au fil d'une lame.

Doux est le mal, et joyeux est le mal pour celui qui le fait, celui pour qui l'exécution du dessein funeste est un moment suprême, une jouissance au plérôme.

La chair dans les montagnes, les rognures d'hommes dans les vallées, la glèbe abreuvée du sang qui coule comme des rivières, toutes les visions d'horreur seront pour toujours au fond de mes nuits. C'est l'Abîme, et l'Abîme lui-même prenait le deuil en ce jour néfaste, au plus profond des ténèbres, la consternation était dans les yeux de tous, la terreur frissonnait sur les visages défaits, c'était la fosse, de laquelle montait le cri amer, terrible, c'était la fosse remplie de cendres et d'amertume.

3

L'ensemble de la scène n'avait duré que quelques minutes, le temps que le service d'ordre arrêtât la projection, mais toute l'assistance était restée clouée sur son siège, saisie d'effroi.

Carl Rudolf Schiller, ligoté sur une chaise, se débattait violemment, cherchant à se défaire de ses liens. Il n'y avait pas de son, et l'on ne pouvait savoir ce qu'il disait, mais il semblait tour à tour crier et supplier. Son visage portait la marque de la terreur.

Soudain, une main munie d'un revolver s'approcha de lui : c'était le bras inexorable de celui qui tirait les ficelles de cette mise en scène macabre.

La main appuya sur la gâchette. L'homme fut tué d'une balle dans le cœur.

Alors la même main s'approcha, cette fois munie d'un couteau.

Ce qui suivit est de l'ordre de l'indescriptible. Les mots me manquent, pour approcher la vérité de cet acte.

La police, qui avait bouclé les portes du mémorial, vérifiait les identités. Félix et moi, nous tenant un peu à l'écart de la foule paniquée, attendions Lisa. Près de nous, une voix murmura :

— Avez-vous remarqué cet étrange petit cahier sur la table près de Schiller ?

Je sursautai : c'était le père Francis.

En effet, Schiller, de temps en temps, jetait des regards furtifs vers un cahier, posé sur une table près de lui, un petit carnet brun.

— Parmi les disciples de Jésus, poursuivit le père Francis de sa voix sirupeuse, il y avait une secte, les judasites, branche des caïnites, qui assignait à Judas une place supérieure à celle de Jean, le disciple bien-aimé. Selon eux, Judas a livré Jésus car il était le seul à savoir que celui-ci était envoyé par Dieu : c'est parce que, possédant la gnose, il est le véritable auteur de la Rédemption, qui a apporté la plus grande bénédiction à l'humanité. Le terme employé dans les Evangiles pour désigner la mort de Judas vient de *apagcho*, qui veut dire non seulement « se pendre », mais aussi « s'étrangler ». C'est pourquoi on pense que Judas a eu une transe et s'est étranglé selon un rite spécial...

— Pourquoi nous racontez-vous cela ? interrompit Félix.

— Je vais vous l'expliquer, mon fils, répondit le père Francis d'un air entendu. Il y a eu un évangile de Judas, mais il a été perdu. Et cet évangile concernait non pas le savoir de Dieu, *mais celui de Satan*.

— Vous parlez du cahier brun dans le film ? Je peux vous dire que j'ai vu suffisamment de manuscrits anciens pour savoir que celui-ci ne datait pas de Jésus, précisai-je. Ce cahier avait tout au plus une cinquantaine d'années.

— Vraiment ? releva le père Francis. Il daterait alors...

— De la dernière guerre, oui, c'est ce que je pense, répondis-je.

— Cela n'empêche pas que ce soit un manuscrit de Satan, mon fils, murmura le vieil homme. Il vient à la suite de beaucoup de livres de la même lignée.

— Quelle lignée ? demandai-je.

Tout content d'avoir trouvé une oreille attentive, le vieil homme reprit de plus belle :

— Les livres les plus connus sont *Le Grand Gri-*

moire, La Clavicule de Salomon, La Magie noire, Le Grand Agrippa : investis de forces infernales, ils permettent de découvrir tous les trésors cachés et de se faire obéir de tous les esprits.

« Il y a *Le Grand Albert,* qui contient les secrets des hommes et des femmes, et *Le Petit Albert,* sur la magie naturelle et cabalistique, et puis *Le Dragon rouge ou l'Art de commander les Esprits, le Dragon noir ou les Forces infernales soumises à l'homme, La Poule noire ou la Poule aux œufs d'or...*

« Et puis, il y a *L'Agrippa :* c'est un livre énorme qui, placé debout, a la taille de l'homme. Il est extrêmement dangereux. Il ne faut surtout pas le laisser à portée de main. C'est pourquoi on a l'habitude de le suspendre, au moyen d'une chaîne, à la plus forte poutre d'une pièce réservée exclusivement à cet effet. Tant qu'on n'a pas à le consulter, on doit le maintenir fermé à l'aide d'un gros cadenas.

« Et, attention, ajouta le père Francis, en levant un doigt comme s'il nous donnait un conseil pénétrant, cette poutre ne doit pas être droite, mais tordue. C'est extrêmement important.

— Vous n'avez pas bientôt fini, avec vos sornettes ? interrompit Félix, exaspéré.

Apercevant Lisa, il commença à s'éloigner, mais le père fit un bond de côté pour se placer en travers de son chemin.

— Et encore autre chose : l'homme qui possède l'un de ces livres exhale une odeur particulière ; un mélange de soufre et de fumée... Vous savez pourquoi ?

Félix fit un geste pour écarter le prêtre, et s'éloigna. L'autre continua dans son dos :

— Parce qu'il a commerce avec le Diable. C'est pourquoi on s'écarte de lui. Et puis, il ne marche pas comme tout le monde. Il hésite à chaque pas, par crainte de piétiner une âme.

— Un peu comme vous, alors ? remarqua Félix, en se retournant soudain.

— Ne riez pas, mon fils ! Ce n'est pas un sujet d'amusement.

— Et que contiennent ces livres ? relançai-je, alors que Félix me fusillait du regard.

— Les noms de tous les diables, et aussi le moyen de les évoquer. Et puis, le nom des âmes damnées. Ils apprennent à conclure des pactes avec les démons, quels qu'ils soient, sans qu'ils ne puissent vous faire aucun tort, ils énoncent les noms des principaux esprits des enfers et ils donnent de précieux renseignements sur la façon de découvrir des trésors et d'échapper à la maladie. Et puis aussi, il y a des prières infaillibles pour converser avec le Diable, pour acquérir la mémoire récente de ce qui s'est passé depuis longtemps, pour rendre un coq immortel, ou encore pour se faire aimer de la femme que l'on désire...

— Pour se faire aimer de la femme que l'on désire ? interrompis-je.

— Mais oui ! Cela vous intéresse ? Il suffit de dire en ramassant l'herbe des neuf chemins ou Concordia : « Je te ramasse au nom de Sheva pour que tu me serves à m'attacher l'amour de... » et vous donnez le nom de la personne que vous aimez, après quoi vous jetez discrètement de l'herbe sur son dos, sans qu'elle le sache. Ou bien alors, vous remplissez un vase avec cent grammes de haschich, cinq grammes de fleurs de chanvre et de coquelicot, mélangées à la racine d'hellébore, une pincée, pas plus, et vous laissez le tout, bien couvert sur le feu, au bain-marie pendant deux heures.

— Ça suffit, dit Félix.

— Ah ! Vous avez peur, mon fils. Vous avez raison, ces livres sont dangereux, ils peuvent paralyser ceux qui les détiennent, ils peuvent les posséder. Ceux qui les lisent sont sujets à une mystérieuse influence et ils portent le Diable en eux : ils en sont à la fois le gîte et l'esclave. Ils subissent ses volontés, ils agissent sous sa seule direction. Le Démon se met à parler par leur bouche, à penser avec leur cerveau, à agir avec leurs membres, et ils ont souvent des hallucinations.

— Bon, coupa Félix. On en a assez entendu comme ça. Nous vous remercions pour le quart d'heure d'amusement. *It was very entertaining.*

Il m'entraîna de force, et nous rejoignîmes Lisa.

Le lendemain était l'une de ces journées lumineuses comme il n'y en a qu'aux Etats-Unis, où le ciel est d'un bleu si vif qu'il semble sorti d'un décor de cinéma. Le dôme du Capitole luisait sous les rayons du soleil, et la ville ressemblait, plus que jamais, à une Olympe triomphante et superbe, ignorant ce qui se déroulait en son sein.

L'après-midi, à deux heures, avait lieu une conférence de Ron Bronstein, sur la théologie et la Shoah. Les organisateurs avaient d'abord pensé qu'il fallait l'annuler ; puis ils s'étaient ravisés. Lisa, très éprouvée par les événements de la veille, avait décidé de rester à l'hôtel.

A l'entrée du Mémorial, Félix et moi croisâmes Alvarez Ferrara. Il portait un costume clair de ville, des lunettes noires et un chapeau de feutre mou qui lui donnait vaguement l'air anglais.

— Avez-vous des informations sur les événements d'hier ? lui demanda Félix.

— La police enquête, nous dit-il en enlevant ses lunettes, qui découvrirent des yeux bleu acier que je n'avais pas remarqués lors de notre première rencontre. Ce matin, un membre du parti néo-nazi américain, John Robertson, a été arrêté. Il avait assisté à la projection. Peut-être est-ce lui qui a inséré le film vidéo au milieu du documentaire.

Il nous expliqua que le parti nazi américain avait été fondé en 1958, en Virginie, non loin de la capitale, par un certain Rockwell. En 1967, celui-ci fut assassiné par John Patler, un dissident. Sa mort avait laissé le mouvement sans successeur jusqu'à ce que l'un de ses amis, Matt Koehl, émergeât comme le nouveau Führer. Il avait américanisé le mouvement, qu'il avait baptisé, en novembre 1982, le parti du New Order. Selon l'Anti-Defamation League, une photographie d'Hitler était affichée dans leurs quartiers généraux, au sommet d'une énorme croix gammée...

— L'homme qu'on a arrêté, John Robertson, poursuivit Ferrara, a avoué appartenir également au mouvement négationniste, qui nie l'existence des chambres à gaz et l'ampleur de l'extermination des juifs.

— Cela n'a rien d'étonnant, dis-je. Depuis quelques années, la falsification de l'histoire du IIIe Reich est une stratégie centrale des partis d'extrême droite et des partis néo-nazis. En particulier aux Etats-Unis. L'Institute for Historical Review, fondé par le leader de l'extrême droite antisémite, organise des conférences et des réunions autour de leur *Journal of Historical Review,* plate-forme pour négationnistes et autres apologistes du système nazi. L'IHR, outre ses liens avec le parti néo-nazi, a des contacts étroits avec ses homologues allemands, autrichiens, français ou britanniques...

— Croit-on que cet homme, Robertson, puisse avoir un rapport avec le meurtre de Carl Rudolf Schiller à Berlin ? demanda Félix.

— On l'ignore, répondit Ferrara. Mais qui sait ? On a constaté depuis peu un effort de regroupement des partis néo-nazis d'Allemagne de l'Ouest, d'Italie, de France. C'est la Belgique qui a l'honneur d'avoir l'organisation la plus dynamique, la Vlaamse Militanten Orde, basée à Anvers. Ils ont également des actions mondiales concertées. On sait, par exemple, que certains banquiers suisses néo-nazis financent l'OLP. Les membres du VMO belge, les néo-nazis français et les membres du groupe allemand Hoffman font ensemble des exercices paramilitaires près de la frontière germano-belge.

Alvarez Ferrara avait donné tous ces renseignements d'un air formel, presque détaché, comme s'il s'agissait d'une question administrative. Sur le moment, nous ne nous étonnâmes pas de cette source un peu trop bien renseignée.

La salle de conférences était déjà comble. La presse était là, alertée par le scandale du documentaire. Les journalistes questionnaient les uns et les autres, prenaient des photos, certains enregistraient pour la radio les témoignages de ceux qui avaient vu le film.

Je m'assis avec Félix, au tout dernier rang.

Lorsque Ron Bronstein se présenta à la tribune, tout le monde fit silence. Ses propos, dans ce contexte, prenaient une résonance particulière.

— Ne voyez-vous pas, disait-il, que le monde est le même, que les nations se dressent contre les nations, que l'on tue, que l'on torture et que l'on continue de commettre des génocides ? Les hommes sont toujours ces monstres, ces bêtes vicieuses et mauvaises — et pourtant aucun animal n'atteindra jamais leur cruauté. Comment peut-on voir en Auschwitz une rédemption finale ?

« Selon moi, Auschwitz oblige à réviser totalement, radicalement la théologie, à refuser l'affirmation du pouvoir providentiel de Dieu dans l'histoire, à récuser toute idée d'une mission eschatologique. Auschwitz est un point théologique de non-retour.

« A présent, il est clair pour tous que le monde est un endroit tragique dépourvu de sens, où les hommes sont seuls, sans aucune aide. Le seul Messie est la mort, et chacun d'entre nous doit accepter la vulnérabilité d'un univers qui n'est pas concerné par nous, par nos prières et nos espoirs. La joie et l'accomplissement doivent être cherchés, comme la souffrance et l'injustice ont été endurées. Dans cette vie, ici même, pas dans quelque hypothétique monde futur, quelque *eschaton*. Il faut renoncer à l'idée de l'omnipotence divine et croire à la volonté humaine et son infinie liberté — qui est aussi liberté de faire le mal. Convaincre l'homme de la valeur de la vie et de l'effort nécessaire pour la préserver et la perpétuer.

Ron Bronstein devait avoir entre trente-cinq et quarante ans. Les cheveux coupés très court comme un soldat, les yeux noirs, cet intellectuel semblable à tous les savants du monde avec son regard perçant, ses manières un peu gauches et distantes, avait pourtant quelque chose de différent des savants que je connaissais.

Il n'était pas chétif et malingre, il n'avait pas les genoux cagneux : une force redoutable se dégageait de lui.

Après la conférence, Félix m'entraîna pour aller parler avec le conférencier, qui était encore assis à la tribune.

— Pourrions-nous vous poser quelques questions, monsieur Bronstein ? demanda Félix.

— Mais bien entendu.

Nous prîmes place près de lui.

— Connaissiez-vous Carl Rudolf Schiller personnellement ?

— Je l'ai rencontré à plusieurs reprises. Comme vous vous en doutez, Schiller et moi n'étions pas les meilleurs amis du monde.

— A cause de vos vues opposées ?

— Oui, dit Ron Bronstein, la police m'a déjà questionné sur ce sujet. Je me suis battu contre lui, et pas seulement avec les armes de l'esprit.

— C'était une affaire personnelle ?

— Non, pas tout à fait... fit-il. Puis, après une légère hésitation, il ajouta : il s'agissait de son rôle dans l'affaire du carmel d'Auschwitz.

— C'est-à-dire ?

— C'est une longue histoire.

— Mais nous avons tout notre temps, dit Félix.

— Vraiment ?

Il leva un sourcil amusé.

— Bien, mais je dois vous dire que si Carl Rudolf Schiller était mon ennemi, je continue de penser qu'il n'a pas mérité une fin si... atroce. Je suis encore bouleversé par le film d'hier...

Son regard se perdit un instant dans le vague.

— Tout a débuté en 1985, commença-t-il en acceptant la cigarette que je lui tendais. Avec l'autorisation de l'Eglise et du gouvernement polonais, une douzaine de sœurs carmélites se sont installées sur le site du camp d'extermination d'Auschwitz pour y ouvrir un lieu de prières consacré « aux victimes et à leurs bourreaux ». Auschwitz, comme vous le savez, est devenu le symbole de la Shoah. Il y a trois sites : Auschwitz-I, Auschwitz II-Birkenau, Auschwitz III-Monowitz. Or les carmélites étaient installées à Auschwitz-I, où seraient morts essentiellement des Polonais catholiques, tandis qu'à Birkenau, ce seraient les juifs — cette classification est absurde, et elle reprend à son compte la propension allemande à instaurer des catégories.

« Aussitôt, s'ouvrent des négociations à Genève entre les délégations catholiques, dont fait partie Carl Rudolf Schiller, et les délégations juives, où je suis moi même médiateur. A l'issue de la première rencontre, les catholiques acceptent de déplacer l'installation carmélite.

« Pendant l'été 1988, devant le carmel prétendument provisoire, une croix haute de plusieurs mètres est érigée, à l'endroit où auraient été exécutés des résistants polonais au début de la guerre. Schiller déclare regretter la présence de cette croix dressée nuitamment, "par surprise", mais il prétend qu'il n'a pas l'autorité pour la faire enlever. Plusieurs témoins, photo à l'appui, montrent que les travaux de rénovation progressent dans l'ancien théâtre où devait être intallé le carmel. Le mois de septembre arrive, la croix est toujours là, les travaux continuent.

« Lors de la deuxième réunion à Genève,

l'ambiance est nettement plus tendue. Les cardinaux français promettent à nouveau d'enlever l'installation. Moi, je tente d'expliquer à mes interlocuteurs que le silence seul s'impose à Auschwitz et qu'aucune installation religieuse, quelle qu'elle soit, ne peut y trouver sa place.

« C'est là que Schiller me lance : "— Nous prions pour vous. Vous avez souffert, car vous êtes le serviteur souffrant. — Il n'y a pas de sens à Auschwitz, lui ai-je répondu. L'implantation du carmel sur les cendres des morts est une insulte à leur mémoire. — Mais nous sommes ici par amour pour vos morts."

« Alors, je l'avoue, j'ai perdu le contrôle de moi-même, et je lui ai dit qu'il dégoulinait d'amour pour les juifs morts et de mépris pour les vivants, qu'il aimait les juifs, mais les juifs assassinés.

« L'affaire du carmel est remontée jusqu'au Vatican. Les cardinaux français se sont rendus à Rome pour rencontrer le préposé général des carmes. Après cette entrevue, on nous assure que les sœurs seront déplacées dans un nouveau couvent. Cependant, en 1989, rien n'est fait. "Il serait dramatique, dit Schiller, que cela creuse un fossé entre les catholiques et les juifs. Ce serait un grand malheur."

« Un peu plus tard, avec un petit groupe de juifs américains, je vais me recueillir dans le jardin du carmel, au bas de la croix. Nous nous faisons agresser par les ouvriers qui travaillent sur le chantier. Je ne sais pas si vous voyez la scène : des juifs, à l'ombre de la croix, en train de se faire tabasser par des Polonais à Auschwitz. Le lendemain, je devais rencontrer certains membres de la délégation catholique, parmi lesquels Schiller. Or celui-ci annonce la suspension pure et simple de l'application des accords de Genève, en représailles, dit-il, contre l'attitude des juifs, "qui ne se sont pas bien tenus". Alors là, je dois dire que j'ai éclaté. Je lui ai tout simplement mis mon poing dans la figure. Même si je le regrette à présent, je vous le demande : qu'y avait-il à faire ? Fallait-il répondre, argumenter, dire que nous avions été suffisamment patients et qu'ils devaient déguerpir vite fait ?

— Et au Vatican, demanda Félix, personne n'est intervenu ?

Bronstein le regarda d'un air amusé.

— Le pape, vous voulez dire ?

— Oui...

— Le pape n'a pas bronché. Vous voulez savoir pourquoi ?

Félix acquiesça.

— Parce que c'est lui qui est à l'origine de l'installation du carmel, dit-il simplement.

— Que voulez-vous dire ? demandai-je.

— Vous êtes surpris ? Vous croyez que des carmélites vont venir s'installer tranquillement à Auschwitz, comme ça, sans autorisation du pape ? Je devrais dire sans *incitation* du pape polonais...

— Autorisation, peut-être, fis-je ; mais cela ne veut pas dire que ce soit lui qui les ait placées là.

— Ecoutez ! Ce que je vous dis, je le tiens de la bouche même de Schiller... qui était un ami du pape.

— Un ami personnel ? demanda Félix.

— Disons plutôt un ami politique. Le pape soutenait activement Schiller dans sa campagne électorale. Par un retour de bon procédé, Schiller a soutenu le pape lorsque celui-ci a pris ou entériné la décision d'installer un carmel — en même temps qu'il décidait de la canonisation de Kolbe et de Stein.

— Qui étaient-ils ? demanda Félix.

— Maximilien Kolbe, franciscain polonais, mort à Auschwitz, où il prit, dit-on, la place d'un père de famille dans un cachot mortel. Il était aussi un antisémite militant, qui se définissait lui-même comme un « convertisseur de pécheurs, hérétiques, schismatiques, francs-maçons et juifs ». Edith Stein, juive allemande convertie, carmélite, et morte à Auschwitz, béatifiée en 1987. L'Eglise reconnaît en elle le symbole de la Shoah en même temps qu'une martyre de la foi chrétienne ; en réalité, elle est morte exclusivement en raison de ses origines juives, les autres sœurs de son couvent n'ayant pas été déportées. L'antisémite canonisé et la juive convertie béatifiée montrent le chemin à suivre... Pourquoi tout cela ?

Bronstein marqua une pause. Il alluma une deuxième cigarette, et dit en soufflant une bouffée :

— Parce que Auschwitz pose le plus grave problème théologique qui se soit jamais posé au christianisme : le problème du sens de la souffrance. L'Eglise a peur et, au lieu de réfléchir sur sa doctrine, elle cherche par tous les moyens à s'approprier le sens de la Shoah, comme elle s'est approprié le destin d'un certain Yéchouah crucifié par les Romains...

Félix sortit son calepin de journaliste et demanda :

— Vous permettez que je prenne quelques notes ?

— Oui, oui, vous pouvez écrire... J'en suis venu aux mains avec Schiller, c'est vrai. Mais, pour dire les choses clairement, puisque c'est ce que tout le monde a en tête, ce n'est pas moi qui ai truqué le documentaire, ce n'est pas moi qui ai tué Schiller. Et je ne pense pas non plus que le meurtrier soit un ancien rescapé.

— Pourquoi pas, selon vous ? demanda Félix.

— Parce que, lorsque j'ai frappé Schiller, j'ai compris...

— Qu'avez-vous compris ?

Il s'arrêta un instant et fixa Félix avec intensité.

— J'ai compris qu'à trop discuter avec lui, même si c'était pour le contredire, j'étais devenu une crapule. Une brute, vous me comprenez ? Or un survivant, un rescapé des camps, aussi blessé soit-il par les propos du théologien, ne portera jamais la main sur un homme. Il se suicidera plutôt ; mais jamais il ne pourra commettre un acte qui l'identifierait au bourreau.

Nous retrouvâmes Lisa à l'hôtel, où nous tînmes un petit conciliabule. Nous avions projeté de rester à Washington une dizaine de jours ; mais nous ne pensions pas en apprendre davantage, et nous avions tous été suffisamment éprouvés. Nous décidâmes d'avancer la date de notre départ au lendemain.

Je n'étais pas fâché de rentrer. Cependant, je ne savais pas ce qui se passerait une fois de retour en France. A Washington, j'avais la chance de loger sous le même toit que Lisa, de prendre tous mes repas avec elle, de la voir du matin jusqu'au soir. Or, à Paris, j'ignorais si j'aurais l'occasion de lui parler encore, et j'étais terrifié à l'idée qu'elle ne disparaisse dans la brume, qu'elle ne s'évapore comme une goutte d'eau, une perle de rosée.

Le soir même, sans rien en dire à Félix, prenant mon courage à deux mains, je décidai d'aller parler à Lisa.

Avant de frapper à sa porte, je m'arrêtai un instant. « *Je veux que le cœur de celle que j'aime brûle d'amour pour moi comme ce cœur brûle dans le foyer* », murmurai-je.

Soudain, derrière la porte, il y eut un éclat de voix.

— Non, criait Lisa, puisque je te dis qu'il ne se doute de rien.

Je tendis l'oreille.

— Mais non, poursuivait-elle, il n'a pas tiqué en voyant le nom de Schiller. De toute façon, je lui ai dit que c'était une erreur.

4

Décontenancé, je fis demi-tour et me dirigeai vers ma chambre. Soudain, je me ravisai et revins sur mes pas. Je ne savais pas encore si j'allais lui demander des explications ou sa main. Je frappai doucement à la porte. Elle m'ouvrit, me fit entrer. Elle avait l'air embarrassé. Ses cheveux étaient ébouriffés et ses yeux semblaient humides.

Sa chambre, comme la mienne, était décorée dans un style néo-romantique, les draps et le papier peint étaient rose pâle, comme les rideaux.

Elle s'assit sur son lit et me désigna le fauteuil en face d'elle.

Il était temps que je prenne place. Je sentais un vent de panique courir le long de mon échine. J'étais envahi par un flux incontrôlable, une chaleur qui partait de mon front courait sur tout mon corps.

Je m'étais dit que ce serait comme ma leçon d'agrégation. Tout d'un coup, je compris que ce n'était pas un parterre de vieux professeurs qui m'attendait. Pour être moins intimidé, j'enlevai mes lunettes.

— Lisa, commençai-je, en tremblant. Je voulais te voir... parce que je voulais te parler.

« Quelle entrée en matière, pensai-je. D'une platitude... »

Elle avait ramené ses jambes contre elle, les bras croisés autour des genoux.

— Non, ce n'est pas cela. En vérité, je voulais te voir, parce que demain nous repartons pour Paris et que chacun vaquera à nouveau à ses occupations. Et cette séparation, tout d'un coup, me terrifie. Combien d'heures à passer sans toi ?

Il y eut un silence embarrassé. Je ne savais si elle me regardait ou pas, je n'avais aucune idée de ce qu'elle pensait et elle ne faisait rien pour me mettre à l'aise.

— Ce dont je veux te faire part, Lisa, repris-je d'une voix rauque, c'est que mes sentiments à ton égard ne sont pas dénués d'ambiguïté...

Conclusion qui, elle, ne manquait pas d'ambiguïté. Je relevai la tête, chaussai mes lunettes — ce que je regrettai amèrement : Lisa me considérait avec une infinie mansuétude, une sorte de tendresse maternelle qui me donna envie de hurler de rage ou de désespoir.

— Raphaël, dit-elle, je t'aime beaucoup, j'ai énormément d'affection pour toi, et je comprends, très sincèrement, cet élan. Mais je ne crois pas que ce genre de relations soit possible entre nous.

C'était comme un couperet qui tombait net sur mon cœur. Avec peine, je rassemblai mes dernières forces et je me levai pour sortir.

— J'aime bien ton parfum, remarqua-t-elle en m'embrassant affectueusement sur la joue, c'est quoi ?

— Ce n'est pas très connu, fis-je.

Ainsi, tout était fini entre nous, avant même d'avoir commencé. Il avait fallu quelques mots pour tout faire basculer. En l'espace d'une seconde, j'étais passé de l'extase à l'enfer. Félix avait raison. L'évidence d'un sentiment n'est pas un critère commutatif. Lisa ne m'aimait pas.

De retour en France, exactement comme je l'avais craint, les choses reprirent leur cours. Une semaine passa, durant laquelle je promenais ma tristesse dans les rues de Paris, et le hasard de mes pas me ramenait toujours vers le même endroit : ce Marais gluant où je m'étais enlisé.

En vérité, j'étais mortifié par le refus de Lisa. L'orgueil s'en mêlait et, par un sursaut d'amour-propre, je tentais de me recomposer une figure. Mais j'étais glacé par son rejet, je brûlais d'avoir reçu sans ciller ces paroles qui avaient écrasé mon cœur.

« Un émoi printanier »... Elle ne savait pas à quel point le sentiment que j'avais pour elle était inouï, ni combien l'image d'un monde nouveau s'était imprimée dans mon cerveau malade, car je revenais de loin — d'une famille et d'une patrie qui ne connaissaient pas la tendresse. La porte ouverte sur l'espoir et la rédemption de mon âme damnée s'était refermée devant mon nez.

J'en étais désespéré. Déjà, je ressentais l'emprise d'une étrange dépendance, qui ne me laissait pas en paix, et qui, jusqu'à ce jour, me retient captif : je ne demandais pas grand-chose : simplement la voir, de temps en temps, l'entendre. J'avais du mal à exister sans son regard. Je ne parvenais pas à ne plus l'aimer ; et j'avais conscience, déjà, que je n'y arriverais plus jamais. C'était comme le jeu, c'était comme l'alcool, comme la drogue : ce n'était pas la grâce, c'était l'enfer.

— Où en est l'affaire Schiller ? demandai-je à Félix, un soir, au Lutétia. Est-ce que tu continues à t'en occuper ?

— Bien sûr, fit-il, j'ai d'autres dossiers à suivre, mais tu sais que celui-ci me tient particulièrement à cœur... Je sens le danger, Raphaël. Je suis de plus en plus convaincu que ce n'est pas un meurtre comme un autre. Il suffit d'en tirer un fil, et beaucoup de choses peuvent en sortir.

— As-tu du neuf ?

— J'ai eu le frère Franz au téléphone — tu sais, le moine que nous avions rencontré à l'Université catholique ? Sur le moment, je ne lui avais pas prêté grande attention, je l'avais trouvé décourageant ; mais il m'est apparu soudain qu'il était parmi les premières personnes à m'avoir parlé des rapports entre les Perlman et Schiller. Par bonheur, j'avais conservé ses coordonnées personnelles, et je n'ai eu aucun mal à le joindre. Je lui ai résumé brièvement la situation, lui ai parlé de Washington, de ce qui s'y était passé, et j'ai également mentionné les élucubrations du père Francis.

— Que t'a-t-il dit ?

— Quelque chose s'est produit dans la vie de Schiller, qui l'a fait changer totalement, le mois qui a précédé sa mort.

— Sait-il ce que c'est ?

— Non. Mais Schiller se rendait souvent à Paris. Il allait voir les Perlman. Apparemment, Lisa serait aussi venue le voir à Berlin.

— Lisa ? fis-je, la gorge serrée, il en est sûr ?

— Oui, dit-il. Pourquoi fais-tu cette tête ? Tu es bizarre, Raphaël. Qu'est-ce qui t'arrive, depuis quelque temps, je ne te reconnais plus.

— Sait-il pourquoi elle est allée le voir ? poursuivis-je.

— Non. Mais j'ai bien l'intention de le savoir. Si Lisa connaissait Schiller personnellement, c'est qu'elle nous a menti. Et si elle nous a menti, c'est qu'elle a quelque chose à cacher. Je me demande bien ce que cela peut être et quel est son rôle dans cette affaire... De même pour Samy... Interrogé par la police, il n'a pas desserré les lèvres.

Ce mutisme dont tout le monde s'entoure ne rend pas les choses très simples.

— Tu crois que l'on n'arrivera jamais à les faire parler ?

— Samy, non. Mais Lisa, après tout...

J'expliquai à Félix que Lisa souffrait certainement de ce que j'appelais « le syndrome des enfants de la deuxième génération ». Sa famille ayant été touchée de près par le drame de la Shoah, il y avait en elle une blessure qui se propageait indéfiniment, de génération en génération, une douleur impossible à dire, dont héritaient les enfants de rescapés.

Lisa avait vécu son enfance dans le silence : la plupart des déportés ne parlent pas des camps, n'en disent pas un mot. Mais la douleur, telle une maladie chronique, réapparaît pour exploser soudain dans l'amertume, les colères, les rages quotidiennes qui ont leurs racines dans le passé. Dans ce silence entrecoupé de fureurs réside le secret.

Cela traverse le temps, cela transperce l'esprit, c'est une fulgurance, plus qu'une certitude. Comme une faute honteuse, cela hante les générations. Les enfants de ceux qui ont subi le mal s'en veulent de ne pouvoir alléger le cœur de leurs parents, de n'être pas à même de les aider, et ils se prennent pour les criminels non désignés d'un meurtre resté mystérieux. Ils pensent avoir commis un terrible forfait, ils cherchent à le réparer et, parfois, ils s'interdisent de vivre pour eux-mêmes. Dès l'âge tendre, ils optent pour la bonté, ils cherchent à faire plaisir, à diminuer les peines. Ils se servent de la tendresse comme d'une arme contre le spectre vivant de la barbarie ; contre le fantôme qui habite le père blessé, dont ils voudraient prendre la main, une main trop ténue pour être saisie.

Que faire ? Que peut faire Lisa ? Pratiquer la solitude comme une ascèse, rejeter quiconque menace de la troubler ? Aux caresses répondre par un cri, pour qu'elles s'arrêtent ou pour qu'elles reprennent car, si elle fuit, c'est qu'il n'existe pas pour elle une autre façon d'aimer. Si elle s'en va, c'est pour qu'on accepte de passer la haie qui l'entoure, la barrière franchissable. Elle demande la patience, le courage ; elle veut qu'on la rejoigne dans le monde barbare, et que, sans peur et sans dégoût, on lui donne l'amour qu'elle ne rend pas. Elle demande la magnanimité face à l'injustice de sa réponse : la douceur, malgré tout. Être prise en charge dans la nuit ardente, et que ses larmes enfin s'arrêtent de couler. Être comprise : elle a voulu lutter contre le mal, mais ce faisant, le mal l'a absorbée et, à présent, le mal est en elle. C'est elle, le squelette, le serviteur souffrant, et c'est elle aussi le bourreau. C'est elle l'enfant à la recherche de la perfection. Elle hait ce qu'elle aime, elle esquive ce qu'elle capture, elle saccage l'innocence éperdue. Elle veut la beauté comme un pardon. C'est elle, la lutte, le renoncement et l'obsession : son esprit voit la mort se peindre sur les visages. Et elle progresse, seule, parmi les cadavres qu'elle sème au gré de ses regards et, si elle avance au royaume des morts, c'est qu'elle veut de toute son âme arracher au mal les forces qu'il emprisonne. C'est elle, la tristesse, sur la pente du désespoir. C'est elle la détresse qui obscurcit l'avenir, c'est-à-dire l'autre, celui qui cherche les mots pour l'atteindre. Mais de sa bouche ne sort jamais aucune réponse : elle voudrait dire l'aurore, la fraîche rosée du matin, et elle désigne le ravin.

— Mais pourquoi, demanda Félix, les survivants ne parlent-ils pas ? Pourquoi gardent-ils le silence ?

— Il y a des choses que l'on ne peut raconter. Ce sont des choses si terribles qu'elles ne peuvent être signifiées verbalement.

Je tenais de Mina que Lisa avait été anorexique lorsqu'elle avait dix-sept ans. S'était-elle efforcée de ressembler à la silhouette qui la hantait, comme si elle cherchait à expier ce mal dont elle n'était pas responsable ?

Lisa était ainsi : fragile, pliant sous le poids de cette responsabilité que j'aurais tout donné pour porter avec elle, moi qui me sentais orphelin.

Alors, après cette longue discussion avec Félix, moins par nécessité de poursuivre l'enquête que par envie de la voir, j'eus à nouveau le courage de rappeler Lisa Perlman. Je lui demandai si elle voulait bien me rencontrer. Elle accepta.

Je lui donnai rendez-vous un soir, vers dix-huit heures, au bar du Lutétia. C'était le 13 mars 1995.

Il faisait un temps assez doux, et je me promenai un long moment avant de pousser la porte tournante du boulevard Raspail, de traverser la grande salle aux lustres de cristal, aux ors, aux gris et aux pourpres savamment harmonisés, pour aboutir au petit bar, où je m'enfonçai dans l'un des gigantesques fauteuils de cuir. Comme j'étais largement en avance, j'allumai une cigarette, que je fumai, lentement, pensivement, comme je le fais aujourd'hui, un peu pour me calmer, un peu pour tenter de rassembler mes idées.

La cigarette est bien la seule chose que je rapporte de ce passé dont j'ai fait feu. Pourquoi suis-je toujours tenté de l'allumer, de la regarder brûler, se consumer tout doucement, disparaître ? Pourquoi est-ce que j'aime autant emplir ma bouche de cette fumée âcre et mélanger mon souffle au sien ? C'est comme aspirer l'âme d'un être vivant qui meurt au bout de mes doigts. C'est comme un amour dévastateur, un combat intime dont il ne reste que l'odeur de brûlé et les cendres accumulées.

Elle arriva vers dix-huit heures trente. De loin, je reconnus sa démarche gracile. Elle portait une veste blanche sur une jupe moirée. Les longues mèches de ses cheveux lisses brillaient sombrement autour de son visage. Son regard s'éclaira lorsqu'il croisa le mien. Elle semblait heureuse de me voir.

— C'est ton endroit préféré, ici ? me demanda-t-elle, en s'asseyant.

— Oui.

— Pour moi, ça n'évoque rien de bon... Le quartier général de la Kommandantur...

— Oui, c'est vrai, dis-je. Ils étaient ici, avec leurs uniformes noirs, et leurs bottes brunes foulaient les tapis moelleux, ils profitaient du Paris fastueux, ils mangeaient avec les couverts étincelants et ils se pavanaient entre boiseries et dorures. On les accueillait comme des rois. On leur ouvrait les salons avec amitié, avec dévotion. Le soir, après avoir été au théâtre voir *Huis clos ou Le Soulier de satin,* ils dînaient à la Tour d'Argent qui avait préparé à leur intention des menus rédigés en allemand, ils dansaient, ils buvaient et ils fumaient avec les demoiselles de Paris enrubannées dans leurs robes de chez Lanvin, Maggy Rouff ou Nina Ricci. Ou alors, ils retrouvaient leurs amis, ceux qui montaient leurs spectacles, ces messieurs respectables qui distrayaient le Paris de l'époque. Paris, le pays des intellectuels, du luxe et des soirées folles : quelle divine, divine surprise...

— Mais pourquoi alors ? Pourquoi venir ici ?

— De Gaulle y a passé sa nuit de noces...

Nous bavardâmes un moment encore, puis nous allâmes au cinéma, vers vingt heures, à Odéon. Nous vîmes un film qu'elle avait choisi. Il s'agissait de plusieurs histoires imbriquées, à propos de sombres affaires de gangs et de drogue. Les deux acolytes, entre deux conversations sur les bizarreries des langues, tuaient leurs victimes qui imploraient pitié, en invoquant un verset de la Bible sur la vengeance de Dieu. Ce film, critique de l'utilisation totalitaire du langage et de la culture du crime, semblait pourtant véhiculer cette violence, dans des scènes parfois insoutenables de cruauté.

Après la séance, nous marchâmes ensemble dans les rues de Paris, nous dirigeant doucement vers le Marais. Nous dînâmes dans un restaurant que Lisa aimait bien, une sorte de café sombre comme il devait y en avoir dans la Vienne des années trente. Des rabbins nous observaient gravement, depuis les peintures tristes accrochées sur les murs. Nous bûmes de la vodka, célébrant je ne sais quoi. Nos retrouvailles, notre amitié... je ne voyais rien dans ses yeux qui me permît d'espérer plus que de la sollicitude.

— J'ai du mal, murmura Lisa, à supporter les scènes de violence dans les films. Je me demande comment font les gens. Moi, encore, je peux les voir ; mais mes parents, crois-tu qu'ils comprendraient quelque chose à cela ? C'est bizarre, je ne peux m'empêcher de penser à eux, dans ces moments-là... Je crois que je fais partie de leur souffrance, c'est ma communauté.

Pour la première fois, je m'avisai que la Shoah, pour beaucoup de juifs, était la dernière chose qui restait de leur religion. C'était comme un ciment de l'identité juive qui unissait l'orthodoxe et l'athée, le juif pratiquant et le laïc, le communiste et le religieux, Israël et la diaspora, le sionisme et l'antisionisme.

— Lisa, fis-je en sortant du restaurant, est-ce un problème pour toi si je ne suis pas juif ?

— Un problème ? fit-elle, surprise. Non, je ne suis pas religieuse... mais je fais partie d'un peuple et d'une histoire.

En prononçant ces mots, elle tourna son beau regard vers moi. Il était minuit passé, et ses cheveux noirs attiraient la lumière pâle de la lune. Je la regardai intensément, en pensant à ce que j'avais dit à Félix : Lisa m'était-elle interdite ? De fait, tout pour moi était nouveau : l'amour était un pays où je n'étais pas né. J'étais différent. Je me sentais renaître à chacun de ses regards. Félix, qui l'avait remarqué, me taquinait souvent au sujet de ma « conversion ».

— Être juif aujourd'hui, est-ce simplement être un survivant ? demandai-je à Lisa.

Pendant un instant, son visage fut éclairé par un réverbère, telle une aura sur un séraphin. Elle alluma une cigarette. J'adorais voir la fumée monter comme un voile autour de ses yeux et ses cheveux : sous la lueur de la lune, elle paraissait encore plus impalpable.

— Je ne connais rien d'autre, répondit-elle. En général je ne mange pas casher ; je ne célèbre aucune fête, je ne respecte pas le chabbath.

— Pourquoi ?

— Je suis fâchée contre celui qui a laissé faire, le Seigneur de l'histoire qui a brillé par son absence. Celui qui avait décrété que la création était bonne. S'il y avait un Dieu, il aurait fallu qu'il souffre à Auschwitz, il aurait fallu qu'il soit en devenir, et non une instance supratemporelle, impassible et immuable, il aurait fallu qu'il soit affecté par ce qui se passait dans le monde, c'est-à-dire qu'il se temporalise, ou alors, il aurait fallu qu'il soit impuissant, mais connais-tu, toi, un dieu impuissant ?

Elle me regarda un instant. Son regard se durcit.

— Ma mère, elle, y croit encore. Mais moi, il me semble qu'aucune valeur ne tient face à cela. Rien, ni la fidélité, ni la croyance, ni la culpabilité ni le jugement, ni l'espoir messianique : tout cela ne vaut rien contre Auschwitz, contre ce Dieu de « justice, d'amour, de clémence et de miséricorde », ce Dieu qui a laissé s'accomplir le Mal absolu. Moi, je dis que ou bien Dieu est Dieu, et il est tout-puissant, et alors il est coupable d'avoir laissé faire, ou bien il n'est pas tout-puissant et il n'est pas Dieu. Si Dieu existe, sa présence s'impose, et, s'il refuse de se manifester, c'est qu'il est immoral et inhumain, c'est qu'il s'est allié à l'ennemi, et alors, je ne comprends pas en quoi il diffère des dieux violents des mythologies.

Etait-ce là la condition juive ? Un peuple qui a souffert depuis le temps où les Egyptiens l'ont réduit en esclavage, que l'on a empêché de pratiquer sa religion, jusqu'au Moyen Âge, où les croisés, dans leur sauvage équipée vers la terre qu'ils appelaient sainte, saccagèrent villes et villages, massacrant des communautés entières qui mouraient le *Chema Israël* sur les lèvres, pensant que la Rédemption viendrait avec le Messie — et jusqu'à aujourd'hui, hier à peine, l'effroyable catastrophe.

Pourtant, à Auschwitz, ce n'est pas pour l'amour de Dieu que le vieux peuple était assassiné. C'est parce qu'il était tel qu'il était. Je compris ce que disait le père Francis : la gnose avait décidé, une bonne fois pour toutes, que le dieu de la création n'était pas le dieu véritable, qu'il était impossible qu'un être aussi bon et aussi puissant ait pu créer un monde aussi atroce.

— Comment croire en Lui, comment espérer encore, après ce drame ? continua Lisa. Tout est changé. Nous, en particulier. Mes frères et moi avons toujours été à part. Nous n'avions pas le droit de jouer avec les enfants, de parler avec eux dans la rue, d'aller chez eux, de nous rendre au terrain de jeu. A l'école, les autres nous évitaient, ils s'écartaient de notre chemin, parce que nous étions toujours sur la défensive, et que nous refusions de participer à quoi que ce soit : ma mère nous avait interdit de fréquenter nos camarades. Et nous, nous obéissions, nous faisions comprendre aux autres que nous n'avions rien de commun avec eux. Mon frère Béla, surtout, faisait cela très bien : il avait le chic pour se faire détester par tout le monde. Depuis qu'il était petit, il était comme ça. On avait tous remarqué qu'il y avait un problème. Nous le savions, tous, mais personne ne faisait rien. Mon père ne disait jamais rien. Parfois ma mère sortait de ses gonds, elle se mettait à hurler, à tempêter, à invectiver toute la famille. Et puis, elle a laissé tomber. Elle a reporté toute son affection sur Paul, le petit dernier... Elle aussi, elle est hantée, à sa façon. Elle consacre sa vie à la Shoah. C'est d'ailleurs comme ça qu'elle a rencontré ce pauvre Schiller, après avoir lu l'un de ses livres.

— C'est elle qui l'a rencontré en premier ? lui dis-je.

Elle se troubla.

— Oui, enfin... je pense.

— Je croyais que c'était surtout un ami de ton père ?

Elle ne répondit pas.

— Lisa, que sais-tu au sujet du meurtre de Schiller ? Y a-t-il quelque chose que tu me caches ?

Nous étions arrivés devant sa porte. Elle me considéra gravement.

— Quelque chose de terrible est arrivé.

— Que se passe-t-il ?

— Béla vient d'être mis en garde à vue.

— Quand ? fis-je. Pourquoi ?

— Cet après-midi. La police a fait une perquisition chez lui.

— De quel droit ?

— Ils ont reçu une lettre de dénonciation anonyme.

— Et alors ?

— Ils ont retrouvé l'arme qui a tué Schiller... le revolver.

— Où ?

— Chez lui, chez Béla.

— Comment savent-ils qu'il s'agit du revolver qui a tué Schiller ? Ils n'ont pas la balle, puisqu'elle a été tirée en plein cœur et la partie supérieure du corps n'a pas été retrouvée.

— Apparemment, les policiers ont analysé le film de Washington. Ils l'ont agrandi, et comme c'est un revolver un peu spécial...

— Quelle sorte de revolver ?

— C'est une arme qui date... de la Seconde Guerre mondiale... Une arme allemande.

Je réfléchis un instant.

— Crois-tu que ton frère puisse être le coupable ? demandai-je.

— Non ! s'exclama-t-elle. Pas du tout. Je pense que quelqu'un a voulu le faire accuser.

— Mais qui ? As-tu une idée ?

— Non, aucune... Mais cette affaire me fait de plus en plus peur, Raphaël. C'est comme si le mal se rapprochait de nous...

Après l'avoir quittée, je décidai de marcher un peu. Il était assez tard, près de deux heures du matin. Mes pas me portèrent sur les quais de l'île Saint-Louis. Je vis la Seine scintiller comme mille bijoux sous la lune. Les ponts rafraîchissaient leurs pieds dans ce bain sombre et clair. Les lumières de la ville s'y perdaient, et l'eau, telle une nature morte, buvait leur couleur de son élan tranquille. C'était une fête, une fête somptueuse, un ballet de miroirs et d'yeux rêveurs, de robes couleur de feu, couleur de soleil et couleur de nuit, de princesses endormies et de princes charmants, c'était Versailles au temps des fêtes, c'était Paris avant la guerre, du temps où les pénombres étaient des promesses et où l'eau, par un tendre nocturne, égrenait les notes du temps au battement sourd d'un doux métronome. La Seine chatoyante éclairait Paris, et Paris s'y mirait comme une reine qui s'apprête, une déesse aux mille sceptres.

Comme les flots étaient beaux et lisses à la surface, et comme leurs fonds étaient sales et dévoyés, remplis de morts, ces inconnus de la Seine, noyés dans ses eaux stagnantes, cet étang boueux dont le clapotis, tel un chuchotement sordide, murmurait le chant du dernier passeur.

Alors je fis soudain demi-tour vers le Marais, pour lui parler encore, lui offrir mon soutien ou, simplement, pour être près d'elle.

Je m'apprêtais à emprunter le passage des Singes, lorsque je vis Lisa. Elle n'était pas seule. Je me dissimulai dans le renfoncement d'une porte, attendis un peu, puis je suivis les deux ombres jusqu'à un bar. Je les observai un bon moment à travers la vitre. Lisa me tournait le dos, mais je pouvais apercevoir son reflet dans une glace en face d'elle. L'homme, qui lui faisait face, devait avoir une quarantaine d'années. Il avait les cheveux blonds et raides, les yeux noirs, et ses traits fins dessinaient un visage beau, avenant. C'était étrange, mais j'étais certain d'avoir déjà vu cet homme quelque part.

Ils discutèrent, ils burent et fumèrent. Au bout d'une demi-heure, ils se levèrent pour partir. Alors je vis l'homme caresser lentement la joue de Lisa ; puis il lui donna un baiser.

Je pris mes jambes à mon cou, je courus, courus dans cette nuit sans fin. Je ne sais comment je finis par me retrouver chez moi, une demi-heure plus tard, après avoir suivi un itinéraire compliqué.

Pourquoi la voulais-je autant ? Pourquoi la suivais-je et pourquoi la fuyais-je ? Pourquoi ne pas avoir fait irruption dans le bar, pour troubler leur tête-à-tête ? Quelle était cette furie qui me prenait tout entier ?

La jalousie. C'est la maîtresse des heures à venir, qui rend le désir furieux, qui donne l'envie de saisir ce qui menace de partir, de le retenir, pour le réduire à rien. C'est aussi la reine de l'instant, trop bête pour réfléchir, trop brute pour se projeter dans le futur. C'est l'âtre des sens, si brûlants que j'en suffoquais.

Cette soirée me rendit fou au point que je ne pus trouver le sommeil. Au bout de cette nuit terrible, une tout autre question me tourmenta : qui était-elle ? Qui était cet homme qui l'avait embrassée ? Quel secret partageait-elle avec son père ? Que savait-elle sur Schiller ? Qui était-elle, au fond ? Que me cachait-elle ? *Que cachait Lisa Perlman ?*

5

Quand le sang juif jaillit sous nos couteaux, tout va déjà pour le mieux.

Le 20 janvier 1942, à Berlin, 56, grand-rue de Wannsee, dans un hôtel particulier confisqué à un juif, se tint la conférence sur la « Solution finale sur la question juive ». *Endlösung*, cela signifiait : anéantissement physique des juifs d'Europe dans les plus brefs délais.

Dans la thèse que je préparais en histoire contemporaine, je tentais de trouver la genèse de la solution finale. Aussi monstrueux fût-il, expliquais-je, le génocide des juifs avait une cause. J'essayais de déterminer les raisons du massacre, de retrouver la trame des décisions et des événements qui avaient abouti à la Shoah.

Je reprenais le débat qui oppose les historiens qui

essayaient de comprendre les causes du génocide. Les intentionnalistes pensaient qu'Hitler et son idéologie propre avaient joué un rôle capital dans la solution finale. Les fonctionnalistes, au contraire, disaient que l'œuvre d'Hitler était accidentelle face au mode de fonctionnement du régime et à sa dynamique structurelle qui allaient commander le déroulement des faits. Selon eux, sans l'armée, l'administration, l'industrie, le parti SS, Hitler n'aurait jamais pu atteindre son objectif.

Pour moi, le cœur de l'édifice, le centre du débat, était bien le Führer, tel qu'il était, obsédé par l'idée d'une décadence du peuple allemand, qu'il mettait sur le compte du métissage et du rapport aux étrangers, aux autres « races » — aux juifs. Comment comprendre cette conception ? Pourquoi Hitler haïssait-il tant les juifs ? Ou plus exactement, pourquoi Hitler a-t-il décidé d'exterminer les juifs ? Telle était la question centrale, à laquelle je m'efforçais de répondre.

Alors que, pour la plupart des historiens, la décision de la solution finale avait été entérinée pendant l'été 1941, je m'efforçais de montrer qu'elle avait été prise plus tard, à l'automne de la même année. Hitler pensait que la guerre sur deux fronts était probable. Les traîtres qui avaient mené à la défaite allemande de 1918 devaient donc être éliminés.

J'ai toujours été obsédé par les dates, les jours, les heures. Or cette précision-là, expliquais-je dans ma thèse, avait une importance capitale : si la décision de la solution finale avait bien été prise en automne, cela accréditait la théorie selon laquelle ce crime, étroitement lié à la guerre, était une réaction de défense et de peur d'un homme qui se sentait menacé.

Je ne sais pourquoi, le lendemain de la soirée avec Lisa, je fis un rêve terrible, où je le voyais, lui, Hitler, qui me regardait de ses yeux fous en soufflant des paroles terribles dans le creux de mon oreille... Soudain, il prenait les traits de mon père, qui criait, qui hurlait contre ma mère. Il y avait une dispute violente entre eux, à propos d'argent. Mon père accusait ma mère de l'avoir volé. Comment pouvait-on voler son propre mari ? demandais-je.

Je me réveillai, en sueur, sur cette question que je m'étais souvent posée dans mon enfance.

Petit, lorsque j'intervenais dans les discussions des adultes, on me disait de me taire. Je ne devais pas argumenter avec mon père. Je compris plus tard que ce dernier craignait que je ne fusse plus intelligent que lui. J'ai su bien vite que, si je voulais survivre, il me faudrait trouver un refuge, un abri, un monde à part. La fuite dans les livres me permit de savoir qui j'étais — non pas le fils sans qualité de M. et Mme Simmer, mais l'héritier d'une longue lignée de héros, ces personnages glorieux de l'histoire de France. Je les admirais, je les chérissais, je me rêvais orphelin, j'étais un bâtard recueilli par ces époux Simmer, je venais d'une autre famille, en réalité.

Incapable de dormir, je finis par me lever tout à fait, je pris un verre de whisky, puis un deuxième. Je me sentais de plus en plus moite et poisseux. Des gouttes de sueur perlaient sur mon front. L'alcool n'arrangeait rien : il m'assoiffait et me desséchait la gorge, ce qui m'incitait à boire davantage. Je m'étendis un instant sur le canapé de mon salon, qui donnait sur le boulevard Montparnasse. Par la fenêtre, je voyais quelques lumières allumées dans les maisons, et des enseignes roses et violettes qui clignotaient sur la place du 18-Juin-1940.

Alors, je mis mon survêtement et mes chaussures de sport, comme je le faisais souvent lorsque je n'arrivais pas à dormir, et je sortis. Je remontai en courant le boulevard Montparnasse, jusqu'aux Invalides, pour arriver au Champ-de-Mars, dont je commençai à faire le tour. La tour Eiffel, éteinte, n'était plus qu'un grand A, plus sombre encore que la nuit.

Soudain, plusieurs éclairs déchirèrent le ciel. Tout de suite après, les premières gouttes de pluie commencèrent à tomber.

Ce fut un fracas gigantesque. Les cieux en fureur tonnaient avec force : c'était comme une immense colère qui allait tout détruire sur son passage, tantôt par un souffle haletant, tantôt par un hurlement strident qui lacérait les ténèbres. Une lumière fulgurante viola l'opacité solitaire.

Je continuai de courir, sous la pluie, de courir à perdre haleine, attendant avec impatience le prochain éclair. J'étais un peu ivre, et j'avais l'impression d'être le maître secret de ce spectacle sans principe ni fin. C'est moi qui déchaînais la pluie et la foudre était ma colère. Parvenu sous la tour Eiffel, je m'arrêtai enfin pour contempler l'étendue étoilée, voilée par la brume aqueuse, et je regardai, avec délices, les eaux noires tomber sur la ville, les gouttes grossir, milliers par milliers, assez nombreuses pour envahir la planète, pour la laver ou pour l'effacer. Les eaux périlleuses soufflaient par bourrasques, allumées par la foudre, et une saveur âcre montait des masses boueuses de la terre, et la pluie était un esprit qui virevoletait, qui voguait à travers les airs, et l'eau chassait le vent, chassait l'air, chassait le feu, chassait la fumée, chassait l'eau. L'orage engloutissait les réprouvés, frappant au hasard de sa course, à droite, à gauche et jusque dans les bas-fonds, emplissant les cieux de ruine et de mort, comme un désir qui brûle et qui glace. Le ciel, force suprême, ordonnait l'existence des humains et les frappait, les battait tel un père en colère contre son fils. Il avait éclipsé la lune, la douce lune qui chante aux nuits. Il clamait : « *Je ferai de toi un objet d'épouvante et tu ne seras plus ; on te cherchera, mais on ne te trouvera plus, plus jamais.* »

Alors, saisi, je m'affalai par terre, les bras en croix, au beau milieu du grand A qui m'accueillit comme une mère aux larges hanches, dont les jambes me surplombaient. Comme lorsque j'étais enfant, je fermai avec force mes paupières sur mes yeux et mille lumières rouges parcoururent mon esprit chaviré.

Au bout d'un moment, l'eau épaisse devint bruine et, sur les poches fangeuses de la terre accidentée, descendit un brouillard, une nuée portant l'archonte du cinquième monde. Alors des gouffres profonds, des abîmes, monta une fumée comme un poison de la Mort. Puis, l'air de la pluie, cet air plein de senteurs après l'orage, chassa le vent mauvais, et le silence s'installa : je poussai un soupir, la ville avait expié. Ce n'était qu'un avertissement, un prodrome de la dernière bataille.

Je revins chez moi. Il était quatre heures du matin. J'ouvris la fenêtre pour humer l'air nouveau et je jetai un œil dans la rue.

Je fus pétrifié. Etait-ce l'alcool ? Etait-ce mon imagination ? Une femme se tenait sous la pluie en bas de chez moi. Dans sa main, elle tenait un couteau qui étincela sous la lune.

Je clignai des yeux. L'instant d'après, elle avait disparu.

TROISIÈME PARTIE

1

Ils étaient peut-être une vingtaine ce jour-là à attendre, parqués dans la petite pièce sombre, à peine aérée. Lorsque les hommes étaient venus les chercher, ils avaient fait un bond en arrière : ils frissonnaient de peur. Alors les hommes les avaient poussés en leur donnant des coups de pied, et les voilà, en rang ou presque, à faire la queue pour entrer dans l'abattoir. Ils n'étaient même pas gras : ils étaient malingres.

L'un après l'autre, les veaux étaient pendus par les pieds d'un coup sec, puis on les assommait, avant de les saigner. C'était fini.

Je me rappelle comme si c'était hier l'odeur terrible, écœurante, l'infâme odeur de la mort, du sang qui coule, coule à flots, et gicle partout : la tête m'en tournait, j'en avais eu le vertige. Sur le sol, les rivières rouges charriaient les décombres, les fragments de chair. Les débris de bêtes accrochées, empalées, dépecées, les poches des gros estomacs, les têtes de veau, les pieds, les viscères : telles étaient les pièces détachées de ce carnage orchestré de la main de l'homme. Le responsable de l'abattoir était fier de nous donner les chiffres : cinquante veaux par heure, cela faisait un veau et demi à la minute. C'était du sang qu'ils buvaient, ces hommes, du sang mort qui hurlait à travers les poumons des animaux tués et qui, comme la vie, s'écoulait au-dehors, pour les nourrir, ces vampires, ces êtres démoniaques. Ils pensaient qu'il y avait un sang pur, digne de circuler dans certaines veines, et un sang indigne, qui devait jaillir de leurs corps, comme un torrent, une source vive, pour abreuver les entrailles de l'homme et irriguer sa terre natale, et ils faisaient vomir le sang de ceux qui n'ont pas le même sang, et le sol comme une mère dévorante absorbait les déchets industrieux, et l'énorme machine du sang servait à alimenter ces bêtes qui se prennent pour des dieux, ces hommes pétris de cadavres, et le sang à présent est partout, dans ma bouche, sur mes mains, sur mon torse, de mon nez, il coule sans cesse, il coule à jamais, comme celui des animaux.

Je n'avais pas six ans, lorsque mon père m'avait emmené à l'abattoir. Il pensait m'aguerrir, m'apprendre la vie. Plus tard, adolescent, à la recherche de moi-même, je me cachais pour lire le journal ou écouter la radio, car j'avais honte que mes parents me traitent d'« intellectuel ». Très jeune, j'avais appris à dissimuler et à mentir pour éviter leur compagnie ; pour échapper à la bêtise. Je m'étais construit un petit monde autour de moi, un univers magique où je jouais tour à tour le rôle des personnages que j'aimais : c'étaient des héros romantiques, des aventuriers, comme ceux des livres d'Alexandre Dumas. Je fus séduit par Hérodote parce que, à l'âge de vingt-quatre ans, il avait quitté sa patrie pour voyager, pour prendre des notes et consigner histoires et légendes. Son style, sobre, précis, ne dédaignait pas les digressions qui s'ouvraient au gré de ses périples, depuis l'Egypte, où il s'intéressa au culte d'Hercule, jusqu'à la cité phénicienne de Tyr où il poursuivit son enquête. Il se rendit jusqu'en Colchide où il pensait trouver les descendants des colons qu'y avait laissés Sésostris. A Thase, il reprit la mer, puis il contourna le cap et atteignit les côtes de l'Hellespont. Personne avant Hérodote n'avait autant voyagé pour rencontrer l'humanité. Personne comme lui n'a su dire sa vraie nature : la barbarie.

Ceci est l'histoire de ma vie — la seule histoire que je puisse jamais raconter. Mais qu'est-ce que ma vie ? Est-ce moi, l'homme de la mémoire, de la trace gravée sur le sol comme une empreinte ? Est-ce moi, l'homme des pas perdus, des paroles effacées, le témoin du temps qui passe, du temps qui fuit ? Je ne vous parle pas de tous les événements depuis ma naissance ; je choisis une période, non par hasard, mais parce que je dois l'évoquer, la revivre par les mots. *Tantôt anges de révolte, tantôt messagers de lumière.* Parfois ils sont dociles et souples, et parfois ils sont frappés d'impuissance, lorsqu'ils doivent dire l'horreur, l'inavouable, l'obscène.

Le lendemain de la nuit d'orage, j'eus un mal fou à me réveiller. J'avais vraiment trop bu : une gueule de bois persistante me tint cloué au lit une bonne partie de la journée. Vers dix-neuf heures, Lisa me téléphona et me demanda de la rejoindre chez ses parents. Il y avait une petite réunion autour de Béla, qui venait d'être libéré de sa garde à vue.

Tant bien que mal, je m'extirpai de mon lit, m'habillai en toute hâte, et me rendis chez les parents de Lisa.

Mina m'accueillit en m'embrassant chaleureusement. D'un geste aimable, elle me dirigea vers un petit buffet. Je n'avais rien mangé de la journée ; je dévorai avec plaisir les harengs à la saumure, les *gefilte-fish,* les *latkes* et autres spécialités ashkénazes que je n'avais jamais goûtées auparavant.

Samy me fit un bref signe de la tête. Il était avec un couple d'anciens résistants, Jacques et Geneviève Talment, héros de la guerre, dont j'avais souvent entendu parler : les Talment faisaient partie de la mythologie nationale.

Jacques Talment était un septuagénaire très maigre, à la peau ridée et aux yeux brillants. Genevième, qui devait avoir le même âge, était une charmante grand-mère à la mine épanouie, aux cheveux blancs ramassés en chignon et au sourire facile. Sa voix fluette contrastait avec celle, plutôt rauque, de son mari.

J'échangeai quelques mots avec les Talment, tout en cherchant Lisa du regard. Elle était en train de discuter avec deux hommes d'âge moyen. Je finis par m'approcher de leur petit groupe.

Lisa me gratifia d'un baiser de bienvenue, et me présenta à ses frères, avant de s'éclipser vers la cuisine.

Béla, à quarante ans, était impressionnant par sa taille et sa carrure. Les cheveux longs retenus par un catogan, la chemise blanche à moitié ouverte, il avait l'air totalement dégingandé. Son sourire laissait apparaître des dents jaunes. Il fumait cigarette sur cigarette en observant d'un air moqueur son frère qui le sermonnait sur l'injustice du tabagisme passif. Au bout de quelques minutes, il finit par sortir de son mutisme acide et dit en allumant une autre cigarette :

— Ça va, Paul, je vis pas avec toi. Te fais pas de soucis. Tu me vois trop rarement pour risquer quoi que ce soit... De toute façon, c'est vrai que j'aurais du mal à te suivre.

Puis il se tourna vers moi et ajouta, d'un air faussement pompeux :

— Tout le monde est très fier de Paul dans la famille. Mon frère revient tout juste de Bosnie : il fait partie de Médecins Sans Frontières. Admirable, non ?

— Vous revenez de Bosnie ? repris-je poliment à l'égard de Paul.

— Oui. J'y ai passé plus de trois mois.

— Ça n'a pas dû être facile ?

Paul n'eut pas le temps de dire un mot. Son frère répondit à sa place, abruptement :

— Oui, en effet. Couper des jambes à des enfants

blessés, il faut avoir le cœur bien accroché, si je puis dire. Tout ça pour soigner des fils de bourreaux...

Le front de Paul s'empourpra et il me regarda d'un air gêné :

— Ce n'est pas facile, non... mais c'est encore plus dur de revenir : de voir quotidiennement les massacres à la télévision, de regarder ça et de s'habituer à ne rien faire. Maintenant, avec le journal de vingt heures, on ne peut plus dire qu'on n'est pas au courant...

Raide et maigre comme son père, mais plus petit que lui, Paul avait les cheveux châtains coupés court, une barbe poivre et sel et des yeux d'un bleu-gris étoilé, avec, au fond du regard, la même pureté que Lisa, le même air d'enfant émerveillé, sincère et innocent. Il faisait partie de ces personnes dont l'âge adulte n'avait pas entamé l'ingénuité, la teintant seulement d'une pointe de désespoir. Paul Perlman était un juste : il portait sur son visage l'infini des âmes tourmentées qui, incomprises, planaient au-dessus du monde sans le comprendre. Il avait l'expression généreuse de l'homme détaché des biens matériels, qui maîtrise les codes de la vie sociale tout en ne leur portant aucun intérêt, car sa recherche est autre. Paul Perlman était sans mensonge : il était à fleur de peau. Son cœur, par lequel il devait juger les gens et les choses, débordait d'amour.

— Le monde entier est frappé par ce qui se passe, poursuivit-il. Mais personne ne fait rien. Une fois de plus, la communauté internationale est totalement impuissante. L'Europe et l'ONU sont incapables de prendre des mesures — comme la SDN, autrefois. A chaque fois, on se demande comment l'impensable peut se produire et, finalement, on ne fait que rejouer la même histoire.

— Et qu'est-ce qu'elle en dit ta femme, que tu partes comme ça, hein ? coupa Béla, avec agressivité.

Il désignait la très jolie femme brune aux yeux en

amande, aux lèvres pleines et au teint pâle qui venait de s'approcher.

— Je vous présente Tilla, mon épouse, dit Paul.

Elle me salua d'un sourire immense, puis fit volte-face vers Béla :

— Sa femme, elle dit que tu ferais mieux de régler tes problèmes chez le psychanalyste. Tu ne l'as pas digérée, la Shoah. Mais c'est fini, maintenant, Béla, tu ne vois pas que c'est une autre histoire ? Nous, en Israël, on ne parle pas de tout ça. Yom Hashoah, c'est le jour du souvenir et de l'héroïsme. On célèbre l'insurrection du ghetto de Varsovie ; on ne veut pas se rappeler qu'on s'est fait avoir comme des agneaux à l'abattoir, on en a honte, tu comprends ?

Ses cheveux aux boucles folles, son jean et ses talons plats formaient un curieux mélange de grâce et de détermination.

— Vous aussi, vous y pensez tout le temps à la Shoah ? dit-elle en se tournant vers moi.

— Oui, fis-je. Forcément. Pas vous ?

— Moi, je suis psychiatre, dit-elle. C'est pas pareil.

— Tilla Perlman... dis-je. N'est-ce pas vous qui venez de publier un livre sur Hitler ?

— En effet. Vous l'avez lu ?

— Oui, je prépare un article sur la jeunesse d'Hitler. Apparemment, la maison familiale n'était pas le lieu idyllique qu'il se complaisait à décrire...

— Hitler, pour moi, a hérité de son père sa personnalité sadique et narcissique. Il a, en plus, été perturbé par une ascendance incestueuse. Son père, Aloïs, avait épousé en troisièmes noces Klara Pölzl, une femme de vingt-trois ans sa cadette, qui enfanta Hitler. Comme Klara était cousine issue de germain d'Aloïs, le mariage n'avait pu se faire qu'à la faveur d'une dispense de Rome.

— Vous êtes historien, vous aussi ? dit Béla.

— Oui, mais pourquoi « moi aussi » ? demandai-je. Qui d'autre ici est historien ?

Béla allait répondre, mais Paul l'interrompit, en le fusillant du regard.

— En tout cas, c'est très gentil à vous de venir soutenir Béla, fit-il.

— Ah ! Parce qu'il est là pour me soutenir ? s'exclama Béla d'un air faussement naïf. C'est merveilleux le nombre d'amis que l'on peut se découvrir !

Il y eut un silence gêné. Béla nous regardait, Paul, Tilla et moi, tour à tour, fier de sa petite victoire.

— « L'homme qui n'a pas d'amis a le cœur aussi étroit qu'une prison », finit par dire Paul, avec un faible sourire.

— Merci, Paul. Heureusement que tu es là pour nous ramener à la réalité. Mais j'ai bien peur que ma sœur n'ait dérangé notre nouvel « ami » pour rien. D'après l'avocat de la famille, le malentendu sera vite dissipé. La lettre anonyme, l'arme placée chez moi, tout cela est cousu de fil blanc. Ce qui intéresse maintenant la police, c'est la raison pour laquelle l'assassin a voulu attirer l'attention sur nous. C'est lui certainement qui a fabriqué ces fausses preuves.

Avec un rire sardonique, il ajouta :

— Mais au cas où on aurait besoin de témoins de moralité, je constate qu'on a réuni ce soir une pléiade de personnes honorables : rescapés, anciens résistants, et jusqu'à mon frère, qui est une manière de petit ange. N'est-ce pas, Paul, que tu es un petit ange ? Ce n'est pas ce que maman dit ?... Elle doit se faire sacrément du souci, la pauvre, pour ameuter tout ce monde.

Je tournai pudiquement les yeux. Mon regard croisa celui de Lisa.

Je me souviens d'elle aussi clairement que si c'était hier. Elle avait les cheveux remontés en chignon, laissant paraître l'éclat de ses yeux. Son corps svelte était moulé dans une robe de satin rose pâle dont s'échappaient deux jambes très fines enserrées dans des escarpins à lanières.

Alors que je me tournais un peu pour la regarder, deux mains m'agrippèrent les épaules, par-derrière.

— Elle est belle, n'est-ce pas ?

C'était Béla. Il me toisait ironiquement de son mètre quatre-vingt-dix. Sur le moment, je vacillai : était-ce à moi qu'il en voulait ou était-ce au monde entier ?

— Oui, elle est belle, dis-je.

Il me regarda droit dans les yeux :

— Tu la connais bien ?

— Que veux-tu dire ?

— Tu sais bien ce que je veux dire.

— C'est une amie, c'est tout.

— Vraiment ? Une amie, « c'est tout » ?

Il avait dit ces mots avec componction.

— Décidément, ma chère sœur m'étonnera toujours...

Avant que je n'aie pu l'interroger sur le sens de cette dernière allusion, Mina nous rejoignit.

— Notre avocat vient de nous apprendre que l'homme arrêté à Washington a été relaxé, fit-elle.

— Oui, répondis-je. Robertson. C'est lui qui a trafiqué le film, mais apparemment, ce ne serait pas le meurtrier. Il aurait reçu un bout de pellicule par la poste, avec des indications sur ce qu'il pourrait en faire.

— Un autre envoi anonyme, remarqua-t-elle, comme celui qui a accusé Béla. Notre avocat pense que l'identité des procédés corrobore l'hypothèse d'une machination et facilitera la disculpation de mon fils. A propos, vous l'avez vu ce film, à Washington ?

— Oui.

— Lisa m'a dit qu'il y avait un petit cahier brun, près de Schiller ?

— Oui, en effet.

— Vous en souvenez-vous ?

— Oui, à peu près, dis-je.

— Y avait-il une couture rouge sur le bord ?

En effet, lorsque le père Francis avait parlé des livres maléfiques aux pages cramoisies, j'avais brusquement pensé au cahier du film dont la couverture en cuir était surpiquée de fil rouge.

— Mais oui, répondis-je. Je crois m'en souvenir. Comment le savez-vous ?

— Raphaël, vous êtes historien, je suis théologienne. Comme vous, je m'intéresse aux documents du passé et spécialement à ceux qui concernent la Shoah. J'ai une petite idée sur le contenu de ce cahier, mais pour l'instant, je ne peux en dire davantage. Mais qui pourrait bien en vouloir à Béla ? ajouta-t-elle, changeant soudain de sujet. Qui, surtout, a intérêt à ce qu'il soit soupçonné ?

Je pensai en moi-même que s'il était aussi virulent avec les autres qu'il l'avait été avec moi, beaucoup de gens pouvaient lui en vouloir.

— C'est à lui qu'il faut le demander, répondis-je en me tournant vers Béla.

Celui-ci sembla réfléchir un instant. Il hocha la tête :

— Il y a bien quelqu'un, oui...

— Qui donc ?

— Quelqu'un qui me déteste plus que tout au monde...

Mina le considéra soudain avec appréhension.

— Tu ne penses pas à...

— Si, coupa-t-il. Et tu sais très bien pourquoi je pense à lui.

— De qui s'agit-il ? demandai-je.

— D'un ami, Jean-Yves Lerais, dit Béla avant que Mina n'ait pu intervenir. Enfin, je veux dire : *ex*-ami.

Il avait fortement appuyé sur la première partie du mot.

— Jean-Yves Lerais, l'historien ? demandai-je.

— Oui, dit Béla, vous le connaissez ?

— Pas personnellement ; mais je le connais de nom. Pourquoi vous en voudrait-il ?

— Lisa... commença-t-il, avant d'être coupé abruptement par sa mère.

— Béla et lui étaient très proches à un moment, dit-elle précipitamment, mais ils se sont brouillés et, depuis, leurs rapports se sont envenimés, mais de là à dire qu'il te déteste, tu exagères, Béla.

— Ce que je voulais dire avant que tu ne me coupes la parole, reprit lentement Béla, c'est que Lisa n'aime pas non plus Jean-Yves. C'est tout, termina-t-il avec un faux sourire.

— En avez-vous parlé à la police ? demandai-je à Béla.

— Non, répondit-il. Je ne voulais pas les envoyer sur une fausse piste... Ce serait abominable, n'est-ce pas, d'envoyer la police sur une fausse piste ? Si l'on fait accuser quelqu'un, il faut tout de même être tout à fait sûr de son coup...

Il dit ces derniers mots en me regardant au fond des yeux.

2

J'avais l'impression que ce n'était pas par hasard que l'on m'avait fait venir chez les Perlman ce soir-là. On voulait peut-être, par mon intermédiaire, transmettre certaines informations à Félix — ce que, d'ailleurs, je m'empressai de faire le soir même.

Dès le lendemain, Félix se mettait en quête de retrouver Jean-Yves Lerais, afin d'en savoir plus : il apprit rapidement que l'homme ne résidait pas en France, mais en Italie, à l'Ecole française de Rome.

Jean-Yves Lerais n'était pas joignable au téléphone, mais il devait rentrer à Paris la semaine suivante.

Plusieurs jours passèrent, pendant lesquels Félix

fut obligé de laisser cette affaire de côté pour en couvrir une autre : un imbroglio politico-financier au Parlement. Il y avait également un meurtre d'enfant dans la banlieue parisienne.

Pendant cette semaine, je tentai de me rapprocher de Lisa. Sur les conseils de Félix, je m'efforçais de procéder par petits pas. A défaut de faire des avancées dans son cœur, je m'insinuais dans sa vie quotidienne.

Ce fut le début d'une nouvelle association, sans intimité ni tendresse, mais avec une véritable compréhension, une complicité, une union spirituelle. Nous étions bien ensemble, nous étions frère et sœur. Parfois, cette fraternité avait pour moi le goût de l'inceste. Car je brûlais, je la buvais, je la touchais des yeux, je grillais en enfer. Je pratiquais une sorte d'encratisme, qui me mettait dans un drôle d'état étrange — je ne sais si c'était le désespoir ou l'extase.

Félix se moquait : « Un homme qui n'est pas tenté ne peut obtenir le royaume des cieux », persiflait-il. Ou alors il disait que je pratiquais l'abstinence pour éviter de propager la semence humaine qui multipliait indéfiniment la souffrance et perpétrait le royaume du Mal. Il ajoutait, pour ironiser, que la concupiscence était l'arme de Satan et que la fornication réduisait l'homme à l'état d'imbécillité.

Au fond, il n'avait pas tort. J'aurais pu aussi bien ne pas la désirer. Je m'en voulais presque de le faire. Le désir n'est-il pas comme le mal ? Stupide, brutal, effréné, irrationnel dans sa cause, buté dans sa volonté, borné dans ses idéaux ? Comme le mal, sitôt assouvi, sitôt anéanti, il s'entête à renaître. Il est le prince des ténèbres, à la force virulente et redoutable. Il peut fondre d'un coup sur sa proie ; ou alors se tapir et cheminer, accroupi, rampant ou glissant. Comme le mal, il brûle et il gèle, il se cache sous des masques et se métamorphose et, comme le mal, il tente d'agir par enchantement, par les charmes du verbe, il séduit. Mais il ne saisit rien au-delà de la présence d'un objet immédiat. Comme le mal, c'est la matière qu'il recherche, sans commencement ni fin, sans raison aucune, il apparaît et disparaît dans l'instant, et ne laisse après lui que le parfum éventé d'une nuit de désespoir.

Félix disait qu'il y avait des limites, que j'avais été bien inspiré de suivre ses conseils, mais que je ne devais pas exagérer.

Moi, je pensais qu'il ne saurait jamais ce vertige de chaque instant, ce moment crucial où l'on sent que sa vie peut basculer. Il ne saurait jamais le paroxysme du désir, l'étrange satisfaction de l'inassouvissement.

Non, ce n'était pas le désir qui me liait à Lisa Perlman. C'était autre chose.

Une reconnaissance que tout est dans l'esprit, que la chair est suspendue à l'âme et que l'âme rêve d'un autre monde : cela avait un nom.

L'amour, c'est le choc des extrêmes, le vide qui s'anime, les forces qui s'attirent, les formes qui s'emboîtent. Cette force incontrôlable qui apaise en même temps qu'elle excite, qui tranquillise, tout en rendant fou. Avant elle, mon corps était une prison, un cachot étroit où mon âme se cognait et suffoquait ; elle avait ouvert la première porte, celle qui mène à la réunification.

Pourtant, je n'avais aucune prédisposition. Je n'avais ni l'imagination créatrice, ni l'ouverture spirituelle nécessaire pour vivre cette aventure inénarrable, je n'avais pas la vulnérabilité propice à la passion. Je n'avais pas la capacité d'attachement fidèle, inconditionnel, et j'éprouvais trop d'intérêt pour les biens terrestres pour prendre le risque de les mettre en danger. Ce qui m'arrivait était proprement impensable. J'avais vécu, dans cette vie historique, en promenant mon incrédulité à travers les siècles et voilà, soudain, que toute mon errance prenait un sens inouï, qui justifiait une existence. Je n'aurais jamais pensé que cela aurait pu m'arriver, à moi. J'en vacillais. J'avais peur de perdre le contrôle de cet être : *moi,* cette fiction, ce soupir qui fait voler les poussières.

Je crois que je suis entré en passion comme Augustin est entré en religion. Par une conversion. Certains diraient la grâce.

Tous les jours, elle allait nager à la piscine de l'hôtel Nikko, sur les quais de la Seine. Et tous les jours, je l'accompagnais.

C'était un petit bassin, où flottaient en silence quelques touristes japonais. D'autres faisaient leurs étranges exercices au bord de la piscine, découpant lentement leurs mouvements, comme s'ils prenaient un élan pour un acte qu'ils n'accomplissaient jamais. Ce peuple calme et serein semblait chercher à acquérir la force suprême, le contrôle de soi. La patience et la détermination ne sont-elles pas les clefs de la maîtrise du monde ? Leurs gestes interminables donnaient à cet endroit un calme particulier, propice à la méditation, plus que dans les autres établissements de bains où les gens s'ébrouent bruyamment.

Je m'efforçais de les imiter, lorsque je regardais Lisa plonger, fendre l'eau de son corps élancé, la battre de ses longues jambes, diviser les flots de ses bras acérés comme des rames, comme des lames. Félix disait que c'était le supplice de Tantale. Moi, je me sentais purifié par cette épreuve qui m'incitait à la contemplation, dont le point culminant, est, dit-on, la vision en Dieu. En vérité, cette piscine était quelque part sur les hauteurs du mont Hermon, elle descendait jusqu'à la Galilée, s'épanchait dans la mer Morte et elle s'appelait le Jourdain, d'après Jared, ancêtre de Noah. Descendre dans le cours naturel de ses eaux pures et troubles était le plaisir.

J'aimais l'eau froide. J'aimais regarder mon image reflétée dans le bassin : c'était comme mon être authentique. Image floue, changeante, épousant le creux des flots. Parfois, j'avais l'impression que ce n'était pas moi qui regardais au fond de l'eau, mais c'était l'autre, le double, qui cherchait son être réel. Il me scrutait ; il voulait savoir ce qu'être voulait dire. Il me renvoyait à moi-même et me disait : qui es-tu, toi ? Qui es-tu, toi l'historien des ombres qui n'a rien éprouvé de véritable, rien exprimé des essences infinies, rien dévoilé de l'autre monde ? Vas-tu te dépouiller de tes vêtements et secouer ta torpeur aliénante ? Te mettras-tu enfin à nu dans ce bassin ? Entends-tu le clapotement des flots ? Voilà ce que disait l'homme de lumière, ce partenaire, ce jumeau des eaux vaporeuses et des eaux claires qui, tel un voile transparent, ranimaient d'un feu brillant l'abîme profond de l'univers.

C'était toujours le même rituel. Elle mettait quelques minutes à entrer dans l'eau, puis elle nageait pendant une heure, en brasse ou en dos crawlé. Après s'être baignée, elle enduisait ses bras et ses jambes d'un onguent aux senteurs sucrées, pour prendre le soleil de ce début de printemps. Je devais l'aider à étaler la crème sur son dos. Lentement, par petits mouvements, je faisais entrer la douce onction dans sa peau et je m'émerveillais de voir comment celle-ci buvait les larmes de vie, s'en repaissait pour se reconstituer. Le dos de Lisa, c'était tout un paysage, dont j'étais le géographe.

Deux petites collines descendaient en pente douce vers une série de dunes qui s'élevaient en contrefort d'une plaine de calme et de beauté, au tracé infiniment serein, une aire lisse et plate, une longue plage parsemée de mica, coquillages échoués sur la grève, ébènes sur l'ivoire. Le désert de Lisa, c'était un désert blanc dont je caressais le sable, dont j'effleurais les sillons. Je réveillais cette plage vierge d'une substance riche, pour pallier l'aridité du soleil et, par un miracle dont j'étais l'artisan, mais auquel j'étais le dernier à croire, il pleuvait dans le désert, il pleuvait des gouttes âcres et sucrées qui tombaient à fleur de nuit, comme un baume sur un cœur flétri.

La piscine était en hauteur, sur les tours de Beaugrenelle, d'où l'on voyait Paris, à partir des quais. Vers six heures, descendait une lumière qui nimbait l'enceinte d'une aura phosphorescente. C'était la création du monde, c'était le vide des premiers instants, posé sur nous comme un fluide impondérable, un gaz, ni blanc ni noir, ni rouge ni vert, ni d'aucune couleur, c'était le zénith, l'azur propice, lueur des commencements. Une légère vapeur montait du bassin, s'élevait vers les cieux, et la lumière, feu et soleil, telle l'origine, chassait la nuit, et le néant autour de nous s'effaçait... Devant moi, s'accomplissait le miracle : des ténèbres et de l'abîme, surgissaient le firmament, les eaux d'en bas, la verdure, les arbres et les herbes, et les luminaires, lune, soleil et étoiles, et tous les êtres vivants, et je ne cessais de m'étonner de tout ce que cela m'inspirait, et je voyais, loin devant moi, le monde d'avant la création, et le rien d'où était né le monde, et peut-être où il allait, et je pressentais l'au-delà du monde, l'espace des étoiles, et je considérais l'infini, et j'en concevais une frayeur primordiale.

C'était comme une mer dans le ciel, au-dessus des nuées de la ville. C'était une fraîche vallée dans les nuages, dont les teintes, blanches, brunes ou vertes, n'étaient pas violentes mais diluées. L'écume blanche de la piscine était une rosée plus fraîche que celle des petits matins. C'était une onde limpide dont les abords formaient une berge aux cailloux gris et blancs. C'était un petit val, et, derrière lui, les espaces mystiques dévoilaient l'horizon. Le soleil se couchait à l'ouest ; c'était là que la nuit courtisait le jour.

Elle se baignait dans le cours d'eau vierge, elle s'y noyait comme la première rose, comme une fleur irisée.

J'y regardais le temps s'écouler comme l'eau, en abondance et en rapidité, mais sans appréhension. J'y regardais tomber le ciel et s'y enflammer l'azur, rouge et violet, pourpre et indigo. L'air n'était plus étouffant comme dans la ville asphyxiée : il recouvrait ses miasmes d'un voile doré. La nuit venait, tout doucement, la nuit venait, et tout devenait noir, sauf les luminaires qui continuaient d'éclairer le firmament, et la lune veillait la terre. La ville aux lumières brillantes semblait contempler le ciel, comme si deux mondes avaient été placés face à face : celui d'en haut et celui d'en bas. Et nous étions suspendus en l'air, entre terre et ciel, et peut-être étions-nous là simplement pour les unir.

Je me désaltérais de l'eau dans laquelle baignait la grâce diaphane du visage et du corps de Lisa. J'en buvais comme si elle émanait d'elle. Lorsqu'elle sortait du bassin, les gouttes glissaient sur sa peau, comme mille petits arcs-en-ciel. Ses yeux souriaient ; ils brillaient de l'étincelle de vie. Cela me faisait presque mal de les regarder.

Après la piscine, nous allions dîner. Nous avions faim ; nous nous jetions sur le pain que le serveur apportait avant le repas. Elle n'aimait pas boire le vin pur : elle le coupait avec de l'eau.

Avant la séparation, c'était le chaste baiser sur les joues, échange entre Parfaits.

Le 29 mars 1995, à 23 h 40, après la piscine, puis le cinéma dans le quartier futuriste et aseptisé de Beaugrenelle, je volai un baiser à Lisa Perlman. Du film, je ne me rappelle pas le nom.

Le lendemain, à 20 h 05, on sonnait chez moi. J'ouvris la porte. Lisa entra, le visage décomposé, l'œil rougi. Sans un mot, elle longea en vacillant le couloir qui menait au salon, et s'affala dans un fauteuil en prenant sa tête dans ses mains. Elle sanglotait.

— Qu'y a-t-il ? lui demandai-je. Lisa ? Mais que se passe-t-il ?

Elle leva son visage vers moi. Ses yeux bordés de larmes me fixèrent pendant un moment :

— Un nouveau suspect vient d'être interpellé pour le meurtre de Schiller.

— Qui donc ?

— Jean-Yves Lerais.

— L'ami de Béla ? dis-je. Mais cela veut dire que ton frère est innocenté !

Les questions se précipitaient, sans ordre.

Elle fit un geste évasif, comme si elle ne savait pas par où commencer.

— Tu veux bien parler de Jean-Yves Lerais, l'historien, le spécialiste de la France de Vichy ? repris-je, en m'efforçant de rester calme. Le connaissais-tu ?

— Oui, je le connaissais bien.

La fin de la phrase s'étrangla dans sa gorge en un sanglot convulsif. Je lui tendis un mouchoir. Elle souffla dedans comme une enfant.

— Tu le connaissais *bien* ? répétai-je.

Elle me regarda d'un air désolé, et elle hocha la tête.

— Nous avons eu une liaison.

A ces mots, les murs de la pièce reculèrent, le sol s'effondra au-dessous de moi. Pris de vertige, je me laissai tomber sur le fauteuil en face d'elle. C'était comme une maladie qui reprenait le dessus aux moments les plus propices, pour s'abattre implacablement lorsque la délivrance s'annonce. Le père Francis avait raison : nous étions en marche vers la patrie céleste et les esprits mauvais nous attaquaient au bord du chemin.

On dit que la rage du Démon redouble contre ceux qui entrevoient la grâce de Dieu : il se résigne mal à voir lui échapper un cœur sur lequel il comptait régner. On l'appelle Lion à cause de sa cruauté, et on l'appelle Tigre tant son astuce revêt de formes.

— Vous avez eu une liaison ? parvins-je à articuler.

— C'est pour cette raison que la police m'a appelée, tout à l'heure, reprit-elle lentement. Ils pensent que c'est lui qui a tué Schiller.

— Sur quoi se fondent-ils ? Ont-ils des preuves ?

Elle me jeta un regard sombre.

— Je suis sûre que c'est Béla qui leur en a parlé. Je l'avais supplié de ne pas le faire. Je voulais d'abord que l'on mène notre propre enquête. Mais il leur a tout révélé... Il s'est vengé de ce pauvre Jean-Yves...

— Qu'a-t-il dit au juste ?

— Que Jean-Yves haïssait Schiller. Qu'ils devraient fouiller dans la paperasse du théologien, ils trouveraient certainement des lettres de menace écrites de sa main. Et ils les ont retrouvées.

Elle était secouée de tremblements. Je lui préparai un whisky.

— Non, dit-elle, ça ne sert à rien.

Je me levai et allai chercher quelques calmants, qu'elle refusa.

— Je t'assure, insistai-je, cela te calmera.

Elle finit par les prendre, avalant le verre d'alcool d'un trait, sans sourciller.

— Mais... vous aviez rompu ? demandai-je, sans être sûr de mon fait.

— Oui.

— Depuis longtemps ?

A nouveau, elle hocha la tête.

Elle me tendit son verre pour que je lui verse plus d'alcool. Puis elle alla s'étendre sur le canapé, où elle s'endormit, peu après. Je la regardai, un instant. *Qui ? Qui donc me rappelait-elle ?*

Le lendemain matin, Félix arriva à neuf heures en brandissant son journal.

— Tu as vu ? dit-il sans prendre le temps de me saluer.

Evidemment, les médias s'étaient emparés de l'affaire. Ainsi est l'événement, qui par son importance autant que par son mystère et sa réalité fascine nos contemporains. Les actualités de 20 heures, c'est la chanson de geste des sociétés démocratiques, la grande pièce de théâtre quotidienne, la rupture de la routine, le petit grain de folie qui donne un sens à chaque jour que Dieu fait dans les foyers désenchantés.

Le plus étonnant, qui alimentait le feuilleton télévisuel, était que l'on n'avait toujours pas trouvé la seconde partie du corps de Schiller : Jean-Yves Lerais n'avait rien avoué.

D'un pas assuré, Félix se dirigea vers le salon.

— Félix... commençai-je, pour le prévenir que Lisa était là.

Je n'en eus pas le temps.

— Oh, pardon, dit-il en la voyant couchée sur le canapé. Je ne voulais pas déranger.

Je lui résumai brièvement la situation et, comme elle dormait profondément, nous allâmes dans ma chambre à coucher.

— Je n'arrive pas à croire que...

Il y eut un silence, pendant lequel je grillai une cigarette.

— Quoi donc, Félix ?

— Non, c'est rien...

Félix sortit un cigare de sa poche, dont il défit lentement l'emballage. Il semblait réfléchir intensément.

— A quoi penses-tu ? demandai-je encore.

— A lui, à Lerais.

— Eh bien ?

— J'ai fait mon enquête. Il a une particularité intéressante : il est le neveu d'un homme d'Eglise que toi et moi nous connaissons...

— De qui s'agit-il ? demandai-je, étonné. Du père Francis ?

— Lui-même. Le père Francis, qui était un ami de Schiller. En ce moment même, il est à Rome, où il était allé voir Lerais, juste avant sa mise en examen.

— Crois-tu que Lerais soit le meurtrier ?

A ces mots, Lisa parut dans l'encadrement de la porte, les yeux encore lourds de sommeil.

— Non, répondit-elle à ma question. C'est impossible.

— Pourquoi ?

— Ecoute. Un meurtre horrible a été commis. Tout le monde est bouleversé. On cherche un coupable. Jean-Yves est la victime émissaire désignée !

— Mais pourquoi ? fis-je, étonné.

— Pour les antisémites, un non-juif qui s'intéresse à la Shoah est presque pire qu'un juif. C'est un traître, un vendu, tu comprends ?

— Oui, peut-être... Mais on peut tout de même faire confiance à la police pour...

— Faire confiance à la police ? remarqua-t-elle en levant le sourcil d'un air narquois. Après 1942, les rafles, et puis la milice ?

— 1942, oui, dis-je... L'opération Vent printanier, la rafle du Vel d'hiv : 4 051 enfants, 5 802 femmes, 3 031 hommes, soit un total de 12 884 êtres humains arrêtés.

— Le glorieux tableau de chasse des forces de l'ordre devrait être gravé sur le fronton de la préfecture de police.

— 1942... juillet 1942, répétai-je, pensivement. Mais quel jour ? C'est bizarre. Je n'arrive plus à m'en souvenir. D'ordinaire, j'ai le chic pour les dates, et celle-ci est élémentaire, un grand classique...

La rafle du Vel d'hiv... Neuf cents équipes, formées de deux ou trois policiers chacune, choisis dans tout l'éventail : police municipale en tenue ou en civil, police judiciaire, renseignements généraux, gendarmerie, garde mobile, section spéciale anti-juive de la police. Même les nervis du PPF de Doriot étaient venus prêter main-forte. Ils avaient tous débarqué à quatre heures du matin dans les appartements répertoriés de longue date et ils avaient embarqué des familles entières, hommes, femmes, enfants, ou vieillards. Les célibataires et les couples sans enfants étaient dirigés vers Drancy, et les autres vers le Vélodrome d'hiver.

— Mais oui, m'écriai-je soudain, le 16, c'était le 16 juillet 1942.

Lisa me considérait avec ahurissement.

— Mais qu'est-ce qui te prend ? fit-elle.

— Bon sang, Lisa, dis-je. Le meurtre de Schiller est bien un meurtre idéologique.

— Peux-tu m'expliquer ?

— Ce n'est pas seulement l'acte d'un dément, d'un fou, dis-je. C'est pire, bien pire que ce que je croyais...

3

Félix et Lisa me considéraient avec un mélange d'inquiétude et de stupéfaction.

— Schiller a été tué un 27 janvier 1995, dis-je. Cela n'évoque aucun souvenir ?

— Non ? !

— Je me demande pourquoi je n'ai pas réagi plus tôt ! C'est la date anniversaire de la libération d'Auschwitz... Exactement cinquante ans après. Quand on sait que Schiller était spécialiste de la Shoah, on peut commencer à penser que cette date n'est pas tout à fait anodine.

Le lendemain, Félix était convoqué par la police, qui voulait l'entendre sur les informations qu'il avait recueillies lors de sa propre enquête sur le meurtre de Schiller. Il passa toute la matinée dans les locaux de la préfecture. Là, il dévoila la nature de ses soupçons : ce meurtre était vraisemblablement lié à la Seconde Guerre mondiale, mais il ignorait encore de quelle façon.

Comme il me l'apprit plus tard, il avait fait une rencontre intéressante dans le bureau du commissaire.

— Bonjour, avait dit l'homme avec un fort accent sud-américain, vous vous souvenez de moi ?

Félix avait immédiatement reconnu les yeux bleu acier, le nez couperosé et les joues grevées de trous de l'étrange personnage que nous avions croisé à deux reprises au Mémorial de Washington.

— Mais oui, monsieur Ferrara, répondit-il.

— Vous n'êtes pas surpris de me voir ici ?

— Pas totalement. Je me doutais un peu que vous n'étiez pas simplement l'ex-ambassadeur de l'Argentine auprès des Nations-Unies, et que vous n'étiez pas au Mémorial tout à fait par hasard.

— Bravo, bravo, dit Ferrara avec une lueur d'amusement dans les yeux. Vous êtes très perspicace.

— Vous faites partie de la CIA ou du FBI ?

Ferrara sourit.

— Je coopère avec la police française, car cette affaire semble concerner nos deux continents.

— En savez-vous plus sur John Robertson, l'homme qui a trafiqué le film projeté au Mémorial ? Ne peut-il pas vous permettre de remonter jusqu'au meurtrier ? demanda-t-il à Ferrara.

— Bien que ce soit un néo-nazi révisionniste qui fréquente assidûment les conférences et les colloques sur la Shoah, Robertson n'est pas le meurtrier : il a reçu ce morceau de pellicule par la poste, dans un paquet anonyme...

— Aucun moyen de savoir qui l'a envoyé ?

— C'est vraisemblablement un homme bien renseigné sur les milieux historiques ou pseudo-historiques... C'est pourquoi votre aide pourrait nous être précieuse : nous avons besoin de quelqu'un qui fasse le relais avec ce petit cercle. Dites-moi encore une chose, votre nom de famille, ce n'est pas un nom d'origine allemande ?

— Non, dit Félix, alsacienne, à ce qu'il paraît.

Il réfléchit un instant, puis il ajouta :

— Mais je ne suis jamais allé en Alsace.

L'après-midi, Félix voulut parler à Jean-Yves Lerais, mais celui-ci était incarcéré et il ne désirait faire aucune déclaration à la presse. Tout ce que l'on avait pu apprendre par l'intermédiaire de son avocat, était qu'il persistait à clamer son innocence et qu'il plaiderait non coupable.

Félix décida alors qu'il fallait partir pour Rome afin d'enquêter sur Lerais. Il obtint facilement de s'y faire envoyer par son journal, et il me proposa de l'accompagner. Il voulait absolument retrouver le père Francis, dont il pensait pouvoir obtenir de précieuses informations.

Il téléphona à la police pour leur faire part de son idée ; on lui répondit qu'Alvarez Ferrara nous accompagnerait.

Cette fois, je ne me fis pas prier. J'ai souvent été à Rome, j'y retournais chaque fois que je pouvais. Je rêvais d'y emmener Lisa, de lui montrer Rome au coucher du soleil, depuis le Janicule, ensemble de ruines touffues, ville à peine surgie devant soi. Voir tout autour les collines aux cimes mauves et violettes et, devant soi, cette étendue plate au vert profond surpiqué de jaune, de gris et de pourpre, cette plaine aux arbres et aux buissons ardents, et son fleuve, le Tibre, qui reflète de sa profondeur moirée la lumière céleste, et s'écoule dans la ville, ruisselant d'étoiles comme le ciel de Rome les nuits d'été ; être à Rome, résider un instant parmi les morts, lorsque le passé, présent, se concrétise, par les églises superposées, par les époques assemblées à la hâte : c'est tout ce que j'avais aimé en ce monde. Rome, c'est l'origine et la fin. Le Colisée, cette grande ellipse où l'on applaudissait, dans ces spectacles où l'Empire pavanait, entre les combats de gladiateurs et les chasses aux fauves, tout cela n'est plus que débris ; et si j'entends encore les paroles politiques, les clameurs des foules, et si je vois la puissance romantique de ces lieux célestes, le Panthéon, le Forum, le Capitole et le Palatin, c'est depuis mes blocs de pierre, poussière et cendre. Sur un char tiré par quatre chevaux blancs, le vainqueur défilait à la tête d'un long cortège mais, près de lui, l'esclave murmurait : « Souviens-toi que tu n'es qu'un mortel. » Rome dans sa splendeur passée, c'est le paradis perdu, et ses décombres témoignent de l'universelle déchéance. Rome est triste et Rome en pleure : ses sanglots remplissent ses fontaines.

Rome, sauvage, brouillonne, disséminée, entre verdure et voitures, entre eaux pures et fleuve sale, mal agencée comme une femme décoiffée, mal mise, mais charmante, c'est le temps, c'est le temps qui fuit parmi vestiges et rues étroites qui flattent le labyrinthe de la mémoire, et mon instinct d'historien de construire avec les morts, de ranger et de classer. Non, Rome n'est pas grandiose. Comme l'amour, Rome est une catastrophe, une cascade imprévue, comme l'amour dévasté, Rome est un vestige arasé, laminé par la tempête, une longue plage de silence après le tumulte.

Après avoir posé nos bagages dans le petit hôtel derrière le Campo dei Fiori où j'avais l'habitude de descendre, nous nous rendîmes à pied au palais Farnèse, qui abrite l'Ecole de Rome, institut de recherche pour les historiens français. Nous traversâmes les jardins pleins de décombres et de fragments, miettes immenses. Nous passâmes devant les enclos de vignes au milieu des cloîtres, devant les villas et les palais aux mille cyprès. Nous admirâmes les fleurs de Rome, dans les cours intérieures, et les longues branches de lierre qui caressaient les maisons de pierre. Nous traversâmes les arcades et les places innombrables, au centre desquelles les eaux coulaient à flots, nous nous arrêtâmes pour prendre un café au lait tellement battu que la cuillère y tenait droite. Puis nous nous enfonçâmes dans le Corso qui, sous les ténèbres de ses hauts murs, fonce vers la place de Venise, comme on cherche la lumière dans un couloir sombre.

C'était une vaste demeure, dont la façade, imposante, était nantie d'une corniche austère. Nous entrâmes sous une voûte qui nous mena dans la cour intérieure où donnaient les fenêtres surmontées de tympans triangulaires, au centre desquelles deux guirlandes encadraient une tête de taureau. Nous pénétrâmes dans le bâtiment central, passâmes par une galerie somptueuse, où une voûte illusionniste montrait Hercule dans ses plus durs travaux, puis nous vîmes une autre salle où était célébré le triomphe de Bacchus et d'Ariane, à grand renfort de thyrse, de grappes de raisin, de silènes ivres et de bacchantes.

Nous arrivâmes au premier étage, qui abrite l'Ecole française de Rome. Il était quatre heures de l'après-midi. Il n'y avait pas grand monde. Les étudiants et les chercheurs étaient en vacances. Nous réussîmes à débusquer une secrétaire, une Italienne qui ressemblait un peu à l'Ariane d'Hercule, avec ses yeux et ses cheveux noirs, et son chemisier blanc de soie fine. Elle ne s'étonna pas de nos explications confuses.

— Avez-vous vu Jean-Yves Lerais, récemment ? demanda Félix, qui connaissait parfaitement la réponse.

— Non, répondit la jeune femme. Cela fait trois jours que nous ne l'avons pas vu.

Apparemment, la nouvelle de sa mise en examen n'était pas encore parvenue ici.

— Est-ce que vous connaissez le sujet des recherches qu'il effectuait ici ?

— Non, mais attendez, je peux le retrouver.

Elle se leva, fouilla dans un tiroir, dont elle sortit un paquet de petites fiches qu'elle se mit à feuilleter, une à une. Alvarez Ferrara commençait à manifester des signes d'impatience, lorsque l'Ariane s'écria :

— Ah, ça y est, je crois que j'ai trouvé ! M. Lerais a fait sa thèse sur Jérôme Carcopino, directeur de l'Ecole de Rome, directeur de l'Ecole normale supérieure et ministre de l'Education nationale sous Vichy, et il est venu ici pour faire des investigations sur Pie XII et le nazisme, depuis le Concordat signé entre le IIIe Reich et l'Eglise catholique en 1933.

Elle avait lu consciencieusement tout le contenu de la fiche.

— Pouvez-vous nous donner l'adresse où il est censé résider ? demanda Alvarez Ferrara, en pianotant sur le rebord de la table.

— Qui ? fit-elle en ouvrant de grands yeux. Pie XII ?

— Non, répondit Ferrara d'un ton sec. Jean-Yves Lerais.

— Non, je ne peux pas. Nous ne communiquons pas les adresses personnelles des chercheurs.

Alors Alvarez Ferrara, d'un geste brusque de sa main velue, lui plaça sa carte de police sous le nez, et la femme, intimidée, obtempéra. Nous nous rendîmes aussitôt en taxi à l'adresse qu'elle nous indiqua.

C'était au premier étage d'une charmante petite maison de la place Navone. Nous n'eûmes pas besoin de demander la clef à la concierge, ni de forcer une serrure : quelqu'un était là, qui nous ouvrit la porte.

C'était le père Francis. Il ne semblait pas étonné de nous voir.

Félix et moi lui révélâmes la nouvelle identité de Ferrara.

Nous entrâmes dans le salon aux meubles anciens et aux fauteuils dépareillés, où nous prîmes place. Des dizaines de bougies étaient allumées, un peu partout, sur les tables, les bibliothèques, le rebord des fenêtres. Une vapeur remplissait la pièce, qui devait provenir d'un encens musqué dont la senteur nous prit à la gorge. Devant nous, sur une grande cheminée, était posé un amas de livres et de cahiers anciens, pêle-mêle. Des plantes séchées pendaient aux poutres. Sur l'une d'entre elles était accroché un bâton orné de sculptures. La plus grosse extrémité était penchée vers le bas, tandis que l'autre portait un lien de cuir serré par sept nœuds.

— Quand avez-vous vu votre neveu pour la dernière fois ? demanda Ferrara.

— Il y a huit jours exactement. Ce pauvre petit... ajouta-t-il d'une voix chevrotante. Je vous le dis, moi, qu'il n'est pas coupable... et je sais même qui a fait le coup... C'est une conspiration...

— Une conspiration ? Organisée par qui ? demanda Félix.

Le père Francis lui chuchota quelque chose à l'oreille. Félix leva un sourcil. Les coins de ses lèvres se plissèrent. Je sentis les prodromes de sa moue désapprobatrice.

— Je pense, si vous voulez savoir, reprit le père Francis à voix haute, que c'est de ce côté qu'il faut chercher l'assassin de Schiller. Mon petit Jean-Yves est un historien de la guerre. Il cherchait à racheter la conduite de son père, vous comprenez...

— La conduite de son père ? Qu'a-t-il fait ? demanda Félix.

A cette question, le vieil homme se troubla, comme s'il avait compris qu'il en avait trop dit.

— Son père... Oh rien... rien du tout. C'était la

guerre, que voulez-vous... Et puis, vous savez, il n'y a pas eu tant de morts, bafouilla-t-il. Les juifs ont exagéré, sous le coup de l'émotion, ils ne se sont pas rendu compte.

Félix le considérait avec froideur. Cela m'avait toujours frappé de le voir ainsi. Autant dans les conversations privées avec des amis ou des connaissances, il pouvait se montrer d'une rare agressivité, autant lorsqu'il menait une enquête, lorsqu'il « faisait son boulot », comme il disait, il parvenait à garder un calme olympien. Il pouvait s'entretenir avec des dictateurs, des anciens collaborateurs et des criminels, sans sourciller le moins du monde. Il était même capable d'abonder dans le sens de ceux auxquels il désirait extorquer une information. Dans de tels cas, il pouvait faire preuve d'une mauvaise foi absolue.

— C'est depuis la rencontre avec cette fille que les ennuis ont commencé à lui tomber dessus, continua le vieillard.

— Quelle fille ? dit Félix.

— Cette Lisa, Lisa Perlman. Vous savez, les femmes, ça n'apporte rien de bon... Cela me rappelle...

Le père Francis nous regarda un instant et commença :

— J'avais vingt ans et j'étudiais la théologie. J'avais la vocation, comme on dit. Je voulais être moine. Je voulais remettre mon âme entre les mains de Dieu, lui abandonner mon destin. Avez-vous remarqué ? Ce qu'on appelle l'air de famille ne vient pas de la morphologie du front, du nez, du menton, mais brille dans les yeux. C'est pourquoi tous les moines se ressemblent. C'était un temps béni où j'appartenais à cette lignée d'élus.

Le père Francis leva les yeux au ciel, comme pour mieux se remémorer ces instants magiques, puis il reprit en me fixant soudain comme s'il s'adressait à moi en particulier :

— Tout a brusquement changé un matin d'hiver.

Je ne sais plus comment j'ai rencontré cette fille... A cause d'elle, ma vie a basculé.

Le vieil homme hocha la tête. Alvarez Ferrara semblait l'écouter d'un air distrait. Félix, lui, fumait tranquillement son cigare et l'observait avec une concentration teintée de mépris.

— Je le vois bien, poursuivit le père Francis. Vous vous moquez pas mal de ce que je raconte. Vous ne croyez pas en Satan et dans les mauvais esprits qui agissent en ce monde. Vous n'avez jamais éprouvé la possession... Vous n'y croyez pas, au Diable... Et, pourtant, savez-vous ? Il existe. Voulez-vous même que je vous dise ?

Ses yeux étaient agrandis par l'exaltation.

— Lorsqu'il est absolument seul, il aime se mettre tout nu. Alors il laisse exhaler son odeur : c'est celle d'une eau poisseuse, d'une tempête noire, d'une pourriture infâme. Lorsqu'il est parmi les hommes, il masque cette puanteur à l'aide d'un baume dont personne ne connaît la composition. Il aime les ténèbres et les maisons où l'on trouve de l'eau bénite et des cierges. Il aime les astres et les comètes, les étoiles filantes sont ses allumettes, et la foudre est son cri. Il aime le feu et le soufre. Vous le reconnaîtrez facilement : son regard dépasse la force ordinaire du regard humain.

Ses yeux s'écarquillaient, son teint avait pâli, ses veines battaient sous ses tempes, et sa voix, rauque, devenait de plus en plus grave. Il prit la bougie posée près de lui et l'éleva à hauteur de son regard. La flamme dessina des zones d'ombre, creusant son visage comme un squelette.

Autour du halo créé par la bougie, la pièce paraissait gagnée par l'obscurité. Je sentais une vague nausée monter en moi. J'avais mal au cœur et à la tête.

Je lançai un regard à Félix. Celui-ci, impassible, continuait de fumer son cigare, l'air concentré, la tête légèrement penchée en arrière. Ferrara pianotait nerveusement sur le rebord de son fauteuil. *Y a-t-il quelqu'un de normal, ici ?*

— Regardez, s'écria la père Francis. Le feu sacré nous dévore, nous sommes dans les ténèbres, dans l'empire des Ténèbres !

Il se mit à fixer intensément un point sur le mur tapissé de reps écarlate.

— Satan, te voilà ! dit-il. Prince du monde, tu domines l'humanité, du début jusqu'à la *fin*... Dieu te voit, mais tu ne peux le voir. Dieu te voit, Satan, et te permet d'accoster les hommes. Mais tu n'es pas un, tu es multiple ! Tu es légion ! Tu peux revêtir autant d'aspects que d'individus dans le monde. Car tu crains de te montrer tel que tu es : tu te déguises. Tu vis sous un masque. Parfois aussi ton astuce est de te rendre invisible, mais moi, je te vois, et je te reconnais !

Etait-ce le reflet des lumières posées sur la table ? Etait-ce l'ambiance étrange qui régnait dans cette pièce aux mille bougies, au bâton magique et à l'encens enivrant ? Sur le mur tapissé de tissu damassé, des ombres dansaient, qui avaient forme d'animaux, de serpents, de dragons et de lions, de boucs, de porcs, de chauves-souris et de démons aux mains et aux pieds humains, aux visages monstrueux, aux queues et aux pattes hideuses. Les petites flammes brûlaient sur la table, ainsi que sur les autels, comme pour consumer, pour dominer ces forces magiques, ces batraciens indociles et rageurs, assoiffés de sang, mais la flamme attisait leur colère. Ils s'agitaient comme des lutins, gesticulant des bras et des jambes, et leurs corps empruntaient toutes les formes : têtes de lion, queues de serpent, ailes d'aigle, flancs de tortue.

Et toute cette engeance glissait, marchait, rugissait, se dilatait et rétrécissait à souhait, ramassait ses membres, puis les étirait à nouveau. Ruine et destruction, enfer et damnation ! C'était une ronde de charognes, de serpents et de crapauds émiettés qui trépignaient sur le feu, créatures sataniques qui se transformaient sans cesse, furies à cinq cornes, vipères, cœurs, organes de toutes sortes, humains et inhumains, silhouettes d'outre-tombe.

Le vieil homme, en éteignant la bougie de ses doigts, murmura :

— Comme le péché est toujours présent, le Diable est toujours là, mais il tend à s'exprimer davantage en certaines périodes. La fin d'une ère est un temps dangereux.

Félix me lança un regard qui voulait dire : « Sénilité ou pas, ce vieillard commence à m'agacer. »

Ferrara devait en penser autant, puisqu'il se leva, en faisant mine de partir. Nous lui emboîtions le pas, lorsqu'il fit soudain volte-face :

— A propos de votre neveu, vous rappelez-vous quelque chose qui pourrait nous aider dans la recherche du vrai meurtrier, quel qu'il soit ?

Le père Francis réfléchit un instant :

— Ma foi, oui. Il y a quelques semaines, Jean-Yves m'avait dit que, si jamais il lui arrivait quelque chose, je devrais ouvrir son coffre.

— Quel coffre ?

— Un coffre, à la banque.

— En avez-vous parlé à la police ?

— La police ne m'a encore rien demandé.

— Vous en a-t-il donné les numéros ?

— Oui, il me les a donnés... Bah, je m'en occuperai lorsque je retournerai à Paris...

— Pourriez-vous nous les donner, ces numéros ? Nous pourrions peut-être nous en occuper à votre place, demanda Alvarez Ferrara, avec une fausse obligeance.

— Non, fit le père Francis. C'est hors de question. Jean-Yves m'a fait promettre de ne les révéler à personne. Et puis, je ne suis même pas sûr de savoir où ils sont...

Félix l'observait avec curiosité. Ferrara lança un regard sévère au vieillard, puis il se dirigea brusquement vers la porte.

Alors que nous descendions les escaliers, le vieil homme, sur le palier, nous poursuivait de ses imprécations :

— Et faites attention à cette femme ! Elle est dangereuse : elle peut très bien vous envoûter... Il suffit de quelques gouttes de saint chrême ou de fragments d'hostie consacrée, de rognures d'ongle, d'une dent ou de cheveux de la victime pour confectionner une poupée. Ensuite, on lui administre tous les sacrements, baptême, eucharistie, confirmation, prêtrise et extrême-onction. Faites bien attention aux incubes et aux succubes ! Tout est dans le monde astral qui, lorsqu'il est en fureur, fomente des complots monstrueux ! Je vous le dis, méfiez-vous de cette femme ! C'est elle qui a envoûté mon neveu ! C'est elle, je vous dis !

Les paroles du vieillard se perdirent dans la nuit. Ferrara héla un taxi pour rentrer à l'hôtel. Nous le laissâmes s'engouffrer dans une petite voiture noire : j'avais envie de marcher, Félix voulait bien m'accompagner.

— Tu les a vues, demandai-je, ces ombres, ces bêtes horribles ?

— De quoi veux-tu parler ?

— Mais, tu sais, ces créatures qui dansaient sur le mur ? Ce monde infernal invoqué par le père Francis ? Tu n'as rien vu ?

— Non ? Qu'est-ce qui t'arrive ? Serais-tu devenu impressionnable, Raphaël ?

— Mais, tu n'as rien vu ?

— Ce que je vois, moi, c'est que depuis quelque temps, tu n'es plus le même, tu deviens de moins en moins rationaliste, et maintenant, voilà que ce prêtre a réussi à imprimer des images dans ton esprit !

Il me considérait d'un air ironique.

— En d'autres termes, tu as été victime d'une suggestion. Depuis que tu es sous l'emprise de l'amour tout peut t'arriver !

— Pourquoi dis-tu cela ?

— La passion comme la croyance sont des phénomènes de suggestion : ce sont des pensées étrangères qui se trouvent implantées chez l'autre au point de devenir une idée fixe... La relation amoureuse tient aussi de l'hypnose.

Nous nous dirigions à pied vers notre hôtel, en passant par les rues de la ville historique, dans une Rome inquiétante sous son ciel d'encre. Chacun de nos pas résonnait sur les trottoirs pavés, et la lumière des réverbères traçait sur le sol des ombres effrayantes. D'où venaient ces reflets ? Etait-ce de nos corps sous la lumière des réverbères ? Ou était-ce d'en haut, de ce grand Serpent lové aux racines du ciel, sous la masse fantastique des ténèbres ? Il y avait comme une pesanteur que l'on devinait dans l'air, le vent frais, parfois cinglant, dans le tremblement des feuilles et le scintillement des étoiles. Il y avait dans cette nuit de Rome la prescience d'un autre univers, d'un hypermonde dont celui-ci résultait comme une copie erronée. J'eus le sentiment, soudain, que nous n'aurions pas dû être là, que nous aurions mieux fait de dormir, ainsi que nous passions notre vie à le faire, les yeux fermés à toutes les vérités supérieures.

— Que t'a dit le père Francis à l'oreille, tout à l'heure ? demandai-je à Félix.

— Oh ! rien...

Peut-être, après tout, le père Francis avait-il raison : toute l'histoire du monde commence et s'achève par le Serpent, qui se mord la queue comme le devenir de l'univers, cycle continu, de l'Un au Tout et du Tout à l'Un. Le Serpent est partout : c'est le cercle qui entoure le cosmos de ses anneaux, ce sont les sept sphères planétaires allant de la Terre à Saturne, c'est la boucle qui sépare l'ombre et la lumière, c'est la terre où ondule l'Océan comme un fleuve gigantesque, ce sont les fronces des intestins, où se transforment les aliments, et qui présentent, comme le serpent, le flux de la vie : consommation, dégradation et corruption. Oui, il est partout, du microcosme au macrocosme, du corps de l'homme jusqu'à l'infinité des cieux. Il perpétue tous les mécanismes de la vie. Il est à l'origine, et il est à la fin : par son savoir suprême, il domine la mort. Il est le premier maître de l'homme, le rebelle de l'histoire. C'est lui qui, dans l'Eden, osa remettre en question le pouvoir du faux dieu. C'est lui le véritable héros du Paradis qui brava la colère divine pour révéler à l'homme les secrets de son origine. Pour cela, il séduisit Eve, puis Adam, apportant au premier couple la connaissance et la jouissance. Eve, la femme perverse, la femme mauvaise par qui le mal transite... Peut-être le père Francis avait-il raison : Lisa n'était pas la femme que je croyais.

Je regardai Félix, qui marchait à mes côtés, impassible au milieu du tourment, comme si de rien n'était, et je sentis mes mains trembler. Cette nuit était une femme, un mystère, comme le monde, sous lequel s'enterraient les millénaires sans que nous n'ayons avancé d'un seul pas en direction de la sagesse. Que faisait-il ici, à essayer d'en savoir plus, toujours plus ? Mais savoir quoi au juste ? La vérité sur ce meurtre. Sur le Mal... Quelle absurdité : il n'y a rien de compréhensible, rien de rationnel, rien même qui approche l'idée que l'on se fait de la Raison. Le Mal n'est ni unique, ni indubitable : il est volage comme mots et discours. Son signe n'est ni la certitude ni l'évidence. La raison l'ignore car elle ne sait pas imaginer : sereine et fière, elle reste à la surface, sur le lac glacé de ce qu'elle nomme « vérité », qui n'est autre que sa croyance, c'est-à-dire son ignorance — non pas l'absence de connaissance, mais celle du désir de connaître.

Au début, au commencement, il y avait ce meurtre d'un homme coupé en deux. Puis il y eut cet engrenage fatal, ce dispositif mis en marche par moi-même. Plus j'avançais, plus je m'égarais. Que faisais-je ici, sous ces lueurs étranges que prodiguaient les visages muets des réverbères, comme des soldats lunaires plantés là pour encadrer les troublions, ces arbres inoffensifs aux feuillages dégarnis ? Que faisais-je, face à ces lumières criardes qui, levant la tête au ciel, criaient la haine de leur labeur, la nuit, à reboiser cette terre déserte ?

Oui, il y avait quelque chose d'étrange dans ce monde, qui n'était pas l'œuvre de Dieu, qui ne pouvait qu'émaner d'un démiurge sadique et mauvais, d'un esprit retors. Il me semblait que toutes les bâtisses autour de moi, les églises, les maisons sous le ciel cosmique témoignaient de la perpétuation d'une duperie millénaire. Oui, les hommes étaient des étrangers sur cette terre qu'ils s'efforçaient d'habiter. Ils étaient les sédiments d'un lieu perdu. Cette matière, pesante et obscure, était bien la moins dynamique, la plus immobile et la plus lourde de toutes. Les étoiles, ces déchirures de la voûte céleste, montraient qu'il y avait une voie possible pour la fuir. Mais laquelle ?

— Qu'en penses-tu ? dit Félix, alors que, instinctivement, nous hâtions le pas.

— C'est bizarre, répondis-je. Je suis encore sous l'effet de ces visions.

— Quoi ? Tu veux parler des affabulations du père Francis ? s'étonna Félix. Ça, on a l'habitude, maintenant. Non, je pensais à cette affaire de coffre. Qu'en penses-tu ?

Je n'en pensais rien du tout de cette histoire de coffre. Cela me semblait parfaitement fumeux. Dans ce coffre, il devait y avoir des lettres, des bijoux de famille ou simplement de l'argent.

Mais pourquoi frissonnai-je ainsi dans la Rome silencieuse, mon *Orient désert* ?

— Que t'a-t-il dit à l'oreille tout à l'heure, Félix ?

— Tu veux vraiment savoir ?

J'acquiesçai.

— Il m'a dit que tout cela, c'était la faute des juifs. Que c'est parce qu'ils ont péché qu'on les a déportés.

Alors je compris cette douleur que j'avais pressentie, qui montait en moi comme une vague de nostalgie.

Auparavant, les juifs étaient une entité abstraite, un concept historique. Maintenant, tout avait changé : il y avait Lisa.

Alors, je pensai à cette question que chacun se pose, à un moment ou à un autre, toute personne, concernée ou non par la guerre, la vraie, la seule question, la question métaphysique ; la question que Félix se posait et me posait avec insistance, pour conclure généralement en disant que nous n'aurions probablement rien fait et que, comme tant d'historiens ou de journalistes, nous aurions pris notre plume... pour écrire une thèse sur les structures agraires dans l'Occident chrétien ou un bel article littéraire dans la *Nouvelle Revue française*.

La question. De ce siècle, de la conscience, de l'homme. La vraie question, la bonne question, celle à laquelle il est possible de répondre, celle à laquelle il est impossible de ne pas répondre, celle devant laquelle aucune fuite n'est permise. Rien ne sert de se demander d'où vient le monde, où il va et pourquoi nous sommes là. Mais répondre à cette question, c'était répondre à toutes les questions, y compris celles de l'origine et de la fin.

Qu'aurais-je fait ? Qu'aurais-je fait sous la tourmente nazie ? Qu'aurais-je fait pendant la Shoah ?

Qu'aurais-je fait ? Aurais-je combattu les Allemands au péril de ma vie ? Aurais-je résisté par patriotisme ou par militantisme communiste ? Aurais-je rejoint de Gaulle, après son fameux appel, par peu de Français entendu ? Aurais-je fabriqué des faux papiers ? Aurais-je participé à un journal clandestin ? Aurais-je été un homme de l'ombre ? Aurais-je eu une double vie, une autre identité ? Aurais-je pris le maquis ? Aurais-je écrit des poèmes ? Aurais-je chanté celui qui croyait au ciel et celui qui n'y croyait pas ? Aurais-je caché des juifs dans ma cave, dans ma ferme, mon village de montagne ? Aurais-je caché des juifs parce que cela me paraissait la chose la plus naturelle du monde ? Aurais-je caché des juifs parce qu'ils sont le peuple élu ? Aurais-je caché des juifs même si je ne les avais pas trop aimés, mais il y a des limites à ne pas dépasser ? Aurais-je été vaillant et brave, quelles que fussent les conditions ? Aurais-je été un héros ? Aurais-je été un preux combattant ou un veule ? Aurais-je pris les armes ? Aurais-je mis ma vie en jeu pour sauver des innocents, pour défendre ma patrie ? Aurais-je parlé sous la torture ? Qu'aurais-je fait, qu'aurais-je dit au nom de mes convictions ? Me serais-je compromis ? Aurais-je écrit une œuvre philosophique sur la liberté ? Aurais-je monté des pièces de théâtre en prétendant qu'elles critiquaient implicitement le régime ?

Aurais-je été un type un peu paumé embauché par la milice ? Un meneur ou un subordonné ? Un fonctionnaire zélé, un bureaucrate ? Aurais-je appliqué des ordres sans réfléchir ? Serais-je parti à Vichy ? Serais-je resté à Paris ? Serais-je allé à Londres, ou alors à Cherchell ? En 1940, ou en 1945 ? Aurais-je été parmi les premiers résistants ou aurais-je rejoint le maquis en 1943 ? Serais-je parti en Allemagne pour le STO ? Aurais-je pris le maquis à cause du STO ? Aurais-je été fait prisonnier ? Me serais-je évadé ? Aurais-je fait du marché noir ? Par nécessité, ou pour en tirer profit ? Aurais-je été un fidèle collaborateur, appliquant consciencieusement les ordres du Maréchal ? Aurais-je été un collaborationniste forcené, soutenant Pétain avec entrain ? L'aurais-je suivi lâchement, sans conviction, mais par corporatisme, ou alors par ambition ? Aurais-je acquiescé aux discours de Laval ? Aurais-je lu *Je suis partout* ? Aurais-je écrit dans *Je suis partout* ? Aurais-je été de ces intellectuels séduits par la Révolution nationale ? Aurais-je provoqué la mort d'hommes, de femmes et d'enfants juifs, par mes articles incitant à la délation et à la haine ? Aurais-je vendu des camarades ? L'aurais-je fait par conviction, par jalousie ou par intérêt ? Aurais-je dénoncé des juifs ?

Aurais-je dénoncé des juifs ? Comme eux. Oui, comme eux. Pourquoi ? Pourquoi enfin ne pas le dire ? Le beau secret de famille. Le cadavre dans le placard. Le macchabée, tu. Surtout ne rien dire, Raphaël. Tais-toi. Tu n'as rien entendu. C'est un mensonge. Ton grand-père ment. Il raconte des salades, le pauvre. Il est devenu sénile. Sénile ? Cela veut dire vieux, bien trop vieux. Ne l'écoute plus, Raphaël. Je ne te permets plus de le voir. Et je t'interdis de répéter ces âneries, c'est compris ? Il n'a qu'à crever le pauvre vieux.

Oui, comme eux. Aurais-je livré des juifs à la police, en écrivant leur adresse de ma belle écriture, avec toutes les lettres de l'alphabet et l'encre de Chine soigneusement préparée à cet effet, aurais-je écrit avec application ou avec hâte ? Aurais-je donné leur nom, leur signalement, aurais-je indiqué l'endroit où ils se cachaient ? Aurais-je porté ma lettre de dénonciation, ou l'aurais-je postée ? L'aurais-je postée avec haine, avec contentement, ou avec l'esprit tranquille de celui qui vient d'accomplir un acte civique ? Serais-je retourné chez moi le cœur soulagé, ou un peu mal à l'aise ? Aurais-je eu des regrets, des remords ? Aurais-je bien dormi la nuit, ou me serais-je réveillé en sueur ? Aurais-je été content d'avoir été débarrassé de ces gens ? Aurais-je dénoncé des juifs parce qu'ils étaient mes rivaux ? Aurais-je fait chasser des juifs pour prendre leur magasin et leur appartement ? Aurais-je déplacé des juifs pour habiter leur grand appartement de Strasbourg, avenue des Vosges ? Aurais-je vendu des juifs parce qu'ils gagnaient plus d'argent que moi ? Aurais-je voulu la disparition de mon prochain ? Par jalousie, ou par appât du gain ? Par rage, par envie, par nécessité ? Par plaisir, par sadisme, par vice ou par perversité ? Aurais-je donné des juifs ? Aurais-je donné des juifs parce qu'ils étaient juifs ? Aurais-je donné des juifs sans me poser de questions, sans penser, ou en sachant à ce qui allait leur arriver ? Aurais-je envoyé des juifs dans des trains ? Aurais-je expédié des juifs vers les camps de la mort ? Aurais-je poussé des juifs vers la chambre à gaz ? Les aurais-je dénoncés, oui, les aurais-je dénoncés ? Les aurais-je dénoncés comme mes parents ? *Oh Dieu !*

Des voix hurlaient dans ma tête, des voix tonitruaient à la faire éclater. Des questions, des murmures de douleur, de détresse. Chaque fois que j'y pensais, c'étaient les mêmes clameurs, les mêmes cris, des cris terribles, des cris de mort. Des imprécations maudissaient cette lignée, son ascendance néfaste et toute sa descendance. Des coups assourdissants frappaient, cognaient mon crâne et le faisaient imploser.

Mais la question, ce soir, était différente : comment aurais-je réagi si on avait voulu m'enlever Lisa ? A cette pensée, tout mon corps tremblait de peur et de rage.

Oui, j'aurais pris les armes. Mais oui, j'aurais tué.

— Tu sais ce que nous devrions faire ?

Je sursautai. La voix de Félix avait retenti entre les murs étroits de la rue comme une onde cavernale.

— Non ?

— Nous devrions retourner au palais Farnèse.

— Quand ? Pourquoi ?

— Maintenant, tout de suite. Il se pourrait très bien que nous y trouvions quelque chose.

Il n'était pas loin de minuit. En longeant le coude du Tibre, nous bifurquâmes et nous nous dirigeâmes vers l'Ecole de Rome. Perdu dans mes pensées, je suivais Félix inconsciemment, alors que je connaissais Rome mieux que lui. Il s'égara, nous traversâmes un vieux cimetière.

Il y eut un coup de vent. Nous marchions de plus en plus vite, nos pas réveillaient le silence, violaient la torpeur de la terre, faisant frémir l'âme des morts.

Nous passâmes devant une longue dalle clairsemée de mousse. Une croix, plantée au-devant, était tellement penchée qu'elle semblait prête à tomber. Mon regard fut attiré par les contours de la sépulture. Alors je vis que le couvercle en avait été déplacé : la tombe n'était pas tout à fait fermée.

Je m'arrêtai brusquement.

— Qu'est-ce que tu as ? demanda Félix. Tu as vu un revenant ou quoi ?

Je lui désignai la dalle. Il se pencha et passa sa main au-dessus de la tombe.

— On dirait que quelqu'un a cherché à l'ouvrir. Qui a profané cette tombe ? Pour quelle raison ?

Qui avait osé braver les âmes des morts ? Qui avait réveillé l'oiseau au cri strident ? Qui avait troublé le pâle sommeil ?

Nous quittâmes le cimetière et nous dirigeâmes vers le palais Farnèse.

Sous la lune, le vieux bâtiment de la Renaissance était encore plus impressionnant de vénusté et d'équilibre. Comme j'y avais séjourné, je connaissais le moyen d'y pénétrer sans passer par la porte d'entrée. Nous escaladâmes un mur et nous nous retrouvâmes dans la cour intérieure. En silence, nous empruntâmes l'escalier monumental, puis nous passâmes devant la grande salle de l'Amour divin et de l'Amour profane. Tout le long des couloirs, des empereurs à la face de bourreau nous observaient de leur regard vide.

Enfin, nous accédâmes à la bibliothèque. C'était là, certainement, que Jean-Yves Lerais avait fait ses recherches, parmi les manuscrits et les livres anciens. Félix sortit une petite clef de sa poche, un passe universel rapporté d'un reportage « exotique ». Nous entrâmes dans les immenses salles voûtées aux longs rayonnages. Au fond, une galerie fermée par une grille, donnait sur les appartements privés du directeur.

La porte de fer s'ouvrait sur une pièce plus sombre encore, qui ressemblait à une prison. Nous avancions lentement, mais c'était inutile, car l'endroit semblait vraiment désert.

Félix marchait devant moi. A chaque crépitement, nous sursautions. C'étaient les livres qui travaillaient : eux aussi, ils étaient dévorés par le temps. Ils parlaient entre eux, ils chuchotaient, entretenaient des conversations secrètes. Certains, très vieux, consumés, déjà prêts à s'effriter, à tomber en poussière, faisaient leurs dernières recommandations aux plus jeunes, ceux dont les pages vigoureuses étaient vierges encore de l'œil et de la main des profanateurs. D'autres, minces et fragiles, avaient peine à se tenir. Ils n'avaient pas beaucoup de moyens et ils savaient déjà que, à cause de leur pauvreté, ils vivraient moins longtemps que les autres, les riches aux beaux apparats : à force de travail, leur peau serait plus vite fripée et leurs pages plus rapidement jaunies.

« Que cherchent ces visiteurs importuns ? » se demandaient les uns. « Essayons de les effrayer pour qu'ils partent et nous laissent garder nos secrets », répondaient les autres. Car les livres entre eux se murmurent des choses terribles. Ce sont eux, les ultimes gardiens des crimes. Ils n'aiment pas être troublés, la nuit, lorsque les hommes quittent les bibliothèques et qu'ils peuvent enfin se livrer à leur activité préférée : fomenter le complot sinistre, celui qu'ils ourdissent depuis des siècles. Ils préparent en douce l'union de tous les livres. Chacun y va de sa petite compétence. Les religieux prodiguent la force aux esprits, les scientifiques apportent les moyens techniques, les philosophes désenchantent, les politiques rassemblent et galvanisent, et il y a aussi de nombreux livres — la plus grande partie — qui servent à parler des autres livres, pour répandre l'idée et achever de convaincre les consciences. Car ce projet grandiose auxquels ils travaillent patiemment, la grande utopie des livres, n'est rien moins que la fin du monde.

Non, ce n'est pas un conte de fées. Les livres crient leur désespoir, l'épouvante. Sur eux giclent le sang et les chairs des enfants perdus, de ceux qui ont écrit des livres et de ceux qui les ont lus, avant qu'ils ne fussent brûlés.

Au bout d'un couloir plus sombre encore que la ténèbre mystique, il y avait une moitié d'homme.

4

Cela avait commencé par une odeur âcre, terrible, un miasme insupportable, au fur et à mesure que nous avancions. Tout d'un coup, je m'arrêtai, tous les sens en éveil.

Alors nous nous approchâmes. Il faisait sombre et il était difficile de voir distinctement. C'étaient des formes rousses, un peu floues. C'était comme un ensemble de choses éparses. C'était gluant et mou, inerte et flasque comme la vie assassinée. Pourtant, il y avait un je-ne-sais-quoi de commun dans ces formes qui faisait qu'elles s'épousaient l'une l'autre, comme si elles se collaient intimement. C'était une petite montagne de choses empilées qui versaient une substance rougeâtre, presque noire par endroits.

Baigné dans une flaque visqueuse, c'était un tronc couvert de sang noir, une figure à l'œil tordu d'horreur, un nez et un début de bouche barré par une langue pendante. Ce corps massacré répandait ses tripes : viscères et boyaux coupés, os sectionnés, tendons et chairs lacérés. De cet écorché, on voyait tout : les entrailles recouvertes de moisissures vertes et grises, les vertèbres segmentées, la grosse poche de l'estomac éclatée, les intestins déroulés. L'ensemble exsudait des chairs perdues, des filaments qui s'effilochaient, des membranes décomposées, dévorées par la pourriture. Comme pour une bête dans une boucherie, on voyait tout.

Non, ce n'était pas la mort qui apparaissait, la mort elle-même était peu de chose à côté de ce que nous avions devant nous. Un homme, un individu s'était rué sur la victime, pour élaguer son visage. Ce n'était pas l'état de nature, c'était l'ordre de la civilisation dont les critères esthétiques et éthiques sont fondés sur l'égalité, le partage et la symétrie. Il y avait eu une victime et un bourreau, un esclave et un maître, qui avait décidé qu'un homme pouvait, ou devait, être tué, selon un certain cérémonial, une règle, centrale, permanente, une norme. Il n'y avait pas eu seulement meurtre, il y avait eu dégradation de la vie. Il n'y avait pas eu de furie incontrôlée, mais un geste maîtrisé, pensé, ordonné, organisé. Il y avait eu une décision, et une application inexorable de ce décret. Il y avait eu, au départ, une conscience.

Y avait-il eu aussi ce regard vers Dieu qui restitue à la terre sa splendeur, et la dernière pensée : « Mon père, s'il est possible, éloigne de moi ce calice » ?

Devant moi, Félix vacilla. Je fis un pas en avant pour le soutenir. Je glissai sur une substance molle et tombai lourdement sur la moitié du corps de Schiller. Je sentis une saveur dans ma bouche : cela suintait, coulait et se répandait hors de moi, sans que je puisse l'arrêter.

Sous le regard des étoiles et de toutes les constellations, brillant du feu vengeur, brûlant de l'ardente colère à l'odeur de cendre, je portai la main à ma bouche : c'était du sang. Je saignais du nez, et j'étais couvert d'humeurs comme un petit d'homme à la naissance. Au loin, on entendait un gémissement, une clameur, un agneau peut-être. Ou alors simplement un cri d'enfant qui pleure. Ou alors, c'était moi, c'était moi qui hurlais, qui hurlais dans la fosse.

Nous sortîmes précipitamment de la bibliothèque, je courus me rincer au lavabo des toilettes. D'infâmes caillots noirs me collaient aux yeux, sur la bouche, sur le nez. Mon sang s'était mêlé au sang putréfié de Schiller : le tout formait une mixture, une sorte de liquide noirâtre où macéraient des rognures. En regardant mon reflet dans le miroir, j'eus du mal à reconnaître un visage.

Après m'être lavé, je retrouvai Félix. A moitié hagards, nous nous précipitâmes à l'hôtel. Nous frappâmes à la porte d'Alvarez Ferrara pour lui faire part de notre découverte. Celui-ci ne répondit pas. Nous frappâmes plus fort, mais il ne semblait pas être là. Il était trois heures passées. Où pouvait-il donc être allé ? Qu'avait-il fait après nous avoir quittés ?

Nous redescendîmes, et c'est alors que nous le croisâmes, qui venait de rentrer.

Nous lui fîmes part aussitôt de ce que nous avions vu.

— Il faut y retourner avant que quelqu'un n'alerte la police, je veux pouvoir examiner tranquillement le corps. Accompagnez-moi, ordonna-t-il.

Sans attendre, nous appelâmes un taxi et fîmes le chemin inverse sans mot dire. Au palais Farnèse, il nous suivit sans poser de questions, jusqu'à l'endroit où nous avions découvert le cadavre.

Collant un mouchoir contre son nez, Alvarez Ferrara se mit à examiner le torse sans aucun dégoût, comme s'il s'agissait d'un vulgaire morceau de viande. Il collectait les indices, prenant déjà des notes, plongeant son crayon dans les plaies béantes, remuant viscères et entrailles, se rapprochant pour détailler telle ou telle partie, la portant à son nez, à sa bouche. Félix sortit. Stupéfait, je ne pouvais m'empêcher de l'observer.

— Très étrange, fit-il, au bout de quelques minutes. Cet homme ne semble pas avoir été tué il y a plus de trois jours.

— Quoi ? Qu'est-ce que vous dites ?

— Je peux vous certifier que, étant donné le degré de putréfaction, cet homme a été tué il y a trois jours au grand maximum, répéta-t-il.

— Mais alors ? Il ne s'agirait pas de...

— Si, si. Il s'agit bien de Schiller. Cela ne fait aucun doute, d'après le signalement que j'en ai.

Il essuya avec un mouchoir ses mains pleines de sang coagulé, puis il extirpa une photographie de sa poche et me la montra. Je la regardai rapidement : il n'y avait plus grand-chose de commun entre le visage que j'avais devant les yeux et la chose répandue à mes pieds. Ferrara, satisfait de la comparaison, reprit son travail. Il procédait avec une extrême concentration. Des gouttes de sueur tombaient de son visage. Je le regardais, de plus en plus stupéfait. Soudain, comme s'il avait eu conscience de mon trouble, il releva la tête et dit :

— Avant de travailler pour les Renseignements, j'enseignais la médecine... Ces choses-là ne me font pas peur.

A sept heures du matin, nous nous rendîmes au commissariat de police, où nous passâmes la matinée. Lorsque, vers midi, nous sortîmes du commissariat, nous fûmes assaillis par une foule de journalistes, qui nous harcelaient de questions dans toutes les langues. Etait-ce bien le cadavre de Carl Rudolf Schiller ? Depuis quand le corps était-il ici, à Rome ? Pourquoi une partie du corps avait-elle été retrouvée à Berlin, et l'autre à Rome ? Cela avait-il un lien avec la Seconde Guerre mondiale ? Pourquoi personne n'avait-il retrouvé l'autre moitié du corps ? Le cadavre s'était-il miraculeusement conservé, ou avait-il été gardé dans une chambre froide ?

Félix et moi réussîmes à les semer en nous engouffrant dans un taxi qui nous conduisit à notre hôtel.

L'après-midi, je me rendis à la basilique Saint-Pierre. Je voulais revoir la *Pietà,* comme pour me gorger de pureté après cette nuit sanglante. La première fois que je l'avais vue, il y a bien longtemps, j'avais été saisi pendant plusieurs minutes, je n'avais pu détacher mes yeux de la figure de marbre blanc portant l'expression la plus pure que j'avais jamais rencontrée. Cette fois, en contemplant ces yeux baissés, ce nez fin, ces lèvres discrètes, cette fossette au menton et ce front noble, je compris : c'était elle, c'était Lisa. Ma réminiscence, mon amour, ma différence.

Je la regardai attentivement. Les paupières baissées, elle semblait observer un objet vers le bas. Sa bouche fermée ne laissait rien paraître, ni la pâleur de son teint : la *Pietà* était heureuse, apaisée. Son front n'avait aucune ride de douleur, ses yeux ne pleuraient pas, sa bouche esquissait un léger sourire : *la Pietà* contemplait le cœur meurtri de son fils, et elle s'en enorgueillissait. Elle le portait fièrement et la lassitude que j'avais toujours cru déceler chez elle, m'apparaissait enfin sous son vrai jour : le soulagement. La *Pietà* admirait son fils mort, s'admirait de l'admirer. Elle se pâmait devant l'horreur, éblouie, fascinée. La *Pietà* veillait sur Rome, elle était la reine placide de la Rome violente, celle des arènes et des arcs de triomphe où devaient être humiliés les vaincus, la Rome des guerres et des gladiateurs, Rome sanguinaire, Rome des orages, lorsque de curieuses vapeurs montent des entrailles de la terre, lorsque le Tibre, noir comme le jais, sépare de ses remous la ville et la campagne, et Rome brûlante sous l'éclair, fait surgir les morts de ses ruines, *miserere*, et sur ses mosaïques se peint la beauté de la Terreur, ce sublime barbare, où des corps déchiquetés se pâment de plaisir. C'est le Christ, dont les pieds touchent le sol et la tête les voûtes des églises, c'est le Christ qui préside à ces décombres où croissent les ronces, où les plaies purulentes coulent des murs lézardés, car ici tout est chrétien, même le paganisme : la souffrance a pris possession du pays, depuis les temps où les flammes mangeaient la moitié de la ville, et où ceux que l'on rendait responsables de l'incendie furent châtiés pour les méfaits qu'ils n'avaient pas commis. Leur exécution prit place au milieu des jeux sportifs : on les revêtit de peaux d'animaux sauvages et ils furent dépecés par des chiens. L'accès aux cimetières leur ayant été interdit, les chrétiens enterrèrent leurs morts dans les lieux secrets.

Là, sous la terre, dans les catacombes, ils offrirent aux cadavres mutilés des sépultures car, pensaient-ils, le corps était destiné à revivre et à partager l'immortalité de l'âme, et c'est pourquoi il fallait leur octroyer un asile. D'immenses galeries furent creusées sous la terre, qui formèrent une vaste nécropole : on évalue à six millions le nombre de morts ainsi enterrés. Six millions de morts, chéris dans les niches étroites, maternelles, humaines, chacun avec sa plaque, son nom, image du lien entre les défunts et les vivants. Six millions de morts dans un abri, une maison familière, sous les petites rues de Rome. Six millions de tombes sculptées, vêtues de mousse et de lichen : le doigt seul, parfois, permet de reconnaître sur ce granit une forme, un personnage, une lettre, deux, trois, puis un nom. Ces inscriptions, qui tentaient de protéger le défunt contre la profanation de sa tombe, accompagnaient son image comme les gardiens vigilants de son âme, en partance vers les mystères du monde invisible. Dans la Rome humaine, il était encore possible de se rassembler.

C'était l'heure des vêpres. Lorsque les cloches retentirent, je sentis, oui, je sentis la présence de l'Esprit. A Strasbourg la ténébreuse, où mille fois j'ai contemplé la voûte rose et l'abside massive de la cathédrale, je n'avais jamais eu un tel sentiment : la femme représentant l'église de grès avait les traits trop durs pour émouvoir, et je préférais encore la statue qui lui faisait face, la *Synagogue* aux yeux bandés, dont le doux visage était plus rayonnant que celui de l'immense institution : ce n'était qu'un cœur de pierre à la place d'un cœur de chair.

Les lueurs pâles dans le ciel, les cierges blancs des communiants, les psalmodies qu'apportait le vent, au loin, des couvents témoignaient malgré eux de Sa Majesté. Partout, Il était là : dans la chapelle souterraine et dans toutes les momies ; dans les squelettes, les fémurs, les omoplates, les bassins, dans les crânes qui descendent des plafonds, dans *le Martyre de saint Sébastien,* où les bourreaux l'emportent sur les anges, dans la pâmoison de sainte Thérèse du Bernin, évanouie d'amour, les yeux mi-clos, de douleur et d'extase. L'Esprit était là, qui me regardait comme un œil, un œil brûlé, un œil brûlant, brûlant de l'ardente colère, de la colère à l'odeur de cendre.

Le lendemain, 3 avril 1995, le dernier épisode de l'affaire Schiller s'étalait dans toute la presse.

Dans l'avion qui nous ramenait à Paris, Félix me fit part de la découverte qu'il avait faite pendant la nuit. Il était retourné voir le père Francis et il avait fini par « sympathiser » avec lui.

— *Sympathiser* ? repris-je, étonné. Et alors ?

— Et alors, je les ai, mon vieux !

— Tu as quoi ?

— Les numéros du coffre, pardi ! Après avoir déblatéré sur les juifs pendant toute la soirée, il s'est pris d'affection pour moi et il m'a donné les numéros, le père Francis. En prime, j'ai élucidé le mystère de la disparition passagère d'Alvarez Ferrara la nuit dernière.

— Où était-il ?

— Eh bien, le cher Ferrara était tout simplement retourné chez le père Francis. Il a eu exactement la même idée que moi : il voulait obtenir les numéros du coffre. Mais apparemment, il n'avait pas la bonne méthode...

— Et quelle était sa méthode ?

— Lorsque j'ai vu le père Francis, hier, il avait quelques méchantes ecchymoses... et un doigt en moins.

5

Aussitôt arrivés à Paris, nous nous précipitâmes dans le VIIe arrondissement, où se trouvait le coffre, à la banque.

Nous en retirâmes un dossier, que nous emportâmes chez moi. Félix l'ouvrit fébrilement. Il contenait de vieux papiers qui ressemblaient à ceux que l'on dépouille aux Archives. Il les prit délicatement, puis les ouvrit et commença à les parcourir.

Je pris les papiers qu'il me tendait. Et là, je l'avoue, j'ai été surpris.

Nous n'eûmes pas le loisir de nous entretenir de notre découverte. Quelqu'un sonnait à la porte : c'était Lisa. Félix s'éclipsa et je restai seul avec elle.

— J'ai appris pour le corps, dit-elle. C'est déjà partout dans la presse.

Elle prit la bougie qui était posée sur la table et elle alluma une cigarette. La flamme dessina son visage d'une façon particulière ; ses cils noirs, sa bouche soulignée par un rouge à lèvres, ses pommettes roses, ses gestes lents lui donnaient un air presque irréel. Sous la pâleur de sa peau, on discernait le réseau bleuâtre des veines, qui semblaient battre plus vite que de coutume.

Je n'arrivais pas à détacher mes yeux de ses mains aux longs, très longs doigts dont les ongles réfractaient la lueur de la bougie, multipliant par dix sa lumière sombre.

— Et toi, lui demandai-je, le connaissais-tu, Schiller ? L'as-tu déjà rencontré ?

— Non, fit-elle, je ne le connaissais pas. Je l'avais vu chez mes parents, c'est tout.

— C'est tout, vraiment ?

— Oui.

Elle mentait. *Pourquoi ?* Que cachait-elle ?

— Comment se fait-il alors que tu connaisses si bien ses théories ?

— C'est ma mère qui m'en a parlé.

— Lisa, il faut que tu me dises la vérité. Depuis quand ton père connaissait-il Schiller ?

— Depuis longtemps, je crois.

— Quand l'a-t-il rencontré ?

— Tu vois, il ne parle pas beaucoup, mon père... Mais, pourquoi me poses-tu toutes ces questions ?

Elle leva les yeux vers moi. Je l'observai attentivement. Elle ne devait pas beaucoup dormir. Elle avait les joues creuses et des cernes bordaient douloureusement ses yeux gris.

Je me demandais ce que tout cela cachait : était-ce l'angoisse rétrospective d'avoir vécu avec un assassin ? Ou alors se sentait-elle encore liée à son ex-ami ? L'aimait-elle toujours ?

— Je suis allée voir Jean-Yves, finit-elle par dire, d'un air las.

— Où ? Quand ?

— A la prison. Aujourd'hui.

— Et alors ? Qu'a-t-il dit ?

— Il dit qu'il est innocent ; il ne comprend rien à tout cela.

— Et la moitié du corps retrouvée à l'Ecole de Rome ?

— Il pense que c'est une machination.

— Tu le crois ?

— Je n'arrive pas à penser que Jean-Yves ait fait une chose pareille.

— Lisa, fis-je en la regardant dans les yeux. Réponds-moi franchement, à présent : est-ce que tu l'aimes encore ?

Il y eut un silence.

— Je ne le voyais plus très souvent, ces derniers temps. Nous avons rompu depuis plusieurs mois, mais... la séparation n'a pas été facile.

Je lui versai un verre de whisky et je pris une cigarette. Elle contempla un long moment son image reflétée au fond du verre, puis elle avala son contenu d'un coup, comme je l'avais déjà vue faire.

— Pourquoi avez-vous rompu ? Que s'est-il passé ?

— Nous nous sommes fâchés.

— Quand ? demandai-je.

Elle me jeta un coup d'œil en biais :

— Il y a quelques mois, nous avons eu une dispute. Je lui avais demandé de réfléchir à certaines choses... C'est aussi pour cette raison qu'il était parti en Italie. Depuis, j'attendais sa réponse...

Elle prit sa tête entre ses mains et ajouta, dans un sanglot :

— Je m'en veux, tu comprends ?

— Tu t'en veux de quoi ?

— D'avoir manqué de compréhension à son égard. D'avoir été impatiente.

Je terminai nerveusement ma cigarette. Mes mains tremblaient.

— Pourquoi avez-vous rompu, Lisa ?

— C'est une longue histoire...

— ... que je préfère ne pas entendre, dans le fond, décidai-je brusquement.

Je comprenais que, du fait même de cette arrestation, Lisa revoyait toute leur histoire avec mélancolie. Elle se rappelait le passé, embellissait les souvenirs, magnifiait l'homme. Elle se disait qu'elle n'avait pas été assez bonne avec lui. Elle se faisait des reproches. En un mot, *elle regrettait.*

J'étais persuadé que Lerais était l'homme avec qui je l'avais surprise l'autre nuit. J'avais eu l'impression de l'avoir déjà vu car je l'avais croisé dans le cadre de mon métier. C'était absurde, incompréhensible autant qu'inadmissible, mais j'étais jaloux.

— Je suis désolé, Lisa, fis-je, en me levant soudain. J'ai un rendez-vous. Je dois partir.

Elle se dirigea lentement vers la porte, plus désemparée encore, plus perdue.

Aussitôt après son départ, je téléphonai à Félix. Je lui appris que Lerais n'avait toujours rien avoué.

— Alors ? fis-je. As-tu fini de lire le dossier ?

— Je préfère qu'on n'en parle pas au téléphone, dit-il, brièvement.

— Pourquoi ?

— On ne sait jamais. Voyons-nous tout à l'heure, à 18 heures, au bar du Lutétia, d'accord ?

— Entendu.

A l'heure convenue, j'arrivai devant le Lutétia et, voyant apparaître Félix, je l'attendis devant la porte à tambour.

Soudain, un homme surgit sur une moto et le bouscula violemment. D'un geste précis, il arracha à

Félix le dossier qu'il tenait à la main et repartit à toute vitesse.

Aussitôt, nous nous engouffrâmes dans un taxi qui se trouvait devant l'entrée de l'hôtel, et nous suivîmes la moto qui emportait nos documents.

Dans Paris encombré, notre voiture fut rapidement distancée. L'homme se faufilait habilement entre les files de véhicules. Sur la place de l'Opéra, nous le vîmes disparaître au loin, vers l'église de la Trinité.

QUATRIÈME PARTIE

1

Encore une cigarette, puis une autre. J'en ai tant besoin, vous savez. Ma cigarette mystique m'inspire et délie ma langue collée à mon palais. Quand je l'allume, c'est l'incendie, l'éclair foudroyant : c'est la flamme sacrée qui, depuis des millions d'années, lave les impuretés terrestres, par sa force et son esprit, et je suis immortel, car sa lumière m'éclaire, perce la ténèbre et l'illumine.

Les paroles durent ce que dure une cigarette, et le feu emporte tout, et les vies évoquées, les images défuntes, comme la cigarette éphémère, illuminent les cœurs terrestres pendant quelques minutes, avant de ne laisser qu'une trace putride. Les cendres froides s'accumulent comme les actions passées, et toute cette matière ardente, souffle et esprit, redevient poussière, et poussière encore, grise et noire, et ainsi va la vie, en route vers les cendres, comme ma cigarette triste, pensive, ou comme celle de Lisa, nerveuse, maladroite, ou comme le cigare de Félix, parfois ardent, parfois pesant, qui avait tous les pouvoirs comme le serpent raidi, et tous les trois ensemble, nous soufflions, nous inspirions et expirions la vie, et exhalions la mort, car c'est la mort qui gagne, et le dernier soupir remplace le premier, qui fut insufflé comme un baiser dans les narines de l'homme. La cigarette, c'est le vent sur le sable, le limon des forêts, les alluvions des eaux, et Lisa soufflait sur la terre comme pour l'épousseter, et Lisa haletait pour la séduire et dominer les ténèbres aux ailes noires, la nuit ardente qui courtise l'aube, et de sa bouche sortaient les sons mélodieux des mots qu'elle prononçait, enfants du cœur, miroirs de l'âme, et ses bouffées de fumée comme l'inspiration divine créaient la vie en moi, et mon souffle lui répondait, noir au fond du poumon, et son haleine rafraîchissait le feu qui y brûlait.

Après avoir perdu la trace du motocycliste, nous revînmes au Lutétia et nous nous affalâmes piteusement dans les fauteuils du bar.

— As-tu parlé à quelqu'un de ces documents ? demandai-je à Félix.

— Non ! A personne !

— Et du coffre ?

— Non, je n'en ai même pas parlé à la police.

— Dans ce cas, je pense que nous sommes suivis.

— Suivis, et peut-être écoutés...

— Je crois que nous avons mis le doigt dans un engrenage très complexe. Ce n'est plus un sujet pour historiens, tu comprends ?

— Non.

— Ce meurtre a des ramifications politiques. On touche à une tout autre sphère que la nôtre.

— La tienne, répondit Félix, pas la mienne. J'ai l'habitude de traiter avec les politiques : ça ne me fait pas peur.

— Ce n'est pas seulement politique, Félix, c'est religieux. Tu te rappelles ce qu'a dit Bronstein sur le pape ? C'est diplomatique, c'est international, c'est...

— Et alors ? coupa-t-il. Plus ils seront nombreux, plus ils voudront m'en empêcher, et plus je persévérerai.

— La CIA a mis son nez là-dedans. Ce n'est pas un jeu.

— Qui parle de jeu ?

— Un homme a été coupé en deux. Qui sait ce qui peut t'arriver ?

— Et moi, je veux savoir pourquoi. Et plus ils voudront m'en empêcher, plus je m'accrocherai.

— Ton désir de justice t'honore, mais tu oublies un petit détail : Carl Rudolf Schiller était un salaud. Pourquoi risquer sa vie pour un salaud ?

— Tu me déçois, Raphaël. Tu me déçois beaucoup. Tu te rappelles nos premières conversations ? Tu disais qu'il y avait des choses qu'on n'aurait plus jamais le droit de dire ni de faire ? Tu te souviens de ce que tu m'as confié : que tes recherches sur la Shoah avaient changé ta vie, ta manière de voir les choses, ton rapport à la morale ? Que tu avais décidé de comprendre ce qui s'était passé. Tu te rappelles ? Existe-t-il deux morales ? Un poids et deux mesures en matière de justice ?

— Et puis, regarde-toi : tu ne maîtrises plus cette histoire. Tu es en train de te faire avoir. Je sais de quoi je parle : j'y ai consacré ma vie et ma jeunesse, et moi aussi, bien des fois, j'ai failli m'y laisser prendre.

— Trop tard, Raphaël. La machine est déjà lancée. On ne peut plus arrêter le processus. Comprendre, c'était bien ton projet ?

— Oui, mais plus à n'importe quel prix.

— Non ? Qu'est-ce qui a changé ? Qu'est-ce qui t'a changé ? Pourquoi est-ce que je te sens de plus en plus lointain, distant ? Après m'avoir parlé comme tu m'as parlé, après être venu me chercher, tu prétends te défaire de moi... Toi qui m'as ouvert au mystère de la violence, du mal, et de la connaissance.

— Bon, fis-je, il ne reste qu'une chose à faire.

— Quoi ?

Il tira sur son cigare en me regardant au fond des yeux.

Je sortis un papier, un crayon et des cigarettes.

— Faire travailler notre mémoire...

Le dossier de Lerais contenait un ensemble de documents concernant la période vichyssoise de Michel Perraud. On savait déjà qu'il y avait d'étranges zones d'ombre dans la carrière de l'ex-ministre. On savait également que Perraud avait été résistant sur le tard, comme beaucoup d'hommes politiques de la IVe République. Ce qui était plus troublant, était qu'il avait contribué à rétablir la cérémonie du dépôt de gerbe sur la tombe du maréchal Pétain. Il saluait, disait-il, le vainqueur de la guerre de 1914-1918, comme si Pétain se découpait en tranches, comme si on pouvait rendre hommage à Hitler, le peintre (disait Félix).

On n'en savait guère plus. Quels étaient ses liens avec Vichy ? Avait-il réellement appartenu à la Cagoule ? Toutes les réponses à ces questions se trouvaient dans le dossier qu'avait constitué Lerais.

— Il y avait d'abord, dit Félix, l'original d'une liste. Tu te rappelles ?

— Oui, dis-je. La liste Corre.

— De quoi s'agit-il, au juste ?

— Le 16 septembre 1937, la police a opéré une perquisition chez le cagoulard Aristide Corre, l'archiviste du deuxième bureau de l'organisation secrète, où elle a trouvé les noms et les adresses de tous ceux qui participaient au mouvement. Elle en a dressé une liste, qui est le seul document connu fournissant les noms des membres de la Cagoule. Or le nom de Perraud y figurait. Ainsi, contrairement à ce qu'il a toujours affirmé, Perraud a fait partie de la Cagoule, société secrète qui, en 1936-1937, avait failli renverser « la Gueuse ». Tous les grands cagoulards étaient à Vichy pour veiller à la disparition de la République : ils ont tous assisté à l'adoption du texte qui conférait les pleins pouvoirs au maréchal Pétain, les 9 et 10 juillet 1940. Ils étaient tous présents pour lutter contre les « ennemis de la Révolution nationale », à savoir les gaullistes, les communistes, les francs-maçons et les juifs. Perraud avait donc commencé sa carrière par le terrorisme...

— ... pour l'achever dans le socialisme le plus vénérable.

— En passant par le pétainisme actif. Parmi les éléments réunis par Lerais, se trouvaient également les textes écrits par Perraud à la gloire du Maréchal, qui témoignent de sa haine féroce de la IIIe République. Et puis, il y avait son dossier d'attribution de la francisque, la distinction suprême décernée par le maréchal de France et par un conseil de douze membres. Pour l'obtenir, il fallait faire le serment suivant : « Je fais don de ma personne au maréchal Pétain comme il a fait don de la sienne à la France. Je m'engage à servir ses disciplines et à rester fidèle à sa personne et à son œuvre. »

Le dossier rendait compte également de l'aide apportée par Perraud après la Libération à d'anciens cagoulards, et à d'autres personnes du clan qui avaient fait le mauvais choix pendant la guerre.

La dernière pièce dont nous nous souvenions était une lettre de Maurice Crétel, ancien préfet de la Marne, secrétaire général de la police et chef de la Milice, responsable de la déportation de juifs et inculpé pour crime contre l'humanité. Elle était adressée à son vieil ami Michel Perraud.

Cette lettre était sibylline, et Félix et moi ne pouvions en retrouver les termes exacts, sauf la dernière phrase qui avait attiré notre attention : « Ne te fais aucun souci, je fais une totale confiance à Schiller pour nous sortir de là. »

Elle était datée du 24 octobre 1994, c'est-à-dire six jours avant que Crétel ne fût assassiné en plein tribunal pendant son procès.

— Je me souviens d'un article que Jean-Yves Lerais avait écrit dans une revue d'histoire sur Crétel, dis-je. Les termes élogieux qu'il y employait m'avaient frappé. On aurait dit qu'il avait été fasciné par le personnage. Il parlait de sa personnalité forte, riche, exceptionnelle, il le décrivait comme un jeune fonctionnaire de Vichy, moderne, intelligent, dynamique, un homme de terrain, pragmatique et efficace, un patriote qui avait su se montrer « courtois, ferme et digne » face aux autorités allemandes d'occupation. C'était curieux : deux ou trois entretiens de Lerais avec Crétel semblaient avoir effacé son passé douteux...

— Mais que faisait-il avec ce dossier et pourquoi l'avoir mis dans un coffre à la banque ? demanda Félix. Préparait-il un autre article, ou alors un livre ? Menaçait-il Perraud de révéler ses faits de guerre ou, au contraire, gardait-il des documents qu'on lui avait confiés ?

— Lisa m'a dit que Jean-Yves était fasciné par la mythologie socialiste : 1936, le Front populaire, les quarante heures... Il me semble peu plausible qu'il ait travaillé à détruire l'image de l'un des membres les plus éminents de son parti.

— Je donnerais cher pour savoir ce qui s'est passé dans son esprit, lorsqu'il a appris la vérité, dit Félix. Est-ce qu'il est arrivé, par un sophisme, à sauver son héros ? Ou bien a-t-il décidé que la vérité était plus importante et qu'il fallait tout révéler ?

— Moi, dans une telle situation... je crois que j'irais trouver la personne concernée. Je lui dirais ce que je sais. Je lui demanderais de s'expliquer. Ainsi, je lui laisserais une chance.

— Tu penses qu'il existe une justification possible ?

— On peut toujours essayer de comprendre.

— Donc tu serais allé voir Michel Perraud ?

— Oui.

— Jean-Yves Lerais a peut-être fait le même raisonnement.

Nous discutâmes encore un moment. Une fois encore, comme le montrait le mot étrange de Perraud à Crétel, Schiller semblait se trouver au centre d'affaires troublantes ayant trait à la guerre. Félix pensait que l'ancien ministre pouvait avoir commandité le meurtre de Schiller. Si tel était le cas, il valait mieux tout révéler à la presse.

— Tout dire sur ses agissements à Vichy ? Mais il y a de quoi renverser un gouvernement !

— Crois-tu ? dit Félix, en souriant d'un air carnassier. N'oublie pas, quarante millions de pétainistes...

Il était vrai que la question de Vichy, pour les Français, était un sujet épineux, un véritable syndrome national. Le refus tenace de reconnaître la responsabilité de l'Etat français dans la collaboration, le mythe développé par l'un des premiers livres sur la question, selon lequel Pétain avait servi de bouclier contre l'ennemi, avaient dominé dans l'opinion française jusqu'à la fin des années 1960. Et soudain, ce fut le réveil, le retour du refoulé, grâce à un historien américain qui, le premier, montra la participation du gouvernement de Vichy à la Shoah : Pétain et Laval étaient allés au-devant des demandes allemandes, concernant en particulier la déportation des juifs. Laval avait cru bon d'ajouter les enfants à la liste exigée par l'Allemagne, « car il était cruel de les séparer de leurs parents ». En fait, les enfants furent déportés *après* les parents.

La vision outre-Atlantique avait remis certes quelques pendules à l'heure, même si la plupart des historiens se refusaient encore à parler du « fascisme de Vichy » et préféraient le qualifier de « régime autoritaire moderne ».

Philippe Pétain, chef de guerre, chef d'Etat, martyr et saint de la France : tel était le titre d'un livre paru en 1958, qui décrivait le vieillard — responsable politique des crimes commis entre 1940 et 1944 — accablé du don qu'il avait fait de sa personne.

Les faits que nous avions découverts étant suffisamment graves, il ne faisait pas de doute dans notre esprit que nous étions épiés ; et sans doute l'étions-nous par les hommes de Michel Perraud.

Ce dernier était-il réellement impliqué dans le meurtre de Carl Rudolf Schiller ? Pourquoi Crétel avait-il dit qu'il faisait une totale confiance à Schiller pour les sortir de là ? A quoi faisait-il allusion ?

Nous décidâmes d'aller voir Perraud. Nous prîmes rendez-vous auprès de son secrétaire, arguant de recherches historiques. Etait-ce parce que mon ami était bien connu en tant que journaliste ou parce que l'ancien ministre savait déjà qui nous étions ? Quoi qu'il en fût, Perraud accepta de nous recevoir la semaine suivante à son domicile au numéro 6, de la rue d'Auteuil.

C'était un hôtel particulier, dont les pièces, assez vastes, n'étaient pas somptueuses. Un domestique nous fit entrer dans un salon où des meubles anciens côtoyaient un mobilier modeste, sans relief. Michel Perraud, fidèle à l'idéal socialiste, avait toujours pris soin de ne pas s'embourgeoiser. Il disait qu'il haïssait l'argent et la possession.

Nous l'attendîmes pendant un bon quart d'heure, puis il arriva avec nonchalance et panama. J'avais toujours été surpris de la fascination qu'il exerçait sur ceux qui le rencontraient. Grand et maigre, il marchait en s'appuyant légèrement sur une canne à pommeau d'or. Il enleva son chapeau pour nous saluer, dévoilant un crâne imposant, taché par la vieillesse, un front haut et des oreilles légèrement décollées.

L'âge lui donnait un teint cireux, creusant ses joues et ses yeux. Il n'avait presque plus de lèvres, qui semblaient avoir été mangées par le temps, et ses dents grises, poussiéreuses, autrefois acérées, paraissaient s'accrocher avec ténacité à ce futur crâne. Cependant, un charme certain émanait de ces traits aristocratiques, de cet air auguste, de ces rides profondes, vénérables, et de cette moue cruelle, ironique. Ses yeux, très petits, particulièrement vifs et rusés, semblaient fixer sa mire et la jauger, la défier, par une arrogance mesurée. Le père Francis aurait dit qu'il y avait du Malin dans ce regard.

Il semblait avoir enfilé un masque un peu trop grand, un masque de gloire et de vieillesse, car il était figé dans sa pose.

Il nous accueillit avec un sourire : c'était le sourire maussade et blasé de l'homme de pouvoir qui va, une fois de plus, balayer d'un revers de la main les mouches qui tournent autour de l'édifice.

Nous n'avions pas de temps à perdre. De but en blanc, Félix lui annonça que nous enquêtions sur la mort de Carl Rudolf Schiller.

— Je le connaissais bien, dit Perraud. C'était l'ami de Maurice Crétel... Et c'était également mon ami. Je ne comprends pas. Ce meurtre me semble horrible, et d'ailleurs, il me surprend par sa laideur. Mais, hélas, je ne peux rien vous dire de plus à son sujet. Je suis aussi perplexe que la police.

— Et Jean-Yves Lerais, vous le connaissez ?

— Oui, certainement. L'été dernier, il était venu me poser quelques questions au sujet d'un livre qu'il était en train d'écrire.

— Vous a-t-il interrogé sur vos liens avec Maurice Crétel ? demanda Félix.

— Oui, en effet. Crétel était un ami, depuis toujours. Je n'en ai jamais fait un secret.

— Votre ami Crétel, intervint Félix, est le responsable direct des rafles de juillet 1942.

— Il était fonctionnaire, il appliquait des ordres... Ce n'était pas simple, à cette époque, vous savez. Tout était tellement confus.

Penaud avait dit cela d'un air distrait. Son regard se détourna, comme s'il scrutait quelque chose à travers la fenêtre.

— Votre ami n'exécutait pas seulement des ordres, comme vous dites, continua Félix d'un ton tranchant. Votre ami courtisait les nazis. Ceux-ci le trouvaient d'ailleurs « charmant », ils disaient que les rencontres avec lui avaient lieu dans « une atmosphère de camaraderie ». Cependant, votre amitié n'était ni innocente ni désintéressée. Je crois savoir que Crétel vous a beaucoup aidé, après la guerre, lorsqu'il est devenu une figure puissante dans la banque et l'industrie.

— Puis-je vous rappeler tout de même qu'il a fait partie de la Résistance ?

— Ah oui ? Vous voulez vraiment que nous parlions des faits de résistance de Maurice Crétel ? En Corrèze ? En Savoie ? Il a aidé les Allemands à infiltrer les réseaux en leur procurant des faux papiers. Lorsque cela fut avéré, il prétendit que ces cartes d'identité contenaient des fautes qui devaient permettre de les faire reconnaître par les résistants. Cette explication n'a trompé personne... Votre ami, monsieur le ministre, était l'ami des nazis.

L'autre nous toisait d'un œil moqueur. Ses lèvres dessinaient en permanence un sourire à l'intelligence perverse.

— Quel âge avez-vous ? demanda-t-il à Félix.

— Je ne vois pas le rapport.

— Vous êtes jeune, bien trop jeune pour savoir ce qui s'est passé. A l'époque, je vous assure, tout n'était pas aussi clair qu'il vous semble à présent. Entre résistants et collaborateurs, les frontières n'étaient pas nettes. De plus, je vous rappelle que Crétel a été jugé et acquitté à la Libération. En ce qui me concerne, c'est une affaire réglée.

— Crétel a été jugé pour trahison. Il a échappé à un procès pour crime contre l'humanité, répliqua Félix. Dire que Crétel a été jugé et exonéré pour toutes ses actions par la Haute Cour est encore un mensonge. Tout comme le ralentissement des procédures et des décisions administratives lorsqu'il a fallu le refaire juger. Enfin, après des années de procédures, votre ami est assassiné, en plein tribunal, au moment où il allait faire des révélations... sur un certain Michel Perraud, ancien membre de la Cagoule.

— Vous n'avez aucune preuve de ce que vous dites.

— Non ? Et la liste Corre ? Et la lettre de Crétel ?

A ces mots, sans se départir de son calme, Perraud leva un sourcil, l'air amusé.

— Vraiment ? fit-il. Vous pouvez peut-être me les montrer ?

— Non, mais vous pourriez peut-être nous les rendre ? répondit Félix du tac au tac.

Son regard passa de Félix à moi, puis de moi à Félix pour, finalement, se fixer sur le foyer de la cheminée.

Je compris tout de suite ce que cela signifiait. Félix aussi, puisqu'il se mit à hurler :

— Vous les avez brûlés, espèce de crapule vichyssoise !

Il ne se contenait plus. Pris de fureur, il attrapa Perraud par le collet et le secoua si violemment que sa vieille peau devint toute rouge et qu'il se mit à suffoquer lamentablement.

— Vous avez fait tuer Crétel, n'est-ce pas ? criait Félix. Vous aviez peur qu'il ne révèle la vérité sur vous, lors de son procès ? Vous l'avez fait assassiner !

Perraud, étranglé par Félix qui le plaquait au mur, ne pouvait dire un mot.

— ... Ensuite, vous avez fait tuer Schiller, poursuivait Félix, hors de lui. Et vous vous êtes débrouillé pour faire accuser un autre à votre place !

— Laissez-moi, haleta le vieillard, laissez-moi.

Félix recula légèrement et Perraud balbutia :

— Oubliez ce dossier. S'il a jamais existé, il n'existe plus, c'est vrai. Quant à Crétel, personne, je crois, ne regrettera sa mort. Mais je n'ai pas tué Schiller...

— Menteur !

Félix resserra son étreinte autour du cou fripé. Les

yeux exorbités, le vieil homme était en train de devenir mauve.

Alors je vis.

Je vis Félix en train de commettre un meurtre, là, devant moi, sans que je ne puisse rien faire pour l'arrêter.

2

— Tu te trompes ! hurlai-je à Félix. Tu te trompes d'adversaire !

Il ne semblait rien entendre. Alors, d'un geste que je voulus autoritaire, je lui pris le bras et l'entraînai dehors, avant qu'il ne commît l'irréparable. Nous sortîmes rapidement.

Je le poussai dans un taxi, direction le Lutétia.

— Mais qu'est-ce qui t'a pris ? fis-je. Nous étions là pour tenter d'en savoir plus, pas pour régler des comptes. Je croyais qu'un journaliste ne devait jamais sortir de ses gonds.

— C'est vraiment ridicule de ma part... j'ai complètement perdu la face.

Il hocha la tête, l'air navré.

— Nous ne sommes pas faits pour ce genre d'enquête, ni toi ni moi, assurai-je.

— Pas question d'arrêter. Nous sommes allés trop loin. Nous sommes trop proches du but à présent.

— Proches du but ?

— Nous savons que Jean-Yves Lerais avait découvert des faits embarrassants sur le passé vichyssois de Crétel et Perraud.

— Mais que comptait-il faire de son dossier ? Pourquoi l'avait-il mis dans un coffre ?

— Peut-être était-il sur le point de tout révéler ? Peut-être voulait-il les faire chanter ?

— Peut-être avait-il décidé de ne rien dire ? Peut-être avait-il peur pour sa vie ? Comment savoir ? Si Perraud a fait tuer Crétel, son « ami depuis toujours », et si Lerais en avait la preuve, il est possible qu'il ait renoncé à publier ce qu'il savait plutôt que de mettre sa vie en danger.

Un point restait obscur : qu'est-ce qui avait pu motiver les lettres de menace découvertes chez Schiller et écrites de la main de Lerais ? Et pourquoi Crétel avait-il mentionné Schiller dans cette lettre curieuse qu'il avait adressée à Perraud ?

Jean-Yves Lerais ayant déjà refusé de voir Félix, une seule personne pouvait nous en apprendre davantage : c'était Lisa.

Je l'appelai. Par chance, elle était chez elle.

Elle arriva une heure plus tard.

— Alors ? fit-elle, en s'asseyant avec un mélange de gaucherie et de grâce.

Je lui racontai ce qui s'était passé lors de notre entrevue avec Michel Perraud. Je n'omis aucun développement, je lui dis tout, y compris ce que nous avions appris sur Crétel et Perraud.

— J'ai une question délicate à te poser, continuai-je.

— Oui ? dit-elle.

— Puis-je te demander...

— Oui ?

— Quelles étaient les préoccupations de Jean-Yves Lerais ces derniers mois, avant votre dispute ?

Elle baissa les yeux. Il y eut un silence.

— Jean-Yves, commença-t-elle, d'un ton hésitant, avait changé d'attitude, récemment.

Elle prit la cigarette que je lui tendis, et l'alluma avec la bougie, qui dessina sur son visage l'ombre d'une flamme ardente. Elle tira une bouffée et continua :

— Il disait qu'il fallait refaire l'histoire du national-socialisme. Il disait qu'il n'y avait pas seulement des aspects négatifs au nazisme. Et puis, il disait qu'il en avait marre de ces histoires de juifs, qu'il en avait assez qu'on considère les juifs comme les seules victimes de Vichy. Il disait que c'était une obsession stérile, qu'il n'en pouvait plus de tous ces témoignages qui « entreprennent de raconter l'indicible, afin de transmettre le souvenir aux générations futures ». Il se moquait...

Elle pointa un doigt vers sa poitrine en écarquillant les yeux.

— A moi, il faisait ça. Tu comprends ? Lorsque j'étais enfant, mon père m'emmenait au cimetière de Bagneux, sur la tombe de ses cousins qui avaient vécu dans le Marais avant la guerre. J'étais petite, mais je savais bien qu'ils n'étaient pas morts ici. Je lui demandais : « Mais tu as fait rapporter les corps de là-bas ? » Il ne répondait pas. J'insistais ; il ouvrait la bouche, mais aucun son n'en sortait. Il ne pouvait pas me dire que les corps n'étaient pas là. « Où sont-ils donc ? » demandais-je.

« Le silence de mon père a pesé sur toute mon enfance. Jamais il ne riait, et jamais il n'avait un seul mot gentil pour mes frères et moi. Pendant les repas, il restait caché derrière son journal. Mon frère Béla, à quarante ans, vit dans un studio minuscule, et survit en faisant des travaux de plomberie. On essaie de continuer à vivre, de passer des examens, d'avoir un métier. Et puis dans les moments de joie, on se rend compte que c'est encore plus terrible ; parce que même la joie est amère, parce que le spectre est toujours là pour nous empêcher de vivre. Comment peux-tu faire ta crise d'adolescence et te révolter contre un père qui était à Auschwitz et qui ne s'en est jamais remis, parce que l'on ne peut pas s'en remettre ? A chaque fois que je faisais la moindre remarque, ma mère me disait : “Ne parle pas comme ça à ton père.” Et moi, je savais bien ce que cela voulait dire. Cela voulait dire qu'il avait eu son lot de souffrance et qu'il devait être épargné jusqu'à la fin de sa vie. Et c'était vrai : c'était bien la moindre des choses. Parfois, ma mère, excédée, allait s'enfermer dans sa chambre, parce qu'elle ne pouvait plus le supporter et qu'elle ne pouvait pas le dire. Dans sa commode, elle avait des tonnes de pilules. A chaque fois qu'elle s'enfermait, j'avais peur qu'elle ne disparaisse.

« Au-dessus de leur lit trônait le portrait de ma grand-mère. On ne parlait jamais d'elle. Sur la photo, ses lèvres semblent vouloir former un mot, comme si elle voulait dire quelque chose, mais elle n'y parvient pas ; et elle reste dans cette attitude figée, et il n'y a que le silence qui sort de sa bouche... Et moi, depuis mon enfance, je fais le même rêve : je dois faire mes bagages et partir. Je dois prendre ce train qui m'attend, avant que quelque chose d'horrible ne se produise, je dois échapper à une catastrophe inévitable, une force envahissante, une horreur sans nom. On parle de paranoïa, mais c'est un mot faible et dérisoire, car ce qui s'est passé excède toutes les peurs et tous les fantasmes du plus délirant des paranoïaques. Mon frère Béla...

Elle fit un geste désespéré.

— Vers dix-sept ans, il a commencé à se prendre pour la cible d'une vaste conspiration, tramée par ses professeurs, qu'il soupçonnait d'être des sbires de la CIA, ou de la police politique allemande ou française. Puis il s'est mis à détester tout ce qui était américain, persuadé qu'une conjuration mondiale était ourdie contre lui. Il parlait de se réfugier en Israël ou en Union soviétique. Il passait son temps à consigner ses interprétations et ses soupçons sur des petits bouts de papier... A cette époque, il ne quittait plus sa chambre. Lorsqu'on s'approchait de lui, ses yeux se rétrécissaient, les traits de son visage se rétractaient, il respirait l'angoisse. Ma mère, pendant des heures, tentait de discuter avec lui mais, bien souvent, il se mettait à hurler et les yeux lui sortaient des orbites. Pendant ces crises, qui pouvaient durer jusqu'à trois ou quatre heures du matin, mon père se postait devant sa chambre et il écoutait...

Elle s'arrêta soudain, puis elle dit :

— Jean-Yves était très bien avec Béla. Ils sont même devenus amis. Il lui parlait beaucoup, il l'aidait. Et puis, à l'automne 1994, tout a changé. Béla a cru que Jean-Yves s'en prenait à lui et il a commencé à le haïr.

— Pourquoi ? Y a-t-il eu un fait précis ?

— Oui. C'était l'affaire Talment, tu sais, les amis résistants de mes parents ?

Je me souvenais parfaitement de ce couple d'anciens résistants que j'avais rencontrés lors de la soirée chez les Perlman. Lisa, pendant deux heures, nous raconta tous les détails de ce qu'elle appelait « l'affaire Talment ».

Les Talment devaient témoigner au procès de Maurice Crétel, qui avait fait arrêter Geneviève Talment en août 1944. Or, au même moment, des historiens, dont Jean-Yves Lerais, se constituaient en tribunal pour juger de la véracité du témoignage des Talment. Parmi les documents sur lesquels ils se fondaient, se trouvait un livre de Carl Rudolf Schiller, qui était un véritable réquisitoire contre les Talment, dans lequel il les accusait d'avoir trahi la Résistance et d'en avoir faussé l'histoire pour leur gloire personnelle.

Mina, qui connaissait Schiller, avait tenté à plusieurs reprises de le convaincre de retirer ses accusations calomnieuses contre les Talment. A la fin, elle y était parvenue : Schiller avait soudain accepté de faire amende honorable. Mais c'était trop tard. Le mal était fait. Le scandale avait éclaté dans la presse et les Talment furent contraints de répondre aux questions des historiens qui, sans autorité légale, s'étaient érigés en juges, les soumettant à la question, les sommant de répondre, cinquante ans après.

— Les historiens, avait commencé un professeur

au Collège de France, président de ce tribunal, ne supportent pas que l'on s'attaque à la mémoire des morts et à l'honneur des vivants, et n'acceptent pas cette stratégie du soupçon, de l'insinuation et de la rumeur. C'est pourquoi nous avons décidé de vous entendre, afin de décider si, oui ou non, vous avez trahi la Résistance, comme le prétend Carl Rudolf Schiller.

« Je rappelle brièvement les faits : en 1943, alors que la Résistance est divisée par des querelles intestines, un coup de filet organisé par Maurice Crétel permet d'en arrêter les principaux chefs, parmi lesquels Jacques Talment. Celui-ci retrouve la liberté quelques mois plus tard, grâce à une évasion organisée par sa femme. Quelques jours plus tard, elle est arrêtée à son tour et déportée. Selon Schiller, la Gestapo a facilité l'évasion de Jacques Talment car entretemps, celui-ci avait accepté de devenir l'un de leurs agents. Qu'avez-vous à répondre à ces accusations ?

— Nous ne voulons pas discuter avec leurs auteurs, avait répliqué Geneviève Talment. Discuter, c'est déjà perdre. C'est entrer dans leur jeu.

— Dans ce cas, pourquoi avoir accepté de venir ici ? était intervenu Jean-Yves Lerais. Parce que vous le savez : nous sommes là pour vous aider. Nous ne parlons au nom d'aucune communauté ou corporation. Nous avons chacun notre point de vue et nos interrogations sur cette affaire, je tiens à bien le préciser. Ce n'est pas une commission d'enquête.

— Sans conteste, renchérit un autre historien, la Résistance a été et demeure un événement exceptionnel qui a sauvé l'honneur de la France et de l'homme, et dont la portée est universelle, pour aujourd'hui et pour demain. C'est pourquoi il en va de notre responsabilité morale de ne pas laisser se répandre des mensonges.

« Nous, historiens, nous nous devons d'intervenir pour empêcher que la Résistance devienne un sujet de légende, de fable romantique. Pour cela, il est essentiel de mettre au jour la vérité, au risque de démythifier les héros et de montrer que les frontières n'étaient pas si nettes entre résistants et collaborateurs. Nous n'avons peur de rien : pour nous, il n'y a pas de tabou qui tienne. La vérité. Rien que la vérité. Voilà ce que nous cherchons.

— La vérité selon Carl Rudolf Schiller ? dit Jacques Talment.

— Ce n'est pas parce qu'un livre est dérangeant qu'il est dénué d'intérêt sur le plan scientifique. Il peut contenir des éléments neufs qui doivent être pris en compte.

— Et c'est le cas du livre de Schiller ?

— Schiller semble avoir une bonne connaissance de la période. C'est pourquoi il intéresse notre démarche d'historiens, qui consiste à distinguer ce qui est avéré, parce que fondé sur des documents, de ce qui est plausible, par recoupement de différentes sources authentifiées, et ce qui est de l'ordre de la simple conjecture.

— Et c'est dans cette troisième catégorie que vous mettez notre témoignage, avait dit Geneviève Talment, et dans la première que vous placez celui de Carl Rudolf Schiller ?

Alors Jacques Talment avait pris la main de son épouse et, dans le regard qu'il lui avait donné, celle-ci avait su que s'il n'avait pas désespéré pendant toutes ces années noires, s'il avait gardé dans son cœur une lueur minuscule à la place du brasier, ce jour-là, il l'avait perdue, cette flamme entretenue en dépit de tout.

Lorsque Lisa avait reproché à Jean-Yves d'avoir participé à ce « procès », l'historien lui avait répondu que « la stratégie des Talment était défectueuse ». Selon lui, en voulant rendre leur passé plus intéressant, ils s'étaient mis à inventer des événements, au lieu de s'en tenir strictement aux faits. Ils avaient confondu le récit historique et le récit de fiction. Il était de leur devoir à eux, historiens, de ne pas les laisser faire. Leur travail consistait à remettre les choses à leur place ; à replacer le récit sous sa vraie lumière et à le ramener à de justes proportions.

— Comment pouvait-on dire une chose pareille ? dit Lisa en écrasant nerveusement le mégot de sa cigarette. Béla, qui était aussi scandalisé que moi, a commencé à le prendre en grippe, puis à le haïr violemment. Chaque fois que je voyais Jean-Yves, Béla me faisait une scène. Je sais que Béla déraille parfois, et qu'il ne va pas bien. Mais le pire, c'est que, souvent, il a raison sur le fond. Comment Jean-Yves pouvait-il me faire ça à moi ? Les Talment étaient mes amis, ils étaient les amis de ma famille.

— Peut-être la réponse à cette question se trouve-t-elle dans le dossier Crétel, suggéra Félix. Jean-Yves Lerais a rencontré Michel Perraud durant l'été 1994. En octobre se déroulaient le procès de Crétel et l'affaire Talment... Quand, selon toi, a-t-il commencé à changer d'attitude ?

— Entre l'été et l'automne 1994.

— Mais quel est le lien avec le dossier qu'il a monté contre Perraud et Crétel ? Etait-il de leur côté ou avait-il feint d'embrasser leur cause pour en apprendre davantage ? Et quel est le rapport entre Jean-Yves Lerais et Schiller ?

Félix émit soudain un petit sifflement :

— Le procès de Crétel, dit-il, voilà le point commun, ou plutôt le point de rencontre. Schiller et Lerais y ont été cités tous les deux en tant que témoins.

Carl Rudolf Schiller faisait partie des hommes d'Eglise qui avaient aidé Crétel après la guerre, lui permettant de se refaire une santé professionnelle. Quant à Jean-Yves Lerais, il était appelé en tant qu'expert de la période de l'Occupation.

Il se pouvait donc que Lerais ait connu Schiller lors de ce procès. Mais la question demeurait : pourquoi en voulait-il à Schiller ? Quel était le sens de ces lettres de menace qu'il lui avait envoyées ? Etait-il l'assassin de Schiller ?

— Je crois qu'il ne me reste plus qu'à me plonger dans les archives du procès Crétel, conclut Félix.

Il était très tard. Nous accompagnâmes Lisa à un taxi. Je restai un moment seul avec Félix.

— Je suis persuadé qu'elle ne nous a pas tout dit, murmura-t-il en regardant s'éloigner la voiture.

— Tu crois ? demandai-je. Tu crois qu'elle nous cache encore quelque chose sur Lerais ?

J'avais sans cesse devant les yeux la scène du Marais et j'entendais distinctement la voix de Béla : « Décidément, ma chère sœur m'étonnera toujours. » Et si c'était le père Francis qui avait raison ? Et si Lisa m'avait séduit pour me tromper ?

— Non dit Félix. Non, pas du tout. Je pensais à Schiller. Elle ne nous a pas tout dit au sujet de Schiller.

Cette nuit encore, il me fut difficile de trouver le sommeil. Tout ce qu'avait dit Lisa pendant ces longues heures, tout ce qu'elle nous avait révélé au sujet de Jean-Yves Lerais, de Carl Rudolf Schiller et de Maurice Crétel tournait, tournait dans ma tête, se mélangeait à une vitesse folle. Je finis par plonger dans un rêve terrible où je voyais des femmes se changer en animaux, se lancer dans des expéditions nocturnes pour assouvir leur vengeance. Elles volaient dans la nuit et semaient sur leur passage la haine, l'orage ou la maladie.

Les harpies, les sirènes et les centaures, les géants monstrueux, les dragons terrifiants et les grands serpents étaient les maîtres de mon esprit. Je voyais des personnages démoniaques au clair de lune qui avaient l'œil brillant, l'ongle long, crochu et l'habit noir. Certains, qui étaient vieux, avaient une voix éraillée et un regard méchant à nul autre pareil. Ils portaient tout un attirail volé on ne sait où : sacs à main, bijouterie de verre et de cristal. Autour d'eux, il y avait une odeur très forte, une exhalaison pestilentielle, comme un encens à base de graisse de bouc. Et tous avaient de curieux agissements : ils fomentaient des complots, concoctaient des plats bizarres aux ingrédients mystérieux. Ils traversaient le ciel en volant, assis à califourchon sur des arbres déracinés, des jarres en terre cuite, des volets, des nattes, des roues de charrettes, des pelles à four. Le cheveu ébouriffé, la dent grinçante, l'œil transpercé de rayons de feu, le nez, l'oreille et la bouche exsangues, ils chevauchaient des barques renversées, des carcasses de chevaux ou de bœufs, des chameaux énormes. Ils brandissaient des serpents, des queues de dragons, des têtes d'ours. Leurs enfants, affreux têtards, se rassemblaient la nuit en voltigeant autour de feux immenses. Tous s'enduisaient le corps d'embrocations et ils se transformaient en animaux. Ils préparaient des poisons pour tuer toute la population et ils répandaient des substances toxiques à travers le vent, dans les fontaines, dans les puits et les rivières. Ils transmettaient la lèpre aux personnes saines. Ils cherchaient à dominer les villes et les campagnes. Ils avaient pris des mesures terribles contre ceux qui les combattaient : ceux qui avaient avoué leur crime étaient brûlés, les autres étaient soumis à la torture et, lorsqu'ils avaient confessé, ils étaient brûlés. Partout ils convoquaient la maladie ou la mort, ils dévoraient les enfants, utilisaient la chair des nouveau-nés pour leurs pratiques magiques et leurs terrifiantes métamorphoses.

Et le pire, c'était moi : j'étais un novice reçu dans cette assemblée de sorcières. Des crapauds pleins de bave venaient m'embrasser sur la bouche. Je me tenais devant un homme pâle et effrayant ; ses yeux étaient noirs et son corps si mince qu'il semblait sans chair. J'embrassai comme les crapauds ce personnage mystérieux, aussi froid que la glace. Les murs autour de nous étaient pourpres, les bulbes des lumières étaient rouges ; des squelettes déformés et des animaux empaillés sortaient de toutes parts. Autour de lui ondulaient des chats grands comme des chiens, dont la queue était dressée vers le ciel. L'homme en noir disait : « Inclinez-vous » ; et je répétais : « Seigneur, nous comprenons », et une troisième voix tonnait : « Nous obéirons ».

La figure pâle, translucide de cet homme m'obsédait : la partie supérieure de son corps brillait comme le soleil, mais sa peau rêche était couverte de poils comme celle des porcs-épics. A la fin de la nuit, il dévoila enfin son visage : *c'était le mien.*

Alors, je me réveillai trempé de sueur et je pensai à Lisa. Je regrettais amèrement tout ce que j'avais pu croire à son sujet et je comprenais qu'elle seule pouvait apaiser la frayeur de mon âme, et, dans une douce rêverie, je lui disais que je l'aimais. Quelle folie que le mal et quelle folie que l'amour, et quelle folie que l'espoir lorsque l'amour aimant n'est pas aimé et qu'il languit seul dans la nuit, au fond de ses insomnies, dans la solitude douloureuse du manque et de la scission. Et il me semblait que, depuis que je la connaissais, cette vision d'horreur, cet homme coupé en deux que j'avais vu, cet homme baignant dans son sang, séparé de lui-même, cette moitié d'homme, c'était moi.

Au milieu de mon rêve, j'entendis un hurlement atroce, terrifiant, qui me fit tressaillir du fond de l'âme. C'était son père qui se réveillait au milieu de la nuit en tremblant. Je la vis petite, aller près de lui, lui rafraîchir le visage, lui parler.

Le lendemain, 10 avril 1995, Lisa et moi nous retrouvâmes à la piscine. Le soir, après dîner, je la raccompagnai chez elle.

Nous étions sur le pont des Arts. La Seine coulait au-dessous de nous, reflétant la lune et les étoiles comme des étincelles. La Seine devant nous était la source de vie, où voguaient des êtres mystérieux, réchauffés par l'astre blanc, miroir de son frère.

Ce soir-là, j'oubliai le grand diviseur, le semeur de trouble, le prince des ténèbres qui, de la création unique, avait fait une dualité, le ciel au-dessus de la terre, le haut sur le bas, le bien contre le mal, je ne pensais plus à celui qui avait coupé l'homme en deux moitiés, le maître du deux.

— Lisa, veux-tu être ma femme ?

Elle me considéra avec étonnement. Je l'entendis murmurer, comme pour elle-même :

— Pourquoi pas ?

Je ne l'avais pas vu tout de suite, mais elle me souriait, d'une façon étrange et pénétrante.

3

Le lendemain, Lisa annonçait la nouvelle de notre mariage à ses parents.

Je ne sais quelle fut leur première réaction : Lisa avait préféré rester seule avec eux. Je savais que Mina était opposée aux mariages entre une juive et un non-juif, mais je pensais que les Perlman m'appréciaient, et que la déception de la voir épouser un « goy » serait diminuée par le fait que c'était moi.

Ce ne fut que lorsque nous retournâmes les voir ensemble que je me rendis compte du tremblement de terre qu'avait provoqué cette décision. Samy était prostré, encore plus absent à lui-même et aux autres qu'à l'ordinaire. Mina, des cernes violets sous les yeux, avait mauvaise mine.

« Je n'ai rien contre vous personnellement, Raphaël, dit-elle. Mais je vous demande de bien réfléchir à ce que vous faites. Pour nous, le mariage a une signification métaphysique : la rencontre entre le masculin et le féminin est une reconstitution de l'unité sainte. Depuis toujours, j'ai enseigné à Lisa ce qu'était la synthèse, la relation absolue qui abolit la distance.

« Personne plus que le juif n'a le désir de l'union. L'hébreu désigne d'un même mot la connaissance et l'amour : ainsi il associe la lumière de la connaissance et la proximité fondamentale de la relation entre l'homme et la femme. Le péché et la faute résident dans la séparation et la distance, et le véritable accomplissement de l'amour dans l'union n'est possible qu'à l'issue d'une ascèse, d'une réalité transfigurée. Mais comment fonder cette entité qu'est le couple, avec deux personnes qui n'ont pas la même religion, qui ne se retrouvent pas ensemble sous la bannière d'une spiritualité commune, qui ne partagent pas la même vision du monde ? Si Lisa vous épouse, chacun se perdra en l'autre, sans être tout à fait lui-même. Que sera-t-elle, mariée à un non-juif ? Que sera-t-elle pour nous ? Une juive infidèle, une juive qui se renie ?

— Ce n'est pas mon problème, maman, trancha Lisa sur un ton coupant.

Elle avait pris une cigarette, qu'elle alluma nerveusement. Je la regardai avec un mélange de gêne et d'appréhension, sans savoir que dire.

— Crois-tu que tu oublieras ton appartenance ? relança Mina d'une voix très vive. C'est donc cela que tu cherches ? Mais sais-tu qu'il te faudra autant de vigilance pour ne pas te sentir juive que pour l'être ?

« Tu useras toute ton énergie à ne pas voir et à ne pas sentir ce que tu es, à t'efforcer de ressembler à ceux qui sont si dissemblables, tu t'épuiseras à imiter leurs gestes, leurs mœurs, à copier leur langage, leur façon de vivre et de penser mais, à chaque seconde, tu sauras que tu trahis, et qu'au fond de toi il y a la juive.

— Et lui ? dit Lisa. Raphaël ? As-tu pensé à lui ? Pourquoi ne me dit-il pas qu'il va se renier en m'épousant ?

Mina me jeta un regard sans haine.

— Le juif qui abandonne tout, même s'il trahit, reste juif. Et toi, Lisa, même si tu fuis, tu auras toujours les yeux fixés sur ton Messie, jamais tu n'oublieras le retour à Sion, et jamais tu ne t'endormiras du sommeil du juste, parce que *ton* Messie n'est pas venu. Et tu trembleras pour Israël, et tu souffriras pour les enfants israéliens qui sont assassinés dans la rue, et tu sauras, dans ces moments-là, lorsque ton cœur s'indignera, tu sauras que tu appartiens à ton peuple comme ton peuple t'appartient.

Mina s'était levée. Les veines de ses tempes battaient sous sa peau blanche.

— Tu crois t'échapper mais, sous le regard des antisémites, ta nourriture et ton sommeil seront empoisonnés. Tu voudras te renier, mais ce ne sera que pour mieux t'affirmer. Tu chercheras à oublier, mais ce ne sera que pour mieux te raidir et te redresser. Juive tu es, juive tu resteras. Le nom d'Israël est marqué sur ton front, au beau milieu des nations, parmi tous les peuples de la terre. Bourgeoise, épouse et mère, tu sauras toujours qu'en toi il y a la juive, la rebelle. Je t'ai souvent raconté l'histoire de mon oncle, l'oncle Morali. Voilà, Lisa, ta condition. Obéissante, citoyenne, épouse d'un goy, tu seras juive et, même si tu l'oublies, les autres seront là pour te le rappeler et, même si tu as peur de l'être, si tu t'inclines devant les lois iniques à cause de ton complexe de culpabilité, ils te feront toujours sentir que tu n'es pas tout à fait comme eux, que tu n'es pas totalement digne de l'être, et si la honte te fait changer ton nom et si tu emploies des ruses dérisoires pour passer inaperçue, marrane peut-être, traître ou vendue, cette fidélité ne t'abandonnera pas même si tu es lâche. Juive inauthentique qui tente en vain de se renier, mais juive quand même dans l'œil de l'autre, juive confirmée par la conscience ou la condescendance antisémite, révélation de ton destin, révélation endeuillée, car dénuée de force et de joie, épiphanie et non assomption, car tu n'assumes pas. Juive honteuse, renégate mais juive quand même, juive par défaut prise de vertige, tu le seras encore davantage, et ce sera ta servitude, car sans cesse tu seras face aux autres, acculée par ton besoin de conformisme, obligée de te justifier, forcée d'être différente, justement par ta conformité. Et l'antisémite sera là, Lisa, à te guetter au coin de ta rue bourgeoise, et il te demandera poliment si tu es « israélite » ou alors « israélienne », les beaux euphémismes, car « juif » il ne peut pas le dire, ça lui écorche la bouche, et le démocrate aussi le dira, car tu le déranges par ta différence cachée, et le républicain aussi le pensera, car tu n'es pas tout à fait française pour lui, car il ne comprend pas comment on peut être à la fois juive *et* française. Et si tu réclames la justice pour Israël, ils te parleront de double allégeance. Et toi, Lisa, tu seras là, entre ton adversaire que tu aimes, et ton défenseur que tu méprises, et tu ne pourras jamais te définir autrement que de façon négative. Ton destin singulier ne pourra pas trouver d'appui ni de confort dans la relation à ce Dieu que tu refuses, à ce peuple dont tu as honte, et ta judaïté sera ton problème, ton joug, ta souffrance, ta fissure à toi, car ton mensonge t'avilira à tes propres yeux comme à ceux des autres, qui te verront toujours juive, et tu auras beau t'appeler Lisa Simmer, pour eux tu seras toujours Lisa Perlman.

Lisa avait pris sa tête dans ses mains, et sa mère poursuivait, inébranlable :

— Juive tu es, et juive tu seras, dans la terreur et la honte, en niant désespérément en toi le caractère juif. C'est précisément en cela que tu es juive, dans la terreur ou la honte. Tu veux partir, Lisa, tu veux quitter ton peuple, mais le signe juif, lui, ne partira pas, et il restera toujours marqué dans ta chair comme une circoncision. La marque de l'Alliance est sur toi, Lisa. Et si tu t'y refuses, il n'y aura pas de place pour la tranquillité dans ta vie : car on ne peut pas récuser en soi l'essence de l'humanité, le mal qu'elle implique et le combat contre le mal qu'elle commande.

A ces mots, Lisa releva la tête, et s'écria :

— Mais qui, d'abord te parle de honte ? Et toi, tu la connais, la joie ? Tu as été heureuse peut-être ? Vous avez été heureux lorsque l'on vous a persécutés ? Vous l'avez connue, la joie d'être juif ? Votre récompense a été grande, ça oui, lorsqu'on vous a mis dans les camps !

A ces mots, les yeux de Mina s'écarquillèrent, et ses mains tremblèrent. Samy jeta un regard inexpressif à sa fille.

— Ah oui, j'oubliais : elle sera grande dans les cieux, la récompense. Mais pour qui vous prenez-vous, pour vous croire sauvés ? C'est le prophète qui l'a dit, vous êtes le sel de la terre. Vous ne pouvez pas vous dissoudre dans les nations, vous êtes le sel de la terre. La Shoah ? Vous n'allez pas vous laisser abattre pour si peu. Vous êtes la lumière du monde, qui illumine les hommes afin qu'ils glorifient le Nom divin, bien haut dans les cieux, dites-vous, tellement haut qu'on ne l'a pas vu... si ce n'est pour mettre le feu à son peuple élu. Mais tout le monde ne lui appartient pas, à ce peuple élu. Il y a juif et juif ; et tous ceux qui descendent d'Israël ne le sont pas.

— Il y a des juifs pratiquants et des juifs non pratiquants, répondit Mina, il y a des juifs déchirés et des juifs ignorants, mais le signe juif est sur eux, et la conscience de leur mission est toujours en eux, car elle vient du fond des âges. Le juif est ainsi : son regard, comme la foudre, saisit le mot « juif », au détour des phrases, dans les conversations ou dans les livres, son cœur saigne lorsqu'il y a un attentat à Jérusalem, et partout où se trouve une souffrance humaine, le cœur du juif bat, qu'il le veuille ou non... Dis-moi, Lisa, que ton cœur ne bat pas pour les juifs ! Dis-moi que tu ne lis pas les pages des journaux sur Israël avec une attention particulière ! Dis-moi que tu ne souhaites pas la victoire des Israéliens quand ils sont en guerre !

— C'est ton peuple, cria Lisa, pas le mien. Je suis différente. Je ne ressens rien de ce que tu ressens. Ce n'est pas mon peuple. Je suis comme les autres, comme lui, ajouta-t-elle en me désignant. Je ne suis pas différente de lui. Le juif se définit en face de Dieu, pas en face des autres : c'est toi qui l'as toujours dit.

— Mais c'est devant les hommes et parmi eux qu'il doit poursuivre sa route. Israël, comme Jésus, apporte aux nations la révolte contre les fausses valeurs et l'amour authentique du prochain.

— Et, en échange, c'est l'opprobre et le martyre qu'elles reçoivent.

— Mais Israël continuera de porter ce message, coûte que coûte.

— Je sais... et le juif sera toujours ce buisson d'épines dans lequel Moïse aperçut une flamme qui brûlait, sans que le buisson ne se consume. Tu veux que je te dise pourquoi c'est un buisson d'épines ?

— Parce que le buisson d'épines est la haie des jardins, et Israël la haie du monde.

— Non. C'est parce que le buisson d'épines est l'arbre douloureux.

— Et si la flamme dans le buisson brûle et ne se consume pas, c'est que Dieu ne veut pas que la douleur consume Israël, comme elle te consume, Lisa.

— Cette douleur, c'est tout ce qui nous reste. C'est elle que je transmettrai à mes enfants.

— Tes enfants seront peut-être juifs, mais tes petits-enfants, eux, seront perdus.

« Tu n'es pas toute seule, Lisa : tu portes quatre mille ans d'histoire sur tes épaules. Trente-huit siècles que tu assassines en une génération, alors que l'Occident n'y est pas arrivé pendant deux mille ans.

A ces mots, Lisa se leva, me tendit la main, et lança, sur le seuil de la porte :

— Trente-huit siècles que j'assassine, comme Hitler, c'est cela ? Je parachève son œuvre ? C'est ce que tu lui as dit, à Schiller ? Hein, c'est ce que tu lui as dit ?

Le soir même, je retrouvai Félix au Lutétia, où je lui fis part de la scène de l'après-midi.

— Je ne comprends pas ce monde composé seulement de juifs, de chrétiens et d'antisémites, dit-il. Mina ne peut-elle envisager qu'il y ait des gens, comme toi et moi, qui ne relèvent pas de ces catégories ?

— Mais es-tu bien sûr de n'appartenir à aucune d'entre elles ?

— Je suis athée, repartit Félix. Non seulement je respecte toutes les religions mais, en plus, je m'y intéresse, tout en gardant un point de vue extérieur.

— Supérieur ?

— Non, différent. Je ne crois qu'à des valeurs universelles, rationnelles, celles de la société laïque garante de la liberté et de l'égalité.

— Toutes les valeurs de la société laïque, comme tu dis, ne sont rien d'autre que les valeurs bibliques laïcisées.

Félix ne poursuivit pas sur ce sujet. Une nouvelle importante le préoccupait : il avait pu accéder aux archives du procès de Cretel.

— Officiellement, Jean-Yves Lerais a été cité comme témoin, en tant qu'historien. En fait, à mon avis, il y avait une connivence entre Lerais et Perraud. Je crois que la véritable raison de sa présence au procès était, sur la demande de Perraud, de surveiller ce qui se disait.

— C'était un témoin de la partie civile, je suppose ?

— Oui. Lerais a d'ailleurs parfaitement éclairé la cour : il a expliqué que le régime de Vichy n'était pas un gouvernement passif, qui attendait les ordres des Allemands, que la « révolution nationale » était un programme ambitieux qui prévoyait « l'homogénéisation » du pays, c'est-à-dire l'exclusion des juifs, des communistes, des francs-maçons, pour préparer la nouvelle Europe. Il a insisté sur ce point : Vichy n'a jamais pratiqué de double jeu et encore moins de résistance à l'occupant... La Résistance, c'est dans le maquis qu'il faut la chercher, a-t-il dit.

« Alors l'avocat de Crétel a tenté de minimiser la portée de son intervention en faisant remarquer qu'un historien ne peut être cité à comparaître. “Un témoin, a-t-il dit, est quelqu'un qui a vu directement les faits, alors que l'historien parle par ouï-dire. Vous avez une opinion sur la période, mais certains de vos confrères en ont d'autres, différentes des vôtres. Ceux qui viendront après vous se feront un plaisir de vous réfuter. Vous n'êtes qu'un moment dans l'histoire de Vichy. Est-ce que cela fait de vous un témoin crédible ? Je ne crois pas. La tâche de la justice est différente de celle de l'histoire. Vous, messieurs, ajouta-t-il en s'adressant aux jurés, vous devez rendre un jugement. Cependant, contrairement aux historiens, il ne suffira pas d'un livre pour changer les choses, car la vie d'un homme est en jeu, et une erreur judiciaire n'est pas comparable à une erreur historique.”

« Le lendemain, c'était au tour de Geneviève Talment de faire sa déposition. Là, ce fut terrible : te souviens-tu du scandale ?

— Oui, vaguement. A l'entrée du tribunal, des gens manifestaient avec des pancartes : « TALMENT, SALES MENTEURS. »

— C'était la conséquence de la polémique engagée par le livre de Schiller.

« Le témoignage de Geneviève Talment fut poignant. A vingt ans, après avoir fait libérer son mari, elle avait été arrêtée, sur un ordre de Crétel, par des miliciens qui l'avaient livrée à la Gestapo. Elle s'était retrouvée face à son bourreau : un Allemand calme et posé, qui lui disait qu'elle était belle, qui parlait d'une voix très calme, tout en lui caressant les cheveux — et qui la battit et la tortura de ses mains pendant trois jours, avant de l'envoyer à Auschwitz.

— Et Schiller ?

— Il était cité comme témoin de la défense. Tout le monde l'attendait dans le rôle de l'ecclésiastique affable, de celui qui n'avait cessé de protéger Crétel tout au long de ces années, où il avait été son directeur de conscience et son ami. Tout le monde s'attendait à ce qu'il invalide et ridiculise le témoignage de Geneviève Talment, conformément à ce qu'il avait écrit dans son livre. Et là, à la grande surprise de tous, ce fut le contraire qui se produisit.

« " Je suis dans un grand désarroi, a-t-il déclaré. J'essaie de comprendre. Je crains que ce soit impossible. Vous voulez que je confirme que Maurice Crétel est un monstre ? Eh bien oui, je vous le dis : à mes yeux, Maurice Crétel est un monstre."

« A ces mots, il y a eu un véritable tollé dans la salle. Crétel s'est mis à hurler : "Schiller, salaud, j'aurai ta peau", ce qui n'a fait que confirmer ce qui venait d'être dit. Son avocat affolé essayait de le calmer, mais il était démonté. Il avait fort bien compris ce qui se passait : Schiller venait de signer la condamnation de Crétel.

« Après que le calme fut rétabli, le procureur a interrogé Schiller. Et Schiller a tout dit, il a tout balancé : ce que Crétel avait déclaré sur la "rengaine" d'Auschwitz, sur le nazi Rudolf Hess, "victime de la haine". "Ni chagrin, ni pitié", disait Schiller, cet homme, ce croyant, n'a jamais regretté. Bien au contraire, s'il se trouvait aujourd'hui dans la même position, *cet homme recommencerait*.

— Est-ce à ce moment que Crétel a été abattu ?

— Il a été appelé à la barre après le témoignage de Schiller. « Je n'ai jamais arrêté qui que ce soit parce qu'il était juif, a-t-il dit. J'ai fait de mon mieux pour libérer le plus grand nombre de prisonniers. Je voulais faire une politique humanitaire et me voilà aujourd'hui accusé de crime contre l'humanité. »

« Il se rappelait fort bien : la peur, la faim, la soif après la guerre, lorsqu'il avait dû se cacher, la soupe chez un ami, homme d'Eglise qui lui avait ouvert son cœur. C'était presque émouvant. C'était une victime qui parlait. Il se rappelait tout... sauf d'avoir été à l'origine de la déportation de 12 884 personnes.

« Lorsque le juge lui demanda de lui parler de la rafle du Vel d'hiv, il répondit : “Si c'est vraiment ce que vous voulez ; mais préparez-vous aux conséquences.”

« Grâce au livre de Schiller, il avait réussi à faire planer le doute sur le témoignage de Geneviève Talment, mais le revirement du théologien l'avait perdu. Il n'avait plus rien à perdre. Il était en roue libre. “Je dois vous parler de Michel Perraud, a-t-il dit. — Je ne vois pas quel rapport Monsieur le ministre Michel Perraud peut avoir avec cette affaire, a dit l'avocat de la partie civile. — Oh cela, je peux aisément vous l'expliquer.”

« A ce moment, le juge a changé d'attitude. Jusque-là, il avait traité Crétel comme un criminel de petite envergure, un brigand, un menteur. Soudain, c'était comme s'il se rendait compte de son erreur. “Ne détournez pas notre attention avec vos pseudo-révélations, intervint-il. Rappelez-vous pourquoi vous êtes ici. Vous êtes ici parce que vous avez participé à l'effort d'élimination des hommes, femmes, et enfants juifs de France.”

« Sur ce, il ordonna la suspension de la séance. La salle fut évacuée. Peu après, à l'extérieur, on entendit un coup de feu. Crétel avait été tué sur le coup.

« Voilà, termina Félix, il avait fallu en tout vingt ans de procédure pour le faire juger. Et, au moment où on allait enfin y parvenir, un homme, un déséquilibré, sans doute manipulé par Perraud, le tue. Une chose est sûre : Crétel allait révéler un élément embarrassant sur Perraud, et peut-être cette chose se trouvait-elle dans le dossier qu'on nous a volé... Tu as remarqué, quand je lui ai parlé de la Cagoule, Perraud n'a pas eu peur. C'était comme s'il se disait : “Bon, c'est tout ce qu'il a pu voir.” Tu n'as pas eu cette impression ? Moi, je persiste à croire que quelque chose d'essentiel nous a échappé dans ce dossier... C'est pourquoi j'ai eu l'idée de consulter la liste des procédures qui ont précédé le procès.

— Et alors ? fis-je.

Félix alluma son cigare :

— Quelle n'a pas été ma surprise de découvrir le nom du premier plaignant...

— Qui est-ce ? fis-je, intrigué.

— Ron Bronstein.

Il sourit, satisfait de ma stupéfaction.

— Et le plus troublant, c'est qu'après avoir entamé la procédure, il a retiré sa plainte en 1990.

— Mais alors, tout nous ramène à Bronstein... comme l'avait dit le père Francis au début, tu te souviens ?

— Il faut le retrouver au plus vite. Il habite à Ramat-Aviv, une banlieue bourgeoise de Tel-Aviv. J'ai son numéro de téléphone mais, pour le moment, je n'ai pas encore réussi à le joindre.

Nous passâmes le reste de la soirée à fumer, à boire, et à parler de mon mariage avec Lisa.

— Crois-tu que l'attitude de sa mère posera un problème à Lisa ? demandai-je à Félix. Penses-tu qu'elle va revenir sur sa décision de m'épouser ?

— Qu'elle épouse un goy, pour sa mère, c'est terrible. Mais elle, je crois avoir compris que cela lui est égal. L'important, c'est qu'elle transmette à ses enfants ce qu'elle sait, c'est-à-dire pas grand-chose, dans le fond.

— Mais es-tu bien sûr qu'elle ira contre la volonté de ses parents ?

Ses yeux se firent plus sombres et il me considéra avec un sourire triste :

— Quelque chose me dit qu'elle fera tout pour t'épouser, Raphaël.

4

Le 6 mai 1995, à 16 h 30, j'épousai Lisa Perlman, à la mairie du Vᵉ arrondissement de Paris.

Elle portait un tailleur blanc et un chapeau-cloche sous lequel tombaient ses cheveux. Ses yeux bleus brillaient, ce jour-là, d'un éclat particulier.

Les Perlman avaient fini par accepter d'être présents. Ils avaient même organisé une petite réception rue des Rosiers, avec quelques intimes, et la famille.

Le soir, avant que les invités n'arrivent, je surpris Mina, le visage entre les mains. Elle pleurait.

Lisa me souffla de ne pas faire attention, et m'assura que ce n'était pas à cause de moi. Ce jour de fête était un lien douloureux avec le passé : c'était une histoire qui se continuait, sans les siens, sans sa famille.

Sans la mienne non plus : je n'avais prévenu mes parents de mon mariage avec Lisa Perlman que deux semaines avant la cérémonie. Ils m'avaient fait savoir que, ainsi mis à l'écart, ils préféraient s'abstenir de venir. Je crois qu'ils étaient furieux que j'épouse une femme juive.

J'étais soulagé : j'avoue que j'aurais été affreusement gêné que Lisa puisse les rencontrer.

Le père de Lisa apporta un verre qu'il posa sur le sol, puis, d'un violent coup de pied, il l'écrasa. Le verre éclata en une volée de mille morceaux minuscules, qui se dispersèrent aux quatre coins de la pièce comme mille poussières de cendre, mille étincelles de feu, mille miroirs brisés comme mille destins, faux présages des malheurs passés, cristaux de roche, rayons de lumière brillant des derniers éclats, pierres de sagesse, diamants, jades et émeraudes, roulant, coulant comme la rivière des rivages lointains, immense, immense diaspora, enfin rassemblée dans le plastron suprême, soleil, lune et étoiles, agates, rubis, béryls, onyx étincelants, feux du soleil réchauffant les montagnes et les fleuves clairs comme le jour, transparente et diaphane comme l'eau pure de jadis. Sous mon pied, je ramassai un débris qui s'était égaré, un petit bout de verre tranchant qui me coupa le doigt : une larme de sang vermeil en coula alors que je le mettais dans ma poche, en guise de souvenir.

— C'est le verre cassé qui rappelle la destruction du Temple à tous ceux qui se réjouissent, dit Lisa. Normalement, c'est le marié qui le brise.

Il n'était pas anodin qu'entre tous les rites de la tradition juive, les Perlman n'aient retenu que celui-ci.

Paul et Tilla me félicitèrent chaleureusement. De Béla, je reçus un rictus mi-ironique, mi-condescendant, et une tape sur l'épaule qui me fit avaler mon verre de vin de travers.

Samy, qui était resté de marbre pendant toute la cérémonie, finit par esquisser un sourire, de compassion et de tristesse. *S'il est impossible d'écrire un poème après Auschwitz, s'il est obscène de faire des notes de bas de page lorsqu'on écrit sur la Shoah, n'est-il pas barbare de se marier après la catastrophe ?*

Nous avions également convié le frère Franz. Habillé en civil, il avait une prestance étonnante. Ses yeux verts dévoraient son visage qu'un début de barbe rendait à peine plus dur. Ses pupilles étaient tellement dilatées par la myopie que son regard semblait passer au travers des êtres.

Il me sourit en me tendant la main.

— Tous mes vœux, Raphaël. Permettez-moi de profiter de cette occasion pour vous faire une recommandation.

Il se pencha vers moi et murmura :

— Fuyez le père Francis, fuyez-le comme le diable ; c'était déjà ce que j'avais dit à Schiller, lorsqu'il s'était lié d'amitié avec lui.

— Et pourquoi dois-je fuir le père Francis ?

— Cet homme dangereux recherche votre compagnie. Vous n'avez pas compris ?

— Non ! ?

— *Il a commerce avec le Démon.*

Félix était là, aussi. Renfrogné, seul, dans un coin. Il ne me quittait pas du regard : on aurait dit qu'il me voyait pour la dernière fois, qu'il allait me perdre à jamais. Je restai un moment avec lui, pour le rassurer, pour lui signifier que ce mariage n'était pas la fin de notre amitié, que la partie de mon cœur qui lui était réservée n'était pas volée par Lisa.

Il me considéra, l'œil brillant, pénétrant. Il attendit la fin de la soirée pour me remettre son cadeau.

C'était une archive trouvée chez un vieux bouquiniste à Berlin : un document spécifiant le droit du mariage selon les lois de Nuremberg de 1935.

« Sont permis, lus-je, le mariage entre un Allemand et une Allemande ; entre celui ou celle qui a un grand-parent juif et un ou une Allemand(e), entre celui ou celle qui a deux grands-parents juifs mais qui n'est pas d'obédience juive et celui ou celle qui a un grand-parent juif. Il faut une autorisation spéciale pour : un ou une Allemand(e) et celui ou celle qui a deux grands-parents juifs, entre celui ou celle qui a un grand-parent juif et le conjoint ayant deux grands-parents juifs. Sont défendus : le mariage entre un ou une Allemand(e) et un juif, entre celui ou celle qui a un grand-parent juif et un juif, entre ceux qui ont deux grands-parents juifs. »

Avant de partir, il me donna une accolade : on aurait dit le dernier adieu d'un ami avant un très long voyage.

Le lendemain, nous nous envolâmes pour Israël. C'est moi qui en avais eu l'idée.

J'avais décidé de tout oublier, la malédiction de Mina, l'enquête forcenée de Félix et les soupçons qui pesaient sur chacun.

Dans la chambre de la mariée régnait une atmosphère dont j'étais captif. Chaque fois que je voyais

Lisa et chaque fois que je contemplais ce pays, il me semblait que leurs traits m'étaient familiers, que je les avais déjà rencontrés, sans que je sache où — quelque part dans la première maison, non loin des origines.

Qui me rappelait-elle ? Où l'avais-je rencontrée ? Loin, plus loin encore que la *Pietà,* car je le savais à présent : ce n'était pas la *Pietà* que j'avais aimée en elle, c'était elle que j'avais retrouvée dans la *Pietà.* Entre lumières et ténèbres, elle était le crépuscule de mon esprit : un clair-obscur, une nuit de promesses où scintillaient les étoiles et les constellations venues des plus hauts sommets, car elle était la plus belle forme du monde. Avec elle, l'obscurité était plus claire que le jour, la nuit n'était pas sombre, la nuit était mauve, la nuit était ardente ; elle était attente fervente du jour qui va naître.

Où donc l'avais-je croisée ? Quelle était cette réminiscence ? Où avais-je vu ces yeux qui comme des soleils lançaient des rayons transperçants ? Où avais-je entendu cette voix suave qui m'avait fait tressaillir, cette bouche cinabre ?

Au-dessus de nous était le soleil ; car les objets n'avaient pas de lumière propre, ils renvoyaient celle du grand astre. Sous son éclat resplendissant, la terre subsistait, et nous étions là, à lui emprunter sa clarté, à nous en nourrir comme d'un sein maternel.

C'était un endroit où les buissons émeraude et violet jouxtaient les éteules mordorées, aux chatoiements infinis, au pourpre et à l'indigo, à l'olive et à l'argent doré.

Où ? Quand l'avais-je vue ?

— Lorsque je lui ai dit que je voulais me marier avec toi, me dit-elle un matin, à la terrasse d'un café à Tel-Aviv, Béla m'a demandé : « Est-ce que tu te vois avec lui et deux enfants dans dix ans ? » Et tu sais ce que je lui ai répondu ?

— Non ?

— Oui. Je lui ai dit oui. Quand je t'ai vu, chez mes parents, la première fois, c'était comme si je te reconnaissais. J'avais l'impression de t'avoir déjà croisé, quelque part, il y a très longtemps. Tu étais comme un souvenir lointain, un souvenir d'enfance.

— Tu m'as aimé dès que tu m'as vu ?

— Aimé, non... Mais j'ai ressenti quelque chose, oui, comme une peur terrible, un vertige. Et puis j'ai vu tes yeux, Raphaël. Ils m'ont envoûtée, tes yeux.

— Et quoi d'autre ?

— Ton sourire, ou plutôt tes sourires.

Je l'observais, inlassablement. Je me perdais dans son regard bleu limpide. *Où l'avais-je vue ? Sur quel chemin nous étions-nous croisés ? Quelle ornière avions-nous empruntée ensemble ?*

Au commencement, au tout début du monde, lorsque Adam et Eve mangèrent leur fruit et qu'ils commirent la faute irréparable, le serpent, chef des impies, assis tranquillement sur son siège de feu et de fumée, les guettait pour accomplir son œuvre.

5

Félix m'avait fait promettre de me rendre à Tel-Aviv avant de partir, pour tenter de rencontrer Ron Bronstein. Après plusieurs essais infructueux, je réussis enfin à joindre le philosophe israélien, la veille de notre départ. Nous nous donnâmes rendez-vous près de la fontaine de la place Dizengoff. Il était à peu près 15 h 30. Je m'assis sur un banc, auprès de plusieurs hommes assez âgés. Peu à peu, d'autres arrivèrent, et bientôt ils formèrent un petit cercle animé.

Ils devaient sans doute se retrouver tous les après-midi à cette heure, et j'aurais donné cher pour savoir ce qu'ils se disaient. Ils parlaient cette langue qui ne m'était ni tout à fait étrangère ni tout à fait connue. Je reconnaissais certains mots d'allemand, et il me semblait bien qu'ils évoquaient la guerre. C'était le printemps, il faisait déjà assez chaud, et ils étaient tous en manches courtes. Nombre d'entre eux avaient un numéro tatoué sur l'avant-bras : ces hommes, au soir de la vie, étaient marqués comme des bêtes pour la vie. Bientôt ils allaient mourir, et la trace indélébile de la Shoah allait disparaître.

Ils avaient des visages de vieux, avec les traits accentués, les rides creuses, témoins du temps qui passe, mais la flamme dans leur regard était signe d'éternité. Je pensais aux paroles de Mina. Se pouvait-il qu'elle ait raison ? Ce peuple avait-il transformé le plus atroce des désastres qu'il ait jamais subi dans le plus éclatant des triomphes ? Elle disait qu'aucun destin n'incarnait de façon plus poignante ce dur combat que celui du peuple juif qui revenait sur sa terre. Du fond de la souffrance, il se relevait pour aller vers l'accomplissement et le salut. *Trente-huit siècles d'histoire.*

Soudain, tous se turent, plusieurs vieillards poussèrent un soupir et l'un d'entre eux partit. Peu à peu, les autres suivirent.

Alors me revint à l'esprit la question que se pose tout historien de la Shoah, le mystère que personne n'a pu lever : en 1945, lorsque les Allemands avaient dû choisir entre l'intensification de la guerre et la poursuite du génocide, c'est le second objectif qui avait été prioritaire, au péril de la victoire. Qu'est-ce qui permet de comprendre que la destruction des juifs d'Europe ait été un but qui valait la peine d'être atteint au risque de la perte de la guerre et de la fin de l'Etat allemand ? Quelle force du mal était assez puissante pour pousser un peuple à se donner pour dessein de détruire un autre peuple au risque de perdre la guerre et d'anéantir son propre pays ?

Répondre à cette question, c'était arriver au centre de l'expérience de la Shoah, et là, précisément, résidait le secret du meurtre de Schiller.

Ce fut à ce moment que je vis arriver Ron Bronstein, au volant d'une voiture de sport rouge, dont les pneus crissèrent lorsqu'il freina. Il vint vers moi, d'un pas rapide.

— Je suis désolé, dit-il. J'étais coincé dans mon quartier par une alerte à la bombe.

— C'était grave ?

— Non, rien du tout. Ça arrive régulièrement ici. Rassurez-vous, nous n'allons pas exploser, ajouta-t-il en voyant mon regard inquiet.

Il m'entraîna dans un café de la rue Shenkin. L'atmosphère enfumée, le style Arts déco et la lumière orange n'avaient rien à envier aux bars de Soho. Les jeunes femmes coiffées à la garçonne, grandes et belles, avaient une vitalité, une rudesse qu'on ne trouvait pas chez les Françaises ou les Américaines.

C'étaient tous des juifs, pensai-je. Les femmes-mannequins, les hommes musclés et bronzés, ces soldats mythiques comme on en voit dans les films américains. Tous des juifs, comme les vieux rescapés de la Shoah que j'avais vus près de la fontaine — mais tellement différents. Alors je compris que ce peuple s'était forgé, dans le sillage de Ben Gourion, contre le modèle qu'avait voulu leur imposer l'Allemagne nazie. Si nous n'avions pas été en Israël, j'aurais eu le plus grand mal à « reconnaître un juif ». On leur avait dit qu'ils étaient chétifs et malingres, laids et veules : ils seraient forts comme des rocs, beaux comme des dieux grecs. On leur avait dit qu'ils étaient incapables d'effectuer le vrai travail, le travail de la terre : ils seraient une nation de paysans et personne n'excellerait comme eux dans la culture, l'agriculture et l'horticulture en climat désertique. On leur avait dit qu'ils étaient les juifs errants, les persécutés, les agneaux qu'on mène à l'abattoir : ils auraient une terre bien à eux et ils sauraient la défendre. Voilà les nouveaux juifs, pensai-je, les juifs qu'on n'avait jamais vus : les soldats, les agriculteurs, les citoyens de leur pays.

Alors je compris l'extraordinaire de ce peuple. Jamais il n'avait existé dans l'histoire du monde un Etat qui, après avoir été totalement anéanti, eût ressuscité deux mille ans plus tard, il n'y avait jamais eu un autre peuple qui, dispersé aux quatre coins de la terre, se fût rassemblé pour reformer une nation sur le sol ancestral. Depuis des millénaires, Israël croyait à cette mission, et un destin exceptionnel soutenait sa croyance. Car ils y avaient cru, et ils l'avaient voulu de tout leur cœur, de toutes leurs forces et de tout leur pouvoir, et cela avait renversé le cours du temps, de la probabilité historique et des déterminismes. Le vieux peuple ressurgissait, comme s'il était nanti, envers et contre tous, parfois même contre lui-même, d'une parole qui devait se dire, d'une idée audacieuse mais simple, *ne fais pas à autrui ce que tu ne voudrais pas qu'on te fît,* une idée capable de repousser les frontières en dépit de tout, en dépit de cette perte humaine et morale, mais surtout métaphysique, de ce drame cosmique qu'était la Seconde Guerre mondiale.

— Que puis-je faire pour vous, cette fois ? dit Bronstein dans son français mi-germanique mi-oriental.

— Cette fois, c'est à propos de l'affaire Crétel... J'ai vu que vous avez été le premier à porter plainte contre Maurice Crétel ; puis-je vous demander pourquoi ?

Pendant quelques secondes, il resta interdit, puis il demanda :

— Et moi, puis-je savoir pourquoi vous me posez toutes ces questions, monsieur Simmer ? Vous vous appelez bien Raphaël Simmer ?

— Oui, c'est cela.

— Simmer, fit-il d'un air pensif. Mais je connais des Simmer qui sont juifs. Et puis Raphaël, c'est le nom d'un ange. En hébreu, cela signifie « Dieu guérit ». Vous n'êtes pas juif, par hasard ?

Je considérai un instant cet homme brun, fort et bronzé de trente-sept ans, qui me souriait, Ray-Ban sur le crâne, brindille au coin de la bouche, et je m'étonnai que ces juifs du *shtetl,* du ghetto polonais, de la froide Allemagne et des hivers sibériens aient pu si bien s'adapter à la chaleur du désert. Bronstein me faisait l'effet d'un pingouin au beau milieu du Sahara. Sa peau diaphane de juif ashkénaze, une peau délicate et fine comme celle de Lisa, avait le bronzage mordoré d'un surfeur californien.

— Non, pas du tout, répondis-je. Je suis goy.

Je souriais intérieurement. Je n'étais pas du tout offusqué. J'étais même un peu flatté. Félix, lorsqu'on lui posait cette question, répondait très courtoisement : « Non, malheureusement » ou « non, mais j'aurais bien voulu ».

— Dites-moi, mon vieux, vous êtes flic ou quoi ? reprit Bronstein. C'est toujours à cause de Schiller ?

— Oui, enfin non. C'est parce qu'un ami vient d'être inculpé.

— Ah, je vois... Un ami à vous ?

— Oui, c'est cela... en quelque sorte.

— Ecoutez. Ce n'est pas moi qui ai porté plainte contre Crétel, c'est mon père, dont je porte le prénom.

— Pour quelle raison ?

— Mon père, voyez-vous, a été déporté en 1942 à cause de Crétel, après l'opération appelée assez odieusement Vent printanier...

— Votre père a été déporté à cause de Crétel ?

— C'est lui qui a signé l'ordre de déportation.

— Alors pourquoi votre père a-t-il retiré sa plainte, en 1990 ?

— Parce qu'il y a eu des pressions et des calomnies, qu'il n'a pas supportées.

— Que voulez-vous dire ?

— Ce que je veux dire, Raphaël... c'est que mon père s'est suicidé.

— Oh, pardonnez-moi, fis-je, je ne savais pas...

Il y eut un silence. J'allumai une cigarette, et j'en proposai une à Bronstein, qui refusa.

— Il fait trop chaud ici pour fumer...

— Je sais que c'est très pénible pour vous, mais pourriez-vous me dire quel était l'objet de ces calomnies ?

— Eh bien... Mon père était un rescapé des camps. Il est arrivé à Auschwitz, il n'avait pas dix-sept ans. Crétel les a fait déporter, lui et toute sa famille... parce qu'ils habitaient une très belle maison dans le XVIe arrondissement de Paris, un hôtel particulier, comme vous dites, que Crétel voulait réquisitionner.

— Pourquoi ?

— Pour le donner à un fonctionnaire de Vichy, un ami à lui, pour qu'il y habite, tout simplement.

— Quel est le nom de cet homme ?

— Perraud. Michel Perraud. Lorsque mon père a voulu récupérer sa maison après la guerre, on l'a accusé de n'être intéressé que par l'argent. Mon père n'avait même pas pensé à cet aspect des choses. Il trouvait simplement injuste que le seul bien qui subsistait de son père ait été, en plus de tout, spolié par l'Etat français... Cette histoire a fini par le miner.

— Je suis vraiment désolé, répétai-je. Je ne voulais pas remuer ces événements douloureux pour vous...

Bronstein me regarda pensivement pendant un moment et il ajouta :

— Peut-être cela vaut-il mieux ainsi. Quand on voit les calomnies qui sortent sur les anciens déportés... Vous voyez, Raphaël, c'est comme pour l'Etat d'Israël, que l'on se plaît à traiter de tortionnaire : la vérité, c'est que la Shoah est tellement insupportable pour les gens, qu'ils transforment les victimes en bourreaux ; ainsi, ils font leur propre théodicée. Ils justifient rétrospectivement le mal qui a été fait aux juifs en montrant que, finalement, même s'ils ne le savaient pas encore, ils le méritaient. Et la Shoah devient un peu une punition anticipée, une peine infligée de manière préventive, mais justifiée. Habile, non ?

Son sourire sarcastique se figea lorsqu'il ajouta :

— Mon père s'est suicidé le 28 septembre 1991, cinquante ans après le massacre de Babi Yar, près de Kiev. Trente mille juifs exécutés en deux jours...

« Bon, finit-il avec un sourire, ce n'est pas que je m'ennuie avec vous, mais je dois partir. *"It is enough stories for today Richieu."*

Il se leva d'un bond et me lança, devant la porte :

— Lorsque vous voudrez avoir, je ne sais pas, moi, des renseignements sur mon frère, ma femme, ou si vous avez d'autres meurtres à éclaircir, n'hésitez pas, mon vieux, je suis là pour ça.

Avant de partir, Lisa et moi nous rendîmes à Yad Vashem, le musée de la Shoah, qui, à l'inverse du Mémorial de Washington, m'impressionna par sa sobriété et son absence de pathos : c'étaient des faits, des images, une voûte sombre où brûlait perpétuellement une bougie. Nous entrâmes dans le bâtiment de pierre où, dans des longs couloirs, étaient exposées des photographies agrandies retraçant l'histoire de la Shoah, sous-titrées de textes brefs, parfois de citations. Des films étaient projetés dans des petites salles. Une première section était consacrée à la mise en place des lois anti-juives et à la montée des actions antisémites entre 1933 et 1939 : propagande nazie, déportation, crimes et pogroms. Dans une deuxième section étaient évoquées la persécution et les attaques contre les juifs dans l'Europe nazifiée de 1939 à 1941. Sur les photographies, un groupe d'Allemands hilares coupait la barbe d'un homme, des soldats visaient des jeunes gens alignés contre un mur du ghetto à Varsovie.

Le troisième hall évoquait le processus de destruction entre 1941 et 1945. Là, on voyait un soldat allemand qui mettait en joue une femme berçant son enfant, d'autres images évoquaient les corps, les expérimentations médicales et la solution finale.

La section intitulée « Les portes du monde étaient scellées » montrait la conférence d'Evian où le monde décida de refuser les réfugiés juifs. On voyait les photographies des bateaux *Saint-Louis* et *Struma,* qui, ne pouvant accoster nulle part, durent retourner vers la mort.

Tout un hall était consacré à la résistance juive, dans les ghettos, les forêts et les bois, où l'on voyait des images de partisans qui posaient, avec leurs carabines et leurs grenades.

La dernière pièce de l'exposition était le hall des noms. Là était écrit que l'oubli allonge la période de l'exil, et que le secret de la délivrance réside dans le souvenir. C'était avec ces mots que l'on sortait de la nuit, aveuglé par la lumière de Judée, pour faire quelques pas et accéder à la tente du Souvenir, *Ohel Yizkor,* qui donnait en plein sur les collines de Jérusalem. Je mis une kipa sur la tête pour pénétrer cet espace sacré et, saisi par l'air très froid à l'intérieur, il me fallut un long moment avant de m'habituer aux ténèbres. Sur le sol étaient inscrits les noms de vingt-deux des plus grands camps de concentration disposés dans un ordre géographique. Dans un bronze brûlait une flamme éternelle, à côté d'un récipient qui contenait les cendres de personnes mortes dans les camps. Tout ce qui restait des victimes était là : dans cet endroit symbolisant le vide et l'absence.

Nous sortîmes. Dehors, il y avait de nombreuses sculptures dédiées aux héros : des statues imposantes, des frises, ou des grands piliers. Lisa m'expliqua la différence qu'il y avait entre les monuments voués aux héros et ceux des martyrs. Pour elle, le souvenir des uns devait être affirmé par une forte présence, par les figures verticales et hautes, alors que les autres devaient être évoqués par une absence.

Dans le mémorial pour les enfants, par lequel se terminait la visite, cinq bougies réfractées par mille petits miroirs éclairaient des visages juvéniles. Sur une musique synthétique, atone, étaient récités leur nom, avec leur âge et leur lieu de naissance, en hébreu et en anglais. Les lumières, telles les étoiles en nombre infini, rappelaient la sentence talmudique selon laquelle les âmes des morts non enterrés errent dans l'univers sans jamais trouver le repos.

Je la regardai marcher à mes côtés, le visage fermé, les lèvres serrées. Je m'engouffrais dans ce mensonge comme dans une petite brèche qui ouvrait sur un immense précipice.

Mina disait qu'Israël était la Rédemption après l'exil et la souffrance. Le père Francis pensait que Jésus ne serait pas le Christ sans la trahison de Judas et pour nous, historiens, il y a bien un lien causal entre la Shoah et la création de l'Etat d'Israël. Seul l'holocauste a pu produire un tel mouvement.

Etait-il donc possible que du mal sorte le bien ? Les juifs avaient survécu aux pharaons d'Egypte, aux satrapes de Perse, aux rois de Grèce, aux empereurs de Rome, au Saint Empire romain germanique, aux inquisiteurs d'Espagne comme aux tsars de Russie mais ils n'avaient pas revu Sion...

Fallait-il qu'Hitler existe pour ouvrir la route de Jérusalem ?

Mais alors, faut-il sauter de joie à Yad Vashem, parce que leur récompense est grande, parce que le Seigneur châtie celui qui l'aime ?

Félix, lui, pensait que le sionisme avait commencé bien avant la Shoah, qu'il y avait toujours eu des juifs en Terre sainte, depuis la déportation à Babylone, et qu'il était absurde de dire qu'il fallait que les juifs fussent tués et souffrent pour avoir droit à un pays.

Cependant, si jamais il pouvait exister une consolation après la Shoah, alors nul doute : ce ne pouvait être que celle-là.

Le lendemain, alors que j'étais avec Lisa dans une file d'attente de l'aéroport, quelqu'un me donna une légère tape sur l'épaule. Je me retournai : c'était Ron Bronstein.

Il me fit signe de m'approcher de lui.

— Voilà mon vieux c'est gagné, murmura-t-il, vous avez le Mossad à vos basques, avec toutes vos manigances. Je ne sais pas pour le compte de qui vous travaillez, mais méfiez-vous, vous commencez à jouer à un jeu très dangereux.

— Comment ça le Mossad à mes basques ? m'écriai-je.

Bronstein me colla sa main sur la bouche.

— Non, mais vous n'allez pas bien ? Vous voulez un mégaphone, tant que vous y êtes ?

Je lui fis signe que j'avais compris ; il retira sa main.

— Vous avez travaillé avec Alvarez Ferrara ? demanda-t-il d'une voix très basse.

— Oui ; pour l'enquête sur Schiller.

— Ferrara en ce moment même est ici, à Tel-Aviv, au bord de la mer, dans l'une de nos plus belles prisons...

— En prison ? répétai-je, interloqué.

— Il n'était pas exactement celui que vous croyiez.

— Que voulez-vous dire par là ? Il n'est pas votre ami ? *Votre vieil ami ?*

— Il se nomme Helmut Fritz, ex-médecin dans le camp d'Auschwitz. Cela faisait des années que je le pistais.

Je sentis une araignée de malheur me courir le long du dos.

— Mais il n'était pas un agent de la CIA ? demandai-je.

— Il faisait partie des réseaux nazis utilisés par la CIA. Cela fait un certain temps que nous essayons de l'avoir... depuis le moment où il s'était caché en Amérique du Sud en prétendant débarrasser la Bolivie des autochtones pour que les hommes blancs soient les maîtres du pays... Vous voyez le genre ? Comme on vous a vu avec lui et, maintenant, avec moi, on se pose des questions. Vous me suivez ?

— Non.

— Bon, je vais être très clair : si j'étais vous, je cesserais de m'occuper de cette affaire Schiller. Vous risquez de vous attirer des ennuis.

— Mais que se passe-t-il avec cette affaire Schiller, à la fin ?

Bronstein ne m'écoutait pas. Il observait quelque chose au loin, derrière mon épaule.

— Dites-moi, mon vieux, vous connaissez la femme brune, là-bas ? Elle n'arrête pas de vous observer...

Je me retournai.

— C'est ma femme...

Il leva un sourcil.

— Votre femme ?... mais attendez, je la connais : c'est Lisa, Lisa Perlman ?

— Oui ? ! fis-je, interloqué.

— Félicitations. Un conseil. Faites bien attention à votre épouse... et à votre bébé.

— Quoi ? Qu'est-ce que vous dites ?

Je regardai à nouveau Lisa et, soudain, je compris. Elle portait ce jour-là une robe blanche assez moulante qui laissait voir une légère protubérance au niveau du ventre. Elle était si fine qu'il ne s'agissait vraisemblablement pas d'un embonpoint. Cette rondeur ne m'avait pas frappé, car je la voyais quotidiennement, mais à l'observer de loin, qui se tenait légèrement les hanches, d'une façon qui laissait apparaître ses formes, cela me semblait évident.

Je me tournai vers Bronstein.

Il n'y avait plus personne. L'animal avait disparu.

CINQUIÈME PARTIE

1

Vous attendez le jour qui sera ténèbres et non lumière, et ce jour sera sombre, et il sera sans lueur aucune. Alors l'orgueil humain baissera les yeux, et l'arrogance des hommes sera humiliée, et ce sera la grande épouvante, et la terre tremblera, avec les collines étalées et les montagnes altières, les hautes tours et les remparts, avec ses entrailles maudites. Alors tous se repentiront : Félix, dans l'une de ses colères terribles, Lisa et son homme du beau milieu de la nuit, Samy, cette monade au regard buté, Mina si ronde et joviale, Béla et sa terrifiante jalousie, et moi, paressant le soir, au Lutétia, dans l'une de ces humeurs passives qui m'entraînaient vers les heures tardives, toujours propices à l'angoisse.

J'entends la musique d'Elgar : soudain, le violoncelle se met à grincer. Je revois la Seine qui s'écoule sereinement sous son ciel d'encre, mais ce n'est plus l'eau qui coule, c'est du sang, du sang rubicond, vermeil, noir. Qu'est-ce que cela me rappelle ? Rien, une absence, un vide. Eux. Je ne me souviens pas d'avoir jamais vu un geste ni entendu un mot tendre entre eux. Je ne crois pas avoir jamais été embrassé par ma mère. Je ne sais si mon enfance fut autre chose qu'un dur apprentissage, un labeur, sans ami véritable, sans loisirs et sans soleil propices au bonheur. Mes parents étaient toute la journée à leur commerce, d'où ils revenaient le soir, tard, trop épuisés pour me parler, pour me demander comment j'allais ou comment j'avais passé ma journée.

— Seul. Je n'avais ni frère ni sœur ni télévision. Je me souviens du grand appartement sombre de l'avenue des Vosges à Strasbourg, où j'attendais, pendant de longues heures angoissées, que mes parents reviennent et qu'ils enveloppent mon silence de leur silence.

Dans l'avion qui nous ramenait en France, je pressai Lisa de questions.

— Dis-moi, Lisa, y a-t-il une chose importante que tu ne m'aurais pas dite ?

— Non ? De quoi veux-tu parler ? me dit-elle.

— Quelque chose... quelque chose qui nous concerne, toi et moi...

— Quoi ? répondit-elle. Ce n'est pas encore cette histoire de l'oncle Morali ?

Depuis la terrible entrevue avec Mina, après l'annonce de notre mariage, où celle-ci avait mentionné « l'histoire de l'oncle Morali » sans préciser de quoi il s'agissait, je n'avais cessé de questionner Lisa, qui répondait toujours par un haussement d'épaules, en refusant de m'expliquer.

— Non, ce n'est pas l'oncle Morali, fis-je d'un ton las. C'est... ta robe, enfin...

— Quoi ? Qu'est-ce qu'elle a ?

Je fixai la légère protubérance de son ventre. Elle le vit, elle rougit.

— Lisa, tu ne serais pas enceinte ?

Elle me regarda comme si elle ne comprenait pas. Puis elle baissa les yeux.

— Si.

— Si ? Et c'est tout ? Mais pourquoi tu ne me l'as pas dit ?

— Je ne sais pas... Je...

— C'est... depuis combien de temps ?

— Cela doit faire juste deux mois. »

Deux mois... Cela revenait à la première nuit que nous avions passée ensemble.

Je la considérai, interloqué.

Soudain, je tressaillis : ce n'était pas un enfant que j'entendais. C'était quelque chose qui ondulait comme s'il voulait lancer un appel. Une tête se gonflait, une langue frottait des lèvres d'un mouvement doux.

C'était l'ange exterminateur et l'esprit du Mal, c'était le tentateur qui ne fréquente que les endroits où règne le bonheur.

Nous avions décidé de nous installer chez moi, à Montparnasse. Lisa quitta son appartement de la rue des Mauvais-Garçons et déménagea ses meubles et ses objets de bohème dans mon intérieur ordonné, aux tables et aux fauteuils anciens.

Un soir, peu après notre retour, je retrouvai Félix au bar du Lutétia. Je lui fis part de la grossesse de Lisa.

Il fronça le sourcil, l'air vaguement gêné.

— Déjà ? dit-il.

— Oui !

— Pardon de te le demander, mais c'est un accident, je suppose ?

— Oui ! fis-je, un *merveilleux* accident.

Il me jeta un regard si perçant qu'il me fit sursauter, du fond de l'âme.

— Pourquoi me regardes-tu comme ça ? fis-je.

— Pour rien... excuse-moi.

Je lui parlai alors de mon entrevue avec Ron Bronstein et des révélations qu'il m'avait faites.

« Ainsi tout s'éclaire, s'exclama-t-il. On comprend mieux pourquoi Perraud a fait assassiner Crétel : il avait peur qu'il ne révèle ce que les deux hommes ont fait pendant la guerre à la famille de Bronstein. Schiller étant un témoin capital au procès de Crétel, il pouvait très bien en savoir long sur Perraud, et celui-ci, voyant qu'il avait retourné sa veste au procès, a pu le faire assassiner, pour les mêmes raisons qu'il a fait tuer Crétel.

— Oui ; mais pourquoi le couper en deux ?

— Pour se venger de sa traîtrise !

— Ne crois-tu pas qu'il l'aurait fait abattre, comme Crétel ?

Félix ne répondit pas.

— Non, Félix, ajoutai-je, il y a dans ce meurtre quelque chose de plus... quelque chose de...

Je ne terminai pas ma phrase : il avait très bien compris ce que je voulais dire.

— De satanique ? fit-il en rallumant un cigare déjà entamé.

— Ce n'est pas un meurtre, c'est une pieuvre aux mille tentacules. C'est comme si on s'attaquait à quelque chose d'incommensurable, une force destructrice d'une puissance infinie, qui double à chaque fois que l'on tente de la saisir...

— Que veux-tu dire ?

— Ne commences-tu pas à y croire ?

— A quoi ? dit-il. Au Diable ? Au Démon ?

— Aux forces du Mal, aux forces terribles présentes en chaque homme, consubstantielles à chaque âme, à ce double qui habite en chacun de nous.

Félix me toisa avec ironie. Il esquissa un sourire.

— Encore les bêtises du père Francis, ton nouveau maître à penser, à ce que je vois...

Félix et moi nous regardâmes. Pour la première fois, je sentais comme un courant d'hostilité entre nous.

Il mit soudain la main dans sa poche.

— Tiens, fit-il, je t'ai rapporté un cadeau de mon dernier voyage, en Suisse.

— Qu'est-ce que c'est ?

— Un petit lingot d'or. Tu sais d'où il provient, originellement ?

— Oh non, Félix, m'exclamai-je en laissant tomber l'objet. Ce n'est pas...

Si, c'était bien cela. Félix, depuis quelque temps, me faisait d'étranges cadeaux. Un pyjama tout rayé pour mon anniversaire, un atlas de la Shoah pour mes vacances... c'était son humour. Félix avait un humour très grinçant.

— Qu'as-tu fait en Suisse ? demandai-je.

— Je prépare un article sur la spoliation des biens juifs par les banques suisses. Savais-tu qu'Hitler, grâce aux Suisses, a pu se procurer des milliards qui lui ont permis d'acheter dans le monde entier les matières premières stratégiques dont il avait besoin pour faire la guerre ?

— Oui, dis-je. Les marchands d'art, les agents fiduciaires, les bijoutiers et les avocats d'affaires se chargeaient de blanchir l'or que les SS avaient volé dans les banques centrales, les entreprises et les demeures privées, ou encore aux victimes des camps, pendant que le gouvernement refoulait à ses frontières des dizaines de milliers de réfugiés, les renvoyant vers leurs bourreaux. Sans les banquiers suisses, la Seconde Guerre mondiale aurait été terminée plus tôt, et des centaines de milliers de vies humaines auraient pu être sauvées.

— Ce sont ces profits de guerre qui ont par la suite fondé la puissance mondiale des banques helvétiques.

La petite barre d'or était tombée dans le cendrier, parmi les cendres accumulées du cigare de Félix.

C'était l'hiver. La neige tombait sans discontinuer. Au creux d'une colline, dans la plus boueuse des eaux, un monstre était né, sorti tout droit du jurassique. C'était un immense serpent, gras et mou, aux écailles grises et violettes, luisantes, comme si elles avaient été lustrées. De sa queue jusqu'à sa tête, il y avait une distance énorme, de plusieurs kilomètres. Son corps formait des cercles concentriques, de telle sorte que les extrémités se touchaient presque. Sa gueule entrouverte laissait apercevoir des mâchoires d'une puissance inouïe. De grosses gouttes d'une bave huileuse s'en échappaient, pour périr pesamment sur le sol. L'un de ses yeux protubérants, recouvert d'une paupière annulaire, surveillait ce qui se passait au-dessous, pendant que l'autre regardait en l'air. Des fossettes de part et d'autre de sa gueule lui permettaient d'évaluer la température par les rayons, le guidant vers ses proies, qu'il repérait aussi par l'odeur du sang chaud.

Car il était ainsi : assoiffé par le sang. Il pouvait engouffrer des prises énormes qui le gonflaient comme une outre géante, il pouvait tout avaler, il digérait toute matière, poils et cornes, habits, bijoux et monnaie, il engloutissait de sa mâchoire mobile un nombre d'objets impressionnant. Des crochets venimeux sortaient de sa bouche et il enfonçait ses dents dans la chair de ses victimes, en faisant couler son poison.

Il progressait, ondoyant, descendait des arbres, et y grimpait à nouveau. Toutes les directions, toutes les voies, tous les chemins lui étaient offerts. Lentement, sans faire de bruit, il progressait vers sa proie. Si elle l'avait vu venir, peut-être eût-elle pu savoir, par la force de ses yeux, le pouvoir tentaculaire de son bourreau ; ou alors elle eût été captivée par son regard hypnotique, et elle eût succombé. C'était un petit être frêle sous les feuillages, qui passait son temps à roucouler, à piailler à droite et à gauche, un être sans souci ni demande. Lorsqu'il était arrivé devant elle, il la fixait. Ses yeux incandescents transperçaient son cœur, pétrifiaient son corps. Sans plus attendre, il fondait sur elle. Avant qu'elle ne s'en aperçût, elle était le festin de la bête. Sa chair était dévorée, son cœur arraché, ses entrailles pendaient et le sang dégoulinait des babines du serpent.

Autour de lui, c'était un beau carnage. La neige était maculée de taches vermeilles, comme si un doigt immense s'était coupé au-dessus du monde, et que son sang coulait goutte à goutte. Tel un gigantesque intestin, le reptile assimilait, pêle-mêle, des corps inertes, mutilés, des têtes arrachées, des bras et des jambes, des poils, des cheveux, des dents, ainsi que divers objets : des chaussures, des jouets d'enfant, des sacs et des valises pleines d'affaires, et tout cela était broyé et rejeté dans un trou qui les absorbait, telle une bouche immense.

Lentement, tout doucement, il était venu près de moi pendant mon sommeil, il avait enroulé le bout de sa queue autour de mon pied, puis il était remonté sur ma jambe, jusqu'au torse, il s'était approché et, lorsque je m'éveillai, brutalement, je me retrouvai face à deux yeux énormes qui étincelaient. Alors je découvris cette forme longue et gluante, d'un noir d'ébène, qui glissait sur mon corps. Sa bouche pleine de bave laissait voir une langue râpeuse, qui se déroula devant moi.

Soudain, il fit claquer sa langue. Un bruit strident résonna fortement dans tout son palais, jusque dans mes oreilles.

Je me réveillai en sursaut, couvert de sueur. Pendant plusieurs secondes, je fis un effort pour me rappeler où j'étais. J'allumai la lumière et retrouvai avec soulagement ma chambre et ses vieux meubles. Lisa dormait paisiblement à côté de moi.

Pendant plus d'une heure, je me tournai et me retournai dans mon lit, sans arriver à me rendormir.

Il me semblait que j'étais dans un monde où l'on ne se situait plus à l'échelle humaine, où les instruments de travail ordinaires du journaliste et de l'historien n'étaient plus adéquats. Toute la science que j'avais apprise paraissait dérisoire, devant la monstruosité — non pas celle d'un acte de barbarie, comme chez Hérodote, mais celle d'un système. Je pensais à la phrase de Karl Barth, qu'avait citée un conférencier dans le documentaire du Mémorial : « Expliquer le mal, c'est effacer le scandale. »

Tuer les juifs n'était pas nouveau : l'histoire est remplie de vexations et d'expulsions, de croisades et de pogroms. Mais là c'était différent : les hommes n'avaient plus d'identité, ils vivaient pour manger un bout de pain, et un peu de soupe, et chaque jour ils déclinaient sous l'œil du bourreau. *Si vous voulez comprendre le démoniaque, regardez les visages des SS, ils appartiennent à une autre catégorie humaine.*

Le lendemain soir, Lisa et moi nous rendîmes chez Samy et Mina Perlman, où étaient présents Béla et Tilla. Paul était parti en voyage.

Samy, plus sombre que jamais, ne regardait plus personne dans les yeux. Quelque chose dans son regard m'intriguait, chaque fois que je le voyais. Ce regard n'était pas poignant, à la fois doux et violent comme celui de sa femme. Ce regard était mort. Aucune vie, aucune étincelle de vie, ne jaillissait de ses yeux. On aurait dit deux billes noires sans éclat. On les aurait dits aveugles : son regard passait à travers les êtres et les choses, comme s'ils étaient absolument transparents. Samy Perlman avait les yeux éteints.

Nous parlâmes du procès de Jean-Yves Lerais ; la date n'était pas encore fixée, mais il était probable que certains membres de la famille Perlman seraient cités à comparaître en tant que témoins.

— J'espère que nous pourrons défendre Jean-Yves, dit Lisa.

— Oui, murmurai-je, mais ce sera difficile, vu son ennemi.

— Qui est son ennemi ? fit Béla, à qui rien n'échappait, surtout venant de moi.

— Qui est son ennemi ? répétai-je d'un ton embarrassé. Une force trop grande pour nous, je le crains.

— Démonologiste ? dit Tilla. Vous m'intéressez : vous savez que la psychiatrie s'est implantée à la place de la sorcellerie et des techniques chamaniques pour venir à bout du mal qui hante les malades, psychotiques, dépressifs ou névrosés ? Nous sommes sur le même registre.

— Oui, mais vous ne savez pas éradiquer le Mal. Au contraire, grâce à vous, les gens l'acceptent. Vous le normalisez. Vous ne délivrez pas du Démon. Vous en faites un personnage tolérable.

— Vous vous trompez : on le combat en le dédramatisant. En montrant que, après tout, le Mal est présent en chacun de nous.

— Plus ou moins, fit Béla.

Puis il ajouta en se tournant vers moi :

— Je veux dire, en certains, plus qu'en d'autres.

Cette fois, c'était clair : c'était bien à moi qu'il en voulait.

— Toi, par exemple, qu'aurais-tu fait pendant la guerre ? ajouta-t-il.

— Pour Lisa, je le sais, je me serais battu, fis-je sans hésiter.

— Oui... et s'il n'y avait pas eu Lisa ? Te serais-tu senti concerné ?

— Ecoute, Béla, tu ne crois pas que tu vas un peu loin ? coupa Lisa.

— Non, laisse-le, répondis-je. Il a touché juste. Je crois que c'est une question que tout le monde se pose. Hitler n'incarne pas le mal ordinaire. Certains ont dit que, en sa présence, ils ressentaient une sorte de frisson, d'horreur sacrée. Il était assez charismatique pour réveiller les démons des hommes, par une sorte de contagion. Il n'avait pas peur des Ravaillac, il se sentait protégé... Comme l'Antéchrist : il a bâti une Eglise, il a organisé et structuré un clergé ; et il s'est investi lui-même en tant que Dieu.

— Raphaël, interrompit Lisa, tu ne peux pas arrêter un peu avec tes obsessions ?

— Non, fit Béla, c'est intéressant. Laisse-le donc continuer.

— Avant 1939, poursuivis-je, la majorité des hommes savait qu'Hitler était l'annonciateur d'un désastre imminent. Pourtant, personne ne l'a arrêté. L'endroit où il est né, Braunau am Inn, avait la réputation d'être la ville des médiums et la nurse qui l'a allaité a été la nourrice d'un médium célèbre, Willy Schneider. Plus tard, il a été initié par Dietrich Eckart, un magicien qui pratiquait le magnétisme et la magie, et qui lui a enseigné comment subjuguer une foule. Lorsqu'on le voit sur les films d'époque, on remarque son expression démoniaque. Les gens disaient qu'il avait un pouvoir magnétique. Et le national-socialisme n'était-il pas une religion plus qu'un mouvement politique ?

— Une religion satanique, tu veux dire ? demanda Béla. Tu crois qu'Hitler était le Diable ?

— On ne sait même pas comment il a disparu, continuai-je.

— Il s'est suicidé à la fin de la guerre, avec sa maîtresse Eva Braun, coupa Lisa, en me jetant un regard sévère. Il est mort le 30 avril 1945, il s'est tiré une balle, et il a fait brûler son corps par ses généraux.

— Oui, je sais bien, c'est ce que l'on raconte, répondis-je. Mais qui sait vraiment ? On n'a jamais retrouvé son corps. Il s'est évaporé, il est parti en fumée... Le 30 avril, c'est la nuit de Walpurgis, la grande fête du satanisme. Personne n'a vu ce qui s'est passé. Les généraux et leurs femmes présents dans le bunker ont entendu des coups de feu, puis Axmann, le chef des Jeunesses hitlériennes, est entré dans la pièce où étaient Hitler et Eva Braun, et il est ressorti avec un corps enveloppé d'un drap, prétendument celui du Führer, et un autre, non couvert, celui de sa maîtresse qu'il venait d'épouser. Hitler avait prévu cent quatre-vingts litres de pétrole pour que tout soit brûlé. Même avec une telle quantité d'essence, il aurait dû rester quelque chose, mais on a eu beau fouiller le jardin, on n'a jamais trouvé aucun os.

— Que veux-tu dire, à la fin ? fit Lisa, de plus en plus agacée.

J'avalai ma salive et dis rapidement :

— Et si Hitler s'était échappé ? Et s'il était toujours en vie ?

— Mais tu deviens complètement fou, ma parole ! s'écria Lisa. Cette histoire est en train de te monter à la tête.

Béla, qui était à ma gauche, se pencha vers moi et murmura :

— A propos, il paraît que ma petite sœur est enceinte ?

— Oui, tu es au courant ?

— Combien de temps, deux mois ?

— Qu'elle est enceinte ? Oui.

Un éclair de haine brilla dans ses yeux.

— Non, avant qu'elle accouche ?

— Qu'est-ce que tu veux dire, Béla ?

— Tu crois vraiment qu'il est de toi, ce môme ?

Je sentis mes poings se serrer sous la table. Je lui jetai un regard furibond, sans répondre. Je fis un effort immense pour maîtriser la colère qui montait en moi.

Comme un enfant mal élevé, il ne me quittait pas des yeux.

Je regardai autour de moi. Personne ne semblait avoir entendu cette provocation. Personne, sauf Samy, qui nous observait sans rien perdre de ce qui se disait.

— Tu n'as plus d'ennuis avec la police, depuis que Lerais a été arrêté ? dis-je à Béla, en manière de vengeance.

A ces mots, tous les regards convergèrent vers moi. Entre-temps, les conversations avaient cessé ; tout le monde avait entendu ma question perfide.

Je me sentis extrêmement mal. Béla me gratifia, en prime, du sourire de la victoire.

— Je veux dire, balbutiai-je, Jean-Yves Lerais n'est peut-être pas le coupable. On n'a toujours pas retrouvé le cahier brun chez lui. C'est la seule pièce qui pourrait vraiment achever de l'accuser.

— Ou de le disculper, reprit Lisa d'un ton vif. Maman, je crois qu'il est temps de dire à Raphaël ce que tu sais au sujet de ce cahier...

Mina la considéra un instant :

— Ce cahier brun, commença-t-elle lentement, je crois savoir d'où il vient.

— Vraiment ? fis-je.

— Lorsque j'étais à Auschwitz, dit Mina, ma mère m'a parlé d'un cahier qu'on lui avait remis. C'était un homme qui l'avait écrit. Un Allemand qui s'était engagé volontairement chez les SS, afin de savoir ce qui se passait, de connaître pour agir, de l'intérieur. Il travaillait dans le camp d'extermination, et il a raconté ce qu'il a vu, entendu, et ce qu'il a compris...

Il y eut un silence embarrassé.

— Et qu'a-t-il compris ? me risquai-je.

— Ce qu'il a compris... le Mal, Raphaël. Ce cahier contient la vérité sur l'origine du Mal.

Un ange passa.

— L'origine du Mal ? fis-je. Mais qu'est-ce que cela signifie ?

— Ma mère était une femme très sage. Quand mon père, qui était rabbin, mourut, avant la guerre, elle a pris la relève. Les gens venaient lui demander des conseils. Et puis, à Auschwitz, ça a été pareil. Lorsque cet homme est venu la voir, il était à bout. Il lui a dit ce qu'il y avait dans ce cahier, et il lui a dit de le garder. Peu après, elle a appris qu'il s'était suicidé. Alors, elle a enterré le cahier dans son baraquement.

— L'avez-vous lu, ce cahier ?

— Non, jamais. Je l'ai vu, lorsqu'elle me l'a montré, mais c'est tout.

— Vous n'avez jamais voulu aller le chercher ?

— Je ne suis jamais retournée là-bas.

— Mais êtes-vous bien sûre que le cahier du film soit le même que celui qui a été donné à votre mère ?

— J'en ai la conviction. A cause de la couture

rouge qui le relie. Et puis, j'avais parlé à Carl Rudolf Schiller de ce cahier. Je ne sais pas comment ni pourquoi, mais je suis sûre qu'il le possédait.

— Pourquoi en avez-vous parlé à Schiller ?

— Il faisait mention d'un cahier similaire dans l'un de ses livres et je voulais savoir s'il s'agissait de celui que m'avait montré ma mère. Schiller m'a dit qu'il n'en avait eu connaissance que par ouï-dire, par des déportés, mais je suis persuadée qu'il mentait. La vérité, c'est qu'il est allé le déterrer là où ma mère l'avait mis. C'est pourquoi je peux vous dire qu'il n'est pas chez Jean-Yves Lerais.

— Non ? Pourquoi pas ?

— Pourquoi pas ? Parce que je sais où il est.

— Où est-il ? fis-je, après un moment de silence.

— A Auschwitz, dit-elle.

— A Auschwitz ?

— Le frère Franz m'a confié que Schiller lui avait légué ce cahier en lui disant « de le remettre à sa place », et c'est précisément ce qu'il a fait.

— Comment Schiller a-t-il pu lui léguer le cahier, puisque nous l'avons vu sur le documentaire ?

— Il l'a reçu par la poste, peu de temps après.

Je me rappelai soudain que le frère Franz nous avait effectivement parlé d'un legs curieux de Schiller, arrivé par la poste, peu après l'ouverture de son testament.

— Qui le lui a envoyé ?

— Le meurtrier, je suppose.

— Avait-il connaissance du testament de Schiller ?

— Peut-être, oui. Peut-être aussi voulait-il que le cahier circule. C'est pourquoi Carl Rudolf Schiller avait dit au frère Franz de le remettre à sa place. Et le frère Franz s'en est ouvert à moi. Lorsqu'il m'en a parlé, nous avons pu reconstituer, ensemble, ce qui s'était passé, et nous avons décidé qu'il valait mieux le remettre là où il était. Ce qu'il a fait, il y a peu de temps.

— Dis-moi, maman, fit soudain Lisa, sais-tu d'où provient l'envoi, et à quelle date il a été fait ?

— Non ; je ne sais pas.

— Pourquoi poses-tu cette question ? demandai-je à Lisa.

— Parce que c'est le seul moyen d'innocenter Jean-Yves. Il est possible qu'à l'époque où le cahier a été envoyé, Jean-Yves se trouvait déjà en Italie. Le frère Franz a-t-il jeté l'enveloppe ?

Mina se leva aussitôt de table et se dirigea vers le salon. Nous l'entendîmes décrocher le téléphone et composer un numéro.

Peu de temps après, elle revint.

— Le frère Franz se souvient d'avoir reçu le cahier le 31 janvier, en provenance de Berlin. L'enveloppe dans laquelle il était emballé était assez curieuse. Elle était pourpre ; on aurait dit qu'elle avait été trempée de sang. Il dit avoir laissé le cahier dans son emballage lorsqu'il a été l'enterrer à Auschwitz.

— Mais... il faut aller le chercher ! s'exclama Lisa.

Sa mère fronça le sourcil.

— C'est une pièce à conviction, poursuivit-elle. Retrouver ce cahier, c'est innocenter Jean-Yves, et c'est peut-être découvrir la cause du meurtre de Schiller, et aussi son véritable meurtrier...

— Non, Lisa. Je ne retournerai pas là-bas. Jamais.

— Et bien alors, moi j'irai, dit Lisa. J'irai, tu m'entends ? dit-elle plus fort en regardant sa mère d'un air terrible.

Je lui jetai un regard sombre. *Tout cela pour Lerais ?*

— Non, Lisa, intervins-je. Tu ne peux pas y aller dans ton état. S'il faut vraiment que quelqu'un y aille, ce sera moi.

— Et toi, dit Mina en se tournant vers Samy, qu'est-ce que tu en dis ?

Il la regarda un instant, puis haussa les épaules et baissa les yeux.

A ce moment, je compris que son regard vide n'était pas aussi perdu qu'il en avait l'air. L'épaule voûtée, l'air hagard, la bouche fermée, les lèvres serrées, le sourcil broussailleux, Samy Perlman ne parlait pas, Samy Perlman restait désespérément coi.

Ou alors Samy *jouait à* ne rien savoir.

2

Il fallut plusieurs mois pour achever de convaincre Mina d'aller à Auschwitz et pour obtenir l'autorisation de rechercher des « documents familiaux » dans l'enceinte du camp. Finalement, Mina et moi décidâmes de partir pour la Pologne à la fin du mois de septembre. Béla insistait pour venir avec nous.

L'été passa à toute vitesse. Lisa et moi restâmes à Paris. Félix était occupé par ses activités journalistiques, à la suite de plusieurs attentats terroristes dans le métro parisien. Paul et Tilla étaient en vacances en Israël, chez les parents de Tilla. Nous voyions de temps en temps Samy, Mina et Béla, dont la hargne à mon égard ne cessait de grandir.

Le ventre de Lisa s'arrondissait de jour en jour. Elle travaillait également à une autre œuvre : une commande pour un mémorial aux Etats-Unis. Son projet était de faire construire six cheminées en verre, qui symboliseraient les six millions de morts, ou les six camps d'extermination nazis. De ces cheminées, qui seraient illuminées pendant la nuit, devait sortir de la fumée en permanence.

Alors je repensai à la sculpture au bas de laquelle j'avais vu le nom de Carl Rudolf Schiller. Je n'avais toujours pas éclairci ce mystère. Qu'est-ce que cela pouvait bien signifier ? Et comment le lui demander ? Je savais qu'elle m'avait menti, que ce n'était pas un simple homonyme.

Je la regardais travailler sur ses croquis, le visage fermé, le regard concentré, l'air sérieux, intense. Il me semblait impossible que cette harmonie, cette beauté, cache autre chose que ce qu'elle laissait paraître.

Quant à moi, je poursuivais la rédaction de ma thèse sur Hitler et les juifs. Dans mon troisième chapitre, je m'intéressais à la genèse de l'antisémitisme hitlérien. J'en découvrais l'origine dans la terrible défaite de la Première Guerre mondiale, le « diktat de Versailles », qui avait induit l'idée, chez Hitler, que l'homme juif était l'agresseur contre lequel il fallait se défendre, car sa religion et sa psychologie avaient pénétré tous les esprits et les avaient affaiblis. Je travaillais sur un passage difficile, dans lequel je tentais de démontrer que Hitler avait beaucoup souffert de la guerre, par son histoire personnelle et collective, et, par empathie avec son peuple victime, il ne voulait pas tant se battre, que *combattre* : combattre l'ennemi à ses portes, accomplir un acte de vengeance, d'expiation du sang allemand versé.

Je montrais que, au départ, Hitler avait pensé à l'expulsion et à l'émigration des juifs, plutôt qu'à leur destruction. Selon moi, il avait gardé jusqu'au bout l'idée d'une solution territoriale. Ainsi, pendant l'été 1940, il était encore prêt à faire émigrer les juifs. De même durant la campagne de Russie. Mais les Allemands avaient trop pâti après la guerre : il fallait trouver un exutoire à leur misère. Pourquoi les juifs ? Parce que, écrivais-je, ils incarnaient le libéralisme et la démocratie, le matérialisme et l'hédonisme, le marxisme et le communisme. La peur du communisme, ainsi que l'anti-bolchévisme, était le principal motif de l'extermination des juifs. Le dernier facteur déclenchant la solution finale, fut, selon moi, la guerre mondiale initiée par les Etats-Unis. La destruction des juifs d'Europe fut le prix de la victoire de 1945 : telle était la conclusion de mon chapitre.

Le 28 septembre 1995, j'accompagnai Mina et Béla à Auschwitz. Lisa restait avec son père à Paris.

A 10 h 50, nous arrivâmes à l'aéroport de Cracovie, nous prîmes un taxi, traversâmes le village d'Oswiecim, puis empruntâmes ses routes désolées, hérissées de quelques bâtisses autour desquelles travaillaient des paysans en haillons. On se serait cru en période de guerre. Le ciel de Silésie était anthracite. Le ciel de Silésie bavait de vapeurs glauques : c'était sale et pitoyable. Devant l'entrée du camp, je m'arrêtai un instant : j'avais le vertige. C'était comme si une main invisible me forçait à rester en arrière. C'était comme un tabou que j'allais violer.

Quand avait-il pris cette décision ? L'avait-il jamais prise, ou cela avait-il été une impulsion ?

Auschwitz. Le lieu du crime. Le lieu du néant, l'absence de lieu. Ici, ce n'était pas le rien de la création, ce rien qui n'était pas, c'était le rien d'après la création, celui du monde saccagé, ce rien évaporé des souffles courts, des corps amoindris, de faim, de froid ou de chaud, ce rien de misère, ce rien du sacrilège, ce rien qui existe tant qu'il fait regretter l'absence de rien.

Le mirador s'élevait entre deux bâtiments massifs, rigoureusement symétriques. De chaque côté, il y avait une aile percée de fenêtres étroites. La voie s'avançait dans le camp, jusqu'à la plate-forme où l'œil du maître décidait de la droite ou la gauche. Tout autour, il y avait une longue armure, une protection. Elle s'étendait comme un pré carré, les pierres sales formant une enceinte infranchissable.

Nous entrâmes. Au milieu de plusieurs pavillons, dans une sorte de cour, un guide racontait « l'holocauste » en polonais. Mina l'écouta : il parlait de la souffrance des prisonniers polonais, du soulèvement des résistants polonais, du martyre du peuple polonais. Devant le bâtiment du bloc 11, au-dessus du mur, on apercevait une large croix : c'était celle de l'ancien carmel d'Auschwitz, qui avait été déplacé de quelques kilomètres ; mais la croix était toujours là, qui dominait le lieu, qui s'appropriait l'espace et le temps, qui absorbait l'expérience de la désolation et prétendait lui donner un sens, qui embrassait le camp de ses bras ouverts, qui embrasait les corps perdus.

Il regarda, et il haït ce qu'il voyait. En se contemplant dans le miroir, il y eut une vague de haine qui monta en lui, l'emporta comme un ouragan, puis le jeta violemment contre la paroi. Il ne vivait plus dans le monde comme dans son milieu naturel. Il avait honte d'être vivant à la place d'un autre, d'un homme plus généreux, plus sage ou plus sensible. Passant ses souvenirs en revue, il revoyait des hommes plus dignes de vivre que lui. *Lui.* Pourquoi lui ? Pourquoi avait-il été choisi pour porter la terrible nouvelle, pour être vivant aux dépens d'un autre ? De quelque façon que la guerre finisse, les autres l'avaient déjà gagnée : il n'avait pas pu porter témoignage et, même s'il l'avait fait, personne ne l'aurait cru. Ils savaient qu'il y aurait des soupçons, des discussions, des recherches, mais ils avaient détruit les preuves en détruisant les hommes. *L'histoire des Lager,* disaient-ils, *c'est nous qui la dicterons.*

Témoigner ? Qui était-il pour témoigner ? Le vrai témoin n'existait plus. Il préférait se taire, se taire à jamais. C'était pourquoi il avait décidé de ne plus parler.

Ce fut à ce moment que Lisa commença à perdre les eaux, de façon prématurée. Elle essaya de joindre son père : il n'était pas là. Il n'y avait personne non plus chez Paul. Alors, elle se rendit à l'hôpital, seule, et, seule, elle entra dans la salle d'accouchement.

Ainsi, il n'y eut personne pour tenir la main de Lisa en travail, personne pour l'accompagner lors de ses contractions, pour la faire respirer lentement et profondément. Personne pour éponger sa transpiration lorsqu'elle commença à pousser, et que son vagin lentement s'entrouvrit.

— De ce foyer d'amour, de prière et de réconciliation, de ce lieu qui fut jadis celui de la mort, rayonnera une vie nouvelle, disait-il. Regardez ces bonnes sœurs ! Elles construisent de leur main le signe sacré de l'amour, de la paix et de la réconciliation qui témoignera de la puissance victorieuse de Jésus. Les chapelles, les églises s'élèvent partout, à Majdanek, Sobibor, Treblinka, Birkenau ! Auschwitz n'est qu'un exemple parmi tant d'autres. Le mal et la souffrance rapprochent de Dieu. Le destin de l'humanité est porté par ces héros qui arrosent des fleurs, élèvent des moutons sur les lieux du désastre, et la vie, oui, la vie continue ! La nouvelle alliance se substitue à l'ancienne. Je vous le dis : c'est une ère nouvelle pour la théologie chrétienne. C'est la victoire du christianisme, le pape lui-même l'a dit : « Auschwitz, c'est le Golgotha du monde contemporain. Les juifs ont enrichi le monde par leur souffrance, leur mort est comme le grain de blé qui doit tomber à terre pour pouvoir donner des fruits. » Ainsi est-il dit dans les paroles du Christ qui mènent à la Rédemption.

Le juif. Il le haïssait, ce juif, pour lequel on l'avait détruit. Il se regarda à nouveau, et il ne vit que cela, le juif confiné dans un espace exigu dont les murs sans cesse se rapprochaient et, de sa tête, avec toute sa force, il frappa les murs de cette prison, cette prison qu'il n'avait jamais quittée, depuis un matin de juin 1944.

Les tours de garde, les barbelés, les baraquements et les crématoriums. Tout était là. Et puis, la série des chambres, chacune désignée pour une fonction spécifique, tout était là, comme la marque sur le bras des gens tatoués. Le fantôme du fantôme qui avait hanté ces murs, l'homme nu, qui avait tout donné, l'homme rasé, l'homme rayé était là aussi, de toutes les stries de son corps, celle des chemins de fer et celle des alignements et celle des jours que l'on compte et celle des hommes que l'on compte et celle des os qui apparaissent, et celle des barbelés, horizon barré. L'homme transparent sous le regard de l'autre, utile pour celui qui s'essuie, inutile pour celui qui choisit, l'homme décharné, le front courbé et l'épaule voûtée, mais l'homme quand même, face à l'autre qui ne l'est plus, les cuillers et les non-cuillers pour l'homme nu qui lape, tout, les objets humains, tout était là, et rien n'était là, rien, car il n'y a plus rien après la destruction.

Mina chercha la 7, sa baraque, puis la 14, celle où avait été sa mère. Elle avait à peine seize ans, lorsque le gouffre exsudant l'avait délivrée au beau milieu de l'enfer, un matin de février 1944. L'œil avait indiqué le bon côté : le travail en usine lui avait permis de tenir ses dix-sept mois, dont deux hivers, un miracle.

Le 14 était une sorte d'écurie avec une allée centrale sans autre fenêtre qu'un vasistas. Une grande porte au bout donnait sur quelques marches en bois. A l'extérieur, il n'y avait que la boue : ni sanitaire ni poste d'eau. A l'intérieur, il y avait deux rangées de bat-flanc sur trois étages, les premiers à trente centimètres du sol, les autres un peu plus haut et les derniers au-dessous du toit.

Un paysage inquiétant ne l'avait pas quitté : un marais plein de vase, une brume matinale, un âtre immense habitait sous son cerveau. Cela faisait longtemps qu'il n'était plus celui qui allait sauter, tenté par le non-être, cela faisait très longtemps qu'il était déjà de l'autre côté du miroir.

Pourquoi avoir attendu ? Pourquoi avoir traîné sa misérable existence ? Peut-être par une faiblesse extrême, une fatigue qui l'avait même empêché d'en finir tout à fait. Après tout, le faire, c'était comme le dernier sursaut de la vie. Se suicider, c'était exister, c'était peut-être le seul véritable acte signifiant l'existence.

Ce fut à ce moment précis que le téléphone sonna. Les dés n'étaient pas encore jetés. Quelques minutes de répit. Qui était-ce ?

Et si c'était le Diable ? Et si la Shoah était sa victoire ? On peut, bien sûr, dire que le mal ne peut être tenu pour une substance : c'est la nature de la pensée philosophique que d'exclure l'idée du mal substantiel — et donc, du Mal. Alors l'idée de néant se fait jour, l'ex-nihilo contenu dans le concept de la création. Faire le mal, c'est s'éloigner de Dieu, c'est aller vers l'imperfection croissante. Mais le mal de la philosophie n'est pas vraiment le Mal, si c'est une distance entre créateur et créature, une déficience, presque une liberté qui se meut vers le néant. Le mal n'est pas une substance en soi, mais une relation. Pourtant ici était le mal comme acte pur, le mal absolu, le mal comme Mal.

Ni manquement ni défaut. C'était bien lui, ici, pleinement, totalement. D'où venait-il ? Pourquoi existait-il ?

Peu importe, après tout. Il pensa à tous ces poèmes qu'il avait écrits en cachette, depuis des années. C'était son jardin secret. L'écriture se voulait mémoire ; c'était ainsi qu'il la justifiait. Et pourtant, pendant tout ce temps, il avait éprouvé une terrible culpabilité à écrire, à composer des poèmes après Auschwitz. Ses poèmes n'étaient pas des poèmes, c'étaient des suppliques par lesquelles il s'adressait à elles, à toutes ces âmes damnées, pour pouvoir partager leur amertume.

Et toujours, il y avait cette chose en moins qui le séparait de ceux sur qui il veillait. Depuis ce matin de juin 1944, il demandait la délivrance comme son vœu le plus cher, c'était le désespoir qui avait donné naissance à sa poésie.

Eux, disait-il, ils étaient comme du petit bétail, ils erraient, se tournaient chacun vers son chemin ; ils étaient des agneaux traînés à l'abattoir, des brebis courant au-devant de ceux qui les tondent. C'était l'holocauste, par lequel coulait à flots le sang des taureaux, des béliers et des veaux, et le sang des agneaux.

Il n'en pouvait plus de leurs forfaits : il était las de porter ce fardeau. Lavez-vous, purifiez-vous, cessez de faire le mal, disait-il. Et eux, muets, ils ne pouvaient ouvrir la bouche. Sous la contrainte, ils ne pouvaient ouvrir la bouche. Oui, ils ont été retranchés de la terre des vivants, à cause de la révolte de leur peuple, disait-il.

Ils pensaient avoir compris.

Mais comment comprendre ? Mettre au jour ses rouages, sa lente progression ? Comprendre, c'est prendre avec soi celui qui est responsable, et s'identifier à lui. A ceux qui, passifs, voyaient l'horreur se dérouler devant eux et ne faisaient rien. A ceux qui, sans qu'on ne leur demande rien, recherchaient les occasions de participer. A ceux qui veillaient au bon fonctionnement de la machine, ceux dont la devise était « précision et minutie ». A ceux qui œuvraient dans les organismes d'Etat, au ministère de l'Alimentation ou de l'Agriculture, qui restreignaient l'allocation de lait écrémé aux travailleurs juifs exposés aux substances toxiques. Aux fonctionnaires qui percevaient les allocations de retraite allouées aux juifs qui avaient été envoyés dans les camps. A ceux qui dans les gares comptaient les gens et les kilomètres pour facturer à la police de sécurité les convois d'hommes, de femmes et d'enfants, comme s'il s'agissait de transport de bestiaux. Aux juristes qui rédigeaient les nouvelles lois contre les juifs en accord avec la législation existante, aux médecins qui décidaient d'un coup d'œil de la vie et de la mort. Aux comptables, aux ingénieurs, aux architectes et aux entrepreneurs qui dessinaient et construisaient les camps et les chambres à gaz comme si la nature du projet n'était pas différente, comme si un bâtiment était un bâtiment. Aux professeurs d'université, aux avocats, aux chirurgiens-dentistes, aux experts en art, aux théologiens et aux pasteurs qui plaidèrent non coupables au procès de Nuremberg et qui n'exprimèrent jamais le moindre regret, se référant, pour leur défense, aux valeurs de la civilisation occidentale. Et les témoins, les avocats, de célébrer leur honnêteté, leurs vertus familiales, leur sentiment chrétien et la douceur de leur caractère.

Et puis, aux autres. Aux bourreaux. Aux commandants des camps. Aux exécuteurs, aux décideurs, aux meneurs et aux suiveurs. Aux maîtres de la sélection.

A Rozenberg, à Mengele, à Himmler.

A Hitler.

Enfin, il arriva, car c'était lui le symbole du mal : ce sang qui coule, chaud, épais, de son poignet coupé, rouge, puis brun, noirâtre, qui coule comme un fleuve souillé, comme une rivière charriant les décombres, comme une pluie ruisselante sur un bourbier.

Alors débuta le long calvaire, la torture infâme de la parturition : c'était un spectacle d'une violence étonnante. Le visage défiguré par l'horreur, les yeux exorbités, elle se mit à hurler. Tordue de douleurs et de spasmes, elle respirait bruyamment, elle expirait et soufflait comme si c'était l'ultime fois, comme si elle aspirait le dernier air du monde. C'était bestial, le spectacle de cette femme, les jambes largement ouvertes, qui tentait de toutes ses forces d'extirper, par des contractions sauvages, cette chose en elle, qui la dévorerait si elle ne s'en débarrassait pas. C'était une lutte à la vie à la mort, entre elle et cette vie qui la combattait, qui la mangeait de l'intérieur.

Alors le vagin s'ouvrit davantage, et l'on vit paraître une petit boule de chair et des cheveux bruns. La sage-femme mit ses mains autour de la matrice. Pendant plus d'une demi-heure, l'enfant resta ainsi, dans le corps de sa mère qui continuait de travailler, et le petit crâne tournait sur lui-même et s'efforçait de sortir à l'air libre, comme s'il hésitait encore à choisir entre la vie et la mort. C'était pitoyable, ce calvaire de la femme, les jambes écartées autour de la chose gluante et molle, cette femme en souffrance, qui peinait, qui peinait désespérément pour tenter d'expulser l'ange ou la bête. Soudain, il y eut un hurlement encore plus terrifiant que les précédents.

C'était son cri à elle, son cri de révolte et d'incompréhension : son refus du monde, du mal, de la mort. Elle exécrait, elle vomissait cette société pseudo-chrétienne qui se prévalait du nom de Dieu pour justifier un ordre inique. Elle exécrait et bafouait le Dieu qui, après le Déluge, avait fait le vœu solennel de maintenir l'ordre de la Création, elle abjurait le Dieu qui avait abjuré, elle haïssait le Dieu qui avait donné la vie au mal, et tant de fragilité à la création.

Il avait dit qu'il interviendrait dans le tonnerre, l'ébranlement, que ce serait un grand fracas, un tourbillon, il avait dit qu'il enverrait la tempête et la flamme d'un feu dévorant. Il avait dit que ce serait comme un songe, une vision de la nuit, pour la multitude des gens qui attaquaient, pour tous ceux qui combattaient. Il avait dit qu'il était le sauveur, il avait promis : *Confiance, ne tremblez plus, chantez le Seigneur car Il a agi avec magnificence, qu'on le publie par toute la terre, qu'on pousse des cris de joie et d'allégresse.*

Et elle voyait un champ de bataille où avait eu lieu une lutte terrible, un combat eschatologique avec le monstrueux adversaire, le terrifiant monstre de Job. Qu'on le publie par toute la terre.

Etait-ce une nation pécheresse, un peuple chargé de crimes, une race malfaisante, aux fils corrompus ? Avaient-ils abandonné le Seigneur, avaient-ils méprisé le saint d'Israël, s'étaient-ils dérobés à sa Loi ? De la plante des pieds à la tête, fallait-il encore qu'on les frappe, ceux qui persistaient dans la rébellion ? En eux, il n'y avait plus rien d'intact : il n'y avait que blessures, plaies, meurtrissures, qui n'étaient ni nettoyées, ni bandées, ni adoucies avec de l'huile, et ce pays était désolé, et ses villes brûlaient, et leur culte faisait horreur à Dieu. Quel mal avaient-ils accompli pour mériter cela ? Leur forfait devait être grand, si grand. Non, c'est absurde, disait-il, il n'y a pas de théodicée après la Shoah. La faute la plus totale et la plus absolue peut-elle entraîner un mal aussi immense ? Comment Dieu ferait-il ce calcul ?

Alors, Auschwitz ne peut être le Golgotha, la fin du Paradis. Ce serait plutôt le péché originel : ce fruit-là avait révélé qui l'on était. C'était le Mal radical, qui donnait la mesure unique de ce qu'était le mal tout court. C'était le Mal transcendant, indicible, impensable. C'était la forme la plus absolue du Mal.

Malheur à ceux qui provoquent la colère de Dieu, disait-elle. C'est pourquoi son peuple sera déporté, parce qu'il a déchu ; c'est pourquoi ils moururent de faim et se desséchèrent de soif. La fosse ouvrit sa gueule, oui, démesurément, et sa gorge enfla, et l'homme y fut abaissé sous la justice du Seigneur, le Tout-Puissant exalté en son jugement.

C'était le jour du grand débordement, de la colère ardente qui réduisait à la désolation et exterminait les pécheurs. Les étoiles du ciel et leurs constellations ne firent plus briller leur lumière, dès son lever, le soleil s'obscurcit, et la lune ne donna plus sa clarté. Oui, Il punit le monde pour sa méchanceté, et les impies pour leurs crimes, et Il mit fin à l'orgueil des insolents, et Il fit tomber l'arrogance des tyrans. Il rendit les hommes plus rares que l'or fin, Il ébranla les Cieux, et la Terre trembla sur ses bases, et c'était le jour de l'ardente colère, et Il transperça les petits enfants et les femmes. Le courroux du Seigneur s'abattit sur eux, et les morts furent jetés en désordre, et de leur cadavres monta la puanteur infâme et les montagnes ruisselèrent de leur sang, et toute l'armée des Cieux se décomposa.

Dieu aura pitié...

Le Seigneur aura pitié de son peuple...

Il disait qu'il donnerait de la pluie pour la semence, et des grains pour la terre et des troupeaux pour paître dans les pâturages et des cours d'eau en abondance et la lumière de la lune serait comme celle du soleil, et la lumière du soleil serait multipliée par sept. La justice régnerait enfin, comme un refuge contre le vent, un abri contre l'orage, un cours d'eau dans une terre desséchée.

A Ararat, Il avait fait une promesse solennelle à Noé : *Je ne maudirai plus jamais le sol à cause de l'homme. Certes, le cœur de l'homme est porté au mal dès sa jeunesse, mais plus jamais je ne frapperai tous les vivants comme je l'ai fait. Tant que la terre durera, semailles et moissons, froid et chaleur, été et hiver, jour et nuit jamais ne cesseront.*

Alors pourquoi ?

3

Dans le baraquement de sa mère, Mina nous regarda, Béla et moi, et nous dit qu'elle désirait qu'on la laissât pendant un moment. Elle voulait se recueillir. Et puis, elle désirait le chercher toute seule, ce cahier.

Nous sortîmes.

Mina, dans sa baraque, creusait, creusait sans relâche à l'endroit où sa mère l'avait enterré avant sa mort. Cet emplacement qu'elle avait indiqué au frère Franz pour qu'il y remît le cahier lui avait été confirmé par des survivants qui avaient connu sa mère à Auschwitz. Mina creusait, creusait sans s'arrêter. Elle labourait le sol de sa rage et sa sueur tombait dans la terre, goutte de cristal sur la tourbe et la fange. Et la terre meuble, chair et sang, se laissait creuser, et la terre grosse de la fin se laissait faire, et elle creusait, creusait dans la terre ici-bas, elle creusait sous les cieux mornes, les faux auspices.

Elle avait commencé son trou dans le coin gauche de la baraque, près de la porte, et elle sondait la terre, approfondissait le gouffre, puis l'élargissait, car au fond d'elle gisait comme un tout petit morceau d'espoir.

Veilleur où en est la nuit ?

J'avais soif. J'allumai une cigarette, j'inspirai la fumée et ce fut comme un torrent qui déborda, piquant mes lèvres et ma langue d'un feu dévorant, qui descendit par le cou, brûlant ma poitrine, soufflant une vapeur chaude dans mes entrailles et faisant de mon corps un bûcher, une marée de soufre que je rejetai comme un taureau crachant le feu, et les cendres tombèrent de la cigarette, poussière sur la poussière, et c'était comme la mort, car la cigarette peut aussi tout dévorer et brûler mon corps de l'intérieur, je le sais, car elle cuit, elle consume, elle incinère, c'est une malédiction, cette cigarette, une peine, une douce torture, une maladie future, une souffrance, c'est un crime, un suicide sacrilège, une erreur, une boule de feu que j'avale et transforme en petit tas.

Veilleur où en est la nuit ? Le matin vient et de nouveau la nuit.

Elle creusait, creusait, continuait son travail, mais elle ne trouvait rien, alors elle vit un endroit dans un coin où la terre semblait avoir été remuée et, de sa pelle, elle agrandit la cavité.

Alors ce fut comme une mer grosse qui se gonfle et se dégonfle, un courant de vagues amères démontées, en fureur, car c'est d'une vague que l'homme naît, d'une déferlante qui, sous l'impulsion fécondatrice du vent, déroule ses tourbillons comme un serpent ailé déploie ses anneaux, et de la ténèbre mystique enrichie comme un paradis aveugle mais omnipotent, nageant sur le rythme apaisant du souffle long caressé par toutes les humeurs, l'enfant sort des flots, poussé par le Démiurge, expulsé du royaume de Dieu, et sans savoir pourquoi, l'ange déchu sort du trou noir, et pénètre le monde cosmique des six ténèbres, et c'est ainsi que l'enfant paraît, rejeté par la femme en souffrance, entre ses jambes, dans les vapeurs noires de son sein, c'est ainsi qu'il s'éveille, par un cauchemar horrible aux hurlements stridents, il paraît, sale, plein d'écumes et de mucus, le corps enduit d'une couche de graisse à l'odeur doucereuse, tiède, écœurante, ses mains se portent à sa tête, il a l'air foudroyé, il ouvre des yeux immenses, les referme avec violence, il meurt déjà, sur son visage se peint une indicible souffrance, la lumière l'agresse, comme un feu, l'air qui entre pour la première fois lui dévore les poumons, et plus il respire, plus il se brûle.

L'origine du monde, c'est cette matrice chaotique et sale : tous les hommes naissent comme des larves dans l'eau, comme des crapauds au milieu des étangs glauques. Il faut croire que le monde est né de la même contraction, par le miracle laid de la *natura naturans,* autoclonage du bâtard de Dieu. L'origine du monde, c'est cet inceste infâme, car l'homme naît dans le vagin de sa mère, tête et pieds mélangés à l'intérieur d'elle.

Ainsi naquit l'enfant dans les sangs du terrifiant partage, par les convulsions grotesques du travail. Ainsi naquit l'enfant mort, l'enfant mort-né de Lisa.

On coupa le cordon ombilical qui battait comme un long serpent.

D'un geste brusque, précis, il saisit le couteau et trancha la deuxième veine.

Elle sentit quelque chose de dur. Elle prit son couteau, et creusa.

Elle sortit, maladive, chancelante : elle aurait pu jurer pourtant que la terre avait été remuée. Quelqu'un avait pris le cahier qu'elle cherchait, ce cahier brun dont lui avait parlé sa mère. Au fond du trou, il n'y avait rien : *le cahier brun avait disparu.*

SIXIÈME PARTIE

1

Lorsque nous revînmes à Paris, le matin du 29 septembre 1995, nous apprîmes la double nouvelle : la mort de Samy, la naissance et la mort de l'enfant de Lisa.

Je ne sais plus quelle fut ma première réaction. Je me souviens surtout du visage de Lisa, et du refus qu'elle opposa à mes tentatives de consolation.

Pendant un jour, et une nuit entière, je fus couché, prostré. Je regardais à droite et à gauche et je ne voyais que lui : cet enfant qui n'était plus.

J'étais envahi par le néant : sur les moments les plus beaux du monde, sur les liens tissés pendant des heures de dévotion, cette chose immonde qui venait de frapper en plein visage, cette chose qui se donnait dans son spectacle effroyable, cette chose inouïe et inoubliable abolissait tout ; le serpent, le serpent était là, je le voyais, je le sentais, autour de tous, et tous avaient mal, au cœur, à la gorge, si serrée qu'elle ne laissait même plus s'écouler la salive, à la tête qui était dans un coton, aux jambes molles qui ne pouvaient plus rien porter, au cœur qui faisait mal comme s'il était rétréci, au cœur opprimé dans une cage soudain trop étroite. Une plaie béante avivée, trépanée de fer chaud.

Il était là, ce serpent, cette bête immonde. Il était celui qui possédait l'intelligence, qui avait le pouvoir de création et de destruction, la force invincible

— la connaissance. Il était celui qui voyait tout, qui observait les habitants de la terre et modelait leur cœur. Attentif à leurs œuvres, il écoutait ceux qui crient, il conseillait, et les eaux le voyaient, et elles tremblaient, et l'abîme lui-même frémissait, et les nuages déversaient leurs trombes, les nuées donnaient de la voix, le roulement du tonnerre déchirait le ciel, et les éclairs illuminaient le monde, la terre grondait lorsqu'il apparaissait. Cet être était redoutable par la fascination qu'il exerçait sur chacun, et qui les précipitait dans l'abîme.

Dans le vaste cimetière de Bagneux, par une journée pluvieuse, on enterra Samy et l'enfant mort-né, à côté des cousins Perlman.

Toute la famille était là, ainsi que les proches amis, les Talment, le frère Franz, Félix bien sûr, et d'autres personnes que je ne connaissais pas.

On ouvrit les portes arrière du corbillard, et Paul, Béla et trois autres personnes soulevèrent le cercueil de Samy jusqu'à l'endroit où étaient creusés les trous. Je portais le petit cercueil, Lisa à mes côtés. Le cortège suivait silencieusement. Mon cœur se souleva lorsque je mis le petit cercueil en terre. Lisa sanglotait.

Raide, droite dans sa longue robe noire, elle était si chétive et si pâle qu'elle ressemblait à une petite fille.

Béla regardait devant lui, l'air buté. Paul pleurait à chaudes larmes, Tilla l'entourait d'un bras consolateur.

Quant à Mina, elle avait un visage ouvert, maquillé. Elle portait un élégant tailleur de crêpe noir. Ses yeux cherchaient les regards. Elle recevait chaleureusement les condoléances, remerciant chacun d'un mot gentil.

Le ciel gronda, et soudain la pluie tomba sur les fosses.

Dans une rêverie lancinante, je me transportai

dans un autre cimetière, plus ancien, où je cherchais une tombe. La nuit était brumeuse, j'avançais à tâtons sous la lueur d'un croissant de lune. Soudain, je la trouvai : *elle était ouverte, il n'y avait plus personne à l'intérieur.*

— Raphaël ?

J'entendis résonner mon nom, mais c'était très loin.

— Raphaël ?

C'était Paul.

— Ça va ? Tu n'as pas l'air bien.

— Oui, oui, ne t'inquiète pas.

Lisa, à côté de lui, me jeta un regard froid.

— Tu es sûr que ça va ? dit Paul.

— Ça ira mieux plus tard.

Soudain Béla, surgi par-derrière, lança à la cantonade :

— Qui les a convoqués ?

Il désignait les journalistes qui arpentaient le terrain, posant des questions et prenant des photographies.

— C'est toi, Paul ?

— Non, dit-il. Pourquoi aurais-je fait une chose pareille ?

— Avec ton goût pour les spectacles morbides, on ne sait jamais... C'est qui alors ? fit-il en me regardant dans les yeux.

— C'est moi, dit Mina.

— Toi ? dit Paul, surpris.

— De toute façon, ils ne parlent pas avec nous : ils semblent avoir mieux à faire, répondit Mina.

Les journalistes s'étaient à présent massés autour des Talment. Le vieux couple s'entretenait avec eux le plus naturellement du monde.

Béla se précipita. Je ne sais ce qu'il leur dit, mais les journalistes s'éclipsèrent rapidement.

Sous la bruine, les officiants récitèrent une courte prière, le rabbin cita un texte de la Bible, un passage d'Isaïe dont je me rappelle encore la première phrase : *Tu t'es attaché à ma vie pour que j'évite la fosse.*

Dans mon oreille, il y avait un bruit sourd, comme un marteau qui frappe sur un bloc de métal. Chaque coup me faisait tressaillir, résonnant au plus profond de moi.

Oh Dieu. La barbarie continuait. S'il y avait un sens extrême à ce suicide et à cette mort d'enfant, c'est bien qu'il n'y a pas de résurrection. Le mal, c'est comme la mort : quand on a été pris, on n'en revient pas.

Chacun lança sur la tombe trois petites mottes de terre. Lorsque vint son tour, Félix s'approcha du trou où était enterré Samy, le contempla, puis il tint la poignée de terre au-dessus de la tombe et, lentement, très lentement, comme s'il n'avait pas conscience de la bizarrerie de son geste, il la laissa s'égrener comme une pluie sale.

Peu à peu, tout le monde partit. Il ne resta plus que Mina, Lisa et moi. Nous nous éloignâmes, pour laisser Mina se recueillir devant la tombe de son mari.

Au bout de quelques pas, je ne sais pourquoi, je me retournai et je vis un spectacle qui me cloua sur place.

Mina riait, riait aux larmes. Je ne l'avais jamais vue ainsi. *Mina, devant la tombe de son mari, riait de bon cœur.*

2

Après l'enterrement, nous nous rendîmes chez Mina qui avait préparé un repas de deuil, œufs durs et olives noires, selon la tradition. Il devait y avoir une vingtaine de personnes dans l'appartement de la rue des Rosiers. Mina virevoltait de l'un à l'autre, présentant les invités comme s'il se fût agi d'une réception mondaine. Lisa et Paul étaient ensemble, serrés l'un contre l'autre, dans un coin de la pièce. Béla avait disparu à la cuisine.

Félix s'éclipsa rapidement ; il devait prendre l'avion le soir même : il partait en reportage pour un mois, ou deux peut-être. Son départ m'attristait : cela faisait longtemps que je ne lui avais parlé, et pourtant j'en avais terriblement besoin.

Je me servais un verre au buffet, lorsque le frère Franz s'approcha de moi :

— Vous savez pourquoi il est mort ? murmura-t-il.

— Il s'est suicidé, répondis-je, d'un air absent.

— Oui, il s'est suicidé. Et vous savez pourquoi ?

— Non ? Et vous ?

Il me contempla un moment de sa très haute taille. Il était en soutane, ses cheveux longs formaient des boucles sur ses épaules. Me prenant à part, il me dit :

— Au Moyen Age, on disait que les juifs avaient des cornes. Pour le prouver, le concile de 1267 de Vienne décréta qu'ils devaient porter un chapeau à cornes. On leur prêtait une queue comme au Diable, on les assimilait à la chèvre, son animal favori. On disait aussi qu'il y avait une odeur spécifique des juifs, le *foetor judaicus,* qu'ils étaient censés perdre, après avoir été baptisés... Plus tard, pour les nazis, l'odeur raciale des juifs était l'une de leurs caractéristiques distinctives...

« Il s'est suicidé, Raphaël, parce que cela fait des siècles que nous les suicidons.

En l'écoutant, je me souvins des toutes premières paroles qu'il avait dites à Félix, à Berlin : il lui avait conseillé de s'éloigner de cette affaire. Cet homme hiératique semblait être toujours resté à l'abri du mal qui nous entourait.

— Vous voulez que je vous dise, Raphaël ? Il faut retrouver le coupable. Il faut le retrouver, et le punir.

— Quel coupable ?

— Le coupable du meurtre de Schiller ; ou du suicide de Samy, c'est la même chose.

Soudain il y eut un silence. Béla était en train de faire une réapparition remarquée : il revenait de la cuisine avec une assiette remplie de charcuterie. Sa mère se précipita vers lui :

— Que fais-tu ? Tu sais bien qu'on n'a pas le droit de manger de la viande quand on est en deuil.

— Ce n'est pas pour moi, répondit Béla.

— Non ? Pour qui alors ?

Béla me jeta un regard :

— Pour lui. Il a le droit, lui.

Il vint vers moi et me tendit l'assiette.

Le frère Franz s'éloigna. Les discussions avaient repris dans la pièce.

— Pourquoi tu t'intéresses tant à moi, Béla ? demandai-je d'un ton très calme. Qu'est-ce que tu me veux, depuis le début ? Tu peux m'expliquer ?

— Tu m'as l'air bien nerveux, dit Béla. C'est l'enterrement qui te fait cet effet ? Ou alors c'est ma sœur ? Tu ne me sembles pas lui être d'un grand secours aujourd'hui.

— Ça te regarde, Béla, ce qui se passe entre ta sœur et moi ?

— Qu'est-ce que tu vas faire, si Lerais est innocenté ? Parce que tu le sais, que c'est lui qu'elle aime ? Qu'elle ne t'a épousé que par dépit ?

— En effet, elle m'a *épousé.*

— Ta femme, peut-être, mais tu n'es pas le père de l'enfant qu'elle attendait.

— Que veux-tu dire, à la fin ?

— Le père de cet enfant, c'est Lerais.

Soudain, il baissa la tête et il me mit son poing dans la poitrine, sur la gauche, près du cœur. Sous la douleur fulgurante, je m'écroulai.

Je vis mille étoiles. Je tentai de me relever, mais j'étais trop faible, je m'affaissai lourdement. Alors qu'il se précipitait à nouveau sur moi, Paul et Jacques Talment le prirent et le retinrent fermement.

Mais il s'échappa et je sentis une seconde brûlure encore bien plus atroce que la première. J'écarquillai les yeux d'effroi : il était revenu parachever sa tâche. Il était en train de me mordre, plantant ses crocs dans ma main.

3

Béla fut interné la semaine suivante. Après son attaque sauvage, il s'était mis à hurler comme un fou. Il disait que je voulais sa mort, que c'était moi qui avais mis le revolver chez lui pour le faire accuser, que j'étais un danger pour sa sœur et pour toute la famille, à laquelle je m'étais intéressée uniquement dans le but de tout détruire. Les médecins avaient diagnostiqué une psychose paranoïaque.

J'avais une côte cassée, et la morsure qu'il m'avait faite avait sérieusement endommagé ma main : je passai un mois à l'hôpital, où je fus presque toujours seul. Au début, Lisa venait me voir tous les deux ou trois jours, puis ses visites lentement s'espacèrent.

Lorsque je regagnai enfin notre appartement, je la trouvai plus maigre que jamais. Ses regards me fuyaient. Ses gestes étaient froids. Elle n'allait plus à son atelier de sculpture. Elle dormait peu ; fumait beaucoup. Je ne pouvais plus l'approcher, je pouvais à peine lui parler. Elle me jetait des regards effrayés.

Je comprenais bien qu'elle souffrait, et j'avais du mal à la voir ainsi et à constater mon impuissance, mon incapacité à la rendre heureuse. Je gardais tout en moi, et la rage m'étouffait.

Nous étions dans l'Orient désert, nous étions perdus, et rien ne pouvait nous sauver. C'est peut-être cela, le péché originel : une fois que l'on a commis la faute, on ne peut rien faire pour l'effacer. Il y a un pardon possible, qui consiste à rappeler le forfait, mais il n'y a pas de réparation pour l'homme : car il n'y a pas d'oubli pour le mal qu'on a subi. Ce mal reste en soi jusqu'à ce qu'il sorte, sous une forme ou sous une autre : et c'est souvent contre une autre personne, pour un autre motif. C'est ainsi que le mal se propage : lorsqu'il se reçoit et ne peut se rendre, il se donne à d'autres, sans pour autant disparaître de soi. La seule façon d'arrêter ce processus, c'est de rendre le mal à qui l'a fait : œil pour œil, dent pour dent. Mais souvent, c'est impossible : parce que la personne n'est plus là, parce que l'on ne peut pas. Alors on garde le mal en soi comme un petit animal domestique qui devient sauvage, à chaque fois que l'occasion se présente ; ou comme un ténia qui dévore tout de l'intérieur.

Tous les soirs, elle avalait des somnifères avec son verre de whisky, puis elle s'endormait lourdement.

Un jour, la voyant ouvrir sa petite boîte brune pour la seconde fois, je saisis son poignet, mon regard rivé au sien. Elle se raidit, comme si elle avait un haut-le-cœur.

— Ecoute, Raphaël, me dit-elle en se dégageant de cette étreinte. Tu veux que je dise ce qui ne va pas ? Je ne sais pas ce que tu es venu chercher, ni ce que tu as aimé en moi, mais ce que tu as trouvé, tu l'as saccagé. Tu comprends ? C'est comme si tout allait de plus en plus mal, depuis que je te connais... Cet enfant...

— Es-tu en train de me rendre responsable de sa mort ? coupai-je.

— Il n'y a pas que l'enfant. Il y a mon père. Et puis, Béla : n'est-ce pas toi qui as précipité sa chute ? Que lui as-tu dit pour qu'il sombre dans la folie ?

— C'est lui ! m'exclamai-je. C'est lui qui n'a pas arrêté de me provoquer depuis le départ, tu le sais bien. Et s'il a sombré, comme tu dis, c'est à cause du suicide de Samy, ce n'est pas à cause de moi.

— C'est trop. Trop de souffrance. Trop pour moi, trop pour nous ; pour nous deux, tu comprends ?

Une nuit où elle errait dans la maison, je me levai à mon tour, et je la trouvai en train d'avaler plusieurs cachets avec un grand verre d'alcool.

— Mais que fais-tu ? dis-je en le lui arrachant des mains. Tu es devenue folle ou quoi ?

— Rends-moi ça, fit-elle brusquement.

Je la regardai sans comprendre.

— Rends-le-moi, répéta-t-elle. Je ne le dirai pas deux fois.

Elle tendait sa main fermement, pour que je lui donne son verre.

— Mais tu ne peux pas faire ça, avançai-je prudemment. Mélanger l'alcool et les barbituriques.

Elle me toisa d'un regard infernal.

— C'est toi qui m'as appris à le faire, non ? Tu disais que l'alcool n'avait aucun effet sur moi.

Ses pupilles étaient dilatées : c'était la première fois que je la voyais un peu éméchée.

Je lui rendis son verre, qu'elle avala d'un trait, sans me quitter des yeux. Leur lueur mauvaise s'était enflammée, comme un éclair d'une intensité foudroyante.

Soudain, son regard se durcit. Elle se saisit du paquet de cigarettes qui était sur la table, en prit une et lâcha d'une voix grave que je ne lui connaissais pas :

— Ecoute, Raphaël, je crois que l'on ne peut plus continuer comme cela. Il faut prendre une décision.

Prendre une décision ? Un vent de panique m'envahit.

De quelle décision voulait-elle parler ?

— Voyons, Lisa, calme-toi.

— Ce n'est pas cela, tu sais bien.

— Quoi alors ?

— Depuis quelque temps, je ne te reconnais plus, Raphaël.

— Tu ne crois pas que c'est plutôt toi qui as changé, avec toutes ces épreuves ? dis-je. Le suicide de ton père, la mort de cet enfant...

— Je ne sais pas pourquoi, mais je ne me sens plus entièrement en sécurité avec toi.

— N'as-tu pas dit la même chose, à propos de Jean-Yves Lerais ? Qu'il avait changé, que tu ne le reconnaissais plus...

— Non... ce n'est pas seulement cela. C'est plutôt que... je me rends compte que je ne sais rien de toi. Je t'ai épousé parce que je me suis aperçue que je t'aimais... en tout cas je l'ai cru. Mais je ne connais rien de toi, rien de ton passé, de ta famille. Tout ce que je sais, c'est ce que je vois. Tu n'as presque pas d'amis. Tu as souvent du mal à supporter les autres. Tu es d'une jalousie féroce et parfois, tu dis des choses étranges qui me font honte, comme lorsque tu fais part à tout le monde de tes élucubrations sur Hitler. Et puis, parfois aussi, je sens au fond de toi une sorte de colère terrible, dont j'ai peur qu'elle n'explose, comme une tempête. Tu te rappelles cette histoire que tu m'as racontée ? Que ton père t'avait emmené à l'abattoir à l'âge de dix ans ?

— Oui ?

— Je crois que tu n'en es jamais sorti de cet abattoir, Raphaël. Le sang, la violence. C'est cela que tu recherches à travers la Shoah. Au début, cela ne me dérangeait pas. Je me disais « enfin quelqu'un qui cherche à comprendre, et qui va peut-être m'aider à en savoir plus ». Mais je crois que ton intérêt pour la Shoah est le reflet de quelque chose d'autre, quelque chose de terrifiant. Dans le fond, tu n'aimes personne, Raphaël. Personne sauf toi. Tu t'admires... Tu penses que tu es le plus intelligent et le plus moral des hommes, mais moi, je sais qu'il y a quelque chose d'autre en toi...

— Tu es ivre, Lisa. Tu ne sais plus ce que tu dis.

— Si, si, je sais... C'est ce délice dans tes yeux lorsque tu en parles...

— Lorsque je parle de quoi ?

— De *ça*. De la Shoah.

Elle s'approcha de moi, tout près, en pointant son doigt sur ma poitrine. Elle vacillait sur ses jambes. Je sentais son haleine forte, alcoolisée. Ses pupilles étaient dilatées par l'alcool.

— Mais qu'est-ce que tu racontes, Lisa ? dis-je doucement.

— Je suis fatiguée. Et pas seulement cela. Je suis au bord du gouffre, Raphaël... J'y pense constamment.

— A quoi ?

— Au suicide.

— *Que dis-tu ?*

— Il m'appelle par la fenêtre, par la cage d'escalier, il est dans ma boîte de calmants, dans les tiroirs de la cuisine et même dans les sachets en plastique que je rapporte de l'épicerie...

Je la regardai sans rien dire.

— Je dois partir. Au moins pour un temps.

— Attends un peu. Réfléchis. Tu n'es pas en état de décider quoi que ce soit. Nous verrons tout cela demain.

Le lendemain matin, je lui préparai un café fumant pour qu'elle se remette de son mal de tête.

— Tu sais ce que nous allons faire, toi et moi ? lui dis-je.

— Non ? !

— Nous allons partir.

— Partir ?

— Loin ; loin d'ici. Pour longtemps. Et quand nous reviendrons, tout ira mieux. Je te le promets.

Pendant plusieurs mois, nous voyageâmes. Nous nous rendîmes en Corse, puis en Sicile. De là, nous remontâmes vers Rome, où nous restâmes un long moment. Puis nous visitâmes l'Europe de l'Est, la Bulgarie, la Hongrie, la Tchécoslovaquie et l'Albanie. Nous traversâmes tous ces pays, nous vîmes autant de paysages que d'hommes, de villes, montagnes, lacs et mers, mais rien ne semblait dissiper l'ennui des yeux de Lisa. J'avais beau faire tous les efforts possibles pour la distraire, pour tenter de lui arracher un sourire, rien n'y faisait. Elle promenait son indifférence de ville en ville, sans s'intéresser ni à mes cours d'histoire, ni à mes étreintes. J'avais l'impression que c'était ma présence qui l'incommodait. Dans les hôtels, nous finîmes par faire chambre à part.

Un soir — c'était à Budapest —, elle m'avait laissé seul une fois de plus, elle était montée dans sa chambre. Il était tôt. Je passai la soirée à boire et à fumer. Tard dans la nuit, passablement éméché, je fis irruption dans sa chambre qui communiquait avec la mienne.

Elle dormait. J'entendais son souffle régulier. D'un geste brusque, j'arrachai les draps. Elle se réveilla brusquement, alluma la lumière et me regarda d'un air étonné.

Je ne sais plus comment ni pourquoi j'en suis arrivé là : à la frapper pour qu'elle m'embrasse, pour qu'elle m'enlace, à la forcer. Sans quoi je n'aurais pu perdre le contrôle au point de hurler que j'allais la tuer, oui, que j'allais la tuer.

Le lendemain, nous reprîmes l'avion pour Paris.

Elle fit ses bagages, dès notre arrivée à la maison. Avant de s'en aller, devant la porte, ses valises à la main, elle me regarda, puis elle se mit à sourire, de son sourire doux et modeste, celui que je lui avais vu la toute première fois que je l'avais rencontrée, celui que je ne lui avais plus connu depuis très longtemps...

— Tu veux la connaître, l'histoire de l'oncle Morali ? Tu as toujours voulu savoir, n'est-ce pas ? dit-elle soudain.

— Oui ?

— Lorsque les lois de Vichy ont été promulguées, commença-t-elle, l'oncle Morali s'est présenté à la mairie pour demander à être inscrit sur le registre en tant que juif, car il était citoyen de la République, Morali, et il obéissait à ses lois, *toutes* ses lois. Or, par un coup de chance, le policier qui s'occupait des inscriptions était l'une de ses connaissances. Lorsque l'oncle Morali demanda à être inscrit sur le registre, l'homme le regarda au fond des yeux et lui dit : — Non, pas vous, monsieur Morali, *pas vous*. — Mais si, c'est la loi qui l'ordonne ; et vous savez que je suis juif. — Mais non, fit l'autre en clignant des yeux, pas vous, monsieur Morali. — Si, si, j'y tiens, je vous prie, je veux être inscrit. Je n'en ai pas honte. »

« L'autre insista encore, puis, voyant Morali tellement déterminé, il fut bien obligé de le faire. Un mois plus tard, l'oncle Morali était déporté.

Elle sourit encore.

— C'est une histoire bête, non ?

4

Après le départ de Lisa, je me retrouvai face au néant. J'avais tout, et j'avais tout perdu : une famille, une femme, un enfant. Je me rappelais les temps heureux où j'errais dans le Marais à la recherche de Lisa, où nous allions à la piscine ensemble, et le bonheur avait culminé en Israël, avant de péricliter comme un empire en déclin. Mais le souvenir, l'élu, ce monde magique supérieur à l'espace et au temps, nostalgie infinie de la chambre de la mariée, repos et plénitude de l'âme, était enveloppé par la mémoire, totale, pesante et vraie, si lourde à porter, union des événements présents, passés et antérieurs, qui plus jamais ne reviennent : ni les moments heureux, ni les malheureux, ni les fautes graves commises à l'encontre de son prochain, peut-être pardonnables, mais pour toujours irréparables. La mémoire coule du plomb dans la blessure plaisante du souvenir et l'empêche de s'évader du monde, de sortir, de se délivrer de sa mortelle étreinte pour se retrouver dans l'illusion de la possession de soi. Car la mémoire seule est la vraie connaissance, mais c'est une connaissance terrible, impitoyable, absolue, qui a lieu dans le mariage suprême de la vérité et de la morale, que le souvenir, partiel, épicurien et momentané, ne comprend pas.

J'avais expliqué un jour à Félix que c'est la connaissance qui sauve et qui apporte le salut, car se connaître, c'est se comprendre, c'est se saisir comme objet distinct et distant de soi, afin d'être rendu à soi-même et de revenir à soi.

Je lui disais aussi que la compréhension délivre de la mémoire subjective et la découpe en petits morceaux de souvenirs... Mais à quoi bon, à présent, tenter de comprendre ? Lisa était partie, Félix n'était pas là, et je n'avais pas de consolateur.

Que faire ? Vivre ? Manger ? C'est-à-dire tuer, assimiler, digérer et être coupable. N'étions-nous pas tous ainsi — sauf peut-être ces hindous qui avancent en balayant l'air de leur éventail pour ne pas tuer les moucherons sur leur passage. Je me rappelai la peur que j'avais eue à Rome, à la traversée de la nuit. Je compris sa véritable nature : ce n'était pas une peur de l'univers. L'univers, c'était moi : c'était de moi que j'avais eu peur. *Ce n'est pas mon ennemi qui m'outrage, je le supporterai, ce n'est pas celui qui me bat qui m'écrase, je m'abriterai de lui, mais c'est toi, mon autre moi-même, mon ami intime, plus enfoui en moi, avant moi, derrière moi.*

Qui étais-je ? Que serai-je ? Que deviendrai-je ?

Qui étais-je ? Adam, l'homme innocent ; ou alors le serpent ?

Qui suis-je ? Je suis tel que j'étais à l'origine.

Que serai-je ? Celui que je fus à l'origine.

Se sauver, fuir, fuir ce monde, prendre les chemins de traverse et, de tous ses moyens, tenter le véritable exode, rassembler ses forces, remuer ses membres et unir toutes les parcelles de son âme dissoute vers le but suprême. Depuis si longtemps je rassemblais les morceaux épars pour construire cette fiction, *moi* — mais le seul moyen radical de créer, c'est, comme l'accouchement d'un enfant et comme la naissance du monde, par contraction, par retrait.

Dans ma tête, tout se mélangeait, tout se bousculait à une vitesse folle. Certains mots (apprendre, discipliner, punir, monde futur, espérance, paradis, souffrance, rédemption) revenaient constamment dans mon esprit et m'obsédaient. Il me semblait que quelqu'un me les disait tout bas, à l'oreille, comme dans un souffle.

J'entendais des voix. Voici ce qu'elles disaient : « La fureur de Dieu est sur toi, car tu as désobéi. » Et moi j'entendais : « Le Führer de Dieu. »

Je ne parvenais plus à dormir. Je pensais à Lisa, tout le temps. Je ne savais même plus où elle était, elle n'avait pas voulu me le dire. Elle me manquait le matin, elle me manquait le soir. Je la voyais, les yeux grands ouverts, je la contemplais, je lui parlais comme si elle était là, je dialoguais avec elle, pendant des heures.

Je fumais. Et puis je buvais, beaucoup. Tous les soirs, j'allais au bar du Lutétia, et j'y restais très tard, le plus tard possible, après m'être suffisamment saoulé.

Le matin, j'avais une gueule de bois terrible, et une nausée si forte que la seule chose à faire était de retourner au lit, après avoir vomi et craché mes poumons. Après un mois passé ainsi, je devins très faible. Mon corps malade, dégoûtant, de plus en plus décharné était un tombeau marchant. J'avais tellement mal à la tête que je ne supportais plus la lumière du jour. Je vivais les volets fermés en permanence. J'étais un somnanbule, un mort vivant.

Je ne me lavais plus, je ne supportais pas le contact de l'eau qui me brûlait la peau. J'étais dégoûté par la nourriture. Je devenais de plus en plus maigre, mes yeux étaient douloureux, injectés de sang, mes pommettes et ma mâchoire saillaient sous la peau fine de ma figure, mes épaules voûtées avaient peine à soutenir ma carcasse. Ma peau avait flétri. Chaque jour était des années et, un matin, ce fut le visage d'un vieillard que je vis dans la glace.

Une femme le regardait : elle avait des cheveux noirs, si sombres qu'ils brillaient de reflets violacés. Par un contraste étonnant, ses yeux très clairs chatoyaient. Sa peau blanche était si fine qu'on pouvait voir ses veines bleues sur les tempes battre au moindre mouvement.

Ou alors, c'était un homme aux traits durs, au visage coupé dans la pierre. Son nez était droit et fin, son front altier, et sa bouche aux lèvres charnues laissait apercevoir des dents voraces.

Tous les soirs, je retrouvais Félix au Lutétia. Pendant de longues heures, je lui parlais de Lisa. Il m'écoutait patiemment, sans mot dire.

Un soir, il m'apprit que la date du procès de Lerais avait été fixée : ce serait le 24 octobre 1997. Il avait l'intention de continuer son enquête. Je pouvais l'aider et, surtout, je devais poursuivre mon travail de thèse. Peut-être, dit-il, que la séparation avec Lisa prendrait fin ; en attendant, il était impératif que je ne me laisse pas aller.

C'est ce que je fis, pendant l'année qui suivit. Je travaillais avec acharnement. Je passais ma journée aux Archives et, le soir, je retrouvais Félix au Lutétia, pour y dîner ou pour y prendre un verre.

Aux Archives, ce théâtre où je tentais de me distraire, je remarquais les vieux hommes plutôt que les jeunes femmes fardées. Il y avait parmi eux une sorte de savant fou, l'un de ces chercheurs qui s'accrochent à leur archive comme un naufragé à sa planche de bois, mais dont l'œuvre et la découverte sont toujours pour le lendemain. Les habits négligés, la chemise passée, les traits creusés et les cheveux gris désordonnés, cet homme portait une énorme paire de lunettes de soleil, jaune et transparente, de ces lunettes qui sont censées assurer l'uniformité du bronzage tout en protégeant les yeux et la peau. Ces lunettes étaient un élément hétéroclite, un véritable non-sens : un signe gratuit, un rajout, une originalité peut-être, ou alors une provocation, une coquetterie. Cet homme, ce mystère, travaillait dans un recoin où le soleil ne perçait pas, et le voilà, avec ses lunettes de surfeur ou de midinette un peu vulgaire, qu'il n'enlève jamais, été comme hiver, lui, le contempteur d'incunables, le vieux sage inconnu. Peut-être se protégeait-il contre le feu de la connaissance — la lumière du savoir —, qu'il préférait continuer de chercher, le regard voilé.

Je revis Lisa plusieurs fois. Par hasard, dans la rue. Elle habitait temporairement chez sa mère ; elle avait repris son travail dans son atelier.

C'est tout.

5

Je levais les yeux vers le ciel, et c'était toujours, toujours la même question, obsédante, qui était écrite en poudre d'étoiles : comment voir clair dans cette nuit profonde ? Existe-t-il une lumière sur laquelle s'appuie l'obscurité ? Comment passe-t-on du bien au mal, du mal au bien, et comment comprendre l'idée de bien si l'on n'a pas celle du mal ?

Heureusement, ma thèse progressait grâce aux encouragements de Félix. C'était ma seule satisfaction. Je m'intéressais à la décision finale de l'extermination des juifs. Je démontrais que, pendant l'été 1941, l'émigration restait ouverte aux juifs, même si des restrictions avaient été apportées. En août, on décida de leur faire porter un insigne et, en septembre, commença la déportation à l'Est. Cependant, depuis la fin des années trente, Hitler était à la recherche d'une solution territoriale en cas de victoire, et d'une solution radicale, seulement au cas où la guerre tournerait mal, en guise de représailles. Pendant l'été 1940, il était encore prêt à envoyer outre-mer les juifs d'Europe. Pendant qu'il préparait la campagne de Russie, il ne fit rien contre eux, car il croyait dans sa victoire prochaine. Ce ne fut que lorsque la guerre prit un autre tournant que les juifs soviétiques furent les victimes de sa fureur.

Selon moi, c'était la guerre qui avait provoqué la colère et la panique chez Hitler. Lui et ses hommes n'auraient pas perpétré ce crime, si tout s'était passé comme il l'avait espéré. La résistance des Soviétiques, les difficultés économiques et l'expérience traumatique de 1918, la honte de la défaite avaient rendu la population civile moins sensible, plus perméable à la haine raciste. Les Allemands pensaient qu'ils risquaient, une fois encore, de verser leur sang, et que les juifs seraient les vainqueurs de cette guerre éternelle : c'est pourquoi il *fallait* les exterminer. Ils étaient l'ennemi absolu qui empruntait les visages contrastés du bolchevisme et du capitalisme et qui, bientôt, ils n'en doutaient pas, se révélerait tel qu'il était, dans son unité diabolique.

6

Le seul événement notable de ces dures années fut la soirée passée avec le frère Franz. Il s'était trouvé à Paris pour quelques jours, et il avait souhaité me voir.

Je le retrouvai devant les Archives, où je lui avais fixé rendez-vous. Dans la rue, il avançait lentement ; comme s'il procédait à tâtons.

— Votre vue s'est-elle encore affaiblie, frère Franz ? lui demandai-je.

— Oui. J'y vois de moins en moins.

— Pourquoi ne portez-vous pas de lunettes ?

— Cela ne me dérange pas d'être dans le flou. J'ai l'impression d'être dans un univers plus familier. Les contours des gens et des choses sont moins nets. Tout est plus doux, plus cotonneux...

Je l'emmenai dans le café de la rue des Rosiers où Lisa et moi avions dîné la première fois, et que je hantais parfois, ajoutant ma peine à celle des rabbins qui pleuraient sur les murs.

— La police allemande enquête-t-elle toujours sur l'affaire Schiller, lui demandai-je, ou le dossier est il clos depuis l'inculpation de Jean-Yves Lerais ? Vous disiez qu'il fallait retrouver l'assassin. L'avez-vous fait ? L'avez-vous cherché ?

— Toujours la même question que vous me posez, Raphaël. Qui a tué Carl Rudolf Schiller ? L'ange de sang-froid, le Démon du Mal ? Ou alors l'homme ordinaire ? Pourquoi avoir tué Schiller ? Quel était le motif, le mobile de ce meurtre ? Tout ce que nous savons, c'est qu'un homme a tué Carl Rudolf Schiller. Que s'est-il passé dans son âme pour qu'il accomplisse cet acte ? A-t-elle été confisquée par le Mal qui a utilisé son bras et son corps tout entier pour parvenir à sa fin ? Non, je n'ai pas recherché le meurtrier, ce n'est pas mon rôle, mais j'ai médité.

— Et alors ?

— Je crois qu'il faut être possédé, littéralement, c'est-à-dire arraché à la présence à soi pour en arriver là. Il n'y a que Satan qui sache construire ses pensées pour arracher l'homme à soi-même. Il n'y a que le séparateur pour briser l'unité de l'homme.

« C'est l'histoire de la dernière guerre. Des nations se sont acharnées sur une nation, petite, méprisée, faible. L'une d'elles, la plus civilisée, industrielle, a rivalisé avec les autres en moyens pour la faire disparaître. Comment le comprendre ? C'est là que Satan entre en scène : c'est lui, sous le vêtement de l'homme civilisé, qui a imaginé, pensé, organisé, et exécuté son œuvre jusque dans les moindres détails. C'est Satan : l'autre visage de l'Occident qu'il renie de toutes ses forces. Le Mal est ainsi : tapi en chacun de nous, dans la partie cachée, nocturne, de notre personnalité. Il surgit en régime diurne, quand l'environnement politique et religieux a préparé le décor de la pièce macabre qu'il aime tant à jouer et il enveloppe tout de ses ténèbres. Voilà à quoi j'ai pensé, Raphaël. Et puis, il y autre chose.

— Quoi ?

— J'ai pensé à une histoire... enfin, c'est plutôt une parabole. Voulez-vous l'entendre ?

— Je vous écoute.

— Cela commence ainsi. Jésus ressuscité revient au monde en 1940, et se trouve déporté parce qu'il est juif. Il est donc arrêté, mis dans un train, et envoyé dans un camp de concentration. Et là, il voit les souffrances de tout son peuple ; et il souffre également. Et il s'adresse à Dieu comme Moïse l'avait fait en voyant l'esclavage de ses frères en Egypte, et il lui demande : « Pourquoi ? Pourquoi tant de souffrances ? »

« Et voici que Dieu lui apparaît :

"— C'est pour moi que ces gens meurent. Et toi aussi, Jésus, tu mourras pour mon nom, parce que tu es juif..."

« Alors Jésus lui répond :

"— Eloigneras-tu de moi ce calice, ou m'abandonneras-tu cette fois encore ?"

« A ces mots, il y a un bombardement dans le camp. C'est la panique. Beaucoup en profitent pour s'échapper. Alors Jésus remercie le Seigneur, puis il se précipite sur un soldat SS, l'assomme, revêt son uniforme et s'échappe. Lui, Jésus, se met à parcourir villes et villages sous son uniforme SS. Soudain, il rencontre une patrouille de SS qui l'entraîne avec elle. Ensemble, ils se rendent dans un village où ils arrêtent des juifs, avant de les mener dans une forêt. Jésus, comprenant ce qui va se passer, arme son fusil et tue les SS avant qu'ils n'assassinent ces hommes. Alors une voix déchire le ciel :

"— Mais Jésus ! Que fais-tu ? dit-elle. Tu n'as pas accompli ta mission, tu aurais dû laisser tuer tes frères et mourir à leurs côtés !

— Mais pourquoi ? répond Jésus en tombant à genoux. Pourquoi cette injustice ?

— Tu sais bien, Jésus, pour sauver l'humanité.

— Mais j'ai sauvé l'humanité, puisque j'ai sauvé ces hommes qui allaient se faire tuer par les SS ! réplique Jésus. Tu as toujours enseigné à ton peuple qu'il fallait être du côté des persécutés et non des persécuteurs ! N'est-ce pas ce que j'ai fait ?

— Quelle habile sophisme, Jésus, répond la voix divine. Mais, sans la souffrance, tu ne peux t'accomplir en tant que tel, pas plus que la Nature ne peut s'accomplir sans le Mal qui la constitue. Car le Mal, sais-tu, est à l'origine de toute croissance, c'est lui qui fait progresser les choses et qui procrée du dehors. Sans lui, la Nature se replie sur elle-même, et ses puissances sont incapables de se déployer. Tu crois que tu as sauvé l'humanité, mais tu n'as sauvé que quelques hommes et tu as empêché le bon cheminement des choses."

« Alors Jésus se met à considérer les nazis qui gisent dans leur sang, à ses pieds ; et puis, il regarde les hommes, les femmes et les enfants qui se pressent les uns contre les autres et qui le considèrent dans son uniforme avec stupeur.

"— Mais je ne suis pas d'accord. J'ai aimé les sauver, oui, j'ai aimé sauver ces gens plus que mourir... Oui, j'ai voulu tuer ces Allemands qui sont des assassins. Et sais-tu ? Je vais continuer.

— Fils indigne, éclate Dieu, fils dénaturé, je ne t'ai pas fait ressusciter pour que tu deviennes un résistant ! Tu ne l'as jamais été ! Tu étais mon agneau, ma douce brebis. Tu préférais mourir que tuer !

— Mais, dit Jésus, ne vois-tu pas que ces hommes sont allés trop loin pour ta sagesse ? Tu n'y es plus ! Tu t'es laissé déborder !

— Ce sont aussi mes fils, dit Dieu.

— Tes *fils,* les SS ?

— Oui, ce sont mes fils, ces hommes que tu as tués. Ce sont des hommes, Jésus, ne l'oublie pas.

— Non, père ! Ce sont des hommes, ceux qui veulent faire disparaître les hommes ?

— Tu n'as pas compris, dit Dieu calmement. Je vais tout t'expliquer. Parmi les hommes, il y en a que j'ai choisis spécialement pour témoigner d'une autre morale, au prix de la souffrance et du sacrifice. Ils ont aussi un idéal : celui de montrer ma loi d'amour. Et toi, tu avais pour mission de réveiller l'âme de l'assassin par ton sacrifice et de montrer qu'une Rédemption est possible ! De plus, sache bien que, sans eux, tu n'es rien, tout comme sans toi ils ne sont rien."

« Alors Jésus tombe face contre terre, et dit :

"— Qui comprendra tes voies, Seigneur ? Et que veux-tu ? Que Satan vive, et que l'homme te serve ? Que l'homme laisse faire Satan, et qu'il se laisse faire, pour lui prouver qu'il t'aime et qu'il te reste fidèle, toi Dieu d'amour inconditionnel ?

— Je veux que Satan vive et que l'homme domine. Et toi, ton rôle, c'est celui du héros martyrisé : tu es celui qui surmonte la Nature, et qui, faisant face à la mort, tend par la transfiguration de la grâce à contrer ce mal qui rejette l'humanité que chacun tente d'étouffer en lui-même.

— Je ne veux plus être celui qui est affligé et méprisé, celui sur qui l'on crache, celui à qui l'on impute cent crimes dont il est innocent, celui qui, seul au milieu de ses ennemis, t'interroge sur le sens de ses souffrances et toi, que fais-tu ? RIEN ! Tu te rappelles mes derniers mots sur la croix ? Je t'ai demandé, je t'ai imploré de ne pas m'abandonner. Je ne te l'ai jamais pardonné, cela, moi qui ai même pardonné aux larrons, je peux te dire que je t'en ai toujours voulu, et que je t'en veux encore de m'avoir laissé tomber. D'avoir gardé le silence. Pas vu. Pas pris. La vérité, tu la connais aussi bien que moi : JE N'AI JAMAIS VOULU MOURIR SUR LA CROIX. C'est contre mon désir que tu m'as fait cela. Et comment pourrais-je te pardonner alors que je t'avais imploré de ne pas m'abandonner et d'éloigner de moi ce calice ? Crois-tu que j'aie vaincu Satan, pour la peine ? Mais ne vois-tu pas autour de toi mon impuissance, *ton* impuissance ? Ce n'était pas moi que tu mettais à l'épreuve sur la croix, c'est Satan que tu défiais, et c'était à moi que tu confiais la tâche de vaincre le principe des ténèbres. Et moi qui suis mort pour cela, j'ouvre les yeux et je vois autour de moi, maintenant, ces camps, ces feux, ce désastre, cette catastrophe, cette abomination. Je peux te dire à présent que je ne recommencerai pas deux fois la même bêtise, je ne me laisserai pas faire, parce que, cette fois, j'ai compris : la seule façon de vaincre le mal, la seule façon de le dominer, c'est de combattre, et c'est même d'être exposé à tuer s'il le faut, car c'est de cette lutte que viendra le salut.

— De le combattre... comme lui alors ? répond la voix divine. Regarde-toi, Jésus : regarde ce que tu es devenu : tes mains sont couvertes de sang, et tu es un meurtrier, tu es un bourreau, un SS de SS ! Tu portes l'uniforme, Jésus ! Mais qu'as-tu fait ! Malheureux ! Toutes les familles étaient bénies en toi, et tu devais être à mes côtés, aux côtés de l'Eternel, pour le salut de tous. Oui, tu étais mon agneau, l'agneau de Dieu qui enlève le péché du monde, qui rachète toutes les fautes par son exemple, tu étais l'incarnation du Verbe, et tu étais le sauveur par la crucifixion, car c'est par la passion que tu compensas les péchés des hommes, oui, tu étais le bouc émissaire des peuples, et ton rejet était le reflet d'un destin rédempteur, et si je t'ai fait traverser la mort pour renaître à présent, c'était pour dire et redire aux hommes ce message. Te rends-tu compte de ce qu'il signifie : aimer tant que l'on est capable de mourir pour ce que l'on aime ! C'est cela la force de l'amour. C'est seulement par cette voie que l'amour est reconnu et glorifié. C'est la grande leçon de l'histoire humaine : l'amour est la voie véritable du salut.

— Quand on est au sein du mal, l'amour n'est pas la solution, réplique Jésus.

— Quelle est-elle, selon toi ?

— La justice. *Ta* justice : œil pour œil, dent pour dent.

— Que dis-tu là ?

— Je dis que je veux me battre, pour établir la justice là où les hommes sont incapables d'amour.

— Tais-toi ! Reviens-moi, Jésus, tourne-toi vers moi et sacrifie-toi pour le bien de l'humanité."

« Mais déjà Jésus s'en allait, fou de rage devant ce Dieu qui n'avait rien compris.

« Pour marquer sa révolte, il garda son uniforme SS et, cette fois, il devint un bourreau, un vrai bourreau, et il se mit à tuer des juifs. Enrôlé dans un commando, il parcourait les villages avec ses collègues SS, et il massacrait les familles, hommes, femmes et enfants, tous ceux qu'il trouvait sur son passage, il les emmenait pour les assassiner dans les forêts, après avoir saccagé et brûlé leurs maisons. Jésus, tel un vandale, s'introduisait dans les synagogues, et il profanait les rouleaux saints, les livres et les châles de prière, avant d'y allumer un incendie. Il se rendait dans les ghettos où il enfermait les juifs, les condamnant à la famine, aux épidémies et à la vermine.

« Avec des cohortes de SS, il se mettait en marche dans chaque ville, où il brûlait les magasins, détruisant et pillant tout ce qu'ils contenaient, et les flammes montaient, autour de lui, dans les appartements et les maisons, ravagés, et les cristaux volaient par les fenêtres, et la porcelaine se fracassait sur le trottoir, et les plumes des édredons crevés formaient comme des petites boules de neige qui tombaient sur le sol.

« Il n'avait plus de respect ni pour les morts ni pour les vivants : dans les cimetières, il violait les tombes ; dans les villages, il prenait les vies. Chaque jour, il armait son fusil et il visait les familles transies, et il mettait plus de cœur à l'ouvrage que tous ses congénères qui étaient pourtant très motivés. Peu à peu, il fut connu comme l'un des SS les plus terribles, celui qui n'éprouvait jamais aucune pitié.

« Un jour que l'expédition avait été particulièrement sanglante, un grand éclair déchira le ciel.

“— Mais que fais-tu, Jésus ? tonna la voix de Dieu. Cette fois, tu es devenu totalement fou.

— Pas du tout, dit Jésus. Tu m'as demandé de me sacrifier pour le Bien de l'humanité, et c'est ce que je fais. J'ai donné l'occasion aux juifs d'être des victimes ; comme moi auparavant. C'est pourquoi ils doivent me remercier, et toi aussi, car je suis ton vrai serviteur... J'ai bien compris ta leçon : s'il faut mourir pour sauver le monde, alors il faut bien que quelqu'un se dévoue pour aider les autres à le faire. Le vrai sacrifice, c'est celui du bourreau, car il n'a même pas la gloire de penser qu'il meurt innocent. Alors voilà : je fais le sacrifice suprême, le sacrifice de mon sacrifice, et je tue ces pauvres gens pour la gloire de Ton Nom. »

« Alors, dit le frère Franz, que pensez-vous de ma petite parabole ?

— Intéressante, dis-je. Peu orthodoxe.

— Vous savez, continua le frère Franz. Si je vous ai dit de vous tenir à l'écart de ce meurtre, c'est que je sens bien qu'il y a là quelque chose qui dépasse la force de l'homme...

— Qu'est-ce qui vous fait penser cela ?

— Ce cahier, vous savez.

— Vous voulez parler du cahier brun ? Où croyez-vous qu'il soit en ce moment ?

— Je n'en ai pas la moindre idée, Raphaël ; et c'est bien ce qui m'inquiète. Je l'ai remis à Auschwitz, là où Mina m'avait dit. Je ne sais pas qui est allé le déterrer à nouveau, avant elle.

A la fin de la soirée, avant de me quitter, le frère Franz me posa une dernière question :

— Comment va votre épouse, Raphaël ? Vous ne m'avez pas donné de ses nouvelles.

— Elle est partie.

— Partie où ?

— Partie tout court.

— Oh, dit-il. Je suis désolé. Mais c'est temporaire ?

— Je ne sais pas. Je ne sais même pas où elle est. Elle ne veut plus que je l'appelle. Elle ne m'a pas laissé sa nouvelle adresse.

— Vous l'aimez, non ?

— Je l'aimerai toujours.

— Ne la laissez pas, alors. Ne la laissez pas *disparaître*.

SEPTIÈME PARTIE

1

Le 24 octobre 1997 débutait le procès de Jean-Yves Lerais. Parmi les témoins cités à comparaître, outre Mina, Béla, Paul, Lisa, Félix et moi, il y avait Ron Bronstein, le père Francis, Jacques Talment, Michel Perraud, ainsi que le frère Franz.

Le premier jour du procès, Félix et moi nous rendîmes ensemble au Palais de justice. En entrant dans le bâtiment massif, je fus saisi par la solennité des lieux ; les lourds escaliers de pierre, les statues et les grandes salles où se rendaient les avocats pressés, semblaient faire partie d'un décor de théâtre, une grande scène où chacun devait jouer son rôle, en vertu du pouvoir que la morale — ou la République — leur conférait.

Pour accéder à la salle de la Cour d'assises, il fallait emprunter un vaste escalier où était suspendu un très grand miroir qui courait sur tout le mur, et même au plafond, comme un lac de glace. Je levai les yeux : c'était là, me dis-je, qu'était le secret de notre origine, dans la part céleste de l'obscure étendue, omniprésente et opaque, qui pesait comme un voile. Aujourd'hui peut-être allions-nous savoir.

Tout savoir. Voilà ce que tous désirent. Savoir d'où ils viennent, pourquoi ils sont ici, où ils vont. Autour d'eux, tout n'est que ténèbres, et les grandes salles ne laissent entrevoir aucune lumière. Qui va les sauver de l'angoisse infernale ? Qui sont-ils, et où sont-ils ?

D'où sont-ils ? Et pourquoi sont-ils venus là ? Où vont-ils ? Ils vont simplement connaître la genèse du crime. En seront-ils moins étrangers ? Ou vont-ils s'en retrancher davantage, jusqu'à en sortir tout à fait, vivant ici, vivant là-bas, sans aucun lien entre les deux mondes que le délire ou l'illusion ?

Soudain, mon cœur fit un bond dans ma poitrine : Lisa était là. Elle montait les marches de l'escalier et se dirigeait vers la salle des pas perdus. Cela faisait près d'un mois que je ne l'avais pas vue. Je courus après elle :

— Lisa ?

Elle se tourna vers moi. C'était comme au premier jour ; mais il y avait eu tout ce temps à souffrir, et la douleur de ces années, que j'avais réprimée, remonta en moi comme un flux incontrôlable, comme une immense vague d'émotion, lorsque je prononçai son nom.

— Comment vas-tu, Raphaël ? demanda-t-elle.

— Et toi ?

— Moi, ça va...

Elle me sourit, d'un air triste. Nous montâmes ensemble dans la salle des témoins.

Jean-Yves Lerais devait plaider non-coupable. En le voyant comparaître dans le box des accusés, entre deux gendarmes, je reconnus l'homme blond, grand et maigre, que j'avais vu lorsque j'avais suivi Lisa dans le Marais.

Il avait l'air abattu. Il ne jeta pas un seul regard ni au président, ni aux trois juges, ni à l'avocat général composant la Cour. C'était à peine s'il relevait la tête pour voir ou entendre ce qui se passait. Parfois, il lançait autour de lui des regards blessés. Lors du tirage au sort du jury de jugement, il n'usa pas de son droit à cinq récusations, et c'est à peine s'il observa les neuf premiers jurés désignés d'un œil morne, parfaitement inexpressif. Il ne réagit pas plus à l'appel des témoins. Et lorsque ces derniers passèrent à moins d'un mètre du box, avant de se retirer dans la salle des témoins, il n'éprouva pas le besoin de fixer ces visages pourtant familiers. C'est encore en auditeur distrait qu'il assista à la lecture de l'arrêt de renvoi, pourtant accablant.

Lorsque les débats commencèrent, je ne sais qui fut appelé à la barre le premier : Félix ou moi ?

En m'observant dans le grand miroir de l'escalier, il m'avait semblé voir son image. Cette veste noire qui mettait en relief un teint diaphane, ces veines bleues qui battaient sur les tempes, révélant la nervosité extrême, cette lueur étrange qui brillait dans les yeux, ces pupilles un peu dilatées, étaient-ce les siennes, ou bien les miennes ?

Je crois bien que c'était moi qui levais la main droite en jurant de parler « sans haine et sans crainte, de dire toute la vérité, rien que la vérité ». Ma mémoire a confusément gardé l'image de son audition : elle était si semblable à la mienne, que j'ai superposé les deux souvenirs. A moins qu'il n'y en ait eu qu'une. Je ne sais plus. Peut-être était-ce Félix qui parlait, disant exactement ce que j'aurais dit moi-même. Ou alors, nous nous exprimions simultanément, comme si nous répondions à l'unisson. Pressentant ce qu'il allait dire, je mimais ses réponses sur mes lèvres.

L'avocat général, maître Baillet, petit homme maigrelet aux cheveux noirs et raides, au regard rusé et aux lèvres charnues, réajusta l'encolure de sa robe rouge, se leva et se tourna doucement vers moi — je veux dire, vers Félix.

— C'est vous qui avez découvert la deuxième partie du corps de Carl Rudolf Schiller ? demanda-t-il.

— Oui.

— Où, et dans quelles circonstances ?

— En Italie, à l'Ecole de Rome.

— Et comment avez-vous eu l'idée de vous rendre en Italie ?

— Je voulais voir le père Francis, son oncle. Je voulais lui poser des questions sur Jean-Yves.

— Quel était votre intérêt à suivre cette affaire ?

— Je menais une enquête sur le meurtre de Carl Rudolf Schiller.

— C'est pour cette raison que vous vous êtes rendu à Rome ?

— Oui, c'est cela.

— Et comme par hasard, sur votre chemin, vous êtes tombé sur ce corps ?

— Non, ce n'est pas comme cela que ça s'est passé.

— Non ? Alors comment avez-vous eu l'idée de vous rendre dans la bibliothèque de l'Ecole de Rome ? N'était-elle pas fermée à cette époque de l'année ? Comment y êtes-vous entré ?

— J'avais un passe.

— Qu'y cherchiez-vous ?

— Je... j'ai été pris d'une inspiration.

Baillet leva un sourcil, et dit avec un sourire sarcastique :

— Une inspiration ? Vraiment ? Ce ne serait pas plutôt que vous saviez que Lerais avait commis ce meurtre, et que vous vouliez vérifier cette hypothèse ?

— Non, je vous dis. C'est pour voir le père Francis, que je me suis rendu à Rome.

— Dans ce cas, qu'est-ce qui vous a amené à la bibliothèque de l'Ecole de Rome ?

— C'était l'endroit où Jean-Yves Lerais travaillait.

— Donc au départ, vous vous êtes rendu à Rome parce que vous pensiez que le père Francis allait vous donner des éléments pour vous permettre d'innocenter Lerais, et vous vous êtes retrouvé face à une preuve accablante de sa culpabilité.

— Je voulais d'abord réunir des informations avant d'accuser qui que ce soit. Je suis journaliste ; je mène mes enquêtes comme un historien. L'historien et le journaliste ne peuvent se quitter, savez-vous...

— Que racontez-vous là ? coupa maître Baillet, en levant un sourcil. Répondez à ma question, s'il vous plaît. Que vous a donc dit le père Francis ?

— Il n'a rien dit, mais il a beaucoup parlé...

L'autre le regardait sans comprendre.

— Vous voulez bien revenir à vous-même, et répondre précisément à mes questions. Vous avez prêté serment, je vous rappelle.

— Je suis moi-même en ce moment, parfaitement présent ici.

— Alors concentrez-vous, je vous prie. Le père Francis vous a donc communiqué beaucoup d'informations, mais il n'a rien dit qui vous permette d'innocenter Jean-Yves Lerais, est-ce bien cela ?

— Il a beaucoup parlé en effet, mais il n'a rien dit...

— Qui vous permette d'innocenter Jean-Yves Lerais ? insista l'autre.

— Non, murmura-t-il.

— Plus fort, je vous prie, nous n'avons pas bien entendu.

— Non, répéta Félix. Mais il n'a rien dit qui permette de l'accuser non plus.

— Je vous remercie.

Sa déposition terminée, Félix se retira d'une démarche pesante. Il appuyait un peu plus sur son pied gauche, comme s'il sentait un très léger déséquilibre.

Dehors, il prit un cigare dans sa poche, qu'il mit nerveusement dans sa bouche, sans l'allumer.

Je mis également la main dans la poche de ma veste, pour prendre mon paquet de cigarettes. Je la ressortis : *c'étaient des cigares que j'avais dans la main.*

Après l'audition, le président, homme d'un âge avancé à la voix nasillarde, nous autorisa à rester dans la salle pour assister à la suite du procès.

L'huissier introduisit le médecin Tamara Manoux, entendue au titre d'expert. Le médecin Manoux, la trentaine dynamique, l'œil vif, les cheveux bruns coupés au carré, répondit aux questions que lui posait la cour au sujet du corps de Schiller.

— Si l'on coupe un corps en deux, commença le président, combien de temps faut-il pour qu'il soit totalement putréfié ?

— Une semaine suffit, répondit l'expert.

— Vous avez vu les photographies de la moitié du cadavre de Carl Rudolf Schiller, dit le président en faisant passer celles-ci au jury. D'après vous, depuis combien de temps était-il dans cette bibliothèque ?

— On observe quelques moisissures, mais la putréfaction n'est pas trop avancée. Je dirai deux jours. Trois maximum, depuis que l'homme a été tué. A moins que le décès ne soit intervenu beaucoup plus tôt. Dans ce cas, la moitié du corps a pu être congelée, ou alors conservée dans du formol, avant d'être déposée dans l'endroit où on l'a trouvée.

— Supposons que ce soit le cas. La bibliothèque étant fermée à cause des vacances, quelqu'un aurait-il pu sentir l'odeur, et s'apercevoir que le corps était là ?

— Non. Le corps n'a pas été laissé assez longtemps pour cela.

— Ce qui signifie que l'homme qui a déposé le corps dans la bibliothèque possédait une clef de la porte. Autrement dit, la bibliothèque ayant été fermée une semaine auparavant, il était impossible que le corps y ait été déposé avant sa fermeture ?

— Absolument impossible. L'état de dégradation aurait été nettement plus avancé.

— Encore une question, docteur. Quelle corpulence faut-il avoir pour transporter une moitié de cadavre telle que celle que vous avez vue sur la photo ?

— Etant donné qu'une partie de l'abdomen, le bassin et les membres inférieurs sont absents, ce demi-cadavre ne doit pas dépasser une trentaine de kilos. Il n'est pas nécessaire d'être extrêmement fort pour le soulever.

— Docteur, je vous remercie de votre contribution.

— Je vous en prie.

Le président appela alors Chiara Tropoli, la secrétaire que nous avions rencontrée à l'Ecole de Rome. Après qu'elle eut prêté serment, il ne lui posa qu'une question :

— Mademoiselle Tropoli : qui, en dehors de vous, possède les clefs de la bibliothèque de l'Ecole de Rome ?

— Le directeur, ainsi que les chercheurs et les enseignants invités.

— C'est tout ?

— Oui.

— Je vous remercie.

A son tour appelé par l'huissier, Michel Perraud entra dans la salle, puis se dirigea d'un pas assuré vers la barre. Il arborait son éternel sourire, auguste et rusé. Ses petits yeux, enfoncés, mobiles, regardaient sans cesse à droite et à gauche, comme pour jauger son auditoire. Il avait été cité par l'avocat de la défense, maître Ansel. Ce dernier était un homme d'une soixantaine d'années aux cheveux grisonnants, aux lunettes carrées légèrement fumées, et à la belle carrure.

— Quand avez-vous fait la connaissance de mon client ? demanda maître Ansel.

Il avait une façon particulière de regarder son interlocuteur, un peu en biais, comme pour le désarçonner.

— Il y a environ un an, répondit Perraud. Nous avons eu des entretiens pour un livre qu'il écrivait.

— Sur quel sujet, je vous prie ?

— Il s'agissait d'un livre sur l'activité des hauts

fonctionnaires pendant la Seconde Guerre mondiale, il me semble.

— Et que lui avez-vous dit ?

— Rien qui ne soit déjà connu : j'ai été résistant, il le savait.

— *Résistant*, vraiment ?

— Mais oui, fit-il en découvrant ses dents grises, et j'en suis fier.

— Est-ce que Jean-Yves Lerais avait eu connaissance de certains dossiers, certains faits dont vous n'auriez pas voulu qu'il fasse mention ?

A ces mots, Lerais releva brusquement la tête. Son regard croisa celui de Perraud, qui resta de marbre.

— Non, je ne pense pas.

— Réfléchissez bien, monsieur le ministre, renchérit le président.

— C'est tout réfléchi.

— Peut-être puis-je vous aider alors. N'avez-vous pas proposé de l'argent à Jean-Yves Lerais pour qu'il ne fasse pas état de certains faits vous concernant ?

— Et quelles choses, je vous prie, monsieur le président ?

Maître Ansel le regarda, puis il lui dit :

— Des choses concernant votre passé à Vichy, par exemple.

— Cette question est hors du sujet qui nous intéresse, interrompit Baillet.

— Je me charge de montrer que non, rétorqua Ansel. Carl Rudolf Schiller devait témoigner au procès de Maurice Crétel. Or, il n'a pas dit ce que l'on attendait de lui, et cela pourrait très bien avoir provoqué sa mort, d'une façon différente de celle que l'on croit.

— Continuez, dit le président.

— Monsieur le Ministre, avez-vous été membre de la Cagoule dans votre jeunesse ?

Un voile passa dans le regard de Perraud.

— Je trouve affligeant que ces calomnies soient répétées devant cette Cour.

Félix me lança un regard ironique. Pourquoi Perraud mentait-il ainsi, de façon aussi éhontée ?

— Monsieur le Ministre, puis-je me permettre de vous rappeler que vous parlez ici sous la foi du serment.

— Est-ce que vous insinuez que je suis en train de mentir, maître Ansel ?

— Je vous disais cela, parce qu'il existe une liste, la liste Corre, où sont inscrits les noms des personnes ayant appartenu à la Cagoule, sur laquelle il est possible que votre nom figure.

Perraud le considéra soudain d'un air menaçant :

— Vous vous rendez compte de ce que vous venez de dire ? Si vous ne retirez pas tout de suite votre assertion, c'est moi qui vais vous faire poursuivre pour diffamation, Monsieur Ansel.

— Vraiment ? Vous ignorez qu'on ne peut jamais poursuivre un avocat pour ce qu'il dit pendant l'audience ?

— Non, je ne l'ignore pas. Et vous, tâchez donc de ne pas ignorer mes fonctions dans la République.

L'avocat le considéra sans rien dire. Un bras de fer s'était engagé entre les deux hommes.

— Bien, passons à autre chose, finit par dire maître Ansel, au bout de quelques minutes de silence. Connaissiez-vous Carl Rudolf Schiller ?

— Oui, je vois vaguement qui c'est. J'ai été mis au courant de ce qui s'est passé, comme tout le monde, par la presse. Mais je ne peux rien dire de plus : tout cela me semble très confus.

— Monsieur le Ministre, je vous remercie. Le témoin est à la partie civile.

Maître Carbot, l'avocat de la partie civile, était un vieil homme au crâne totalement chauve, à la bouche constamment ouverte et aux yeux pensifs. Il passait son temps à regarder ses ongles d'un air profondément ennuyé.

— Avez-vous eu de bons rapports avec Jean-Yves

Lerais, lorsqu'il vous questionnait sur votre passé ? demanda-t-il.

— Oui, excellents, dit Perraud. Je m'entendais très bien avec lui. J'étais fier de lui parler de mon passé de résistant. Je crois que nous avons beaucoup de respect l'un pour l'autre, ajouta-t-il, en lançant un regard narquois à Jean-Yves Lerais.

L'après-midi, on appela à la barre Jacques Talment, qui était cité à comparaître par maître Ansel.

Le vieil homme s'avança : il marchait lentement, ayant un peu de mal à se tenir debout.

— Comment avez-vous connu Jean-Yves Lerais ? demanda maître Ansel.

— Il faisait partie des historiens qui nous ont accusés de mentir au sujet de la Résistance, ma femme et moi.

— Connaissiez-vous Carl Rudolf Schiller ?

— Oui, je l'avais rencontré grâce aux Perlman. C'était un ami de Mina, je crois.

— De Mina Perlman ? Ou de Samy ?

— C'est Mina qui me l'avait présenté. Je crois que c'est elle qui le connaissait le mieux. Il avait écrit un livre terrible contre ma femme et moi, et elle voulait le convaincre de ses erreurs, et lui demander de se rétracter de ses accusations.

— C'est ce qu'il a fait ?

— Oui, mais c'était trop tard. Il y avait déjà eu un scandale dans la presse. Et puis, dans l'esprit de tous, il est évident qu'il restait ces rumeurs, même si elles sont entièrement fausses.

— Carl Rudolf Schiller vous a donc fait beaucoup de mal par l'intermédiaire de son livre ?

— Oui.

— Monsieur Talment, je vous remercie de votre témoignage.

La troisième personne appelée à témoigner fut Lisa. Elle portait une robe de velours rouge, qui contrastait avec sa chevelure d'ébène. Un rouge à lèvres très vif, de la même couleur que sa robe, soulignait sa bouche. De temps en temps, elle poussait de ses longs doigts la mèche qui lui retombait sur les yeux.

De son air hiératique, impénétrable, et de sa voix douce, elle disait tout et son contraire. A son avis, il était impossible que Lerais ait commis un tel crime, et pourtant, il avait tellement changé à la fin de leur relation qu'elle ne le reconnaissait plus. Elle jurait qu'il n'avait jamais manifesté aucune violence à son égard, et puis, elle rappelait la haine qu'il avait eue soudain contre les anciens déportés, et les réflexions méprisantes qu'il faisait sur leurs témoignages. Lerais, de temps en temps, relevait la tête, et l'observait, l'air triste, accablé.

— Connaissiez-vous Carl Rudolf Schiller ? demanda le président.

— Oui, dit-elle. C'était un ami de mes parents.

— Avez-vous eu des rapports avec lui, indépendamment de vos parents ?

— Oui, dit-elle, d'un ton hésitant.

— A quelle occasion ?

— Quelques semaines avant sa mort, je me trouvais à Berlin pour un vernissage. J'en ai profité pour le rencontrer.

— Pour quelle raison ?

— En faisant une sculpture, commença-t-elle lentement, je m'étais aperçue de quelque chose d'étrange.

— Pouvez-vous nous dire de quoi il s'agit ?

— Eh bien, sur cette sculpture, j'avais fait graver le nom de certains enfants morts à Auschwitz. Or... je me suis aperçue que parmi les noms figurait celui de Carl Rudolf Schiller... Et je voulais lui en parler.

— Ce que vous avez fait ?

— Oui.

— Et quelle a été sa réaction ?

A cette question, Lisa se troubla.

— Il ne semblait pas surpris, dit-elle.
— Non ? Et pourquoi ?
Lisa ne répondit pas.
— C'est une tragédie qui nous touche tous, monsieur le président.
— Pourquoi êtes-vous allée voir Carl Rudolf Schiller ? Pourquoi avez-vous pris cette affaire tellement à cœur, madame Simmer ?
— Parce que Carl Rudolf Schiller était la seule personne à qui mon père parlait.
— C'est pour cela que vous avez cherché à le voir ?
— Oui.
— Pour en savoir plus sur votre père ?
— Je ne savais rien de lui, de sa famille, de sa vie, ses origines. A la maison, nous n'avions pas le droit de poser de questions. Je savais que mon père avait été le seul de sa famille à s'en être sorti : ses parents, ses cinq frères et sœurs ont tous été assassinés. Mais il ne disait jamais rien. Il ne nous a jamais raconté comment il vivait avant l'arrivée des nazis. Et puis, comment tout a été détruit. Je ne savais rien ; je ne savais pas ce qu'il avait fait pendant la guerre. J'avais des bribes de phrases, que j'essayais tant bien que mal d'interpréter. Lorsque les Allemands ont envahi la Pologne, il s'est enfui en Roumanie, où la milice fasciste l'a arrêté, et c'est alors qu'il s'est retrouvé déporté... Vous comprenez pourquoi il était tellement invraisemblable qu'il parle à Carl Rudolf Schiller ? Toute sa famille morte, mon père s'est mis à haïr tout ce qui était allemand. Quand les Russes ont libéré le camp où il se trouvait, il s'est engagé dans l'armée soviétique pour pouvoir se battre contre les Allemands. Pourquoi soudain parlait-il à un Allemand ?
— Oui, pourquoi, madame Simmer ?
Elle le regarda d'un air étrange.
— En tous cas, ils s'entendaient très bien, fit-elle. Peut-être mon père avait-il confiance en lui...
— Je vous remercie, dit le président, après une

légère hésitation. Monsieur le représentant du ministère public, le témoin est à vous.

— Quelles étaient vos relations avec Jean-Yves Lerais ? demanda Baillet.

— Nous avons vécu ensemble, puis nous nous sommes séparés.

— Pour quelle raison ?

— Parce que, je vous dis... fit-elle, l'air gêné, parce qu'il avait changé.

— Mais qu'est-ce que vous voulez dire au juste par « changer » ? insista Baillet

— Il n'était plus le même... Avec moi aussi, il était différent. C'était comme si je ne l'intéressais plus, comme si un autre Jean-Yves s'était révélé derrière celui que je connaissais.

— Pour quelle raison avez-vous rompu, madame Simmer ?

— Parce que... cela n'allait plus entre nous.

— Qu'est-ce qui n'allait plus ?

— Certaines choses me semblaient troublantes.

— Pouvez-vous répondre précisément à la question que je vous ai posée ?

— Je le soupçonnais d'antisémitisme.

Elle avait dit cela d'un trait, sans sourciller.

Dans la salle, il y eut un murmure confus.

— Vous le soupçonniez d'antisémitisme ? reprit Baillet. Comment cela ? A quoi le voyiez-vous par exemple ? Etait-ce par rapport à vous ? A-t-il manifesté de la violence, de l'animosité ?

— Oh non, dit Lisa. Je peux vous assurer qu'il n'aurait jamais porté la main sur qui que ce soit.

— Alors expliquez-vous. L'antisémitisme est une accusation surprenante contre quelqu'un qui a consacré sa vie à faire l'histoire de Vichy.

— Justement. C'est son changement d'attitude par rapport à la Shoah, qui m'a choquée. Il disait qu'on en avait trop fait, que cela tournait à l'obsession stérile.

— Madame Simmer, pouvez-vous nous dire quel a été l'effet de votre rupture sur Jean-Yves Lerais ?

— Il l'a très mal supportée.

— Vous voulez dire qu'il a fait une dépression nerveuse ?

— Non, je veux dire qu'il était déprimé. C'est bien naturel, non ?

— Quand vous êtes-vous mariée, madame Simmer ?

— En mai 1995.

— Quand aviez-vous pris la décision de vous séparer de Jean-Yves Lerais ?

— C'était au mois de janvier 1995.

— Donc vous vous êtes séparés après le meurtre de Carl Rudolf Schiller, et vous vous êtes mariée après l'arrestation de Jean-Yves Lerais. Quand avez-vous rencontré votre mari ?

— En janvier 1995.

— Cette décision de vous marier aussi rapidement a-t-elle quelque chose à voir avec la mise en examen de Lerais ?

— Pas vraiment, fit-elle d'un ton dégagé.

— Pouvez-vous répondre clairement, je vous prie ?

— J'ai rencontré mon futur époux peu après le meurtre de Schiller. J'ai pris la décision de l'épouser après l'arrestation de Jean-Yves.

— Parce que vous pensiez qu'il était coupable ?

— Non, mais il était mis en examen, et je...

Elle lui jeta un regard désespéré.

— Vous pensiez qu'il était le meurtrier, continua Baillet, d'un ton péremptoire, et vous avez décidé de l'oublier en vous mariant à un autre.

— Non, on ne peut pas dire les choses comme cela.

— Comment les dire autrement ?

Lisa le regarda ; ses lèvres tremblaient.

— Pourquoi ne me dites-vous pas clairement ce

que vous cherchez à me faire dire, finit-elle par crier. Cela ira plus vite, non ?

— Je ne cherche pas à vous faire dire quoi que ce soit, madame Simmer. Je veux seulement la vérité, et j'attends que vous nous aidiez à la trouver.

A ce moment, maître Ansel se leva et dit, en s'adressant au juge :

— Il me semble que le représentant du ministère public tente d'influencer ce témoin.

— Monsieur le juge, dit Baillet, j'en ai fini avec le témoin.

Lisa se dirigea vers la salle, le dos raide, la démarche peu assurée. Elle s'assit à côté de moi. Je la scrutai attentivement.

Mon cœur, soudain, se mit à battre avec une violence terrible. Sans mot dire, je lui pris la main. Elle la retira aussitôt, en me jetant un regard énervé.

Le lendemain matin, Béla vint à la barre et prêta serment. Pour la première fois depuis que je l'avais rencontré, il avait dénoué ses cheveux, qui lui tombaient sur les épaules, encadrant son visage aux traits fins d'une aura christique. Il s'agrippa nerveusement à la barre.

Il avait été cité à comparaître par l'avocat de la défense, maître Ansel.

— Comment avez-vous rencontré Jean-Yves Lerais ? commença le président.

— Par ma sœur.

— Vous aviez des rapports avec lui, indépendamment de votre sœur ?

— Oui. Nous étions amis.

— Vous l'étiez ? Vous ne l'êtes plus ?

— Non, plus vraiment.

— Qu'est-ce qui a provoqué votre brouille avec Lerais ? fit le président.

— Lorsque les choses se sont dégradées avec ma sœur, nous nous sommes de moins en moins vus.

— C'est tout ?

— Oui...

Béla avait l'air d'hésiter. Le président, sceptique, laissa le témoin à la défense.

— Bien, fit maître Ansel. Prenons le problème autrement. Reconnaissez-vous ce pistolet, monsieur Perlman ?

L'huissier lui porta le pistolet qui était sur la table des pièces à conviction.

— Oui. C'est le pistolet qui a été retrouvé chez moi, lorsque la police a fait une perquisition.

— Ce pistolet vous appartient-il ?

— Non.

— Vous avez été suspecté pour le meurtre de Carl Rudolf Schiller, si je ne m'abuse ?

— Oui. C'était une machination.

— C'est ce que vous avez dit à la police ?

— Oui.

— Pouvez-vous nous dire exactement ce que vous leur avez dit, monsieur Perlman ?

— J'ai dit que Jean-Yves Lerais haïssait Schiller, et qu'il avait bien plus de raisons que moi d'être suspecté.

— Avez-vous donné des éléments précis à la police pour étayer ce fait ?

— Oui, il y avait des lettres, dont m'avait parlé Jean-Yves. Des lettres de menace qu'il avait adressées à Schiller. Elles étaient sérieuses, puisqu'il a été assassiné, c'est bien une preuve, non ?

— A cette époque, vous voyiez encore Jean-Yves Lerais ?

— De temps en temps.

— Bizarre pour un ami de faire accuser son ami, non ?

Béla répondit par un regard haineux.

— Connaissiez-vous Carl Rudolf Schiller ? poursuivit le président.

— Non, je ne le connaissais pas, fit-il d'un ton bourru.

— Ne l'aviez-vous donc jamais vu chez vos parents ?

Béla le toisa d'un regard ironique.

— Je ne vis pas chez mes parents. Je ne connais pas Schiller. Et je vais même vous en dire plus : cette affaire n'est pas mon problème.

— Oh mais si, c'est votre problème. Voulez-vous que je vous le montre, que c'est votre problème, monsieur Perlman ?

Béla le regarda comme s'il ne comprenait pas.

— Vous avez remarqué que Carl Rudolf Schiller était la seule personne à laquelle parlait votre père. Vous étiez jaloux de cela, n'est-ce pas, monsieur Perlman ?

— Qu'est-ce que vous insinuez ? dit brusquement Béla. Que j'ai tué Schiller ?

Ses mains tremblaient.

— Vous cherchez à m'enfoncer par vos élucubrations, dit-il plus bas, mais je ne me laisserai pas faire. La vérité, il faudra bien qu'elle éclate.

— La vérité, monsieur Perlman, c'est que vous n'avez jamais aimé Jean-Yves Lerais. Vous étiez jaloux de lui, parce qu'il était plus brillant que vous, et qu'il était le compagnon de votre sœur. Lorsque vous avez été entendu par la police judiciaire, vous avez trouvé la plus parfaite façon de vous venger de celui que vous jalousiez et haïssiez depuis si longtemps.

— La deuxième partie du corps à l'Ecole de Rome, je ne l'ai pas inventée, lança Béla.

— Non, mais vous l'avez peut-être mise, là-bas, après avoir assassiné celui qui avait obtenu l'attention que votre père ne vous a jamais donnée ?

Béla lui lança un regard terrible. Soudain, tout son corps fut pris de violentes convulsions.

— L'innocent qu'on a voulu accuser, c'était moi, hurla-t-il. C'est celui qui a mis le revolver chez moi, et qui l'a dit à la police, c'est lui le coupable. C'est lui qui veut ma peau !

— Qui est-il ?

— C'est lui !

Le bras tendu, il dirigeait un doigt tremblant vers moi.

— Monsieur Perlman, dit maître Ansel sans perdre son calme, vous avez bien séjourné trois ans dans un hôpital psychiatrique ?

L'autre ne répondit pas.

— Pour quelle raison ?

Béla, silencieux, baissa les yeux.

— Où séjournez-vous, en ce moment, monsieur Perlman ?

Béla ne répondait toujours pas. Des gouttes de sueur tombaient de son front ; il était de plus en plus rouge.

— Monsieur le président, intervint maître Carbot, je ne vois pas le rapport avec le cas que nous traitons ici.

— Au contraire, il y a là un fait capital pour mon client, et je m'efforce de le démontrer, rétorqua maître Ansel.

— Poursuivez, dit le président.

— Pour quelle raison vous a-t-on mis en hôpital psychiatrique, monsieur Perlman ?

— A la mort de mon père, j'ai fait une dépression nerveuse.

— Et avant cela ? Vous aviez déjà fait un séjour en hôpital psychiatrique, si je ne m'abuse ?

— Avant ? dit-il, haineux. Qu'est-ce que vous en savez, vous, de ce qui s'est passé avant ? Qu'est-ce que vous en savez, de ce que c'est que d'être le juif de la famille, le juif des juifs, celui qui a subi en premier le règne de la terreur ? L'aîné, la cible parfaite. Ils flairaient chaque blessure, et quand ils pressentaient que quelque chose me touchait, ils s'enfonçaient dans la brèche. Quand je rentrais à la maison les genoux écorchés, on me punissait parce que mon pantalon était sale, et quand je pleurais, on me disait que je ne me comportais pas comme un homme, et que c'était une honte de pleurer pour si peu, et quand j'essayais de trouver de l'aide, j'étais la risée de tous... Ils m'ont piétiné, ils m'ont sucé jusqu'à la moelle... Et moi je tremblais de peur... Quand j'ai eu mon premier chagrin d'amour, j'ai été assez bête pour aller voir ma mère, j'attendais d'elle de la tendresse, de la compréhension ; la seule chose qui lui soit venue à l'esprit, ç'a été de me dire que les torts étaient de mon côté... ils m'ont toujours démoli, quelle qu'ait été la raison pour laquelle j'allais me confier à eux...

— Pourquoi vous a-t-on enfermé pendant trois ans, monsieur Perlman ?

— Adressez-vous au témoin avec plus d'égards, intervint le président.

— Quel fait précis a justifié votre internement en hôpital psychiatrique ? reprit maître Ansel.

Après un silence pesant, il renonça à répéter sa question.

Une bouffée de murmures étouffés parcourut la salle.

Béla se retourna et gagna lentement la sortie.

L'huissier introduisit alors Pierre Krima, un psychiatre d'une quarantaine d'années, à la figure joviale, au large sourire, et aux yeux rieurs.

— Pouvez-vous nous dire à partir de quel moment un paranoïaque peut-il être considéré comme dangereux ? questionna le président.

— La dangerosité potentielle du paranoïaque est d'autant plus importante qu'il a un persécuteur désigné, que le délire est constitué de longue date, et enrichi au cours du temps, répondit le médecin.

— Quels types de délit peut-il commettre ?

— Cela va de la simple agression verbale aux actes médico-légaux.

— C'est-à-dire ?

— Meurtre, ou tentative de meurtre.

— Docteur Krima, je vous remercie.

Pendant la suspension de la séance, j'attrapai Lisa par le bras.

— Pourquoi ? lui dis-je. Pourquoi tu ne m'en avais pas parlé ?

— Quoi donc ?

— Carl Rudolf Schiller... Pourquoi m'as-tu menti à Washington ?

En guise de réponse, elle prit une cigarette, et me jeta une bouffée insolente, en plein visage. On aurait dit qu'elle me défiait, comme une gamine.

Elle avait tellement changé.

Je pensai au temps où le monde était pour nous, avec nous, où Lisa sentait bon, et son parfum m'éblouissait et me revigorait. Elle remplissait les vides ; elle était comme un souffle suprême. Elle était profonde. Elle était un nard qui m'étourdissait, un bouquet, une fleur délicate.

A présent, elle sentait la fumée, le fourrage brûlé.

Lorsque nous revînmes dans la salle, Paul Perlman commençait sa déposition. Sa barbe et ses tempes grisonnantes entouraient son visage d'un halo mousseux, qui donnaient à ses yeux rêveurs un air encore plus angélique que de coutume. Il avait sur les lèvres un sourire triste, figé.

— Connaissiez-vous Jean-Yves Lerais ? demanda maître Ansel.

— Non, je le connaissais peu, je n'avais pas beaucoup de rapports avec lui lorsqu'il fréquentait ma sœur.

— Connaissiez-vous Carl Rudolf Schiller ?

— Oui.

— Comment l'avez-vous rencontré ?

— Je l'ai connu chez mes parents.

— Vous ne le rencontriez que dans ce cadre ?

— ... Egalement par l'association humanitaire que je présidais. Carl Rudolf Schiller y avait été coopté, et il faisait partie du conseil d'administration.

— Etiez-vous satisfait de cette cooptation ?

— Au début, je n'y voyais pas d'inconvénients. Ensuite, cela a commencé à me déranger.

— Pouvez-vous nous dire pourquoi ?

— Schiller cherchait à mettre son grain de sel partout.

— Partout, c'est-à-dire ?

— Il voulait étendre les activités de notre association à des domaines politiques étrangers à nos compétences.

— Qui étaient ?

Paul Perlman fixa pendant un instant l'avocat :

— Il faisait une sorte de fixation sur les Palestiniens.

— Qu'appelez-vous une « fixation », monsieur Perlman ? dit maître Ansel.

— Il ne parlait que du « génocide des Palestiniens ». Je ne sais pas si vous vous rappelez les images de Bosnie pendant l'été 1992 à la télévision ; des hommes squelettiques derrière des barbelés, des camps de concentration sur le sol européen, des cadavres brûlés dans des fours crématoires... Schiller ne voulait rien entendre de tout cela. Il disait que la situation était pire à Gaza. Il ne restait pas inactif : il travaillait en coulisses, il était allé voir tous les membres de la Commission un à un, pour les convaincre de voter comme lui. J'ai essayé de lui expliquer que les Palestiniens recevaient des aides financières conséquentes. Mais il ne voulait rien entendre. Il prétendait que les Israéliens faisaient aux Palestiniens ce que les nazis avaient fait aux juifs en 1939-1945. Alors j'ai compris. C'était cela, le fin mot de l'histoire...

— Qu'avez-vous fait, après que le budget a été voté ?

— J'ai été contraint de démissionner...

— Pourquoi avait-il adopté cette attitude, selon vous ?

— Je pense qu'il avait un rapport compliqué à Israël. Il ne pouvait tolérer que les juifs forment à nouveau un peuple, et que le temps de la souffrance doive s'arrêter. D'autre part, cela le gênait, ce qui se passait en Bosnie. Pendant la guerre, l'un des dirigeants du camp national-socialiste était un catholique, un franciscain... Dans le fond, je crois qu'il redoutait que nous mettions notre nez dans tout cela...

— Y avait-il des grosses sommes d'argent en jeu, dans votre association ?

— Oui.

— De quel ordre ?

— Deux cents millions de francs.

— J'en ai fini avec Monsieur Perlman, annonça maître Ansel.

Après le témoignage de Paul, ce fut au tour du père Francis d'être cité à comparaître. Le vieillard arborait comme d'habitude soutane noire et croix de bois. Son menton en galoche était recouvert d'une barbe clairsemée, grisâtre, et ses yeux étaient encore plus creusés que de coutume.

— Connaissiez-vous Carl Rudolf Schiller ? demanda Baillet.

— Il était mon ami, mon confident. Je l'aimais comme un frère.

— Quels sont les liens que vous entretenez avec Lerais ?

— C'est mon neveu.

— Pensez-vous qu'il a tué Carl Rudolf Schiller ?

— Mais non, c'est absurde, fit-il, d'un ton contrarié. Vous voulez que je vous dise, moi, qui l'a tué, Carl Rudolf Schiller ?

Il ne lui laissa pas le temps de répondre à cette question. Il murmura, en prenant un air de conspirateur :

— C'est lui, je vous le dis, Sammaël ! Le serviteur du Mal, son révélateur, son accoucheur. Son grand prêtre, son fidèle, son zélote. C'est le spéléologue des roches insoupçonnées ; il éclaire de sa lampe les stalactites et les stalagmites que la terre produit en ses entrailles. Ne l'entendez-vous pas, dans la musique à tue-tête ; les crânes rouges, violets ou rasés, les magasins ouverts à toute heure, et les cinémas douteux ; ne le voyez-vous pas, cet homme très grand, aux cheveux noirs, au bouc, et aux yeux incandescents ? C'est le Diable, je vous dis, tonna-t-il, c'est le Diable qui l'a scindé en deux !

— Voulez-vous répondre aux questions que je vous pose, fit l'avocat, sans trop savoir s'il devait poursuivre ou non. Ici, on ne vous demande pas de faire une théorie métaphysique sur le mal, on vous demande si vous savez quelque chose sur un crime précis, et si vous avez vu, entendu, ou appris, que Jean-Yves Lerais était l'assassin d'un homme que vous connaissiez très bien.

— Je vois, je vois, mon fils, vous voulez en savoir plus, c'est cela ? dit-il. Cela vous fascine. Eh bien, je vais vous dire, moi : il est normal que vous soyez intrigué : le premier tour du Diable, c'est son incognito. Il n'est personne, et il est tout le monde. Mais... ce n'est pas toujours facile de le reconnaître... *Lucifer* en latin, est celui qui porte la lumière. C'est l'ami intime, le collègue, l'associé, le frère. C'est celui dont on ne doute pas de la loyauté et de la bonne volonté... Vous me suivez ?

— Oui, oui, je vous suis, dit Baillet d'un air embarrassé. Je vous remercie, ce sera tout pour le moment.

Je remarquai, non sans sourire, que cette fois, l'avocat général avait capitulé. Ce discours n'avait pas de prise sur lui — ou peut-être en avait-il trop. Devant le Diable, il abandonnait le combat.

Mais il n'allait pas s'en tirer à si bon compte. Trop content d'avoir trouvé un auditoire, le père Francis s'accrochait à la barre comme si c'était une chaire :

— Vous voulez que je vous dise, moi, ce qui se passe ? Mon neveu est accusé parce qu'il a commis le péché de fornication. Il est interdit de gaspiller la semence humaine qui multiplie indéfiniment la souffrance, et perpétue le royaume du Mal, car le plaisir, c'est bien la plus formidable arme de Satan !

En pointant le doigt vers Lisa, il s'écria :

— Je vous le dis, cette femme est dangereuse ; elle est impure, elle est un outil du mal pour maîtriser les âmes des hommes !

Alors Lisa, sans mot dire, se leva, marcha calmement vers lui et, arrivée à sa hauteur, elle s'arrêta quelques secondes, le toisa, puis elle lui donna un soufflet magistral, à lui décrocher la tête.

Dans la salle, tout le monde retint son souffle.

Le père Francis ne fit pas un mouvement. Il la regardait, totalement interdit, regagner tranquillement sa place, pendant que le juge ordonnait l'évacuation de la salle.

2

Le lendemain matin, le frère Franz était appelé à témoigner. Sous l'habit, il semblait avoir les épaules larges et une carrure impressionnante, mais son visage mince, aux joues creuses, témoignait de jeûnes prolongés.

Ses yeux verts, légèrement exorbités, avaient un éclat que la myopie rendait étrange. Aux questions que lui posait maître Ansel, l'avocat de la défense, il répondait calmement, de son français impeccable, sans un mot en trop.

— Depuis quand connaissiez-vous Carl Rudolf Schiller ? commença l'avocat.

— Depuis mon noviciat, il y a environ une vingtaine d'années.

— Avez-vous noté chez lui un changement d'attitude, avant qu'il ne soit tué ?

— Oui, il avait changé, en effet.

— Savez-vous pourquoi ?

— Non. Je sais qu'il se rendait souvent à Paris. Et puis, il s'était mis à lire des livres de la tradition juive, l'Ancien Testament, le Talmud, la Cabbale.

— Quels ont été vos derniers rapports avec lui ?

— Peu avant sa mort, il m'a appelé, et nous nous sommes vus.

— Vous a-t-il confié quelque chose de précis ?

— En effet, dit le frère Franz après une légère hésitation, il voulait me signifier que j'avais eu raison concernant une certaine personne de notre connaissance, qui avait eu une influence néfaste sur lui. Et il désirait me parler d'un cahier, un cahier maléfique que cette personne lui avait remis, et dont il cherchait à se débarrasser.

— S'agirait-il du cahier du film où Carl Rudolf Schiller était assassiné ?

— Oui, j'en ai la conviction.

— Quelle est la personne qui a remis ce cahier à Carl Rudolf Schiller ?

Le frère Franz sembla réfléchir pendant un instant, comme s'il hésitait à donner la réponse.

— Il s'agit de...

— Oui ?

Soudain une voix retentit dans la salle, un hurlement strident :

— Vous ne voyez pas qu'il est encore vivant ? Vous ne savez pas, tous qu'il est là, parmi nous ? Vous le croyez mort, mais il est encore bien trop fort pour vous ! Hitler ! Hitler est là, à compter les morts et à rire devant vous ! Oui, le Führer est toujours vivant ! Vous aurez beau faire, il sera toujours là parmi vous parmi nous ! Le Führer n'est pas mort !

L'homme d'une trentaine d'années, maigre, aux cheveux châtains coupés à la brosse, s'était levé et il gesticulait dans toutes les directions. Il avait un léger accent anglais.

Deux policiers surgirent, et le firent évacuer, pendant qu'il continuait :

— Je l'ai rencontré, moi, le Führer, je sais où il est ! Il est vivant ! Vive le Führer !

Lisa, à côté de moi, murmura :

— Qui est-ce ?

— Tu ne le reconnais pas ?

— Non ! ? fit-elle.

— Il y avait des photos de lui dans les journaux. C'est John Robertson, l'homme qui avait été arrêté pour avoir fait passer le film sur Schiller à Washington.

— De qui s'agit-il ? reprit maître Ansel, après que Robertson eut été emmené. Qui a remis ce cahier à Carl Rudolf Schiller ?

— C'est le père Francis.

— Frère Franz, je vous remercie. Puis-je rappeler le précédent témoin à la barre ? ajouta l'avocat à l'égard du juge, qui acquiesça.

Le père Francis n'était plus dans la salle des témoins, ainsi que le président le lui avait ordonné la veille. On le chercha pendant un bon moment. Une demi-heure plus tard, il fallut se rendre à l'évidence : il était parti, ayant sans doute profité de la diversion suscitée par les vociférations de Robertson.

L'huissier introduisit Ron Bronstein. En le voyant entrer dans la salle, je retins mon souffle, comme si j'avais conscience d'un danger. Qu'allait-il révéler, cette fois ? Pourquoi avait-il voulu m'éloigner de cette affaire ? Que préparait-il ? Et que savait-il au juste ?

Malgré une barbe de plusieurs jours, il n'avait plus ce mélange d'assurance et de mordant que je lui avais connu en Israël. Il avait l'air nettement plus tendu.

— Avez-vous déjà rencontré Jean-Yves Lerais ? lui demanda maître Ansel de sa voix mesurée.

— Non, jamais, répondit Bronstein.

— Connaissiez-vous Carl Rudolf Schiller ?

— Oui, je le connaissais.

— Je crois savoir que vous n'entreteniez pas d'excellents rapports avec lui ?

— Non, en effet.

— On pourrait même dire, franchement hostiles ?

— C'est exact.

— Que lui reprochiez-vous exactement ?

— Son rôle dans l'affaire du carmel d'Auschwitz, ses liens avec Maurice Crétel, qui est à l'origine de la déportation de ma famille.

— C'est pour ces raisons que vous vous êtes battu avec Carl Rudolf Schiller ?

— Oui.

— Qui a levé la main sur l'autre en premier ?

— C'est moi qui ai commencé à le bousculer.

— Monsieur Bronstein, je vous remercie ; ce sera tout pour le moment.

Alors l'avocat de la partie civile, maître Carbot, se leva, s'approcha de la barre, et commença de sa voix fluette :

— Monsieur Bronstein, je crois savoir que la nature de vos relations avec Carl Rudolf Schiller avait changé, peu avant son assassinat, est-ce exact ?

— Oui, c'est exact.

— Pouvez-vous décrire ce changement ?

— Mes relations avec Schiller s'étaient améliorées, quelques semaines avant sa mort.

— Pouvez-vous nous dire pourquoi ?

— Carl Rudolf Schiller avait changé d'attitude par rapport à certaines choses.

— Quelles choses, monsieur Bronstein ?

— Par rapport à la Shoah, notamment.

— Vous voulez dire qu'il avait modifié ses vues concernant le carmel d'Auschwitz ?

— Oui. Il commençait à remettre en question ses thèses concernant le Golgotha.

— Quelles étaient ses thèses ?

— Il disait que les juifs étaient morts à Auschwitz pour expier leurs fautes.

— Ces thèses étaient radicalement opposées aux vôtres ?

— Je lui ai souvent rétorqué que même si on avait à punir les nazis coupables du crime absolu, on ne pourrait pas le faire par une autre Shoah. En d'autres termes, cette théorie est absurde.

— Et savez-vous, monsieur Bronstein, pourquoi Carl Rudolf Schiller avait changé d'attitude ?

Il y eut un silence. Ron Bronstein semblait extrêmement embarrassé.

— Je vous rappelle, dit l'avocat, que vous avez prêté serment. Ce qui signifie que vous êtes tenu de répondre à mes questions, et de dire la vérité, rien que la vérité, *toute* la vérité.

— Carl Rudolf Schiller avait changé d'attitude parce qu'il avait appris qu'il était juif.

Il y eut un brouhaha de surprise et de confusion. Un remous, comme un ressac sur une vague grosse, passa d'un bout à l'autre de la salle. *Carl Rudolf Schiller était juif ? Comment était-ce possible ?* Partout c'était la même surprise, la même question, la même stupéfaction. L'homme du carmel d'Auschwitz, de la grande croix sur le camp, l'homme de l'Affaire Crétel, l'ami du bourreau, était juif ? Qu'est-ce que cela pouvait bien signifier ?

Le président donna quelques coups de marteau, et demanda le silence.

— Carl Rudolf Schiller était juif ? reprit l'avocat.

— Il était juif, affirma Bronstein.

— Pouvez-vous nous expliquer cela ?

— Je savais qu'il était orphelin. Je suis allé faire des recherches sur ses parents. C'est ainsi que j'ai découvert qu'il avait été caché pendant la guerre dans un couvent. On le croyait mort comme ses parents, et comme son frère, mais sa mère, qui était enceinte lorsqu'elle fut déportée, avait réussi à le cacher et à accoucher dans le camp, le 27 janvier 1945. Il est né le jour où son frère est mort : c'est pour cela que Lisa Perlman a trouvé son nom dans cette liste d'enfants disparus. On lui a donné le nom de son frère. Après la guerre, à la mort de sa mère, une femme, une polonaise, a emmené le bébé pour le sauver et le mettre chez les sœurs, qui l'ont converti au christianisme.

— Carl Rudolf Schiller avait-il connaissance de ces faits ?

— Non.

— Alors, fit l'avocat, c'est donc vous qui les lui avez révélés ?

— Oui, c'est moi.

— Pourquoi ?

— Pourquoi ? Je pensais qu'il était important que ce personnage public, cet homme politique, voie clair en lui-même.

— Et c'est tout ?

— Je cherchais aussi un point faible dans sa biographie qui me permette de lui...

— De lui clouer le bec lors de vos altercations ?

— Non ! Je n'utilise jamais ce genre de moyens en public. Ce serait vulgaire. Mais je voulais le faire réfléchir. Je ne cessais de le croiser sur ma route, et je me demandais toujours comment faire pour qu'il comprenne mieux ce qui s'est passé...

— Quand est-ce que vous lui avez fait savoir qu'il était juif ?

— Un mois avant son assassinat.

— Et vous avez noté un changement d'attitude depuis cette révélation ?

— Il me téléphonait souvent pour avoir des informations. Il revoyait toute sa vie, il avait des remords. Il était assez bouleversé. Vous voyez, ajouta-t-il d'un air pensif, si j'étais religieux, je dirais... qu'il était sur la voie du salut.

— Pensez-vous que Jean-Yves Lerais, ici présent, aurait pu avoir accès à cette information, qui a eu un effet réel sur Schiller ?

— Je ne sais pas, dit-il. Je n'en ai aucune idée.

Lisa fouillait nerveusement dans son sac pour chercher sa petite boîte brune.

Au moment où elle l'ouvrit, je lui dis :

— Tu continues les calmants ?

Elle me lança un regard terrible. Ses yeux vert-de-gris s'étaient foncés, envahis par une lumière noire. Sa paupière droite eut un battement convulsif.

— Tu n'es plus en position de m'interdire quoi que ce soit, Raphaël, dit-elle, sur un ton coupant.

— Lisa, calme-toi, voyons.

— C'est toi qui devrais te calmer, Raphaël. Si ce procès te perturbe, tu n'es pas tenu d'y assister, vu ?

Je soutins son regard qui me défiait. Pourquoi était-elle si tendue ? Etait-ce la présence de Jean-Yves Lerais au tribunal ? Et comment en étions-nous arrivés là ?

Que s'était-il passé entre elle et moi pour que nous en soyons arrivés là ? *En quel plomb vil l'or pur s'était-il changé ?*

3

Le témoignage de Bronstein avait laissé tout le monde perplexe. La séance levée, je me retrouvai pendant un instant, dans la salle des pas perdus, à parler avec le frère Franz.

— J'ai l'impression, dit-il, que notre ami va avoir du mal à s'en sortir...

— Vous croyez ?

— Oui ; certains témoignages sont assez accablants, surtout venant de personnes proches... De plus, Bronstein vient de révéler un motif plausible pour le meurtre de Schiller.

— Lequel ?

— L'antisémitisme, si Lerais était au courant du fait que Schiller était juif.

— Vous voulez dire... par Lisa ?

— Par exemple.

— Mais croyez-vous qu'il soit coupable ?

— Non, vous savez bien que non.

— Non seulement il y a chaque jour davantage de suspects, mais la victime elle-même devient multiple et insaisissable. Qui a tué Carl Rudolf Schiller ?

— La question est plutôt : *quel* Carl Rudolf Schiller a-t-on tué ? L'homme politique ? Le défenseur acharné du carmel, le théologien du Golgotha, ou alors le juif ? Fallait-il que Schiller soit né juif, pour qu'il soit tué ainsi, ou est-ce une méprise de la part du meurtrier ? Est-il possible que ce meurtre soit un meurtre antisémite ? Est-ce le juif ou le prêtre que l'on a tué et divisé ? Ou alors, le juif parce qu'il était prêtre ? Ou le prêtre, parce qu'il était juif ? Et si c'est Jean-Yves Lerais qui l'a tué, quel Jean-Yves est-ce ? Celui qui a consacré sa vie à l'histoire de Vichy, ou celui qui s'est révolté contre le « passéisme obsessionnel » et la « victimisation des juifs » ? C'est la confusion, Raphaël, la confusion la plus totale.

Le lendemain était le dernier jour du procès. On appela Mina Perlman à la barre.

Avec son maquillage et son tailleur, elle était absolument resplendissante. Ses yeux très vifs regardaient à droite et à gauche. Ses lèvres ne quittaient plus ce sourire, le même que celui que je lui avais vu lors de l'enterrement de son mari.

— Connaissiez-vous Carl Rudolf Schiller ? demanda le président.

— Oui.

— D'où le connaissiez-vous ?

Il y eut un silence. Mina ne répondit pas. Le président répéta sa question.

— D'après ses écrits, ses livres. L'un d'entre eux avait particulièrement attiré mon attention.

— Lequel ?
— *Satan dans les camps.*
— Pourquoi ?
— Parce qu'il parlait d'un cahier, écrit par un déporté...
— Pourquoi ce cahier a-t-il particulièrement éveillé votre attention ?
— Parce que... ma mère m'en avait parlé, lorsque nous étions à Auschwitz. Or Schiller, dans son livre, faisait allusion à une histoire similaire. J'ai cherché à le rencontrer pour savoir d'où il avait entendu parler de ce cahier.
— Il vous l'a dit ?
— Oui. C'était un autre déporté qui lui avait raconté l'histoire.
— Pourquoi vous intéressez-vous à ce cahier, madame Perlman ?
— Il m'intriguait, je ne savais pas ce qu'il y était écrit. Mais je cherchais une confirmation...
— Une confirmation de quoi ?
— De sa nature très singulière.
— Et c'est à ce sujet que vous avez commencé à voir Schiller ?
— Oui. Nous sommes devenus amis, en quelque sorte. Mon mari l'appréciait, surtout à la fin.
— Savez-vous pourquoi ?
— Schiller avait un don pour faire parler les gens... Je me rappelle, par exemple, qu'il a rencontré mon gendre, Raphaël Simmer, chez nous, à deux ou trois reprises, et qu'ils s'entendaient très bien tous les deux, alors que Raphaël... n'est pas non plus une personnalité très loquace.
— Revenez à la question, je vous prie, madame Perlman. Il ne s'agit pas de votre gendre, mais de votre mari. Savez-vous pourquoi Samy Perlman, votre époux, parlait à Carl Rudolf Schiller ?
— Ils s'entretenaient au sujet de la guerre. Carl Rudolf Schiller était passionné par ce sujet, et il

posait à mon mari de nombreuses questions concernant son expérience en camp de concentration.

— Avez-vous vu le film concernant son assassinat ?

— Non, je ne l'ai pas vu, mais on m'en a parlé.

— Vous n'êtes jamais retournée à Auschwitz ?

— Si, j'y suis retournée.

— Pour quelle raison ?

— Pour chercher le cahier brun.

— L'avez-vous retrouvé ?

— Non ; je n'ai trouvé dans le coin du baraquement qu'un trou mal bouché. Je suis persuadée que quelqu'un l'a pris, peu avant que je ne le cherche.

— Savez-vous qui a pu le prendre, ce cahier ?

— Non ; je n'en ai pas la moindre idée.

— A qui en aviez-vous parlé, à part le père Schiller ?

— A ma famille, c'est tout.

— Madame Perlman, je vous remercie.

En la regardant regagner sa place, j'eus un sentiment de malaise, le même que j'avais à chaque fois que j'allais chez elle, ou que je la voyais, depuis la mort de son mari.

Elle aussi, elle avait changé. La femme passionnée, la mystique un peu austère, que nous avions connue s'était transformée en une femme gaie, qui passait son temps à refaire sa garde-robe, à sortir ou à inviter des amis pour de plantureux repas.

La police recherchait toujours le père Francis, qui avait mystérieusement disparu. Pendant que Jean-Yves Lerais se levait pour répondre aux questions de la cour, on annonça qu'il avait été retrouvé, et qu'il allait témoigner après l'inculpé.

Jean-Yves Lerais se leva, pâle, les joues creuses. Ses épaules pointues saillaient sous sa chemise blanche. Il faisait peine à voir.

Je ne sais pourquoi, à ce moment-là, je me tournai vers Félix. C'est alors que je pris conscience d'un fait qui m'avait échappé jusque-là : Félix n'était plus venu à l'audience depuis le jour de son témoignage. Lui aussi avait totalement disparu. Personne, d'ailleurs, ne parlait de lui, ni ne demandait quoi que ce fût à son sujet.

Moi-même, sans doute trop absorbé par les audiences, je ne l'avais pas appelé depuis des jours.

Je décidai de réfléchir à cette question après le procès, et de lui demander pourquoi il était absent à toutes les audiences qui suivirent son interrogatoire.

Maître Ansel se pencha vers Lerais, et lui murmura quelque chose à l'oreille. L'autre acquiesça.

— Je voudrais demander à l'accusé, commença maître Ansel, si Lerais est véritablement son nom.

— Jean-Yves Lerais, avez-vous entendu la question, dit le président.

— Oui.

— Pouvez-vous nous dire quel est votre nom ?

Il y eut un silence assez pesant.

— Je m'appelle Jean-Yves Vurtz, finit-il par articuler, lentement.

— Qui est son père ? demanda maître Ansel.

Il n'y eut pas de réponse.

— Qui est votre père ? répéta le président.

L'homme restait muré dans son silence.

— Que faisait son père pendant la guerre ?

L'autre baissa les yeux, sans répondre.

Le président répéta la question de sa voix nasillarde.

— Il était soldat dans la Wehrmacht.

Un frisson terrible parcourut la salle. Lisa, qui m'agrippait le bras, enfonça ses ongles dans ma chair.

— Parlez-nous de votre père, reprit le président.

— Je n'ai pas grand-chose à en dire, fit Lerais.

— Pourquoi ? demanda maître Ansel posément.

— Je ne peux pas parler de mon père.

— Répondez à la question, ordonna le président.

— Que voulez-vous que je vous en dise ?

— Il pourrait peut-être parler de ce matin d'avril 1942 où son père...

— C'est cela que vous voulez ? coupa l'autre.

— Nous voulons la vérité, monsieur Lerais, dit le président.

— C'était mon père.

— Dites au moins ce que vous savez.

— Je ne peux pas l'insulter... Vous ne savez pas qui il était, ajouta-t-il avec un regard sombre.

— Il me semble que si, dit maître Ansel.

— C'était un soldat, comme des milliers d'autres. Un homme ordinaire.

— Pourquoi parlez-vous sur ce ton ? dit le président.

— Parce que, fit l'autre en un souffle. Parce que je ne peux pas, je croyais que je pourrais mais... je préfère en rester là.

— Vous en êtes bien sûr, monsieur Lerais ? dit le président.

Maître Ansel, qui regardait son client droit dans les yeux, poursuivit, en s'adressant au président, selon la procédure habituelle.

— Je voudrais demander à l'accusé si son père lui a jamais parlé de son... « travail » ?

— Votre père vous a-t-il dit ce qu'il faisait ? demanda le président.

— Non, fit l'autre très vite, il n'est pas entré dans les détails.

— Qu'est-ce qu'il a dit alors ?

— Il a dit qu'il était soldat dans la Wehrmacht.

— C'est tout ce qu'il vous a dit ?

— Oui.

— Vraiment ?

— Il voulait s'en sortir, c'est tout.

— Son père lui a-t-il dit qu'il tuait des gens ? demanda maître Ansel.

— Non. Il disait qu'il était dans l'administration.

— Et après ? Vous l'avez cru ?

— Après, j'ai su que ce n'était pas vrai.

— Qu'avez-vous fait quand vous avez découvert qu'il cachait quelque chose ?

— C'était mon père, murmura Lerais.

— Pourquoi cherchez-vous ainsi à protéger votre père ? questionna le président.

— Que voulez-vous que je fasse ? Que je l'insulte ? A quoi cela servirait-il à présent ?

— Cela, c'est votre problème.

— Qu'est-ce que vous voulez de moi, alors ?

— La vérité.

— La vérité. La vérité, c'est que mon père était un salaud. Vous croyez que c'est facile de le dire ?

Il y eut un silence.

— Mais il avait d'autres côtés, dit Lerais, au bout d'un moment.

— Ah oui ? Lesquels ?

— Il pouvait être agréable, aimable et charmant, et même très drôle...

— Où est le rapport ? intervint brusquement maître Ansel.

— De quoi parlez-vous ? Le rapport avec quoi ?

— Avec ce qu'il a fait ?

— Vous voulez que je vous dise ? fit soudain Lerais en fixant son avocat, je comprends que vous le détestiez, je le comprends parce que vous en avez le droit... Mais cela ne concerne pas ce procès. Toute cette haine qui est en lui, fit-il à l'endroit du président, c'est son problème.

— Et lui, il n'a pas de haine ? dit Ansel, s'adressant au président.

— Je ne hais pas mon père.

— C'est pourtant un « salaud », il l'a dit lui-même.

— Vous l'insultez encore.

— Je n'arrêterai jamais.

— Ne voyez-vous pas qu'il a aussi souffert ?

— Vraiment ? Il a souffert ?

— Ce n'était pas toujours facile, en Amérique du

Sud. Au début, il a fallu déménager tous les six mois. Il fallait toujours être prudent, se cacher...

— Il devait beaucoup l'aimer, son père ? dit Ansel, s'adressant au président.

— Je ne l'ai jamais aimé, je l'ai respecté.

— Et à présent ?

— Il ne m'inspire que du dégoût.

— Pourquoi ne l'a-t-il jamais aimé ?

— Si je l'avais aimé, je l'aurais haï également.

— Il vous est indifférent ?

— Non, pas vraiment.

— Vous sentez-vous différent de lui ?

— Oui, et non.

— Pouvez-vous répondre plus clairement ? intervint le président.

— Je lui ressemble par certains côtés qui me déplaisent, et par d'autres, je suis différent.

— C'est-à-dire ?

— Laissez-moi donc tranquille, maître Ansel, cria soudain Lerais. Qu'est-ce que vous cherchez à prouver ? Ne voyez-vous pas que vos questions m'insupportent ?

— Vous devez y répondre, c'est dans votre intérêt, dit le président.

— Je ne crois pas que cela mène à quoi que ce soit.

— Non ?

— Je crois que maître Ansel est en train de me pousser à bout.

— Ce n'est pas mon intention. Je suis l'avocat de l'accusé, je le rappelle, intervint Ansel.

— Mais vous le faites, dit Lerais, en s'adressant directement à lui. Vous être en train de m'enfoncer dans la culpabilité, de quelque côté que je me trouve. Comme si, de toutes les façons, j'étais coupable. Vous tentez de me piéger par votre haine des nazis. Je ne suis pas nazi, et je hais les nazis...

— Je le sais.

— Vous exploitez mes sentiments de culpabilité.

— Comment cela ?

— Si je ne le hais pas, je suis également coupable, selon vous.

— Non, pas du tout.

— Si. Vous cherchez à simplifier... je vous le dis, vous jouez un très sale jeu, maître Ansel.

— Que voulez-vous dire ? dit le président.

— Il... il exagère.

— Je ne vous comprends pas.

— Ce n'est pas moi qui pourrai le rendre moins haineux, continuait Lerais, comme s'il n'entendait plus. C'est pour cela que sa haine lui reste sur les bras.

Les mots sortaient de sa bouche comme s'il n'arrivait plus à les arrêter. Il était devenu rouge. Sans cesse, il arrangeait une mèche qui lui retombait sur les yeux, d'un mouvement convulsif.

— Je n'ai pas besoin de lui, après tout. Je peux le révoquer si je veux, sur-le-champ. Il est mon avocat. Il n'a pas à prendre partie. De toute façon, cette histoire ne le concerne pas.

Maître Ansel, soudain, se tourna vers son client, et, le regardant au fond des yeux, il s'adressa à lui :

— *Cette histoire ne me concerne pas ?*

— Non ? !

— Toute ma famille a disparu dans les camps, monsieur Lerais. Je peux vous dire que cette histoire me concerne.

L'autre le regarda, d'un air interloqué.

— Alors pourquoi avez-vous accepté de me défendre ? parvint-il à articuler.

— J'ai décidé de vous défendre parce que vous êtes innocent.

Pendant un instant, Lerais contempla Ansel, l'air totalement ahuri.

— Restons-en là, finit-il par implorer, d'une voix basse. Cela n'a pas de sens de continuer.

— Oh non, nous n'allons pas en rester là.

— Vraiment ? Alors êtes-vous bien sûr que ce n'est pas vous qui avez besoin de moi ? Ça vous plaît, peut-être ? Ça vous fascine de voir le fils d'un assassin ?

— Non, dit Ansel. C'est mon devoir, en tant que votre défenseur.

— Et pourquoi avez-vous besoin de me défendre ?

Maître Ansel le regarda, et dit, en un souffle :

— Pour ne pas désespérer.

Lerais sursauta. Ses yeux se voilèrent, ses lèvres tremblèrent :

— Allez-y, posez-moi vos questions.

— Je vous rappelle, maître Ansel, que vous n'avez pas le droit de vous adresser directement à l'accusé, dit le président. Veuillez reprendre la procédure.

Maître Ansel toussota pour s'éclaircir la voix, et dit calmement :

— L'accusé disait que son père était un homme ordinaire, c'est cela ?

— Répondez, dit le président.

— C'est-à-dire.. dit Lerais... c'est-à-dire qu'il était un père, un époux...

Il baissa les yeux, et ajouta, dans un souffle :

— C'est-à-dire qu'il a fait tuer des centaines d'hommes, de femmes et d'enfants juifs.

Dans la salle, il y eut des hurlements. Lisa s'évanouit. Mina agrippa violemment le bras de son fils Paul. Béla me jeta un regard mauvais.

Je ne sais combien de temps exactement nous restâmes ainsi — une petite éternité. Le juge n'arrêtait pas de frapper de son marteau, en hurlant qu'il allait faire évacuer la salle, mais je crois qu'en fait, c'était pour se donner une contenance.

Je finis par me lever, j'allai chercher de l'eau fraîche, pendant que Paul ranimait Lisa, qui nous regardait d'un air hagard.

4

— C'est votre père qui vous a dit qu'il était soldat de la Wehrmacht ? demanda le président, une heure plus tard, à Jean-Yves Lerais.

— Non.

— Comment l'avez-vous découvert ?

— J'avais douze ans. On parlait du IIIe Reich à l'école. Je voulais en savoir plus. C'est en faisant des recherches que j'ai vu son nom, dans un livre d'histoire...

— Qu'avez-vous ressenti en découvrant ce qu'a fait votre père ?

— C'était dur à croire, fit Lerais. Qui peut comprendre ? Toutes les nuits, c'est le même rêve que je fais : des hommes m'arrachent du lit, me mettent dans une pièce avec des douches. J'ai du mal à respirer, je me précipite sur la porte, puis je me réveille... Ou bien, je suis en train d'assassiner quelqu'un, et puis je me livre à la police. Et là, tout est fini, je suis en prison jusqu'à la fin de mes jours...

« Mes parents ont fui en Amérique du Sud avec de nouveaux papiers, et d'autres camarades de guerre. Lorsqu'ils sont arrivés là-bas, ils étaient attendus. On est venu les chercher en voiture, on leur a donné une maison. Ils ont recommencé une nouvelle vie. Ils avaient emporté de l'argent d'Allemagne. Mon père avait une petite affaire où il a recruté ses anciens camarades. Tout le monde vivait dans le même quartier. Il y avait une école allemande, un magasin allemand, des restaurants, tout ce qu'il fallait. Le dimanche, on allait au temple, puis on allait prendre une bière, avec les amis allemands, en faisant des blagues allemandes et en lisant des journaux allemands... Ah ! oui, j'oubliais, il n'y avait pas que des Allemands : il y avait aussi des Autrichiens...

Il eut un sourire triste.

— C'était un printemps éternel, le sol était fertile,

le soleil brillait tout le temps, c'était le paradis, le paradis des perdants...

— Et vous, que pensiez-vous de tout cela ? continua le président.

Lerais leva soudain la tête :

— Il détestait les juifs, les homosexuels et les communistes, mais il était devenu trop lâche pour l'avouer publiquement. En son for intérieur, il pensait qu'un autre Führer reviendrait ; quand j'essayais de le contredire, il se mettait à hurler ; « qu'est-ce que tu en sais, de cette époque, c'est les juifs et les communistes au gouvernement qui te montent à la tête ». Il disait : « Regarde ce que fait Israël : ils sont devenus militaristes, ils ont montré leur vraie nature de bourreau. »

« Dans la nuit qui a suivi l'enterrement de mon père, j'ai pissé sur sa tombe. Je l'ai piétinée, et puis j'ai vomi. Comment ont-ils pu avoir l'idée de faire un enfant, après ce qui s'est passé ? Comment ont-ils pu me faire ça à moi ? Ils voulaient jouer à la petite famille. Je me rappelle les arbres de Noël dans notre belle maison, et puis les chorales d'enfants que mon père adorait, et puis les 30 janvier : à chaque fois, c'était une grande fête à la maison. Mon père n'a jamais manifesté le moindre regret, il n'a jamais éprouvé aucune culpabilité. Quand il était à moitié saoul, le dimanche, il redevenait le héros, le vainqueur de la guerre.

— Je voudrais savoir comment est mort son père questionna maître Ansel.

— Comment est-il mort ? répéta le président.

— Qu'est-ce que je peux dire ?

Il considéra l'avocat d'un air désolé :

— Qu'est-ce que vous voulez que je vous dise ? Qu'il est mort dans un accident, ou alors, mieux, que je l'ai tué, non pas d'un coup, mais à petit feu ? Mon père est décédé de mort naturelle, tout comme ma mère.

— Monsieur Lerais, pouvez-vous nous dire ce que vous pensez, vous, des juifs ? demanda le président.

— Pas très loin de chez nous, il y avait des juifs émigrés, allemands eux aussi ; cela me fascinait de les voir, depuis mon enfance. A l'adolescence, je me suis mis à avoir des amis juifs : lorsque mes parents s'en sont rendu compte, ils sont devenus furieux. « Ils t'auraient fait porter une étoile, à l'époque », hurlait ma mère. Ça m'a encouragé à continuer. J'invitais mes amis à la maison. C'est à ce moment que je me suis mis à lire tout ce que je trouvais sur le IIIe Reich, et que j'ai décidé de consacrer ma vie à en faire l'histoire. Après la mort de mes parents, j'ai vendu tous leurs biens, et puis, je suis venu en France, car le français était ma langue maternelle... Et puis... et puis...

Il baissa le regard.

— Et puis, j'ai rencontré Lisa...

Lisa à côté de moi baissa la tête.

— Savait-elle qui vous étiez ?

Il y eut un silence.

— Le fils d'Helmut Vurtz, murmura-t-il, ancien officier de la Wehrmacht et criminel de guerre. Non, bien sûr que non.

— L'accusé connaissait-il Carl Rudolf Schiller ? demanda maître Ansel.

— Oui.

— D'où le connaissiez-vous ? continua le président.

— Je l'avais rencontré dans des colloques sur la Shoah.

— Est-ce que vous saviez qu'il était juif ?

— Non. Je l'ignorais.

— Est-ce que c'est vous qui lui avez envoyé des lettres de menace ?

— Oui, c'est moi.

— Pourquoi ?

— Je le trouvais dangereux. Je ne supportais pas

ce qu'il disait, au sujet du carmel d'Auschwitz. Et puis, il était l'ami de Crétel.

— Que savez-vous sur Maurice Crétel ?

— Ce que je sais ? Lerais souleva un sourcil narquois. Ce que je sais, c'est qu'il a fait déporter des milliers de juifs pendant la guerre, voilà ce que je sais. Et puis je sais qu'il était de mèche avec Perraud dans la collaboration.

— Est-ce que Michel Perraud savait ce que vous aviez découvert ?

— Oui. Je le faisais chanter, avant d'être arrêté... même pas pour l'argent. Juste pour le plaisir, pour le voir s'angoisser à chaque moment de sa vie.

Dans la salle, il y eut des remous, des murmures étouffés.

Maître Ansel se leva, s'approcha de son client :

— J'aimerais que Jean-Yves Lerais réponde à présent à la question suivante : a-t-il tué Carl Rudolf Schiller ?

Lerais le considéra un instant, l'air totalement décomposé.

— Répondez, ordonna le président.

— Je m'en fiche, dit-il en un souffle. Tout m'est égal.

— Est-ce que vous avez tué Carl Rudolf Schiller ?

Ansel le contemplait, à présent, calmement, comme s'il savait que la réponse allait venir, inéluctable.

— Non, murmura-t-il enfin. Je ne l'ai pas tué.

Lisa soudain me prit la main et la serra si fort que cela me fit mal.

5

L'huissier fit entrer le père Francis pour le dernier témoignage du procès.

— Pouvez-vous nous dire ce que vous savez au sujet d'un cahier brun, qui aurait été remis à Carl Rudolf Schiller avant sa mort ? commença le président.

— Mais certainement, mon fils, dit l'étrange petit bonhomme, comme s'il s'adressait à un futur novice. C'est moi qui lui ai remis ce cahier.

— Pouvez-vous nous dire comment ce cahier est venu en votre possession ?

— Mais oui ; c'est un homme qui me l'a donné. Il l'avait trouvé à Auschwitz. Il disait que ce cahier avait d'étranges pouvoirs, et je veux bien le croire.

— Pourquoi l'avez-vous remis à Carl Rudolf Schiller ?

— Parce que je voulais avoir son avis sur la question. En tant que théologien.

— Quel est le nom de l'homme qui vous a remis ce cahier ?

Le père Francis se tourna alors vers moi, et dit, avec un air étrange :

— Il s'appelle Werner. *Félix Werner.*

Je crois que personne ne fit vraiment attention à ce que le père Francis venait de dire au sujet de Félix. Tous pensaient que le vieil homme disait un peu n'importe quoi. N'avait-il pas déjà accusé Lisa ?

Non, personne ne fit attention à ce que le vieil homme avait dit.

Personne, sauf moi, à qui cela n'avait pas échappé. *Félix Werner.* Où était-il ? Que faisait-il ? Pourquoi avait-il si subitement disparu ?

Les plaidoiries des avocats commencèrent à la fin de l'après-midi.

Nous étions tous dans un état de tension extrême. Dans le fond, je crois que, mis à part Lisa, la famille Perlman n'avait pas vraiment décidé si Jean-Yves Lerais était coupable ou non, et ils attendaient la sentence du jury pour se libérer la conscience du poids de la décision.

Lisa, quant à elle, tremblait que cela ne se terminât en erreur judiciaire, et que le véritable assassin ne fût encore en train de courir. Mina disait qu'il fallait faire confiance à la Cour pour rendre justice.

Le réquisitoire du ministère public était simple : Jean-Yves Lerais avait envoyé des lettres de menace à Carl Rudolf Schiller. Il ne faisait pas chanter Michel Perraud, il était son âme damnée. Il ne savait peut-être pas que Schiller était juif, mais son revirement lors du procès de Maurice Crétel l'avait mis face à ses propres difficultés. Il avait commencé par étudier la Shoah par idéalisme et, peu à peu, comme l'avaient montré les témoignages de Lisa Perlman et de Jacques Talment, il s'était mis à haïr les déportés : il s'était identifié à son père, il n'était pas arrivé à sortir de cette histoire. Il avait tué Schiller un 27 janvier 1995, cinquante ans, jour pour jour, après la libération du camp d'Auschwitz ; il n'y avait qu'un historien pour faire cela. Il avait emporté la moitié du corps de Schiller en Italie, à l'Ecole de Rome, dans l'autre pays du fascisme. Jean-Yves Lerais n'était pas un meurtrier, il était un barbare. Un homme qui avait coupé un autre homme en deux : le laisser en liberté, c'était prendre le risque d'une récidive.

Pour finir, l'avocat général réclama la réclusion à perpétuité.

L'avocat de la partie civile abonda dans son sens.

La plaidoirie de maître Ansel fut incisive. Jean-Yves Lerais était une victime. Victime de son passé, de son histoire, victime d'une machination diabolique. Tout avait été soigneusement calculé, échafaudé au détail près : les lettres de menace dans l'appartement de Schiller. Puis la moitié du corps à l'Ecole de Rome, à l'endroit où il travaillait. Tout cela paraissait très probant... à un détail près. Dans cette machination infernale, des preuves avaient été fabriquées contre Lerais, mais un élément avait été oublié : il n'y avait pas de mobile. *Jean-Yves Lerais n'avait aucune raison de tuer Schiller.*

Voulait-on savoir ce qu'était un mobile ? Lisa Perlman pouvait très bien avoir voulu tuer ce théologien *dont elle avait découvert qu'il était juif.* Elle l'avait découvert lorsqu'elle avait gravé les noms des enfants sur la pierre de granit. C'est pour cette raison qu'elle était allée voir à Berlin cet homme qui l'intriguait car il réussissait à parler avec son père. C'est là qu'elle avait appris la vérité. Lisa Perlman en savait plus qu'elle ne l'avait laissé entendre. Son mensonge, qui faisait d'elle une parjure, était inquiétant : qu'avait-elle de grave à cacher ?

Son frère Paul pouvait très bien avoir voulu tuer celui qui mettait des bâtons dans les roues de son association, parce qu'il faisait une « fixation » sur les Palestiniens, qui l'empêchait d'allouer comme il l'entendait les sommes disponibles, et qui l'avait contraint à démissionner. Quant à Béla Perlman, qui avait fait trois ans d'hôpital psychiatrique, il avait pu tuer Schiller au cours de l'un de ses accès de fureur et de haine contre le monde entier, et s'arranger pour faire accuser Lerais qu'il jalousait et haïssait. Comme le psychiatre Krima l'avait montré, un paranoïaque peut être dangereux au point de passer à l'acte et de commettre un meurtre : de Béla Perlman, il fallait s'attendre à tout. Et que dire de Jacques Talment dont Schiller avait sali la réputation dans son livre, nuisant gravement à lui-même et à sa femme ?

Il parla aussi de Mina Perlman et de son petit cahier brun, mystérieusement disparu. Etait-on vraiment sûr qu'il avait disparu ? N'était-ce pas Mina elle-même qui avait envoyé ce cahier à Carl Rudolf Schiller, afin de lui nuire, et de le déstabiliser ? Et qu'est-ce qui liait Samy Perlman à Schiller ? Pourquoi Schiller avait-il réussi à délier la langue de cet homme qui ne parlait jamais ? Le faisait-il chanter ? Mina le savait-elle ? Pourquoi s'était-il suicidé ? Le saurait-on jamais ?

Quant à Ron Bronstein, n'avait-il pas tous les motifs du monde de haïr Schiller ? N'avait-il pas toutes les raisons pour tuer l'homme qui avait insulté la mémoire des siens ? Et Michel Perraud, qui avait été trahi par Schiller, lorsqu'il avait renoncé à soutenir Crétel, n'était-il pas également un suspect doublé d'un possible meurtrier de celui qu'il appelait « son ami » ? Il avait toutes les raisons pour faire tuer Schiller, et pour faire accuser Jean-Yves Lerais, qui connaissait des secrets sur son passé vichyssois.

Quant au père Francis, son délire à lui seul pouvait être à l'origine de n'importe quelle folie. Quel était ce cahier brun à l'étrange pouvoir ? Et qui était ce Félix Werner auquel il avait fait allusion ?

Telles étaient les pistes qu'il fallait suivre, si vraiment on voulait retrouver le meurtrier.

Tous ces gens avaient des mobiles, oui, tous avaient des raisons de haïr Carl Rudolf Schiller au point de le tuer, *mais pas Jean-Yves Lerais.*

Ce n'était pas un hasard. Peut-être l'un d'entre eux était-il le véritable coupable. Car le meurtrier courait toujours, puisque Lerais était innocent. Condamner Jean-Yves Lerais, c'était prendre le risque et la responsabilité de laisser le véritable tueur en liberté, un homme qui avait non seulement commis un crime atroce, mais qui avait mis en place un mécanisme implacable pour faire accuser une autre personne à sa place. Ce n'était pas simplement un meurtrier qu'on laissait en liberté, *c'était un monstre, un manipulateur de génie, un être diabolique.*

6

Le 30 octobre 1997, à 1 h 30 du matin, Jean-Yves Lerais était acquitté.

Le jour même, il y avait un article dans le journal, qui commentait la décision de la justice. En commençant à le lire, je reconnus tout de suite la griffe de Félix.

Soudain, mon cœur sauta dans ma poitrine, lorsque je découvris la signature à la fin du papier : il était signé *Félix Simmer.*

Qu'est-ce que cela pouvait bien signifier ? Pourquoi Félix avait-il emprunté mon nom de famille pour signer cet article ?

Une fois de plus, je tentai de le joindre. Il n'était pas chez lui. A son journal, on me répondit qu'il était en vacances. L'article publié était arrivé par fax. Personne n'avait plus aucune nouvelle de lui. Félix Werner avait disparu.

HUITIÈME PARTIE

1

Voulez-vous qu'on n'entende plus jamais parler de violence, de ravage ni de ruine ? Voulez-vous que la lumière perpétuelle éclaire la nuit ? Ou alors désirez-vous que le mal se multiplie, qu'il acquière sa propre indépendance, qu'il s'érige en justice absolue, qu'il domine le monde et qu'il le crée à son image et à sa ressemblance ?

Qu'il dise : « Que la nuit apparaisse », et qu'il fasse nuit. Qu'il dise : « Que le jour soit », et qu'il fasse jour sur la souffrance et sur la mort.

Fort, fort comme le mal, comme l'amour, comme la mort. La lune renvoie la lumière du soleil, et elle est son miroir, et les yeux de Lisa telles les lumières de l'âme, illuminaient tout ce qui était visible, rêves d'un soir, perles d'eau, gouttes de rosée.

Fort comme le mal. Son soleil ne se couchera plus, sa lune ne disparaîtra plus, sa clarté sombre sera sur tous, pour toujours. Splendide, puissant, omniscient, comme le mal. C'est lui, la beauté et l'illumination.

Fort, fort comme le mal qui creuse les sépulcres des justes chez les méchants, fort comme la mort ; terrible, jaloux et immodeste comme le mal fait à ceux qui n'ont pas commis de violence, ceux dont la bouche n'a jamais proféré le mensonge, ceux dont la main n'a pas frappé le corps de l'homme.

Oui, vous le saviez, dès notre première rencontre, vous rappelez-vous ? Et aujourd'hui, si je me confesse à vous, c'est parce que vous m'avez choisi comme je vous ai choisi, vous m'avez appelé, de toute votre âme vous m'avez désiré. Vous m'avez cherché dans votre exil, partout où je me trouvais, vous m'avez aimé car vous étiez disséminé, vous m'avez appelé dans vos chutes, vous m'avez prédit dans ma gloire et mon unité recommencée ; vous êtes mon rédempteur, vous avez triomphé de la Distance, qui m'éloigne et me sépare de vous, vous m'avez suivi dans mes tribulations, dans mes processions, à travers le morcellement des apparences, vous avez su la visée splendide, et vous lui avez restitué son sens véritable, vous m'avez donné une pensée et une voix, un verbe, vous m'avez manifesté, vous m'avez compris, oui, vous m'avez compris.

Depuis que je vous ai rencontré, j'ai su que vous étiez là pour moi, pour me révéler à moi-même.

Vous m'avez donné un langage qui est l'arme essentielle pour la compréhension, vous avez suivi le mouvement de mes lèvres, vous avez donné un sens à mes mots, vous m'avez trouvé une multiplicité d'interlocuteurs pour m'unir et me révéler.

Dès la fin du procès, je fus envahi par une vague de tristesse : j'avais commencé à m'habituer à ces séances quotidiennes qui me permettaient de voir Lisa. Après, elle redevint insaisissable. Je tentai, à plusieurs reprises, de provoquer une discussion avec elle. Elle refusait de me parler. Elle disait qu'elle avait besoin de temps pour remettre de l'ordre dans ses idées. Elle retourna vivre chez sa mère, où je n'étais toujours pas le bienvenu.

Un jour, pour la voir, je me rendis à son atelier. Elle me montra sa dernière sculpture.

C'était une œuvre figurative, assez grande, d'environ un mètre de haut. Sur la base, il y avait un amas de gravats, de pierres minuscules qui formaient comme des poussières grises. Au-dessus, était un homme, à genoux : on ne voyait pas son visage qui était dans l'ombre d'un chapeau. Cet homme tenait une femme dans ses bras, une femme enveloppée dans un châle, à moitié disparue sous les cendres.

Ce qui apparaissait dans un relief contrasté, étaient les bras et les mains de l'homme autour du corps de la femme. Ces mains étaient frappantes, par leur force, leur grandeur et leur beauté.

Quelque chose brillait dessus, un objet doré. Je m'approchai : on aurait dit ma chevalière. *Je reconnus mes mains.*

— Qu'est-ce que cela signifie ? demandai-je à Lisa.

Lisa observa l'œuvre pendant un moment, puis elle me répondit :

— Les mains trahissent la prétention à la noblesse par l'or qu'on glisse autour des doigts pour donner à voir, c'est comme un uniforme ou une carte d'identité. Mais en réalité, ces mains ne connaissent pas la valeur de l'autre, plongé dans les cendres, l'autre qui n'émerge d'elles qu'à condition d'y rester lié. La pudeur, l'intimité traînées dans les cendres, voilà comment l'or aime à les voir. Il brille comme un usurpateur parce qu'il permet de tout acheter. Il représente la fausse valeur comme l'histoire construite par l'historien qui cherche à tout expliquer et tout signifier. Or expliquer la Shoah c'est montrer qu'elle ne fut pas Shoah, mais qu'elle fut un événement comme un autre. Ainsi, au nom de l'or-vérité, l'historien replonge les survivants dans les cendres. Si la Shoah n'est qu'un événement comme un autre, alors les survivants n'ont plus de témoignage particulier à faire, car ils seraient seulement revenus d'une guerre et d'une violence courante, commune et ordinaire.

— Est-ce que cet homme est en train de l'enterrer ou de l'exhumer ? demandai-je.

La libération de Jean-Yves Lerais était apparue à tous comme un soulagement. Au début, les Perlman eurent l'impression que c'était un épilogue heureux, la fin du désastre. Le cours normal des choses allait reprendre : ils avaient envie de croire que l'affaire Schiller était close, que le dossier était fermé. C'était un mauvais souvenir, dont personne ne voulait plus reparler. Cela avait failli les toucher de très près. Ils avaient frôlé, puis évité la catastrophe.

Cependant, peu à peu, ils commencèrent à comprendre qu'il n'en était rien, que c'était même tout le contraire. Que Jean-Yves Lerais fût réellement innocent, ce dont nous étions tous persuadés, ou qu'il fût coupable, le meurtrier de Schiller courait toujours. Qui était-il ? Où était-il ?

Sans cesse, ils rappelaient les paroles de maître Ansel : *peut-être l'un d'entre eux est-il le véritable coupable.* Cette phrase ne cessait de retentir dans mes oreilles ; et je pensais à chacun d'eux, à Mina, à Béla, à Paul et Tilla, à Ron Bronstein, aux Talment, au père Francis et ses malins génies, à Lisa et à Félix.

— Vous croyez que c'est un meurtre antisémite ? avais-je demandé au frère Franz, après l'audience de Bronstein.

— J'en suis persuadé, répondit-il. Est-ce un chrétien qui a tué Schiller par antijudaïsme séculaire ? Ou est-ce un nazi qui l'a assassiné parce qu'il symbolisait la victoire finale du droit sur la force, de la vérité sur le mensonge, le triomphe de la conscience morale ? Est-ce un athée à l'ignorance coupable ou un malade de Dieu ? Je ne sais pas, mais je sais que c'est de cela qu'il s'agit. Voulez-vous savoir ce qu'il disait, Schiller, juste avant son assassinat ? Il disait que Jésus n'avait prêché que pour les brebis perdues de la maison d'Israël, il disait que quiconque méconnaît le juif se méconnaît lui-même, que celui qui n'assume pas le sort du juif comme son propre sort, maintient une distance infranchissable entre lui et son salut, il disait que quiconque ne prend pas sa croix n'est pas digne d'être chrétien, et il disait que les chrétiens ont trop tendance à laisser Jésus la porter tout seul. Il disait qu'Israël est le fils de l'homme, qui apporte à l'humanité tout entière le témoignage de la mission humaine, qui consiste à combattre la nature pour lui survivre, et c'est pourquoi Israël est inscrit dans le monde comme une loi. Il disait que, à travers Israël, le temps du Messie est celui de tous les jours, que ce n'est pas un événement passé ni un événement à venir, évoqué par les vains regrets et les attentes stériles, c'est le fil qui les relie l'un à l'autre, c'est le temps de la pensée attentive et de l'amour fidèle, c'est le moment de la réparation, dans chaque aube nouvelle et dans chaque crépuscule, ce sont les grands épisodes de l'histoire qui se font écho au-dessus des marécages de silence où s'embourbe l'homme, ce sont les éclairs qui trouent la vie, qui animent la grisaille, illuminent les ténèbres, et la promesse de Dieu est l'esquisse de ce dessein, le retour du peuple au long voyage, après la souffrance et le mal : Jérusalem.

— Vous croyez à la Rédemption ?

— Non. Je crois à la conversion. David a écrit les psaumes après le meurtre d'Uri, saint Augustin a découvert la grâce après une jeunesse orageuse... Il y a un espoir, malgré...

Il hocha la tête d'un air navré, et il dit :

— Je ne le croyais pas, vous voyez, je ne voulais pas le croire.

— Quoi donc ?

— Ne voyez-vous pas combien le mal s'étend ? Le mal persévère et fait des émules. Pourquoi fait-il autant de disciples, pourquoi construit-il plus d'écoles, pourquoi agit-il plus que Dieu ? Pourquoi Dieu n'habite-t-il pas toute existence, pourquoi n'est-il pas aussi habile que le Diable ? Qui peut répondre ? Le Messie ? Mais où est-il, ce messie qui écrase la tête du serpent sans que ce dernier lui morde le talon ? En attendant, il faut lutter. J'ai eu tort. J'ai été lâche. Je crois, dans le fond, que j'ai eu peur.

— Peur de quoi ?

— Peur de reconnaître en moi cet homme, ce meurtrier... Cet homme clivé qui a commis ce meurtre, car ce meurtre n'est que le reflet d'une âme, d'un esprit qui a perdu son unité. Qui sait ce que nous cachons au fond de nous ? Le Mal, sous ses formes les plus insidieuses, neutres, ou alors sous des dehors bienveillants, conciliants, indifférents peut-être, et qui, soudain, se déchaîne de toute sa fureur, de sa violence, de sa force énorme de séparation et de destruction. Car la foi aussi est un vêtement de Satan. Schiller le savait bien, lui qui a été transformé par la révélation de Bronstein, lui qui était si différent auparavant. C'est cette conversion, j'en suis sûr, qui a déchaîné la colère de celui qui l'a tué. Schiller avait eu l'audace de se relever du fond de l'abîme, et son meurtrier ne l'a pas supporté.

— Pourquoi avoir dit de ne pas continuer, au départ ? Pourquoi ne pas nous avoir parlé du cahier brun, et du père Francis ? Pourquoi avoir attendu tout ce temps ?

— Depuis le début, j'ai su qu'il fallait s'écarter de ce chemin : et si je suis resté sans souillure en face de toutes les turpitudes, c'est que je n'ai jamais transigé. Je suis resté à l'écart, mais je n'ai pas dit assez fort que c'était un reniement du message du Christ. Je le savais, mais je n'ai pas dit qu'il y allait du Mal, ici, oui, du Mal radical, du Mal essentiel, et qu'une fois encore le *foetor judaicus* cessait d'être une légende, lorsque quarante ans après, les juifs se suicident de n'avoir pas brûlé, et la fumée de leur mort souille tout l'horizon, et je ne l'ai pas dit, car j'ai tremblé de me reconnaître en cette souillure, ou, j'ai tremblé de devoir grandir jusqu'au martyre ou jusqu'à l'amour de celui qui meurt pour lutter, et de ne pas en avoir le courage. Je le confesse, j'ai failli, Raphaël. Oui, j'ai préjugé du terrible orgueil de la conscience antisémite, qui, fière de son impunité, se croyant à l'abri du désastre, continue, continue à faire des ravages, je n'ai pas voulu voir l'incroyable persévérance du mal. Je me suis sauvé, j'ai laissé faire.

— Voulez-vous retrouver le coupable, à présent ?

— La question que vous me posez est redoutable, Raphaël. Depuis le début, vous m'avez posé un problème insurmontable. Je ne sais pas. Je sais ce qu'il ne faut pas faire : écouter le mal, dialoguer, car le comprendre, c'est être pris. Lutter contre le mal, c'est aussi être sa victime. On ne peut l'aborder face à face, ni par la compréhension, ni par le combat.

— Mais le chrétien, lui, ne l'écoute pas ? Il l'accepte, et il souffre. N'est-ce pas une façon de le vaincre ?

— L'humilité qui confine au masochisme, le goût marqué pour la pénitence, la macération de la chair et la glorification de la chasteté, qui coupe l'homme de la source même de la vie, si c'est cela que vous appelez le christianisme, alors non. Le vrai chrétien est celui qui n'oublie pas le sens de la souffrance, qui la prend non pas comme un but, mais comme une épreuve. Il lutte contre elle en la traversant ! Et quand il la traverse, il la refuse en espérant.

— Et si ce meurtre servait à nous rendre conscients de notre propre destin ? Qui sait ce qui surviendra après la mort de Samy, et de mon enfant mort-né ? Ne croyez-vous pas à la grâce ? Ne pensez-vous pas que de l'exil peut naître la Révélation ?

— Non ; je crois dans la destruction, la séparation, l'étagement, la division, et je crois qu'il existe parfois des miracles, des surprises ou des hasards. Le mal est éternel, il est absolu.

Cherchez, avait dit le frère Franz. Mais que chercher à présent ? Et comment ? C'était Félix qui m'avait fait entrer dans cette histoire, c'était lui l'enquêteur. Pas moi.

Où était Félix Werner ? J'avais comme une vague inquiétude qu'il ne lui fût arrivé quelque chose.

J'avais comme une certitude qu'il n'en était rien.

2

Félix. *Félix Werner.*

Félix ? Où était Félix ? Félix n'était nulle part, Félix était partout.

Il était introuvable. S'était-il enfui ? Où ? Quand ? *Qui ? Félix ? Ou le Serpent ?*

Encore lui, toujours lui, à peupler mes nuits. Le meurtre était son occupation, la destruction le but de sa vie. Il y avait pour lui plusieurs façons de tuer : la morsure sanglante, tétanisante, qui laissait couler le sang mauvais, empoisonné par son venin. Il y avait la strangulation, lorsqu'il s'enroulait autour du cou de l'animal, et qu'il serrait jusqu'à ce que la bête suffoquât, et qu'il vît le dernier sursaut de son agonie. Il y avait aussi la fascination qu'il exerçait sur les êtres, et qui poussait les victimes à se jeter à l'eau, ou à courir dans tous les sens, désespérées, jusqu'à épuisement. Il ne connaissait pas la pitié ; il n'avait jamais épargné personne. La conscience n'était pas son fort ; rien ne le tourmentait — si ce n'était l'absence du crime.

Il pouvait engouffrer des proies énormes qui le gonflaient à bloc. La mobilité de sa mâchoire, la facilité avec laquelle sa langue sortait de sa bouche aux crochets venimeux, le rendaient redoutable. Parfois, il subjuguait sa victime d'un seul regard, puis il lui crachait son venin à la figure.

Il ne se mouvait jamais tout droit comme toutes les autres bêtes : il avançait comme les ruisseaux et les fleuves, en traçant des méandres. Tortueux, il ne persistait pas dans la direction indiquée par son premier mouvement. Il glissait en silence et tout son corps transmettait les mouvements de sa progression. Il rampait sans jamais pouvoir se hausser, il collait au sol sur lequel il avançait, par toute la surface intérieure de son corps. Il mangeait la poussière, la saleté, les ordures.

Où était-il ? Dehors ? Devant mes fenêtres ? Pourquoi cette place était-elle remplie de monde ? Que faisait cette foule en bas de chez moi, place du 18-juin-1940 ? Cette foule immense, bruyante, en train d'acclamer son chef, cette masse figée en bloc entourée de soldats en uniforme, saluait celui qui se mettait au balcon pour vitupérer contre le cosmopolitisme viennois et le judéo-bolchévisme. Mais qui est cet homme ? Le voilà qui célèbre l'ère nouvelle, l'ère révolutionnaire, le voilà qui s'adresse aux masses au son d'une musique tonitruante, le voilà qui hypnotise les foules, qui mobilise radio et cinéma pour convaincre et pour saluer l'avènement de l'homme nouveau, et le voilà qui cajole chiens et enfants, et le peuple déchaîné marche comme un seul homme à l'ombre du chef qu'il s'est choisi. Mais qui est cet homme ?

Quel est ce chaos, cette mort qui viennent à moi, ce mélange de terre et d'eau ? C'est l'abîme qui m'appelle, et la mer agressive, bouillonnante, la mer habitée de serpents monstrueux, m'attire en son sein. C'est moi le monstre immense, disproportionné, et redoutable, et ils ne sont pas assez forts pour me vaincre, et l'aurore, autrefois une jeune fille aux doigts de rose, est une vieille sorcière atroce, et le jour hait la nuit, et il ne désire plus l'étreindre, et il se fâche contre elle, sous les nuages, le tonnerre, l'éclair, la foudre, la pluie, le brouillard, la grêle, la neige, le givre, et la glace, et le jour querelle la nuit, et par le tonnerre qui est sa voix, il lui fait une terrible remontrance, une scène de ménage, et les éclairs sont ses flèches, et la pluie la pluie la pluie est une tempête déchaînée par les eaux supérieures, cette mer céleste lâche une grêle meurtrière, où donc est Félix ?

Cela faisait bientôt deux, trois mois que je ne l'avais pas vu, et le pire, c'était que j'avais besoin de lui. N'était-il pas mon ami, mon confident, mon secours au point du jour ? N'était-il pas mon frère, ma famille ? Je compris alors quelle place il avait dans ma vie. Comment aurais-je pu m'en séparer ? Félix, appelais-je, au beau milieu de mes nuits désolées, Félix, où es-tu ? Pourquoi m'as-tu abandonné ? Je suis seul, si seul.

Qui est Félix Werner ? Oui, qui est-il ?

Où est Félix Werner ? Par la suite, je sus combien cette question était absurde.

Qui est Félix Werner ? Est-il visible ou invisible ? Présent, ou absent ? Sur la surface de la terre, ou au-dehors, au-dessus du monde ? Au début, je passais près de lui comme si de rien n'était ; cherchant à l'ignorer et à être ignoré de lui. Je désirais presque oublier son existence.

Quel est le sens de tout cela disait-il un mystère que tu ne peux pas comprendre disait-il est-ce que je suis incapable de différencier entre Job et mon ennemi disait-il c'est toute la réponse sache que ces choses ont leur sens caché et que je ne suis pas ton ennemi disait-il la réponse est le cri de foi la possibilité de la foi après Auschwitz la possibilité de transmettre la foi après Auschwitz la confrontation avec Dieu est celle du mystère ne pas traiter cela avec les catégories normales ici nous avons quelque chose de démoniaque et de satanique qui nous est révélé et puis à la fin Job a d'autre fils et d'autre filles la belle affaire mais les autres ne sont jamais revenus, jamais ?

Oublier, oui oublier les crimes passés, faire des pansements factices sur la blessure du mal, qui ne permettait pas de comprendre le terrible, l'indicible, l'impensable sens du mal, oui, tout oublier, se rappeler l'amour dans la nuit de noces, premier pas vers l'oubli. Car l'amour est du côté de l'inconscience, par lequel le passé sombre... pendant un moment, pour resurgir, comme une hydre à mille têtes, encore plus terrible et encore plus virulent.

En bas, tout en bas, dans notre monde de chair et de matière, il est des abîmes où s'accumulent les déchets engendrés par l'Erreur. L'historien, qui tente de les ramasser, sait pourtant que le passé est un rebelle, une ombre mystérieuse rencontrée dans les ténèbres. L'historien comme le Démiurge veut tout voir, tout savoir, tout connaître. Il est le tortionnaire du passé : il est celui qui le questionne, le tord, le pousse à bout, faisant violence à la violence.

Où est Félix Werner ?

Je le retrouvai en Bosnie, « où l'Europe et l'ONU humiliées capitulaient une fois de plus devant le règne de l'horreur, du cynisme et de la brutalité garantis par l'impuissance de la communauté internationale ».

J'allumai la télévision. N'était-ce pas lui, au Rwanda ?

NÉO-NAZI ?

Il était partout, partout où était le mal. Il galopait, il courait après lui.

3

Un soir, en allumant la télévision, je tombai par hasard sur un débat retransmis de Berlin.

Parmi les participants, je reconnus le père Francis et le frère Franz, côte à côte.

Après un bref préambule du journaliste qui annonça le sujet, « le mal dans la tradition chrétienne », le père Francis prit la parole.

— Les Barbélognostiques, commença-t-il, pensaient qu'il existait un huitième ciel où vivait une femme, fille du vrai Dieu, le Père inconnu, qui régnait sur les Archontes. Elle eut un fils, Sabaoth, qui était le maître du septième ciel. Mais celui-ci se rebella contre sa mère et contre le vrai Dieu, et il décida qu'il serait le maître du monde : « Je suis l'Eternel, dit-il, il n'y a pas d'autre dieu que moi. » Jusqu'à présent, c'est lui qui détermine le destin de l'homme. Pour combattre cette imposture, il faut séduire un à un les Archontes, afin de les soustraire à l'influence de Sabaoth, et recueillir leur semence afin que soit rassemblée la Puissance dispersée du vrai Dieu et que soit reconstituée l'unité perdue. On dit que le rituel barbélognostique consistait en une répétition de l'acte de Barbélo, c'est-à-dire en une récupération du sperme des vivants. Les tenants de cette secte mettaient leurs femmes en commun, banquetaient indéfiniment, servaient des mets recherchés, mangeaient de la viande et buvaient du vin en abondance, se livraient à l'orgie, la débauche. Ils communiaient sur leur semence, qui disaient-ils, représentait le corps du Christ. Lorsqu'une femme concevait, ils extirpaient l'embryon de la matrice, ils le mélangaient avec du miel, du poivre et des huiles parfumées et chacun devait prendre de ses doigts la pâte d'avorton et la manger.

Il s'était levé de la tribune : il faisait des grands gestes, en claudiquant un peu sur ses pieds, et en tirant sur sa barbiche.

— A Alexandrie, où, en même temps que Basilide et Valentin, vivaient les carpocratiens, secte fondée par Carpocrate, qui était grec, originaire de Céphalonie, et son fils Epiphane. Ils disaient que ce monde était l'œuvre d'anges déchus, qui s'étaient rebellés contre le vrai Dieu. Pour accéder au vrai monde, celui de la grâce et de la bonté originelle, il fallait récuser cette vie sensible qui était l'œuvre du mal, il fallait bafouer ses règles, conspuer ses dieux, les mauvais génies, et violer ses lois, chaque fois que l'occasion s'en présentait. Par exemple, ils enseignaient que Joseph était le père naturel de Jésus, et que celui-ci était né comme chaque homme. Ils disaient que c'est le vrai Dieu qui a créé le plaisir d'amour pour tous les hommes et les femmes, mais les anges qui ont dicté la monogamie, pour limiter la loi du vrai Dieu. Ils vivaient en communauté et, critiquant la notion de propriété, ils mettaient tout en commun, biens et femmes. La seule façon pour combattre le mal était l'immoralisme : pour épuiser sa substance, il fallait commettre toutes les turpitudes. Et si, au cours d'une seule vie, l'âme n'y avait pas réussi, alors il lui faudrait se réincarner dans un autre corps jusqu'à ce qu'elle eût acquitté son dû. Cette menace d'un éternel retour du mal incitait le disciple carpocratien à faire le mal comme si c'était une ascèse, pour n'avoir à le faire qu'en une seule vie.

« Car c'était par devoir, et non par plaisir que tous faisaient le mal. Pour eux, l'homme n'était pas mauvais en soi, comme en témoignait la répulsion que chacun éprouvait à faire le mal, et le sentiment d'injustice qu'avait tout homme devant le mal commis. Oui, il leur en coûtait de faire le mal, et, dussent-ils pratiquer l'inceste, l'avortement, l'infanticide, les orgies et les banquets communs, dussent-ils prendre différentes drogues et ingrédients, c'était au nom de leurs principes, non de leur envie.

Le journaliste toussota, puis il se décida à interrompre le vieil homme pour donner la parole au frère Franz. Celui-ci était-il intimidé par la nombreuse assistance, ou était-il préoccupé ? Il avait l'air inhabituellement grave. Il était habillé de noir, avec une sorte de veste à col Mao, qui rendait son teint encore plus blanc que d'habitude.

Je me souviens très bien de la première phrase qu'il prononça : « Nul espace n'est vide de Dieu. »

Nul espace n'est vide de Dieu. Mais la Shoah ? Et Lisa, mon amour, qui ne voulait plus me voir ? Et les exils, les détresses, les tourments des victimes ?

— Les larmes du Ciel, disait le frère Franz, la souffrance de Dieu ne sauraient annuler la douleur de l'homme : elles s'y ajoutent. Pourquoi Dieu permet-il le Mal ? Rien ne le justifie. *Alors où est Dieu ?* Il n'est pas celui qui souffre sur la Croix, et qui endure le mal jusqu'à la mort. Le Christ ne meurt pas à la place de tous les humains, il meurt et c'est absurde. La révélation christique, c'est celle du mystère : du mystère du Mal.

« Dans la Shoah, la raison abdique, elle devient folle, et la théologie aussi. C'est l'inénarrable qui risque l'oubli, tout en ordonnant de se remémorer, qui plonge dans le silence tout en exigeant la parole.

— Vous vous trompez, interrompit le père Francis, il existe un savoir sur le Mal. Le Mal peut être connu, et compris.

— Vous voulez parler de la gnose ?

— Le nazisme est une gnose, la bureaucratie est une gnose, la religion est une gnose, la science et le pouvoir sont des gnoses, la réussite est une gnose et l'échec est une gnose.

— ... et le Mal est une gnose. C'est votre diabolisation de l'autre qui mène à la violence. Tout commence par la vision des forces cosmiques qui s'affrontent, les forces du Bien contre les forces du Mal, pour terminer par une cosmologie coupée, qui dresse les forces de lumière contre les forces des ténèbres. Il n'y a plus un, mais deux dieux, le dieu du Mal et le dieu du Bien : c'est la fin du monothéisme.

— C'est eux, les juifs, qui ont exalté la violence, pas nous. C'est eux qui avec le Déluge, avec la Tour de Babel, la sortie d'Egypte, les dix plaies et le passage de la mer Rouge, la conquête de Canaan, en ont fait un Dieu. Ne dit-on pas que Saül a perdu sa royauté, parce qu'il avait tué tous les Amalécites, mais épargné leur roi ? Et le Diable, n'est-ce pas les juifs qui l'ont inventé ? Et le serpent de la Genèse ?

— Le serpent n'est pas le Diable, c'est l'animal tentateur, qui témoigne de la présence du Mal cosmique, et c'est lui qui fait l'histoire.

— Vous voyez, vous en revenez à ce que je dis : l'histoire, c'est la lutte du mal contre le bien...

Le père Francis se rengorgea et ajouta, un peu plus bas :

— Jésus a révélé son cœur de chair, et par les juifs, le cœur de pierre. Ne voyez-vous pas, mon fils, qu'ils retardent sans cesse le jour où les hommes seront sauvés, qu'ils rendent impossible la libération de l'humanité souffrante, la justice éternelle et la paix ? Ce sont eux qui commettent le crime ! Vous comprenez ? Il n'y aura pas de libération tant que le judaïsme ne reconnaîtra pas la vérité messianique dans le ministère de Jésus et l'Incarnation.

— Que proposez-vous ? dit le frère Franz, sans se départir de son calme. L'élimination d'Israël de la communauté des hommes ? La destruction violente... ou alors la conversion ?

— Oui, c'est cela, la patience... Les juifs aussi attendent le Messie... mais ils ne l'ont pas reconnu lorsqu'il est arrivé. Donc, la seule personne que les juifs attendent ne peut être que... l'Antéchrist. Il doit être né de la tribu de Dan, il doit être circoncis, et il persuadera les juifs par ses actes abominables qu'il est l'Antéchrist. Il rebâtira le Temple, établira son royaume et se proclamera Dieu. Deux royaumes se partageront alors la terre : celui du Christ et celui du Diable. Dès à présent, choisissez votre camp : car ce jour est pour bientôt !

Le père Francis s'était levé à nouveau. Ses mains tendues vers les cieux tremblaient. Il était en proie à la plus grande exaltation.

La caméra s'éloigna du visage exalté du vieil homme pour filmer l'assistance. Soudain, je tressaillis. Pendant plusieurs secondes, ce fut comme si mon cœur s'arrêtait de battre. Au second rang, sur la gauche, je reconnus un visage familier.

Forcément. Félix Werner était en Allemagne, présent à ce colloque, où il devait continuer son enquête, cette enquête qui était devenue son obsession, son unique projet.

4

Quelques jours plus tard, comme pour confirmer ce que j'avais vu sur l'image cathodique, je reçus une lettre de Félix, où il me parlait de Berlin, comme si de rien n'était, comme si nous ne nous étions jamais quittés.

Berlin réunifiée, écrivait-il ; *la cité annihilée devient la ville la plus riche, la plus peuplée et la plus puissante d'Europe. De la Potsdamer Platz au nouveau quartier administratif, les chantiers s'étalent, les voies routières et ferroviaires ne cessent de s'agrandir. Dans le ciel teinté de gris métallisé, des milliers de grues se pressent comme des nuages menaçants. Le bruit des marteaux-piqueurs, le roulement des machines, les pneus des voiture qui crissent : tout ici est dans une frénésie d'activité. Quelque chose se prépare.*

Où est le Berlin bariolé des années vingt, celui de l'Alexanderplatz, l'Alex, pour les intimes ? Où sont partis les immigrants juifs d'Europe centrale, les Hassidim aux larges chapeaux, où sont les boutiques obscures et les mauvais garçons de l'Unterwelt juif ? Où sont les caftans rapiécés, les enfants pâles à peyes et kepélé, les arrière-cours où s'entassent des dizaines de familles et ce yiddish que l'on y parlait ? Où sont les tout-petits qui écoutaient en silence le rabbi lire la Torah ? Judenrein.

Après le Berlin des années trente, celui des quartiers ouvriers et des parcs publics où les chômeurs prome-

naient leur air hagard, leurs joues creuses et leur désespoir, après le jour où Hitler arriva au pouvoir pour faire de cette ville le sanctuaire des messes brunes, et proclamer les valeurs éternelles, la terre, la mère, la patrie, après Berlin année zéro, ville lunaire, aux cratères et aux murs chancelants, à l'odeur douceâtre des fastes morts qui gisent sous les décombres, les ruines et les quais désaffectés, voilà Berlin de l'an 2000, Berlin la toute-neuve.

Paris dans les années 1860 devait ressembler à cela, lorsque le baron Haussmann décida d'ouvrir ses larges boulevards à la bourgeoisie, et d'éventrer les rues délicates. La tâche monumentale à laquelle tous conspirent, la vaste entreprise, consiste à effacer les traces du passé.... mais pas toutes les traces : on parle de reconstruire une réplique exacte du château royal des Hohenzollern, la dynastie prussienne du bord de la Sprée, au cœur même de la ville, à l'endroit où se trouvait l'ancienne bâtisse détruite pendant la guerre.

Cette capitale que l'on nous prépare, c'est la capitale de l'Europe allemande, germanocentrée. Le rêve d'Hitler est devenu réalité : l'Europe est dominée par Berlin, Berlin sans ses juifs, c'est-à-dire sans les Berlinois. Le Reichstag enveloppé par l'artiste Christo et sa femme est-il méconnaissable ? C'est pourtant bien le même bâtiment, lourd, imposant, massif, incendié en 1933, qui sera le parlement moderne de l'Allemagne. Les Berlinois ont tout reconstruit, brique par brique, et ce n'est que le début : cette ville active de jour comme de nuit, cette ville énorme, tout en échafaudages et bulldozers, est la ville de demain. Celle du Reich, celle des milliers de « führers », ces capitaines d'industrie. Contrairement à la France, la Vergangenheitsbewältigung, le rapport au passé, a permis, ici, de bâtir un avenir.

Pourtant, rien n'est réglé. Tu te rappelles, le débat dont parlait Lisa au sujet du mémorial pour la Shoah ? Son emplacement devait être près du Reichstag et de la porte de Brandenburg, au cœur de Berlin, dans un endroit symbolique. Maintenant, ils ne le veulent plus, ce mémorial. Je viens d'apprendre que le projet de Lisa a été refusé après un vote, parce qu'il prévoyait d'inscrire sur une grande pierre les noms des juifs, des tziganes, des malades mentaux et des homosexuels assassinés, ce qui « offusquait la mémoire allemande ».

Les choses ont changé : avec Berlin réunifiée, les Allemands veulent vivre le futur en oubliant leur passé. Ils n'ont pas de problème d'amnésie collective comme les Français : ils préfèrent le réécrire. Ils se fantasment comme des victimes. Maintenant qu'ils sont la grande puissance européenne, il leur faut forcément faire table rase de cette histoire un peu trop encombrante. C'est pourquoi le livre d'un jeune historien américain a fait scandale : parce qu'il démontre la culpabilité séculaire des Allemands, y compris des gens ordinaires, parce qu'il montre qu'ils ne pourront pas s'en sortir aussi facilement. Les politiciens allemands et les intellectuels sont sur la défensive. Ils sont tous très surpris de découvrir que oui, les Allemands, portés au racisme, ont pris part à la Shoah volontairement. Quelle découverte ! Hier, j'ai visité une exposition sur le rôle de la Wehrmacht pendant la guerre, et la façon dont elle a aidé les nazis à tuer les juifs, photos à l'appui. Ce matin, il y avait des démonstrations et des protestations contre l'exposition.

Aujourd'hui, le spectre du totalitarisme n'est pas effacé. Depuis la réunification, les voix nationalistes tentent de faire taire la mémoire des temps récents. Elles disent qu'on ne peut pas reprocher aux Allemands d'avoir fait la guerre consciencieusement. Qu'est-ce que nous aurions fait, se demandent-ils. A tout prendre, nous ne devons pas avoir honte de nos parents et de nos grands-parents, parce que nous n'aurions pas fait mieux que la vaste majorité. Il n'est pas facile d'être les descendants de ceux qui ont perpétré la Shoah.

5

Comment l'expliquer ? La lettre de Félix fut pour moi une bouffée d'oxygène, qui me tira de ma torpeur. Il était toujours là, bien vivant. Il me parlait, comme avant. Bientôt il rentrerait, et je pourrais au moins le voir.

J'avais toujours les clefs de son appartement. Un matin, par curiosité, par désœuvrement ou par manque, je décidai de me rendre chez lui.

Au départ, je ne trouvais rien de notable. Son salon en désordre gardait les stigmates de sa vie de célibataire : des cigares à moitié fumés traînaient sur les cendriers, son lit était défait, des affaires étaient posées en boule sur un chiffonnier.

Près de son bureau pourtant, une série de cassettes retint mon attention. Il s'agissait d'entretiens avec Wilhelm Rege, l'historien allemand.

Rege était un disciple d'Heidegger, qui prétendait avoir une « vision philosophique » de l'histoire. En fait, cet homme détournait l'attention de la barbarie allemande, en la comparant aux forfaits des Français, des Américains et d'autres peuples dans toutes les parties du monde. De plus, il identifiait constamment le Parti communiste avec les juifs.

C'est lui qui a fait son « plaidoyer pour l'historicisation de la Shoah », avais-je expliqué à Félix. Pourquoi un plaidoyer ? Qui vise-t-il ? Qui voit cette période trop en « blanc et noir », comme il dit ? Qui d'autre que les juifs ? Je voudrais bien lui faire avouer ce qu'il a dans la tête...

Il n'est pas facile d'être les descendants de ceux qui ont perpétré la Shoah, disait Félix. Les Allemands devaient vivre avec cette histoire qui ne leur appartenait plus, car elle était devenue le symbole de la plus grande dépravation de l'humanité pour le monde entier. Et voilà qu'ils voulaient jouer un rôle important dans ce monde pour lequel ils étaient le symbole du mal. Comment faire ? Comment faire « la paix avec son histoire », comment cimenter un peuple autour d'une identité nationale si problématique ?

Heureusement, il y avait les historiens, disait Félix. Ceux qui avaient été les premiers à mettre l'accent sur la spécificité de la Shoah se tournaient vers ce qu'ils appelaient « l'historicisation du national-socialisme ». Derrière cette formule pompeuse, se cachait l'idée qu'il fallait démontrer les continuités plus que les ruptures, entre l'Allemagne nazie et l'Allemagne d'après la Shoah. L'un de leurs exemples était le développement de la politique sociale du national-socialisme, qui fut, selon eux, à l'origine de l'idée d'assurance sociale de la République Fédérale dans les années cinquante : ainsi la fondation idéologique du Welfare State reposait-elle sur « le national-socialisme ».

La nouvelle histoire allemande présentait le nazisme comme une réponse aux changements structurels et à la modernisation de la société allemande, grâce à un nombre de « réformes sociales négligées pendant la République de Weimar ». Face à ces bienfaits historiques, disaient-ils, l'esprit raciste de la solution finale n'avait pas autant d'importance qu'on avait voulu le faire croire.

Le plus étrange était que ceux qui avaient contribué dans les années soixante à la théorie de la centralité de la politique antijuive et la spécificité de la solution finale retournaient leur veste et se mettaient à faire une critique active de cette vision. Ils pensaient que le national-socialisme était une réaction contre le bolchévisme. Reprenant le concept de « banalité du mal », ils excluaient le rôle décisif joué par l'idéologie d'Hitler dans la destruction des juifs d'Europe. Certains allaient même jusqu'à dire qu'Hitler avait perçu la question juive dans « un contexte visionnaire », en termes de propagande, et qu'il ne s'intéressait pas personnellement aux étapes individuelles de la politique anti-juive.

— Il faut, disait Rege dans la cassette enregistrée par Félix, procéder à un ajustement des mentalités des persécuteurs et des persécutés, qui sont tout à la fois victimes et coupables. N'oubliez pas le travail des conseils juifs en Europe de l'Est, les *Judenräte,* qui se conduisaient souvent comme des bourreaux envers leurs frères juifs.

« — Oui, répondit Félix. Si la question des *Judenräte est* taboue, c'est parce que l'on refuse de se confronter à ce qui est pourtant vrai : les frontières entre victime et bourreau ne sont pas si nettes qu'on le croit.

« — C'est dans cette perspective de relativisation, que je prends en compte le régime bolchevique. Il ne faut pas oublier que le meurtre national-socialiste des juifs n'est pas unique : il y a une liaison entre cette destruction et celle qui fut perpétrée par les Russes. De plus, la destruction des juifs dans la solution finale n'est pas sans précédent : l'époque contemporaine regorge de ce type d'extermination massive. Le meurtre de masse n'était pas conçu par Hitler et ses complices, il ne vient pas de l'idéologie nazie ni de ses méthodes ; il constitue une mesure préventive pour parer l'attaque de l'ennemi.

« — Voulez-vous dire que la solution finale peut être expliquée par les provocations des juifs eux-mêmes ?

« — Tout à fait.

« — Cette polémique, me semble-t-il, n'est pas sans relation avec l'actualité : elle mène tout droit à la question du déplacement des Palestiniens, qui rappelle la déportation des juifs...

« — Oui, cela prouve bien que les Allemands n'étaient pas les seuls coupables : toutes les sociétés industrielles modernes sont menacées par la violence inhérente à la bureaucratie. En dépit de leurs origines différentes et des buts qu'ils se sont donnés, le sionisme et le national-socialisme sont des voisins si proches que l'opposition totale perdra de sa force de conviction au regard de l'histoire. Je suis certain que la perspective historique future saura franchir le pas et faire d'Hitler le véritable créateur de l'Etat juif.

« — J'en suis également sûr, renchérit Félix. »

Tout en écoutant l'enregistrement, je me mis à ouvrir nerveusement les autres fichiers de l'ordinateur de Félix. Je trouvai dans l'un des dossiers un document appelé « Carl Rudolf Schiller », et un autre intitulé « Jean-Yves Lerais ». Je cliquai, et trouvai les informations complètes sur les deux hommes, de leur biographie à leurs œuvres les plus récentes. Un troisième fichier, dans le même dossier, attira mon attention : il était intitulé « Notes sur le cahier brun ».

Au moment où je l'ouvrais, je sentis une présence derrière mon dos. C'était lui. C'était Félix.

6

Je disais que l'historien venait après la bataille, qu'il fouillait les Archives pour recenser les crimes. Parfois pourtant, l'historien est le contemporain du Mal. Et parfois il arrive à temps pour le commettre.

— Que fais-tu ? demanda Félix.

— Ce que je fais ? J'essaie de comprendre.

— Comprendre quoi ?

— Pourquoi tu as tué Carl Rudolf Schiller et pourquoi tu l'as coupé en deux. Pourquoi tu n'as pas supporté qu'il soit sur la voie de la rédemption, de la réunification. Pourquoi tu es divisé, scindé. Tu te révoltes contre le nazisme, mais tu es fasciné par ceux qui lui trouvent des causes. Dans ton plan diabolique, tu as fait semblant de faire une enquête dont tu connaissais parfaitement la clef, tu as fait inculper et condamner Jean-Yves Lerais à ta place, en fabriquant des preuves et en portant un faux témoignage.

« Tu as pu aller à Rome, y mettre la deuxième partie du corps de Schiller, y revenir, pour feindre de le trouver et faire accuser Lerais. C'est toi qui avais le passe de la bibliothèque. Mais le pire, c'est que tu t'es servi de moi, pour t'accompagner et corroborer tes dires. C'est pour cette raison que tu n'as pas pu assister à la fin du procès de Lerais, et que tu as disparu subitement. Ce procès, Félix, aurait dû être le tien.

« Est-ce que tu agis seul ? Ou bien fais-tu partie d'une organisation dont tu es peut-être l'un des responsables ? Derrière ta profession de journaliste se cache peut-être une activité secrète sûrement organisée et réfléchie, avec ses buts et ses moyens.

Alors il se mit à rire. C'était un rire terrible, sardonique, un rire presque joyeux. *Le rire de Méphistophélès.*

— Bravo ! Tu as trouvé cela tout seul, ou quelqu'un t'a aidé ?

— Ne nie pas, Félix. J'ai vu tes dossiers sur Schiller et Lerais.

— Tu sais bien que je m'intéressais à ce meurtre. C'est pour trouver le coupable que j'ai constitué ces dossiers.

— Je viens de retrouver la cassette de ton entretien avec Rege.

— Ah, ça ! dis-je, ces horreurs que j'ai dites ? Mais c'était pour le faire parler. C'est ma méthode, tu sais bien : faire semblant d'être persuadé par les thèses de ces salauds pour avoir plus d'informations. Ça a marché, d'ailleurs ! J'en ai entendu de belles. Et puis, ça te va bien, de dire ça, Raphaël. Toi qui passes ton temps à reconstituer la genèse de la solution finale. Toi qui expliques qu'Hitler s'en est pris aux juifs à cause de l'expérience de la guerre et de la défaite. Toi qui dis que le nazisme et l'antisémitisme ne sont pas la cause de la mort des juifs, mais que c'est la guerre, qu'Hitler n'est pas la cause de la mort des juifs, mais que ce sont les Etats-Unis qui ont pris la décision du conflit, toi qui soutiens qu'Hitler qui ne détestait pas les juifs a été *contraint* de les tuer, et que la solution finale était un cas de légitime défense. Je l'ai lue, ta thèse. Je t'écoute, quand tu me parles.

« Tu t'offusques de ce que dit Rege ? Mais ne m'as-tu pas dit un jour que l'histoire se fonde sur la "familiarité, l'habitude, la patiente confrontation des analogies et des ressemblances, l'adaptation au contexte" et qu'il faut, "par un esprit ouvert, une volonté de s'enrichir, sortir de soi pour entrer dans l'objet, et le laisser venir à soi" ; qu'il faut "accepter de ne plus entendre ce que l'on avait entendu, faire fi de tout préjugé moral" ? N'est-ce pas toi qui m'as appris que l'historien est celui qui sympathise ? N'est-ce pas toi qui as sympathisé avec Hitler ? Tu refuses ce que tu appelles « l'intellection froide ». Passionné par ton sujet, tu te l'es approprié par empathie, par une communauté d'émotion, de sensation, par identification. C'est toi l'ami d'Hitler, Raphaël, pas moi. Tu as voulu le connaître, tu t'es immiscé dans sa conscience, sa culture personnelle, dans la structure même de son esprit, en faisant jouer les affinités psychologiques qui te permirent d'imaginer, de ressentir, de comprendre ses sentiments, ses idées, son comportement. Tu l'as écouté, tu l'as laissé parler en toi, *par toi*.

— Arrête, Félix. Tu ne me tromperas pas cette fois. C'est toi qui joues un double jeu, c'est toi l'assassin.

Je sentis des gouttes de sueur froide couler le long de mon échine. Mon cœur se mit à battre la chamade.

Ai-je rêvé ? Ai-je oublié ? Lui ai-je décoché un droit ? M'a-t-il rendu mon coup ?

Je ne sais plus. Je ne sais pas.

J'ai le souvenir d'un combat, corps à corps, où je mis toute ma rage, l'énergie du désespoir, comme un dernier sursaut de volonté alors que j'étais si affaibli. J'ai l'impression d'avoir frappé de mes poings serrés, par mes muscles atrophiés, d'avoir battu celui que j'avais tant aimé et tant admiré, de l'avoir rossé avec haine, avec ardeur et férocité. Oui, je me souviens d'une lutte, d'une lutte sanglante, d'une lutte à mort où chacun savait qu'il y aurait un vainqueur et un perdant, à jamais : là où il était, je ne pouvais plus être. M'a-t-il frappé à son tour, de toutes ses forces, de toute sa colère ? Ai-je répondu de toute ma rancœur, contenue depuis des mois, ai-je combattu pour ma femme, mon enfant, pour ma vie saccagée, brisée en mille morceaux ?

Je crois qu'il m'a meurtri le ventre à coups de talon, que je lui ai tordu le cou, que je l'ai étranglé jusqu'à ce qu'il ne puisse plus respirer, jusqu'à le sentir suffoquer.

Je voulais qu'il gise à mes pieds, dans son sang brun, ses viscères et ses chairs molles. Qu'il s'étale, le corps en pièces, démoli. Que je l'achève, que je m'en débarrasse, de mes propres mains.

Il me semble qu'il se dégagea en me mettant son poing dans la figure, mais je n'en suis pas sûr.

Je m'écroulai sur le sol.

— Calme-toi, d'accord ? dit-il... Ecoute-moi.

— Non, Félix, ce n'est pas la peine...

— Tu ne veux pas me laisser une seule chance de m'expliquer ? demanda-t-il.

J'hésitai. *Ne pas dialoguer avec le mal.*

Je le regardai pendant un long moment.

— Je t'écoute, fis-je.

Je portais ma main à mon visage : mon nez saignait abondamment.

— Tu me laisses parler ? dit-il.

— Je t'écoute, répétai-je.

— Tu es calme ?

J'inclinai la tête, en le regardant droit dans les yeux.

— Lisa... commença-t-il.

— Quoi, Lisa ? coupai-je.

— Attends. Laisse-moi parler. Lisa, tu l'as remarqué depuis le début, n'est pas très équilibrée. C'est vrai, c'est assez charmant au départ, on croit qu'il s'agit d'une folie douce... Tu m'avais expliqué le syndrome des enfants de la deuxième génération, tu te rappelles ?

— Oui.

— En fait, c'est un peu plus grave que cela... Son caractère un peu étrange n'est pas à mettre sur le compte de ce « syndrome ».

— Que veux-tu dire par là ?

— C'est elle qui t'a quitté, n'est-ce pas ? dit-il brusquement.

Je ne répondis pas.

— Tu es maigre, tu as le teint jaune... Tu fais peine à voir.

— Que veux-tu dire ? répétai-je.

— C'est elle qui connaissait Schiller, par ses parents. Par son père, elle avait appris qu'il était juif...

— Et alors ?

— Et alors, Raphaël, c'est elle qui a tué Schiller.

— Mais qu'est-ce que tu dis ? Tu es fou ? hurlai-je.

— Depuis qu'il avait appris qu'il était juif, Schiller pressait Samy de questions sur la Shoah, continua-t-il. Il voulait tout savoir sur ses parents, que Samy avait rencontrés à Auschwitz. Schiller mettait le doigt sur la vérité et l'horreur de ce qui s'est passé pour le père de Lisa...

— Quoi ? Et alors ?

— Tu veux le savoir ?

Je le regardai, tout en tenant le mouchoir contre mon nez.

— Parce que, lorsqu'il était à Auschwitz, il a connu les parents de Schiller. Il a vu leurs cadavres. C'est de cela qu'ils parlaient. Schiller voulait que Samy lui parle de sa famille. Et Samy, ça le rendait malade, mais il en parlait. Et Lisa avait peur que Schiller continue, et qu'il révèle tout sur le passé de Samy...

Je le regardai, effaré.

Il parut soudain embarrassé. Il se tut un moment, puis il reprit :

— Ecoute, il y a autre chose. Je ne voulais pas te le dire. Mais cela fait un moment que je commençais à m'en douter... Lisa était avec Lerais... et elle s'est débrouillée pour le faire accuser à sa place. Tu te rappelles son témoignage, qui était si ambivalent ? On pensait tous qu'il était fini avec cela. Elle l'a traité d'antisémite, tu te rappelles ? Elle savait que Schiller était juif, toute la famille Perlman le savait. Tout était calculé de sa part : en disant que Lerais était antisémite, elle fabriquait le mobile du meurtre. *Elle le faisait accuser.*

— Mais ton témoignage à toi, Félix, n'était pas mieux. C'est toi qui as trouvé la deuxième partie du corps de Lerais.

— Raphaël, ce que je veux dire, c'est que...

Je le regardai, d'un air interrogateur.

— Elle était encore la maîtresse de Lerais, au moment où elle a conçu l'enfant, fit-il, très vite.

Je le regardai, sans comprendre.

— L'enfant... ce n'était pas le tien, Raphaël.

— Comment ? Comment oses-tu... ? m'écriai-je.

— Ecoute-moi bien. Je ne voulais pas te le dire, et je ne voulais pas te mentir non plus. C'est pourquoi je me suis éclipsé, sans donner de nouvelles. C'est Jean-Yves Lerais qui me l'a dit, lorsque je suis allé le voir pendant le procès pour tenter d'en savoir plus. Il m'a dit qu'il pensait que l'enfant était de lui. Tu te rappelles la question de l'avocat sur ses relations avec Lerais, et la façon dont elle a rougi ?

— Qu'est-ce que tu insinues ?

— Elle est redoutable, Raphaël : elle n'est pas seulement dangereuse, elle est *diabolique*. C'est aussi elle qui a tué l'enfant, avec ces médicaments qu'elle prenait, tous ces barbituriques.

— Pourquoi, fis-je, pourquoi dis-tu cela ? suppliai-je presque.

— Elle a tué l'enfant, Raphaël, parce que ce n'était pas le vôtre. C'était celui de Jean-Yves.

Je me souvins alors du trouble et de l'embarras de Lisa lorsque je lui avais demandé si elle était enceinte.

Je le laissai poursuivre, de plus en plus anéanti.

— Elle voulait se venger de lui, reprit Félix. Elle ne t'a jamais aimé, Raphaël ; elle s'est servie de toi pour se venger de celui qu'elle aimait, et qui ne voulait plus d'elle. Elle savait qu'elle était enceinte, et c'est pour cela qu'elle t'a épousé. Elle n'a jamais supporté qu'il l'abandonne, tu comprends ?

— Non... fis-je, d'une voix sourde. C'est lui qui l'a abandonné ?

— Oui, c'est lui qui a rompu.

— Mais pourquoi ?.... Pourquoi tu ne me l'as pas dit ?

— Tu étais si follement amoureux. Je ne voulais pas, je ne pouvais pas te le dire. Tu m'aurais haï. Tu m'aurais détesté. Mais le jour de ton mariage, pour moi, fut un des jours les plus malheureux de ma vie...

J'avalai ma salive, cherchant une explication, une preuve que ce n'était pas vrai.

— A présent, je crois qu'il faut tout dire à la police. On ne peut la laisser commettre un autre meurtre, tu comprends ?

— Oui.. oui... Lisa... Mais laisse-moi.... Laisse-nous jusqu'à demain matin. D'accord ?

Il acquiesça.

7

J'aurais voulu tout oublier. Pendant plusieurs heures, je crois que je perdis totalement connaissance. J'aurais voulu ne pas y croire. Impossible qu'elle fasse souffrir son enfant, qu'elle le tue. Impossible qu'elle tue son propre enfant...

Je rentrai chez moi, je m'étendis sur mon lit, désespéré.

Soudain, je compris. *Son* enfant ? La vérité me frappa au visage comme une énorme gifle : ce n'était pas *mon* enfant. C'était donc vrai. Vrai à s'en fracasser la tête contre le mur. Vrai à en hurler de douleur jusqu'à la fin des temps. Vrai à ne plus vouloir vivre du tout si c'est pour être dans un monde qui continue de tourner après la tromperie énorme de celle que l'on aime.

Qu'avait-elle fait de nous ? Ne m'aimait-elle plus ? Ne m'avait-elle jamais aimé ? Et si c'était le cas, pourquoi, en dépit de tout, en dépit de ce qu'elle m'avait fait, de ce qu'elle avait fait, pourquoi l'aimais-je encore, comme un condamné, comme un maudit ? Pourquoi mon cœur n'arrêtait-il pas de souffrir alors même que tout en moi la haïssait ?

Elle était le mal. Elle était lunaire car elle aimait la nuit et toutes les couleurs sombres. Elle descendait et excitait les hommes à la colère. Par elle, la couleur de feu descendait en ce monde et incitait au meurtre ou aux actes sanguinaires. Elle avait émané des ténèbres et elle se répandait ici bas ; belle et terrible, elle parcourait le monde et commettait secrètement les mauvaises actions. S'alliant au serpent, elle avait voulu me pervertir. Elle n'était là que pour cela. Elle avait inventé la colère, et la colère ne cessera jamais, jamais plus.

Je saignais, je saignais bien plus que lorsque Félix m'avait frappé. J'étais blessé, j'étais bafoué, j'étais humilié. Pourquoi l'avais-je rencontrée si c'était pour mon malheur et mon plus grand désastre ? Pourquoi l'avoir aimée si elle m'avait trompé ? M'avait-elle jamais aimé ? Ou n'était-elle qu'une séductrice, une manipulatrice ?

Soudain, je tressaillis. J'entendais du bruit dans mon salon. Je frissonnai. C'était certainement Lisa : elle avait encore les clefs de mon appartement.

Et si elle était armée ? Je ne pouvais pas sortir. La porte d'entrée était du côté du salon, qu'il fallait traverser pour l'atteindre ; mais il y avait un autre accès par la cuisine. Je tentai de la gagner par le couloir qui partait de ma chambre. J'y étais parvenu, lorsque j'entendis des pas qui se rapprochaient lentement. Instinctivement, j'ouvris un tiroir et je pris un couteau.

La porte de la salle à manger grinça. J'entendis un pas feutré sur le tapis du couloir, puis il y eut un frôlement provenant de la porte de ma chambre. Ma respiration se fit plus courte. Par la fenêtre de la cuisine, on voyait la lune, qui formait un croissant turc. La lune avait la couleur du sang, ses cercle pâles étaient des langues écarlates qui léchaient les toits des maisons.

Le frôlement s'arrêta un instant, puis reprit. La peur me criblait la poitrine. J'entendis un va-et-vient dans la chambre, vers l'angle de la pièce, près de la vieille commode. Une chaise craqua. Il y eut comme un soupir, puis un souffle rauque, presque une lamentation.

Je ne sais combien de temps je restai là, le couteau tendu, le bras tremblant, les muscles contractés à en perdre connaissance. J'entendis à nouveau la chaise, puis les pas se rapprochèrent. Je me pressai contre le mur, mes bras tendus à me faire mal. Ma mâchoire était tellement crispée que je sentais mes dents crisser.

Alors la porte s'ouvrit lentement. Lisa entra. La pâleur de son visage trancha sur l'obscurité. Elle pointait vers moi un objet sombre de forme oblongue. *Une arme.*

Le reste, je ne m'en souviens plus très bien ; mais pas un jour ne se passe sans que je n'entende résonner son dernier cri, un cri terrible, de douleur, d'impuissance et de stupeur lorsque je lui déchirai le ventre de la pointe effilée. J'ai encore sur le cou une cicatrice venant de la griffe de ses ongles, lorsque par un dernier effort, elle s'accrocha à moi pour ne pas tomber.

Elle s'écroula. Je me baissai.

Alors je vis le cahier brun qu'elle me tendait et que j'avais pris pour une arme.

Pendant plus d'une heure, je tins Lisa en lisant le cahier brun, et je lus le cahier en pleurant, mes larmes se mêlaient au sang de Lisa que j'avais tuée, et le sang et les larmes imbibaient le vieux cahier jauni effaçant les mots au fur et à mesure que je tournais les pages.

Je fermai le livre, les mains tremblantes. Lisa, oh Lisa. *Oh Dieux ! Dieu de la lumière et Dieu de l'obscurité.*

Je criai comme un chien, comme un loup hurlant au clair de lune. Je hurlai pendant des heures ; jusqu'à ce que les voisins alertent la police.

Elle n'avait pas d'arme. Elle était simplement venue me voir, elle était venue me voir pour me donner le cahier brun... le cahier que lui avait sans doute remis Félix, pour qu'elle me l'apporte, ce soir, *pour que je la tue.*

Croyant que je dormais, elle était restée dans le salon, à lire, à attendre. Puis elle avait entendu du bruit, et elle venait enfin vers moi, elle la pure, la belle Lisa, et lui, il avait tout saccagé.

Lui ? La loi ne lui fait pas peur, et d'ailleurs, il n'a peur de rien. La transgression est son domaine. Son antre est le royaume des ténèbres sans couleurs, où tout est sombre, c'est l'endroit le plus étrange — plus que la lune, le soleil et les étoiles que l'on voit au loin, plus reculé que l'Alaska aux icebergs immergés, aux trous d'eau brûlante sous le gel, plus profond que tous les cratères, et plus incandescent qu'un volcan en fureur. Ce lieu, c'est l'endroit d'où il vient, et c'est celui qu'il habite : l'homme.

Ceux qui croisent son chemin sont perdus à tout jamais. Il est comme un feu brûlant ; il enchante, il possède. Il touche les choses archaïques, les fait disparaître, et d'un coup de baguette les fait renaître à elles-mêmes, différentes et semblables ; *semblables à lui.* Le voir c'est se mettre en danger ; l'entendre, c'est se perdre. Cela s'appelle l'envoûtement. Les esprits faibles succombent ; les esprits forts capitulent. Ils deviennent ses disciples. Il leur dit :

Tu es au bas d'un trou noir et mes mots circulent tout le long de ton échine, et tu flottes tout en bas. Tu me regardes, tes yeux se fixent et tu peux voir à l'intérieur de moi. Tu n'as plus conscience des autres. Rien de ton corps ne touche rien. Tu ne vois que moi et tu te sens à l'intérieur de toi-même. Peu à peu tu te laisses aller. C'est bien, ferme les yeux, tu y es. Vas-y, laisse-toi faire. Bientôt, tu vas disparaître. Et moi, je vais naître, naître en toi.

Il est le mal. Il est lunaire : il aime les ténèbres et toutes les couleurs sombres. Il descend et il excite les hommes à la colère. Par lui, le feu descend en ce monde et incite les hommes au meurtre ou aux actes sanguinaires. Il a émané des ténèbres et il se répand ici-bas, séduisant et terrible, il parcourt le monde. Il a inventé la colère, et la colère ne cessera jamais, jamais plus.

8

Je fus arrêté le 3 novembre 1997, deux jours avant l'ouverture du procès d'Alvarez Ferrara, à Jérusalem, où j'étais cité à comparaître comme témoin.

Je m'y rendis, encadré de deux policiers. Il n'y avait plus beaucoup de personnes pour témoigner contre lui. Moi, je dis ce que je savais, c'est-à-dire pas grand-chose. Je l'avais vu examiner un corps avec soin, en expliquant qu'il avait été médecin. C'était tout, je ne savais rien d'autre.

Alvarez Ferrara de Buenos Aires, Argentine, bon père bon époux, ambassadeur à l'ONU, était-il Wilhelm Kleis, le bourreau, le médecin SS d'Auschwitz ?

Pendant tout le procès, il souriait, et les témoins hurlaient leur dégoût, et Ferrara se moquait d'eux.

— Avez-vous vu Wilhelm Kleis mourir ? demanda à l'un des témoins l'avocat de Ferrara, dont le visage, vitriolé, n'était plus qu'un masque sinistre aux yeux tombants, à la bouche déformée, et à la peau dévastée.

— Non, je l'avais entendu dire, je ne l'ai pas vu moi-même, dit Gladstein, le témoin principal.

— Alors pourquoi y a-t-il écrit dans votre journal qu'il était mort ?

— Parce que je l'avais entendu dire.

— Pourquoi n'avez-vous pas précisé dans votre cahier que vous l'aviez entendu dire ?

— Je n'y pensais pas ; j'ai écrit ce que j'ai vu, juste à ma sortie du camp. Je voulais tout noter avant que mes souvenirs ne deviennent moins précis.

— Pourquoi racontez-vous dans votre carnet que certains prisonniers l'avaient étranglé ? reprit l'avocat.

— Je ne l'ai pas vu de mes yeux, on me l'a rapporté. Comment pouvais-je en douter ? Je l'ai cru de tout mon cœur, parce que je voulais le croire...

Se pouvait-il que cet ex-ambassadeur à l'ONU,

agent de la CIA, cet homme que j'avais côtoyé, que ses amis respectaient, que sa famille chérissait, fût le bourreau sanguinaire qu'on décrivait ? Il riait, Ferrara, parce que personne, dans le fond, n'y croyait, et soudain, Ferrara se leva de sa chaise et parla dans le micro ouvert sur la table des avocats de la défense, et il cria à Gladstein : Menteur ! Et il se remit à rire de plus belle. *Menteur.*

La différence avec les procès précédents, c'était que l'on n'était plus sûr de rien. Les témoins pensaient avoir reconnu en lui Wilhem Kleis, mais le procès était devenu celui des témoins, c'est-à-dire des victimes et de leur mémoire défaillante. Si l'on ne peut pas faire confiance à la mémoire humaine, « partielle » et « partiale », alors comment faire ? Comme cinquante ans auparavant, ces témoins s'étaient évanouis en pensant reconnaître leur bourreau. Ils voulaient la justice, c'était bien compréhensible, alors ils étaient prêts à tout pour cela, y compris à forger des souvenirs...

Et puis, on avait exagéré : c'est tellement normal, n'est-ce pas, sous le coup de l'émotion....

Tout s'achevait avec le procès de Ferrara et, à l'issue du procès, Ferrara fut libéré : c'était déjà trop loin, ce n'était plus le même visage, peut-être plus le même homme, ou peut-être que oui, mais on ne savait pas. Ferrara avec ses lunettes de soleil et sa bouche béante, riait, riait de son rire sardonique, riait à gorge déployée, et les historiens et les juges, et les historiens nouveaux juges, ne croyaient plus les témoins, ceux qui avaient vécu la Shoah, ceux qui avaient fait la Résistance.

Tout était si clair pourtant, cinquante ans auparavant : la Seconde Guerre mondiale, c'était la guerre des fils des lumières contre les fils des ténèbres. Jamais dans un conflit, il n'avait été aussi évident de savoir où était le bien, où était le mal.

Et à présent, tout était si confus. On disait que les témoins étaient de faux témoins, que les seuls vrais témoins étaient morts. On disait qu'ils ne pouvaient pas dire la vérité, justement parce qu'ils revenaient de l'enfer. Ils n'étaient pas fiables, pour des enquêteurs sérieux. On disait que leurs textes étaient douteux, « même chez les meilleurs, il arrive que les souvenirs se brouillent ou que certaines informations soient de seconde main, d'où quelques erreurs ». On disait qu'il y avait des invraisemblances dans les rapports des survivants, oui, des invraisemblances, comme si l'ensemble de la chose — SHOAH — n'était pas invraisemblable.

Nuit et brouillard : c'était bien le projet des nazis. C'étaient eux qui avaient gagné. Ils avaient le temps pour eux ; et le temps, c'était leur domaine, la circonspection était leur qualité...

C'était comme les anti-monuments de Lisa. D'immenses colonnes en plomb, où chacun pouvait venir signer, écrire, et toutes sortes de personnes le faisaient, même les néo-nazis qui écrivaient des slogans antisémites, et la pierre enregistrait une mémoire vivante, de plus en plus évanescente et, peu à peu, la colonne s'enfonçait dans le sol. Tout disparaissait comme tout a disparu dans les camps de la mort et comme tout est en train de disparaître avec la mort des derniers survivants.

La femme qui avait jeté du vitriol sur le visage de l'avocat de Ferrara, et dont presque toute la famille avait été exterminée à Auschwitz, était une Israélienne, qui vivait en France : elle s'appelait Tilla Perlman.

Le deuxième avocat de l'accusé s'était mystérieusement suicidé quelques semaines après avoir pris l'affaire, dans son bureau. Son corps avait été découvert par un médecin qui se trouvait là par hasard : il s'agissait de Paul Perlman.

Le 2 décembre 1997, à l'aéroport de Tel-Aviv, alors

qu'il allait prendre un avion pour le Brésil, Alvarez Ferrara fut assassiné d'une balle dans la tête.

Son meurtrier était un philosophe connu, fils d'un rescapé du camp d'Auschwitz II-Birkenau. Il s'appelait Ron Bronstein.

9

Bientôt ce sera mon procès.

La police dit que le meurtre de Carl Rudolf Schiller n'a pas été commis par Lisa Simmer.

La police dit que c'est moi qui ai commis ce meurtre.

La police dit que c'est moi qui ai tué Carl Rudolf Schiller.

Les enquêteurs disent que c'est moi qui ai filmé la scène du meurtre, et c'est moi qui ai envoyé le film à Robertson, en lui donnant des instructions sur sa possible utilisation.

Ils disent que c'est moi qui ai caché le revolver chez Béla Perlman pour le faire accuser, et pour qu'à son tour, il fît porter les soupçons sur Jean-Yves Lerais.

Ils disent qu'après avoir tué Schiller, j'ai conservé son corps dans un congélateur avant de le porter à Rome.

Ils disent que c'est moi qui ai mis la moitié du corps dans la bibliothèque de l'Ecole de Rome pour faire inculper Lerais.

Ils disent que c'est moi qui ai envoyé le cahier brun au frère Franz. Puis, c'est moi qui suis allé le déterrer à Auschwitz, juste avant que Mina ne le cherchât.

Ils disent que j'avais souvent croisé Carl Rudolf Schiller lors de colloques ou encore chez les Perlman. Ils disent que j'étais fasciné par ce personnage, et la fascination était réciproque.

Ils disent que j'ai commencé à le haïr lorsque j'ai appris son brusque revirement. Je n'aurais pas supporté, selon eux, qu'il se fût découvert une âme juste, et qu'il eût changé de comportement, lors du procès de Crétel, ou alors en faveur des époux Talment, après les avoir calomniés.

Ils pensent que c'est moi qui suis allé chercher le cahier brun à Auschwitz, et qu'il se trouvait dans mon appartement, lorsque Lisa me l'a tendu.

Il faut que je le leur donne. Où est-il ? Qu'y a-t-il écrit dans ce cahier ?

Dans la première partie, il est dit comment prendre possession d'un individu.

Dans la deuxième partie, il est raconté la mort d'un enfant.

Dans la troisième, il y a les plans d'un cimetière.

Qu'est-ce que cela signifie ? Où est ce cahier ? Que contient-il ?

Ce cahier contient le secret de l'origine du mal.

Où est-il ?

Où est ce cahier ? Ce cahier est parti en fumée. Disparu. Disparu à jamais.

Ou alors : il est là devant moi, partout. Il essaime pour répandre sa nouvelle sur toute la terre. Quiconque le lit comprend le mal et devient mauvais. Comme lui. Comme eux. Comme moi.

10

Mon avocat, maître Ansel, veut plaider coupable. Il dit qu'en démontrant la folie, j'aurai des chances d'éviter la prison. Que ce soit une prison ou un hôpital psychiatrique, quelle différence cela fait ? lui dis-je.

Il dit que je dois me montrer plus coopératif. Pourquoi tenez-vous absolument à me défendre ? lui dis-je. Il dit qu'il veut me défendre, parce que je suis coupable, mais je ne suis pas coupable d'être coupable.

Je ne comprends pas très bien ce qu'il dit, maître Ansel. Je crois, dans le fond, qu'il aime les criminels, les maudits, les canailles.

J'ai eu de longs entretiens avec les experts psychiatres. Des heures durant, je leur ai raconté mon histoire.

Ils disent qu'il n'y a jamais eu de Félix Werner. Qui est Félix Werner, ne cessent-ils de me demander. *Qui est Félix Werner ?*

Alors je leur dis :

Félix Werner était plus que mon ami. Nous nous voyions ou nous parlions presque chaque jour, nous discutions et prenions nos repas ensemble. Nous nous faisions entièrement confiance. Il avait la clef de ma garçonnière, j'avais celle de son appartement. Avant moi, il n'avait jamais eu personne sur qui il pouvait s'appuyer, personne qui l'écoutait et le comprenait à ce point.

J'étais tout ce que il n'était pas, tout ce que j'aurais voulu être ; un homme sûr de lui, un intellectuel heureux, un séducteur. Il était timide et réservé, parfois ombrageux ; j'étais ouvert et généreux. Je n'avais pas peur de parler aux autres, d'aller vers eux, de les aimer et de m'en faire apprécier.

Il admirait mon intelligence, ma clairvoyance. Il me trouvait lumineux dans mes idées, génial dans mes intuitions. Il disait que j'étais dynamique et gai. La pensée de me voir le remplissait de joie, mes paroles le poursuivaient longtemps après que je l'avais quitté. Lorsqu'il était avec moi, il se sentait être pleinement lui. Il disait que j'étais de ces personnes qui vous rendent spirituel. Je l'inspirais. Souvent, j'étais en proie à une exubérance particulière qui me rendait presque inquiétant. Je fumais, je marchais, j'écrivais, je parlais, je faisais tout cela à la fois, car j'étais la vie même, avec tout ce que cela comporte, y compris l'appétit bestial, un peu démesuré qu'ont les gens talentueux.

Il était mon contraire, mon complément. Il était timide, effacé, pensif. J'étais expansif et volubile. Il était rêveur et distrait, j'étais réaliste et organisé. Il avait tendance à partir dans des équipées solitaires, dans des voyages imaginaires ; rien ne m'intéressait plus que le réel. Je lisais tous les journaux, j'étais au courant de ce qui se passait dans le monde. Il ne savait rien de cela.

Ils disent que Félix Werner n'existe pas. Ils disent que Félix Werner est une création de mon esprit, un double idéal de moi.

Je leur dis : « Allez au Lutétia et demandez au garçon s'il ne nous a pas vus tous les soirs, lui et moi. »

Ils sont allés au Lutétia. Le garçon du bar a dit qu'il avait remarqué un homme en train de gesticuler et de parler tout seul. Mais le garçon n'était pas toujours là, et son service s'arrêtait à minuit. Après, il y avait quelqu'un d'autre, qui était parti, depuis.

Je leur dis : « N'était-il pas journaliste ? N'écrivait-il par des articles sous son nom ? » Ils sont allés vérifier : au journal, on leur a dit que le dénommé Félix Werner envoyait toujours ses articles par fax.

Je leur dis : « Allez voir chez lui, j'ai la clef de sa garçonnière. » Ils y sont allés : il n'y a personne, personne chez lui. Les voisins ne le connaissent pas, ils ne l'ont jamais vu.

C'est cela, leur dis-je, à ces apprentis sorciers, je l'ai fait disparaître ! Appelez-moi Sammaël. *Sammaël Ripher.*

Félix disait que le phénomène bureaucratique avait pour conséquence l'amoralité. Il disait que la bureaucratie dans l'appareil nazi fonctionnait par la formulation d'un objectif précis, la catégorisation des personnes en fonction de celui-ci, l'ouverture de dossiers permettant d'avoir une vision technique de la destruction, en termes neutres éthiquement. C'est cet agencement qui permit la déshumanisation, en opérant une distanciation entre le sujet et l'objet, afin de réduire le premier à une mesure quantitative.

Félix aurait dit que j'étais la proie de cette machine infernale qu'est l'appareil judiciaire, qui pense être dans le vrai, mais qui est l'emblème de la déshumanisation bureaucratique, corollaire de la tendance rationaliste de la pensée occidentale, selon laquelle l'homme est un objet duquel on peut parler en fonction d'un langage technique.

Félix aurait ri de me voir à la merci de l'appareil psychiatrique, de son langage neutre dénué de connotation morale, qui, s'adaptant parfaitement à l'idéologie de la haine, place le mal dans un univers brouillé, au-delà de la morale. *Si l'on plaidait la schizophrénie, disait l'avocat, j'avais une chance de m'en sortir. Mais si j'ai vraiment commis ces crimes, Messieurs les jurés, pourquoi ne pas me condamner ? Pourquoi me justifier ?*

Félix disait qu'il fallait éviter le danger de la relativisation et de l'historicisation, qui impliquait que le mal commis ne peut être considéré comme unique, et qui conduisait inévitablement à l'apologétique.

Non, ce n'était pas ce qu'il disait. Que disait-il ?

Mais où est-il ? Où est Félix Werner ?

Félix disait que lorsqu'on est pris dans un système, on perd ses repères. C'est le propre du Mal de comprendre qui veut le comprendre. Non, ce n'était pas ce qu'il disait. Il disait qu'il fallait comprendre, que c'était la seule chose à faire.

Félix disait... *Mais qui est Félix Werner ?* L'ange déchu, celui qui apporte la lumière ou les ténèbres, le bien ou le mal ?

Ils ne sauront jamais à quel point il m'a illuminé par son génie, combien il m'a changé, combien à son contact je me suis ouvert au monde. Ils ne sauront jamais à quel point je le déteste, lui et tout ce qu'il est, ni combien il m'a perverti.

Je le vois à travers une fumée qui monte, se hisse et glisse haut dans le ciel, qui emporte les fragments de l'univers, choses brûlées, mâchefer, charbon et papier, léger, léger. La fumée s'élève, pour disparaître à jamais. Avec moi. Moi, un soupir qui fait voler les cendres.

Ils disent que Félix Werner n'existe pas. Ils disent que c'est un personnage que je me suis inventé, un double de moi-même. *Ils disent que Félix Werner, c'est moi.*

11

Ce matin, le frère Franz est venu me voir dans ma cellule.

— Que faites-vous ici ? lui dis-je. Ne savez-vous pas que les démons des possédés s'emparent de tous ceux qui les voient ?

— Ma vue a encore baissé. Je ne vois presque plus rien.

— Que voulez-vous ?

— Vous le savez bien. Vous convertir.

— Me convertir ? dis-je. Me convertir à quoi ? Ne croyez-vous pas « que mon péché est trop lourd » ?

— Même en vous, il y a une faille.

— Une faille ; laquelle ?

— Ne l'avez-vous pas réellement aimée ?

Je ne répondis pas.

— N'avez-vous pas sincèrement voulu, pour elle, que vous soit recréé un cœur pur, un esprit neuf ? N'avez-vous pas dit, en votre âme : redonne-moi la foi de lutter contre la mort qui prive mon âme de grâce, agrée mes sacrifices, sors-moi des ténèbres, et laisse-la me rassembler ? Si vous avez aimé, c'est que vous avez su faire une place en vous, une place à l'autre : c'est que vous avez connu l'expérience de la béance, du manque de l'autre. Et savez-vous ? C'est ce même creux que crée le mal, et c'est ce même vide qu'il faut lui opposer, vide d'être, vide de sens — non de paroles, car ce n'est pas le silence que je vous demande ; mais c'est de faire en vous cette place qui refuse de l'absorber, cette déchirure, semblable à la blessure de l'amour. L'attrait que vous avez pour la pureté : c'est cela votre faille.

— Ce meurtre de la scission est signé, c'est vous qui l'avez dit : c'est le Diable qui les a tous tués.

— Et vous êtes entre les mains de son prêtre.

— De qui voulez-vous parler ?

— De lui, de votre confesseur qui vient vous voir régulièrement : je vous avais dit de vous éloigner de lui.

Méfiez-vous du père Francis, fuyez-le, fuyez-le comme le diable ; c'était déjà ce que j'avais dit à Schiller lorsqu'il s'était lié d'amitié avec lui.

— Pauvre frère Franz... Vous ne comprendrez donc jamais rien. Qu'allons-nous faire de vous ? *Faut-il que l'on vous inflige le même sort qu'à Schiller pour que vous finissiez par comprendre ?*

Alors le frère Franz leva ses yeux au ciel, ses pauvres yeux qui n'y voyaient rien.

12

Vous au moins, vous savez, vous savez tout. Vous êtes le regard absolu. Vous sondez les reins et les cœurs. Vous êtes mon frère, mon confident, mon compagnon. Vous me faites confiance. Vous m'écoutez, vous me comprenez, vous m'admirez. Vous êtes mon contraire, mon complément. Lorsque je suis en votre compagnie, je me sens être moi.

Soufflez — le voyez-vous ? Il est là, tout près de vous, il se rapproche. Dans les fleuves et les étangs où bouillonnent les métaux en fusion, les fournaises, dans les brasiers et les chaudrons de poix et de soufre, et dans les flammes dévorantes, autour des chaînes et des clous chauffés à blanc, au beau milieu des boules de feu montant et descendant sans relâche dans une pluie de cendres, au cœur des fumées étouffantes, le sentez-vous ?

Au milieu des exhalaisons montant des puits, dans les effluves, dans l'air irrespirable, lorsque les eaux limpides se transforment en marécages enfiévrés de miasmes, il est là. Dans la morsure du froid, dans la sueur et la chaleur, lorsque le ciel déchiqueté tonne et que sortent de lui comme les pluies torrentielles, dans les gelées et les ouragans, parmi les bêtes immondes, les serpents, les crapauds, et la vermine, et tout ce qui déchire, la destruction et la dévastation, c'est lui.

Dans les hurlements stridents des suppliciés et dans les rires enthousiastes de ceux qui se moquent, dans chaque insulte, et chaque humiliation, il est là, tout près de vous, de vous à moi, de moi à vous, le serpent gigantesque, roi de ce monde, qui aspire l'air et avale tout, pour renvoyer sur toute créature son souffle toxique, abominable. Le serpent hypnotiseur, sage et réfléchi, prudent, habile, le serpent messianique, qui telle une onde se love dans le creux de votre regard, redoutable de charme et de beauté lorsqu'il progresse en rampant sur terre et en ondoyant dans les airs, le serpent vertical, c'est lui. Il est le maître le plus avisé et le plus astucieux. C'est bien lui.

Près d'un lac de sang, dans une ville entourée d'une muraille et nantie d'une tour haute comme les cités médiévales, creusée dans la glace du

Cocyte, par le souffle du noir séraphin, c'est là qu'il est : à recevoir les âmes pures et belles, à les attirer dans son sein pour les pervertir, les dégrader, à accueillir les lâches, ceux qui ne choisirent ni le bien ni le mal, à étreindre les pécheurs par incontinence et les pécheurs par malice, non pas ses victimes mais ses majordomes, à enlacer les esprits les plus noirs et les plus violents, ceux des fraudeurs, des traîtres et des criminels, ceux qui choisirent délibérément de le rejoindre, et ceux qui ne parvinrent pas à résister à ses tentations : leur tâche consiste à frapper les innocents. Dans le sixième cercle, où poussent les plantes les plus étranges, aux feuilles tordues, aux teintes violacées, suintant de substances visqueuses, il y a les personnages vivants dont l'âme ne sera jamais damnée, ceux qui ne seront jamais précipités en Enfer, parce qu'ils le disloqueraient pour en faire un marais boueux, un fleuve bouillant de sang : ceux-là sont ses amis, qu'on appelle les chercheurs d'or.

Mystère des mystères. *Lui.* Qui est-il ? Un esprit ? Un génie ? Alors il est impérissable, il est l'élément immatériel et modeste, source des pensées, de l'amour, de la volonté, et de tout ce qui est. Il est le corps subtil, émetteur de vibrations, le fluide vital qui manifeste la grande énergie cosmique, le double du corps physique, qui porte en lui toutes les traces, tous les stigmates humains, tous les troubles, des premiers aux derniers, et les grandes agonies. Il entre en relation avec vous, il y séjourne, il y habite, vous êtes son domaine, par votre corps, il vient à la vie.

Il est l'être ineffable, qui fait apparaître et disparaître toute chose. Il est le grand prestidigitateur.

Allez-y, soufflez. Le voyez-vous, couvert de sang ? Des caillots noirs lui collent aux yeux, sur les lèvres, sur le nez. Contemplez son reflet dans le miroir, vous aurez du mal à reconnaître un visage.

Un *visage* ? Il n'a pas de visage. Il a mille visages.

Avec l'eau cela part bien ; mais il a du mal à désincruster sa chevalière : les objets le trahissent toujours plus que les hommes.

Vous voyez ? Vous savez de qui je parle.

13

J'ai toujours su que vous et moi étions faits pour nous entendre.

CHRONOLOGIE

27 janvier 1945 : naissance de Carl Rudolf Schiller.

28 septembre 1991 : suicide de Ron Bronstein.

24 octobre 1994 : lettre de Michel Perraud à Maurice Crétel.

Automne 1994 : Affaire Talment.

27 janvier 1995 : meurtre de Carl Rudolf Schiller.

30 janvier 1995 : rencontre avec Samy et Mina Perlman.

27 février 1995 : colloque sur la Shoah à l'Université catholique de Paris.

28 février 1995 : agape chez Félix Werner.

29 février 1995 : départ pour Washington.

13 mars 1995 : rendez-vous au *Lutétia* avec Lisa Perlman.

29 mars 1995 : premier baiser avec Lisa Perlman.

1er avril 1995 : départ pour Rome.

3 avril 1995 : retour à Paris.

10 avril 1995 : demande en mariage de Lisa Perlman.

6 mai 1995 : mariage avec Lisa Perlman.

7 au 30 mai 1995 : voyage de noces en Israël.

28 septembre 1995 : voyage à Auschwitz.

29 septembre 1995 : retour à Paris.

24 octobre 1997 : procès de Jean-Yves Lerais.

30 octobre 1997 : jugement de Jean-Yves Lerais.

3 novembre 1997 : arrestation de Raphaël Simmer.

5 novembre 1997 : procès d'Alvarez Ferrara.

2 décembre 1997 : assassinat d'Alvarez Ferrara.

Demain : procès de Raphaël Simmer.

Composition réalisée par JOUVE

Imprimé en France sur Presse Offset par

BRODARD & TAUPIN

GROUPE CPI

La Flèche (Sarthe).
N° d'imprimeur : 8914 – Dépôt légal Édit. 15010-09/2001
Librairie Générale Française - 43, quai de Grenelle - 75015 Paris.
ISBN : 2 - 253 - 14690 - 0

31/4690/9